人文艺术与美育研究

School of Humanities,
Shanghai Jiao Tong University

总第二卷（2024年秋）

上海交通大学
人文学院

ARTS,HUMANITIES,
AND
AESTHETIC
EDUCATION RESEARCH

夏燕靖 · 主编

上海交通大学出版社
SHANGHAI JIAO TONG UNIVERSITY PRESS

内容提要

《人文艺术与美育研究》上海交通大学人文学院、人文艺术研究院主办的艺术类学术论丛。《人文艺术与美育研究》坚持马克思主义美学立场，从人文视域出发，将艺术视为人文精神之表征，将其置于总体性与普遍性的社会文化与时代语境之中，研究艺术本体与特征、艺术功能与形态、艺术发生与发展、艺术创造与生产、艺术交流与传播、艺术批评与接受、艺术消费与管理等基本理论问题。本卷乃第二卷，除编后记，延续了首卷的"艺术史""美育研究"栏目，增加了"艺术美学""跨文化艺术学""中华传统艺术精神"栏目。本书可供艺术学与美学研究者参考。

图书在版编目（CIP）数据

人文艺术与美育研究. 总第二卷, 2024 年. 秋 / 夏燕靖主编. -- 上海：上海交通大学出版社, 2024.11.
ISBN 978-7-313-31990-6

Ⅰ. I0-53

中国国家版本馆 CIP 数据核字第 2024X98E33 号

人文艺术与美育研究 总第二卷（2024年秋）
RENWEN YISHU YU MEIYU YANJIU ZONG DI-ER JUAN (2024 NIAN QIU)

主　　编：夏燕靖			
出版发行：上海交通大学出版社	地　　址：上海市番禺路951号		
邮政编码：200030	电　　话：021-64071208		
印　　制：上海盛通时代印刷有限公司	经　　销：全国新华书店		
开　　本：710mm×1000mm　1/16	印　　张：22.25		
字　　数：339千字	插　　页：2		
版　　次：2024年11月第1版	印　　次：2024年11月第1次印刷		
书　　号：ISBN 978-7-313-31990-6			
定　　价：92.00元			

Happy New Year

人文艺术
与
美育研究

·蛇·年·快·乐·

上海交通大学出版社
SHANGHAI JIAO TONG UNIVERSITY PRESS

恭 贺 新 禧

人文艺术与美育研究

·上海交通大学人文学院·

1月 January — 农历乙巳年(蛇年) 2025

SUN日	MON一	TUE二	WED三	THU四	FRI五	SAT六
			1 元旦	2 初三	3 初四	4 初五
5 小寒	6 初七	7 腊八节	8 初九	9 初十	10 十一	11 十二
12 十三	13 十四	14 十五	15 十六	16 十七	17 十八	18 十九
19 二十	20 大寒	21 廿二	22 北小年	23 南小年	24 廿五	25 廿六
26 廿七	27 廿八	28 除夕	29 春节	30 初二	31 初三	

2月 February — 农历乙巳年(蛇年) 2025

SUN日	MON一	TUE二	WED三	THU四	FRI五	SAT六
						1 初四
2 初五	3 立春	4 初七	5 初八	6 初九	7 初十	8 十一
9 十二	10 十三	11 十四	12 元宵节	13 十六	14 情人节	15 十八
16 十九	17 二十	18 雨水	19 廿二	20 廿三	21 廿四	22 廿五
23 廿六	24 廿七	25 廿八	26 廿九	27 三十	28 初一	

3月 March — 农历乙巳年(蛇年) 2025

SUN日	MON一	TUE二	WED三	THU四	FRI五	SAT六
						1 初二
2 初三	3 初四	4 初五	5 惊蛰	6 初七	7 初八	8 妇女节
9 初十	10 十一	11 十二	12 十三	13 十四	14 十五	15 十六
16 十七	17 十八	18 十九	19 二十	20 春分	21 廿二	22 廿三
23/30 廿四/初二	24/31 廿五/初三	25 廿六	26 廿七	27 廿八	28 廿九	29 初一

4月 April — 农历乙巳年(蛇年) 2025

SUN日	MON一	TUE二	WED三	THU四	FRI五	SAT六
		1 愚人节	2 初五	3 初六	4 清明节	5 初八
6 初九	7 初十	8 十一	9 十二	10 十三	11 十四	12 十五
13 十六	14 十七	15 十八	16 十九	17 二十	18 廿一	19 廿二
20 谷雨	21 廿四	22 廿五	23 廿六	24 廿七	25 廿八	26 廿九
27 三十	28 四月	29 初二	30 初三			

5月 May — 农历乙巳年(蛇年) 2025

SUN日	MON一	TUE二	WED三	THU四	FRI五	SAT六
				1 劳动节	2 初五	3 初六
4 青年节	5 立夏	6 初九	7 初十	8 十一	9 十二	10 十三
11 母亲节	12 十五	13 十六	14 十七	15 十八	16 十九	17 二十
18 廿一	19 廿二	20 廿三	21 小满	22 廿五	23 廿六	24 廿七
25 廿八	26 廿九	27 五月	28 初二	29 初三	30 初四	31 端午节

6月 June — 农历乙巳年(蛇年) 2025

SUN日	MON一	TUE二	WED三	THU四	FRI五	SAT六
1 儿童节	2 初七	3 初八	4 初九	5 芒种	6 十一	7 十二
8 十三	9 十四	10 十五	11 十六	12 十七	13 十八	14 十九
15 父亲节	16 廿一	17 廿二	18 廿三	19 廿四	20 廿五	21 夏至
22 廿七	23 廿八	24 廿九	25 六月	26 初二	27 初三	28 初四
29 初五	30 初六					

7月 July — 农历乙巳年(蛇年) 2025

SUN日	MON一	TUE二	WED三	THU四	FRI五	SAT六
		1 建党节	2 初八	3 初九	4 初十	5 十一
6 十二	7 小暑	8 十四	9 十五	10 十六	11 十七	12 十八
13 十九	14 二十	15 廿一	16 廿二	17 廿三	18 廿四	19 廿五
20 入伏	21 廿七	22 大暑	23 廿九	24 三十	25 闰六月	26 初二
27 初三	28 初四	29 初五	30 中伏	31 初七		

8月 August — 农历乙巳年(蛇年) 2025

SUN日	MON一	TUE二	WED三	THU四	FRI五	SAT六
					1 建军节	2 初九
3 初十	4 十一	5 十二	6 十三	7 立秋	8 十五	9 十六
10 十七	11 十八	12 十九	13 二十	14 廿一	15 廿二	16 廿三
17 廿四	18 廿五	19 廿六	20 廿七	21 廿八	22 廿九	23 处暑
24/31 初二/初九	25 初三	26 初四	27 初五	28 初六	29 七夕节	30 初八

9月 September — 农历乙巳年(蛇年) 2025

SUN日	MON一	TUE二	WED三	THU四	FRI五	SAT六
	1 初十	2 十一	3 十二	4 十三	5 十四	6 中元节
7 白露	8 十七	9 十八	10 教师节	11 二十	12 廿一	13 廿二
14 廿三	15 廿四	16 廿五	17 廿六	18 廿七	19 廿八	20 廿九
21 三十	22 八月	23 秋分	24 初三	25 初四	26 初五	27 初六
28 初七	29 初八	30 初九				

10月 October — 农历乙巳年(蛇年) 2025

SUN日	MON一	TUE二	WED三	THU四	FRI五	SAT六
			1 国庆节	2 十一	3 十二	4 十三
5 十四	6 中秋节	7 十六	8 寒露	9 十八	10 十九	11 二十
12 廿一	13 廿二	14 廿三	15 廿四	16 廿五	17 廿六	18 廿七
19 廿八	20 廿九	21 九月	22 初二	23 霜降	24 初四	25 初五
26 初六	27 初七	28 初八	29 重阳节	30 初十	31 万圣节	

11月 November — 农历乙巳年(蛇年) 2025

SUN日	MON一	TUE二	WED三	THU四	FRI五	SAT六
						1 十二
2 十三	3 十四	4 十五	5 十六	6 十七	7 立冬	8 十九
9 二十	10 廿一	11 廿二	12 廿三	13 廿四	14 廿五	15 廿六
16 廿七	17 廿八	18 廿九	19 三十	20 十月	21 初二	22 小雪
23/30 闰十一/初一	24 初五	25 初六	26 初七	27 感恩节	28 初九	29 初十

12月 December — 农历乙巳年(蛇年) 2025

SUN日	MON一	TUE二	WED三	THU四	FRI五	SAT六
	1 十二	2 十三	3 十四	4 十五	5 十六	6 十七
7 大雪	8 十九	9 二十	10 廿一	11 廿二	12 廿三	13 廿四
14 廿五	15 十六	16 廿七	17 廿八	18 廿九	19 三十	20 冬月
21 冬至	22 初三	23 初四	24 平安夜	25 圣诞节	26 初七	27 初八
28 初九	29 初十	30 十一	31 十二			

二 ○ 二 五 乙 巳 蛇 年

编委会及编辑部成员

目　录

Contents

艺术之觞与人文之美

彭兆荣

摘　要： 从根本上说，艺术的滥觞、起源属于人文范畴，但中西方在"人文"的定义与释义、内涵与内容方面迥异。西式的人文讲究"以人为本"，而中式的人文以"天（文）—地（文）—人（文）"之三才（材）为一体。近代以降，西学东渐，我国教育中的艺术学体制和形制出现了明显的"西化"趋向。本文试图通过对中西方艺术"简谱"的梳理，以人文的视野，厘清脉络，反思现实，辨明差异，在"世界艺术"与"中国特色"的艺术美育的教学与实践中守正创新，做到文化自知、文化自信、文化自觉。

关键词： 艺术的起源　人文　中西方差异　西化　文化自信

作者简介： 彭兆荣，1956 年生，男，厦门大学一级教授，博士，博士生导师。四川美术学院"艺术遗产研究中心"首席专家。联合国《人与生物圈》（MAB）中国委员会委员。文化和旅游部"中国非物质文化遗产保护协会非遗与旅游融合协调委员会"专家。国家社科重大课题"中国非物质文化遗产体系探索研究"首席专家。主要从事文化人类学和文化遗产研究。

The Chalice of Art and the Beauty of Humanity

Peng Zhaorong

Abstract: Fundamentally speaking, the origin of art belongs to the category of humanities, but the definition and interpretation of "humanities" in China and the West are very different in terms of connotation and content. Western-style humanism is "human-centred", while Chinese-style humanism is based on the three talents (materials) of "heaven (literature)-earth (literature)-people (literature)" as a whole. Since the modern times, Western learning has spread to the East, and there is an obvious tendency of "Westernisation" in the system and form of art studies in our education.

This paper attempts to clarify the lineage, reflect on the reality, and identify the differences between "world art" and "Chinese characteristics" by sorting out the "spectrum" of Chinese and Western art with a humanistic vision. In the teaching and practice of art and aesthetics education with Chinese characteristics, we will be able to maintain the correctness and innovation, so as to achieve cultural self-knowledge, cultural self-confidence and cultural self-awareness.

Keywords: origin of art　humanities　differences between the East and the West　westernization Cultural self-confidence

引　言

从根本上说，艺术的滥觞、起源属于人文范畴，但中西方在"人文"的定义与释义，内涵与内容方面迥异。西式的人文讲究"以人为本"，而中式的人文以"天（文）—地（文）—人（文）"之三才（材）为一体。近代以降，西学东渐，我国教育中的艺术学体制和形制出现了明显的"西化"趋向。本文试图通过对中西方艺术"简谱"的梳理，以人文的视野，厘清脉络，反思现实，辨明差异，在"世界艺术"与"中国特色"的艺术美育的教学与实践中守正创新，做到文化自知、文化自信、文化自觉。

一、艺术的人文性

从西方艺术史"知识考古"的角度考察，技术（technology）、技艺（skill）、艺术（art）与手（arm）同源，来自古希腊词 τεχνη 一词。手艺人和艺术家被称为 τεχνιτων（掌握技术的人），都属于"手工"（handicraft）范畴。然而，在历史的演化和变迁中，手工艺术逐渐地被赋予特殊的价值；古希腊以降，在社会分层中出现了将手工以及进行手工活动的人视为最低贱者。[①] 希腊人蔑视匠人的劳动，

---

① 这种情况在我国古代亦偶有发生，丁山认为"国之大事，在祀与戎"是原始政治的最高纲领，统治阶级出于对物质的满足，将战败的俘虏养在家中生产他们生活所需的物品与工具，致使分工细致化。《礼记·曲礼》中的"天子六工，曰土工、金工、石工、木工、兽工、草工，典制六材。五官致贡曰享"亦与之有涉。参见丁山. 中国古代宗教与神话考［M］. 上海：上海辞书出版社，2011：108-109. 但笔者并不认为我国古代的这种情形与西方具有同质性，至少非社会普遍现象；传统中国的农业伦理讲求的是自给自足，只有少数权贵豢养战俘以生产手工技艺产品。

还包含对他们的不信任以及对技艺人智力低下的判断。^①中国的情形不同，且更为复杂。揭示差异并不是一件困难的事情，困难在于揭示其中的道理。中国的艺术（艺和术）——从概念到表现形式，从工作到行业领域，从制作到社会生产，都被赋予独特的意义。我国的艺术遗产丰富多样，自成一体；然近代以降，西学东渐，我国传统的艺术认知、表述、分类、概念等在没有充分的"文化自觉"^②的背景下接受了西方的艺术形制，并融入我国的大学教育体制。

我们今天通用的"艺术"（art）是一个西来概念。我国有"艺"（藝），有"术"（術），却无西方的"艺术"概念。所以，以西方的学科形制来看，即艺术学的学理依据也是西式的。一般而言，一个学科的诞生总要有其学理依据，比如人类学，作为学科，其学理依据是"进化论"，其知识体系与博物学密切相关。然而，由于"艺术"的边界非常宽广，几乎无所不在，它与"人文—文明"交错。贡布里希曾经在一次题为"艺术与人文科学的交汇"的演讲中这样开场：

> 女士们，先生们：你们手中的日程表上文字是经过希腊人、罗马人和卡洛林时代的书籍抄写员改造过的腓尼基语，卡洛林时代抄写员使用的字体在意大利文艺复兴时期曾一度盛行；日程表上的数字是由古印度经阿拉伯人传到我们这儿的；印日程表所用的纸是中国人发明的。公元八世纪被阿拉伯人俘虏的中国人把造纸艺术教给了阿拉伯人之后，纸张才得以进入西方……在古代，Humannities 这个词泛指一切可以与兽区分开来的东西，相当于我们所谓的"文明价值"。^③

也就是说，"艺术"的终极表述理由是"人文"。就学科而言——出于同样的理由，学者们将艺术学置于"人文学"（the humannities）范畴：

① 汉娜·阿伦特. 人的境况 [M]. 王寅丽，译. 上海：上海人民出版社，2009：62.
② "文化自觉"由我国著名人类学家费孝通提出，核心价值是"做自己文化的主人翁"。参见费宗惠，张荣华. 费孝通论文化自觉 [M]. 呼和浩特：内蒙古人民出版社，2009.
③ 贡布里希. 艺术与人文科学：贡布里希文选 [M]. 范景中. 杭州：浙江摄影出版社，1989：1-2.

人文学这一术语的含义现在必定还在进一步扩大。因为我们所有人都隶属于人类，因此我们应该希望尽可能充分地了解全世界的人所做的创造性贡献。倘若将人文主义传统限制在主要是古典和西欧世界的**男性**做出的贡献，这种做法如今似乎显然是有局限的。在柏拉图、米开朗基罗、莎士比亚应该继续得到我们的仰慕并会对我们的研究给予回报之时，想一想全世界古往今来的所有人，**男性和女性**，他们创造了无以计数的歌曲、故事、赞歌、美术以及那些令人兴奋的、召唤我们去欣赏的思想。正是在这种精神之中，今日的人文学才会欣然接受世界上所有文化所取得的创造性成就。①

以"人文学"作为艺术的认知背景完全可以接受，因为在宽泛的意义上，所有可以称得上"艺术"者，都包含着"人的因素"——或是渗透了人的观念，或是符合人类价值，或是以人为主体审美的，或是由人工创作、制作的，或是人类诠释附会的……总之，若没有"人的参与"，艺术便不存在了。"虽然艺术包含着丰富的主题，但是最基本的主题还是人类，而且'人'在不同的社会里含义也不同。"②然而，"宽泛"的判断有时经常令人摸不着边际；我们也可以用同样的框架对所有人类的事业、事物，学科、学术进行言说。美国学者理查德·加纳罗和特尔玛·阿特休勒合著的《艺术：让人成为人》一书，以其再版八次的巨大影响力告诉我们，人不只是作为动物的人，更是作为人文的人，有文化的人。那么，什么可使人成为有文化的人呢？"人文学"之艺术的提法有一个好处，就是告诉人们，艺术的知识来源于整个人文学。

这里还有一个问题值得讨论，西方的"人文（学）"与我国的"人文"是一样的吗？考其谱系，西方的"人文主义"（humanity）交织着人类（human）、人道（humane）、人道主义（humanism）、人道主义者（humanist）、人本主

---

① 理查德·加纳罗，特尔玛·阿特休勒.艺术：让人成为人［M］.舒予，等，译.北京：北京大学出版社，2014：3-4.

② 约翰·基西克.理解艺术：5 000 年艺术大历史［M］.海口：海南出版社，2003：27.

义（humanitarian）、人权（human right）等不同语义，其共同的词根是拉丁文*humanus*，核心价值即"以人为本"。自古希腊到文艺复兴，再到启蒙运动，进而全球化，人文主义成为西方一贯遵循的圭臬。"以人为本"演变为一种被广泛接受的价值。古希腊诡辩派哲学家卜洛泰哥拉氏（Protagoras，前480—前410年）有一名言："人为万事的尺度。"此不啻为古典人文主义的注疏。今天人们所使用的"人文主义"成型于"文艺复兴"，在历史的延续中彰显西方社会"个体性"的主体价值，最著名的宣言"人是宇宙的精华，万物的灵长"（莎士比亚《哈姆雷特》）。"以人为本"在不同的语境中累叠交错着复合语义，形成了"人文学科"（studia humannitatis）。

对于这一西方"共同的词根"，维柯在《新科学》里有一个经典的知识考古：

跟着这种神的时代来的是一种英雄的时代，由于"英雄的"和"人的"这两种几乎相反的本性的区别也复归了。所以在封建制的术语里，乡村中的佃户们就叫做 homines（men，人们），这曾引起霍特曼（Hotman）的惊讶。"人们"这个词一定是 hominium 和 homagium 这两个带有封建意义的词的来源。Hominium 是代表 hominis dominium 即地主对他的"人"或"佃户"的所有权。据库雅斯（Cujas）说，赫尔慕狄乌斯（Helmodius）认为 homines（人们）这个词比起第二个词 homagium 较文雅，这第二个词代表 hominis agium 即地主有权领带他的佃户随便到哪里去的权利。封建法方面的渊博学者们把这后一个野蛮词译成典雅的拉丁词 obsequium，实际上还是一个准确的同义词，因为它的本义就是人（佃户）随时准备好由英雄（地主）领到哪里就到哪里去耕地主的土地。这个拉丁词着重佃户对地主所承担的效忠，所以拉丁人用 obsequium 这个词时就立即指佃户在受封时要发誓对地主所承担的效忠义务。①

① 维柯.新科学［M］.朱光潜，译.北京：人民文学出版社，1987：542.

维柯这一段对"人"的知识考据，引入一个关键词——财产。财产政治学从一开始便羼入"人"的历史范畴。所以，文化遗产（cultural property）概念中的"遗产"，原本就指"财产"。我们可以认定，遗产的第一款"财产"是人自身。因此，人本主义"财产性"首先取决于诸方所属关系，其次表现为人自身的发展演化，最后是人的具身形式（embodiment）——即"体现"，即身体实践和呈现。我们今天所说的"非物质文化遗产"（简称"非遗"）被形容为"活态遗产"（living heritage），强调和凸显的正是"活性—有用"的财产。

根据以上"人本主义"的知识形貌，西方的人文主义大抵包含以下内容：① "英雄"和"人"的时代是继"神的时代"演进的历史产物。② 以人类经验为核心和主体，借此形成知识体制。③ 物质世界与人类认知化为利益纽带。④ 凸显人的尊严。⑤ 形塑成解决实际问题的智慧和能力。⑥ 人类的认知处在变化中，并保持与真实性的互证。⑦ 人类个体作为践行社会道德的主体。⑧ 具有反思能力和乐观态度。⑨ 历史上的"英雄"在不同代际中具有教化作用。⑩ 人的思想解放和自由表达具有人权方面的重要意义。概而言之，"人本主义"只是西方历史延伸出来的一种价值观。

我国的"人文"与西式"人文"迥异，核心价值为"天人合一"。"文"的本义与纹饰有涉，甲骨文作"𤈷"，象形，指人胸前有刺画的花纹形，即古人的文身。《说文·文部》："文，错画也，象交文。"可知"文"指身体修饰，交错文象所引申。这是"人文化"的一种解释。"文"之要者为"人文"。"人文"参照自然诸象，"天文"即注疏。许慎在《说文解字》卷十五"叙"中说，在文字出现之前，人们曾经历过一个"观法取象"的阶段。天文即"从天文现象中寻找表达世界存在之事物的象征符号（象）"①。在对"天文"的观察中，人们发现了"人文"精神。或者说，"人文"与"天文"在意象上一致。"天象"是人类观察附会于人类社会的照相，反之亦然。《周易·贲》曰："观乎天文，以察时变。观乎人文，以化成天下。"这便是最具"道理"的中国传统知识形制。依据这样的

---

① 王铭铭. 心与物游［M］. 桂林：广西师范大学出版社，2006：94.

形制逻辑，"天文""地文""水文"等自然之象无不在"人文"中集结反馈。反过来，"人文"是无法独立存在的，需要与"天文""地文"等相配制。比如世间许多信息来自对"天象"的观察、认识和配合，它可以左右人们的行动。《周易·剥》："顺而止之，观象也。君子尚消息盈虚，天行也。"说明古代人们通过观察天象的变化规律，并将这种变化规律作为指导人们生活的一个重要依据。中国的许多认知性经验知识也都滥觞于此。

"人文"与"艺术"二者相互表达，又呈现不同的文化形貌。"人文"的特别之处在于，从来没有脱离"天地人"的整体而形成独立的"以人为本"格局，因此，我们没有"以人为本"的传统。这是中西方人文价值中最根本的差别。《山海经·海外南经》有："地之所载，六合之间，四海之内，照之以日月，经之以星辰，纪之以四时，要之以太岁，神灵所生，其物异形，或夭或寿，唯圣人能通其道。"以"天地人"为本的"人文"还形成了一整套独特的技术系统，"文字—文书"不失为垂范。而"天地人"之最为简约的表述是"中和"。它是至高精神，"和谐"为至上原则。"中和"原为中庸之道的核心价值，《礼记·中庸》："喜怒哀乐之未发谓之中，发而皆中节谓之和；中也者，天下之大本也，和也者，天下之达道也。致中和，天地位焉，万物育焉。"故天地人之"和谐"乃至上原则、至高境界。所以，我国艺术的追求亦以其为原则和境界。比如孔子认识到音乐作为社会道德力量的价值，强调音乐"正思维，起和谐"的辅助手段。①

我国的艺术表现形式则以"自然中和"为准则，并在此基础上形成一整套技艺方式。牛津大学院士苏立文在《中国艺术史》中说：

> 和谐感是中国思想的基础……历史上最崇高的理想往往是发现万物的秩序并与之相和谐……中国艺术家和工匠所创造的形式乃是"自然"的形式——借助艺术家的手表达对自然韵律的本质回应。②

---

① 迈克尔·苏立文.中国艺术史［M］.徐坚，译.上海：上海人民出版社，2014：60.
② 迈克尔·苏立文.中国艺术史［M］.徐坚，译.上海：上海人民出版社，2014：3-4.

即使是具体的艺术，也强调"和"为至理。我国明代的徐上瀛在《溪山琴况》开篇如是说：

> 稽古至圣，心通造化，德协神人，理一身之性情，以理天下人之性情，于是制之为琴。其所首重者，和也。和之始，先以正调品弦，循徽叶声，辨之在指，审之在听，此所谓和感，以和应也。和也者，其众之窾会，而优柔平中之橐籥乎？[①]

徐氏对此的总结是：

> 吾复求其所以和者三，曰：弦与指合，指与音合，音与意合。而和至矣。[②]

音乐如此，书法亦然，我国的所有艺术皆以之为圭臬。比如书法艺术，项穆说：

> 圆而且方，方而复圆，正能含奇，奇不失正，会于中和，斯为美善。中也者，无过不及是也；和也者，无乖无戾是也。然中固不可废和，和亦不可离中。如礼节乐和，本然之体也。[③]

在艺术之阈，"中和"乃天文、地文、人文的化成，也是艺术追求的至高境界。这不仅反映在艺术的造诣、审美等方面，也落实在艺术的法式、技巧方面，

---

① 参考译文：稽考那些古代圣人，其心与自然相通，其德使神与人相和洽，他们为了调治自己的性情，进而调治天下人的性情，于是创造了琴。对于琴来说，最为重要的就是"和"。而作为"和"的开始，则先要正调调弦，根据徽位来调节各弦的音高，使各弦的声音相互和谐，在指下分辨各种音高，并用耳朵作出区分，这就是所谓的"和"感而应于手，"和"应当就是各种声音的关窍枢要以及温厚平和之气的本源吧。见徐上瀛，徐樑. 溪山琴况［M］. 北京：中华书局，2013：16-17.
② 徐上瀛，徐樑. 溪山琴况［M］. 北京：中华书局，2013：19.
③ 项穆，李永忠. 书法雅言［M］. 北京：中华书局，2012：157.

形成规矩。所谓"且穹壤之间，莫不有规矩；人心之良，皆好乎中和。宫室，材木之相称也；烹炙，滋味之相调也；笙箫，音律之相协也。人皆悦之"①。

以上简单的知识考古说明，如果我们认可艺术体制、形制的知识背景为人文学，那么就不仅需要分清艺术在其中的位置，同时也要厘清中西方"人文学"的重大差异。这从一开始就决定了中国的艺术学有着自己完整的一套传统体系。当人们大致了解中西对"人文学"的价值差异后，二者在艺术遗产方面的特质和差异便可获得结构性呈现：为什么在中国的艺术传统中，山水画得以弘扬；以人体为艺术表现主题的相对缺乏，特别是人的欲望不能直接在艺术中加以表达；而其他几种代表性的古代文明不仅可以表达，甚至还达到张扬的地步；为什么西方传统艺术表现如此倚重"神"，而中国则在墓葬中遗留了大量艺术遗产；等等。这些都可以在"人文"中找到答案。

二、中西方的艺术简谱

综上所述，凡涉"艺术"，皆与"手"有关，西方的 art（艺）与 arm（手）同源。我国的艺术自古就与"手艺"同源。然而，中西在艺术史上，"手—艺"却向不同的脉络与轨迹演化，西方朝着"美用分离"的趋向发展，而中国则朝着"美用一体"的方向演进。

柏拉图的"模仿说"试图在认识论上用"神意—真理"将二者分开。在《伊安》篇中，他借苏格拉底与伊安的对话讨论了各种技艺，包括医术、演戏、诵唱、驾驭、捕鱼、骑马等，苏格拉底总结道："荷马的本领不是凭技艺的知识，而是凭灵感。"②以柏拉图的奠基，特别对真理的认识所延伸出的"美"与生活实践的"用"，成了西方传统社会对"艺术/手工"区隔的规约。他的这种对艺术高低贵贱的划分一直成为西方艺术史中挥之不去的阴影。在中国，"手工"的概念和分类自古就有，《周礼·考工记》（一般认为成于春秋战国时期）是中国目前

---

① 项穆，李永忠．书法雅言［M］．北京：中华书局，2012：113．
② 柏拉图．伊安篇：论诗的灵感［M］//文艺对话集．朱光潜，译．北京：人民文学出版社，1980：20．

所见年代最早的手工技艺文献，记述了齐国官营手工业各个工种的情况，介绍了车舆、宫室、兵器以及礼乐之器等的制作和检验方法，对礼乐中的钟、磬、鼓等形制以及相关乐器的制作也有详细描述。《考工记》将"百工之事"分为攻木之工、攻金之工、攻皮之工、设色之工、刮磨之工、抟埴之工六大类，开创了中国古代手工艺术的分类制度，也是"工业"最早的形制。而"工匠"曾经是国王的"工作"，《周礼·匠人》篇的开章之句便是"匠人建国"。[①]

缘此，"艺术唯美说"也就成为讨论这一组概念绕不过的话题，甚至成了诸技艺领域的一条规约；艺术的人文研究亦不例外。托马斯·巴非尔德主编的《人类学词典》这样定义"艺术"："具有美感的装饰物，包括器物、居所甚至人类的身体。"[②]依据西方"艺术／手工"的形制，"美／用"的分野其实一直贯彻在西方艺术史的原型理念与设计之中。人们不禁质问："美"何以"无用"？何况，在不同的文化语境中，"美／用"的区分可能完全不同，比如书法艺术，中国的"毛笔"被译为 brush（刷子），然而西方的刷子却"刷"不出"中国刷术"那样的书法作品；而中国的书法究竟是"手工""工艺"还是"艺术"？唯一可接受的答案只能到中国的文化语境中觅得。中国的传统也讲"美／用"，[③]但所谓"女娲有体，孰制匠之？"[④]与西式艺术不一致的是，中式"美用"是一体性的。

艺术自有形象，象成于形，形寓于意，中国的技艺生成于中国式的认知方式，如汉字，它是世界上唯一由古而今存续的图画表意文字体系，[⑤]"书（文）画"传统构成了中国文化中最具特色的艺术范式。首先，中国的象形文字以形画为基

---

① 郑玄，贾公彦.周礼注疏［M］.上海：上海古籍出版社，2010：1661.

② T BARFIELD. The dictionary of anthropology［M］. MA: Blackwell Publishing Ltd. 1997: 29.

③ 需要指出的是，中国古代有些物虽"不可用"，比如祭祀仪式或丧葬礼仪中的祭器与明器（冥器），但并不简单和绝对划归"美"的范畴，属于专门领域。

④《楚辞·天问》："女娲有体，孰制匠之？"王逸注："传言女娲人头蛇身，一日七十化。"王逸只注女娲身体的变化，而她制石补天之匠心同样复杂，其"炼石""补天"等巧夺天工与之身体变化一样几不可疏，故屈子作"天问"。

⑤ 在古老的文化类型中，以图画式表意的文字体系除了汉字外，还有古埃及的圣书体和美索不达米亚的楔形文字，然而，除汉字以外，其他原生为图画表意的文字类型都由拼音文字所取代。参见许进雄.中国古代社会文字与人类学的透视：序论［M］.北京：中国人民大学出版社，2008.

础，配合释意。其次，书画一体。在自我传袭过程中生成发展、形成收藏、装裱、著录（记录历史上的书画作品）、押署（即签名）、印记等整体化传统，并由此延伸出特殊的鉴赏活动。最后，我国书画传统的特殊性与书画材料密不可分，龟骨、金石、竹简、帛丝、纸材，单是用纸，已不简单，"纸的种类很多，大体有生熟之分，写意画用生纸，重彩界画用熟纸。生纸上作水墨画能使墨分五色，浓淡层次分明，其效果令人赏心悦目。色彩的应用，以前以矿石研制为主，少数为植物颜料，故古代作品经千百年而色泽犹妍"[①]。而西方的诸艺术中无书画相通的认识。

值得着重说明的是，中国古代的技艺形制一开始就建立在社会"百业"分类合作的基础上。《周礼·考工记》为中国目前所见年代最早的手工技艺文献，详述齐国官营手工业各个工种的情况。作为"工业"的一种，乐师除了制作乐器，还是充当招魂使鬼、祭典仪式、施政大事的重要角色。[②] 所以，礼乐与乐师并置并重。事实上，《考工记》中"百工"为虚指，实数六十。"百工"指社会内部的各种分工，以商周为例，氏族多以其所从事的职业为名，如索氏、陶氏、长勺氏、施氏等，周代的分封亦以此为据；工匠经常为各国争夺的对象，商代的甲骨卜辞有"呼×执工"之句，便记录抢夺工匠俘虏的事情。[③]《考工记》有"知者创物。巧者述之，世谓之工。百工之事，皆圣人之作也。铄金以为刃，凝土以为器，作车以行陆，作舟以行水，此皆圣人之所作也"[④]。"农业"也在"百工"之列："饬力以长地财，谓之农夫。"[⑤]

每一个"手工之业"都会产生"工匠"，在我国，"手工"的概念和分类自古就有，也存在等级差异的形制。一是"天—地—人"的不同层次，在这个形制中，"天属神、地属民"；于是人也有了区别的原则，通天的人为"圣（聖，聪明

---

① 杨仁恺.中国书画［M］.上海：上海古籍出版社，1990：5.

② 参见陈梦家.殷墟卜辞综述［M］.北京：科学出版社，1956：519.

③ 参见《左传·鲁定公四年》，另见许进雄.中国古代社会：文字与人类学的透视［M］.北京：中国人民大学出版社，2008：181-183.

④ 郑玄，贾公彦.周礼注疏［M］.上海：上海古籍出版社，2010：1525.

⑤ 郑玄，贾公彦.周礼注疏［M］.上海：上海古籍出版社，2010：1523.

能道）—王（王，人通天地）"，即特别能干的人（通常是掌握巫术的技师）。圣者大多为发明和掌握某种特殊技艺的始祖，诸如传说中的有巢氏、燧人氏，以及补天的、射日的、治水的、耕种的等。这些圣人制造和使用工具，并借此与天交流、交通，比如龟策——甲骨和八卦等。[①] 二是任何社会都存在着社会政治和伦理秩序的等级和阶层区分，从发生学的生成形态看，艺术和手工技艺原本无法泾渭分开，至多只是不同"术业"间的差异。在民间，画师、铁匠、木匠、泥水匠等只是不同行业的从业者，绘制品、铁制品、木制品、泥制品却同样可以是艺术品，具有审美性，我们今天看到中国古代的许多青铜器都是工匠制作的，其中不乏精美绝伦的艺术品，也因此成为人们的收藏品。

就形制而言，我国传统的手工技艺的形神一体，《周易·系辞》之"形而上者谓之道，形而下者谓之器"，是谓也。需要辨识的是，这里的"道"既非纯然抽象，"器"亦非绝对"具体"，二者都可能化作"正统"。[②] 比如"礼器"，道出于器，器循于理。最符合形神体系的精髓既非"形上"，也非"形下"，而是"形中"——"致中"，既融上、下于"中"，又化有形于无形。人类学家李亦园曾经提出"致中和"的三层面和谐均衡模型，即自然系统（天）—个体系统（人）—人际关系（社会）。所以，若非要以"艺术／手工"加以区隔，我们且不说在逻辑上是否存在区分的依据，纵然有，至多也只能是时间（从生产和生活工具到成为专门艺术创作的历史时态变迁）和空间（日常生产生活的实用工具专业与艺术创作的审美范畴）的差别。

众所周知，中国自成一体的传统"工艺"形制格局的被打破，与近代西方舶来观念价值和概念分类有关，"美术"即为一范。"美术"在中国出现的最直接原因是"西洋画的引进与传播"并演为教化。梁启超说："我确信，'美'是人类生活第一要素，或者还是各种要素中之最要者。倘若在生活全内容中把'美'的成分抽出，恐怕便活得不自在，甚至活不成。"鲁迅的观点更近传统，他在《拟传

---

① 张光直.考古学专题六讲［M］.北京：文物出版社，1986：4-6.
② 参见巫鸿.时空中的美术：巫鸿中国美术史文编二集［M］.梅枚，等，译.北京：生活·读书·新知三联书店，2009：194.

播美术意见书》中说："美术可以表见文化；凡有美术，皆足以征表一时及一族之思维，故亦即国魂之现象；若精神递变，美术辄从之以传移。"质言之，近代中国"美术"是按照西方的艺术理念、学科分制等对我国手艺传统的"替代"并"话语化"，我国自己的手艺传统却在"西学东渐"中悄然隐退，偶尔有之，也大多为西学模本的复制。这样的认知理念和学科分类所导致的后果是：艺术属于阳春白雪，手工属于下里巴人；逻辑性地，知识精英专事"艺术"，"手工"则滞留于民间。

这样的区隔，破坏了"天地人"之和谐的人文艺术的原生形态。作为常识，汉语所涉制造与制作的事物和行为皆与"扌"（手）有关，比如拎、把、握、描、捏、抓、提、拌、抖、挥、撮、揪、播、撕、扯、扩、擦、探、拉、扎、拈、擞、扬、押、捆、打、拔、挂、拈、拽、揭、扣、损，它们都是"手的工作"。然而，今日之"手工"和"艺术"已经被区隔，归属于不同的范畴和领域，在传统的大学与学科分类中，人们将"艺术"视为具有审美价值的艺术创作和作品，比如"美术"，并成为大学艺术院系中重要的学科构成部分，"手工"却在这个体制中难觅其踪。

可以设想，如果没有这些动作和身体行为，"艺术"从何来？在中国的文字思维里，没有哪一门艺术创作不是手工的。同时，任何堪为手工技艺的遗产也都有一个共同的认知前提：具有"美物"（包括认知性的"格物"）价值的"手工"成为存续、欣赏和收藏的作品。客观而论，即使是西方艺术传统，尤其是实践操作层面，"艺术/手工"的区分从来就没有严格过，反而是我们时而僵化之。与此同时，我们又将自《尚书》《周易》《周礼》《礼记》《天工开物》等一以贯之的认知形态和技艺形制遗失了。

换言之，中国传统"工艺"一体的格局已被打破，究其原因，与西方"美术"（fine art）的舶来有关。这样的认知理念和学科分类所导致的后果是"西式认知"：艺术属于阳春白雪，手艺属于下里巴人；知识精英专事"艺术"，"手工"则滞留于民间。很显然，这大有问题。

所以，在今天我国的人文艺术领域，首先需要"守正"——当然包含着相

对意义上的"复古"，这并非传统意义上的"恢复过去"，而是再现和凸显传统
手工技艺特有的"生命史"表达，[①]因为我国的手工技艺独特的生命史具有独特
的形制，而且养育成为特殊的传承制度，毕竟我国的人文艺术史是一份弥足珍贵
的文化遗产；拓片即为例证，它既是对原真物件的复制，同时也成为许多原真件
毁灭、丢失、残坏等的替代品，也形成了中国特有的文化遗产现象。[②]另外，从
艺术的生命史角度看，我国的手工技艺之"脉/象"继承"古人之象"的原理；
"古人之象"一语出自《尚书·益稷》。这篇文章记载了帝舜教诲大禹如何为君，
治理国家的传统，"予欲观古人之象。"其中还提到了日月、星辰、龙虫等。巫鸿
认为，"舜的话表达了一种新的'复古'观念：他不仅想要'观'古人之象，更
试图将其重塑"。从早期商代青铜器上的饕餮纹到后来的兽面便是"象之再造"
"重塑"的证据。[③]一语蔽之："脉"化于"象"中。

三、艺术之美味

　　以艺术的人文视野观之，"美—审美"是绕不过的话题。然而，"美"是什
么？方家论点汗牛充栋，予人以启示、启发，却没有共识。因为难以共识。"情
人眼里出西施"的主观性决定了美的重要特点。艺术的表现宛若"美人"，甚
至用于形容艺术表现不同的体态、形势，也常用形容美人之辞藻。比如书法艺
术："若而书也，修短合度，轻重协调，阴阳得宜，刚柔互济，犹世之论相者，
不肥不瘦，不和不短，为端美也，此中行之书也。若专尚清劲，偏乎瘦矣；瘦
则骨气易劲，而体态多瘠。独工丰艳，偏乎肥矣；肥则体态常妍，而骨气每弱，
犹人之论相者，瘦而露骨，肥而露肉，不以为佳；瘦不露骨，肥不露肉，乃为

---

① 参见李亦园.和谐与超越［M］//李亦园自选集.上海：上海教育出版社，2002：62-63.文化的图像
　　（下）第四篇：文化宗教与仪式［M］.台北：允晨文化实业股份有限公司，1992.
② 参见巫鸿.时空中的美术：巫鸿中国美术史文编二集［M］.梅枚，等，译.北京：生活·读书·新知
　　三联书店，2009：83-108.
③ 巫鸿.中国艺术和视觉文化中的"复古"模式［M］//时空中的美术：巫鸿中国美术史文编二集.梅
　　枚，等，译.北京：生活·读书·新知三联书店，2009：8.

尚也……所以飞燕与王嫱齐美，太真与采蘋^①均丽。"^②我国古代，美可以"食"，"美食"也包括"食色性"。至少在中国是这样的。

从小学训诂的角度透视，中国"美"的发生学当与"羊"有关，也与饮食有关，故有"美食"之说。以食为美至少符合"美"的原初形态和意义。中国的"美"字源于"大羊"，这是最有代表性的训诂解释。古之时，羊常用于祭祀，故"羊"之"祥"，指古代"用羊来占卜，占得佳好结果，谓'祥'。'祥'义指吉祥、庆祥"^③。美，甲骨文 𦍌 即 𦍌（羊，祥）加 大（大，人），表示人的神情安详。在古人眼里，安详、宁静的人最"美"。金文 美 将甲骨文 𦍌 的 𦍌 写成 𦍌。古人认为，详人为"美"。《说文解字》："美，甘也。从羊从大。羊在六畜主给膳也。美与善同意。"（《羊部》）"善，吉也。从言从羊。"（《诂部》）"甘，美也。从口含一。一，道也。"（《甘部》）有意思的是，"美"之"食色，性也"也一直是我国传统的延义。《庄子·齐物论》："毛嫱丽姬，人之所美也。"^④

"美食"与"美感"相通。只是我们较少地从这个角度去认识，原因之一在于饮食被偏置于"俗"的范畴，与"雅"相对。这需要我们对历史的逻辑依据进行全新的反思。一种解释是：来自农耕与游牧混合性的生计方式。它将"美"与远古时代的农业饲养方式相联系，而传统的所谓"養"的农耕性解释似乎未必只能在农耕文明中找到唯一的解答；从现代畜牧业的形态考索，"羊"的饲养既在农耕文明中存在，更典型的却与游牧形态相联系。而从我国远古的文明类型看，中原，即现代中国的"北方"是中华文明的发祥地，北方平原的农业文明与草原游牧文明一直以来很难泾渭分明。其实，在更为远古的时期，北方的农业与草原的游牧是你我相互、混杂性的。否则，很难解释"大美"来自"大羊"。

所以，在传统的"美"的认知、审美和体验范畴，烹饪一直是一门艺术。食物的"美味"即属于"通感"范畴——美来自观察（关乎视觉），"味"来自品尝

① 飞燕、王嫱、太真、采蘋，即赵飞燕、王昭君、杨贵妃（因号"太真"，故世称其为"太真妃"）、采蘋为唐玄宗妃，姓江，名采蘋。四者皆为古代著名美女。
② 项穆，李永忠.书法雅言［M］.北京：中华书局，2012：52.
③ 白川静.常用字解［M］.苏冰，译.北京：九州出版社，2010：220.
④ 参见臧克和.说文解字的文化说解：大羊意象［M］.武汉：湖北人民出版社，1995：209-226.

（关乎味觉），"尝"出"美"可以理解为美学上的通感（美感）。比如，当我们说"（某人）声音很甜"的时候，已然将听觉与味觉打通了。事实上在中国的饮食美学中，二者是一体的。如上所说，中文的"美"由"羊"会意而来。正如龚鹏程所说："羊大为美，正如鱼羊为鲜，均是以饮食快感为一切美善事物之感觉的基型。而《后汉书·襄楷传》云桓帝'淫女艳妇，极天下之丽；甘肥饮美，单天下之味。'《管子·戒篇》云'滋味动静，生之养也'，《左传》昭公元年云'（医和曰：）天有六气，降生五味'，这些随手拈来的文献，也无不告诉我们：美色与美味在人的审美活动中的居非常重要的地位。"① 如果我们硬要使用"通感"，那么，中国的"五官"与"五味"原本就是相通缀的。

　　笼统而言，"色香味俱全"之"色香味"不独是中国餐饮所形成的经验总结，其实也涉及中国美学精神的特质。"色香味"表面上讲究的是"眼对色""鼻对香""口对味"。美食与美味是同一命题的不同要求。《孟子·告子上》："口之于味也，有同嗜焉；耳之于声也，有同听焉；目之于色也，有同美焉。"中国的美感从来讲究经验实践。"五官"（对于经验美感，中国人历来"五官"对"五味"。可是笔者通过谷歌、百度查询"五官"时，吃惊地发现竟然有"五花八门"的解释，因为人们在脸上摸来摸去，只发现四官：眼、耳、鼻、口。于是各式各样的附会都有，不能一一）实为一种虚指，更重要的是讲究"通感"。美学理论中有"通感"之说，讲的是不同身体器官是互通的。通俗地说，就是对于特殊对象的"五官"感觉和感受能够类似"互访"，诸如闻到了色、品到了香、看到了味，即所谓"感觉挪移"。审美不讲科学，因为科学无法求证。"通感"属于审美范畴的概念，但是我们也要强调的是，中国的饮食美学恰恰传递着一种足以对中国传统美学体认最为通俗的范例：经验即美；而美原本可以不需要签证而自由通行于不同的感官领土。

　　现代人将"美"从真正意义上的"感觉"层面抽离，窄化为供学术、学问、学科、学者研究、探索、学习、欣赏的特殊对象。这实在是对传统美学本体的重

---

① 龚鹏程.中国传统文化十五讲［M］.北京：北京大学出版社，2006：33.

大偏离。至少在中国的"审美"释义中，大部分材料证明，它与"吃"关系密切。甚至可以说得绝对一些，中国的最初"美""美感"是吃出来的。如果这构成与西方美学的一个差异的话，那无疑是文学在美学研究方面可以伸张正义的领域。当然，我们更想强调的是，中国的饮食是一个不折不扣的美学体系。除了我们在上面对"羊—美"所做的、所展示的考释材料外，中国饮食美学中还有一种特殊的、有意思的感受现象，即"感官背离"。最具说明性的就是食物中的"臭美"——闻着臭，吃着香；闻则难受，食则美味。中国古代早就有此记录：吕书《本味》云："臭恶犹美，皆有所以。"高注："臭恶性循环犹美，若蜀人之作羊脂，以臭为美，各有所用也。"顾颉刚按："羊脂之制，今不知尚存于蜀中否。今之以臭为美者，有臭豆腐、臭鸭蛋、臭卤瓜等。"[1] 若"以羊之美"通缀"羊脂之臭"；以食之美，通论美学之体，当然是不合适的，甚至有迂腐之嫌；但美在食物，美来自品尝、咀嚼、味感、陶醉，这些"美感"都来自食物和饮食行为，这样说大抵是可以被接受的。而美之于"香—臭"便属于同构性的。

中国的美学之"美用一体"决定了艺术属于实用美学，与西方的完全不同。在中西古代神话的比较中，我们发现，中国古代神话中没有美神，更没有抽象的"美"的概念。中国神话的神祇和英雄都是实干的、实在的、具体的，他们的伟大业绩也都与具体事情相联系，诸如"补天""射日""治水""务农""尝草"。中国（可以延伸到"儒家文化圈"）传统文化中的美多来自"形而下"。我国遗留下的大量器物、礼器、食具都是中国文化代表性的瑰宝。"器物之美是正宗的美。"[2] "形"之美首先来自对物的实用性。饮食是人类生存之第一要务，因此，饮食之器成了实物美、形式美的依据。相比而言，在西方的传统美学中，"唯美"一直是主旋律，形而上的哲学美学滥觞于古代希腊，形成了西方的美学精神和精髓。

在儒家文化圈（即受儒家文化浸染、影响的文化）范围，器物的实用直接生产美，一直属于传统上的坚持。"没有与大地相隔离的器物，也没有与人类相分离的器具，这就是在这个世界上为我们服务的生活用品。若是因故离开了用

---

① 顾颉刚. 史迹俗辨［M］. 上海：上海文艺出版社，1996：158.
② 柳宗悦. 工艺之道［M］. 徐艺乙，译. 桂林：广西师范大学出版社，2011：30.

途，器物便会失去生命。如果不堪使用，就没有存在的意义。在此，器物应当忠顺地为现实服务。只有具备了服务之心的器物，才能被称为器物。失去用途的世界，不是工艺的世界。工艺应当有助于我们，为我们服务而发挥作用。应当在日常生活中为每个人服务。这实用服务是工艺之根本。因此，工艺之美就是实用之美。"[①] 甚至连 "China"（瓷器）、"Japan"（漆器）的名字都是实物性的。[②] 东方的美与实物或与来自实物的体认相联系。简言之，中国的饮食属于集体性、整体性、实用性和实践性的美学体系。所谓 "物心" 之用，讲究的正是形而下的 "美"、形式的美、形体的美。

"美感" 既然同嗜于 "美食"，便绕不过 "品味"。品，甲骨文 𝌆 即 ㅂ（口，嘴巴），三个 "口"，表示吃好几口，非一大口吞下。造字本义为慢慢地辨别滋味，享受食物。金文 𝌆 承续甲骨文字形。篆文 品 颠倒金文的上下结构顺序。《说文解字》："品，众庶也。从三口。凡品之属皆从品。" 故，品味美食乃 "品" 之本义。又由于祭典离不开美食，成为礼仪之重者。《周礼·膳夫》："膳夫授祭，品尝食，王乃食。" 由此引申，品尝、品第、品格、品级、品类、品位、品相、品种、品德、品行、品性、品质比比皆是。自然，它也成为艺术鉴赏的 "品位"，《沧浪诗话》有："诗之品有九。"

这也是为什么在我国的文物中 "礼物—礼器" 中最有代表性的不是别的，正是 "美食之器"——用于盛物，用于品味。那些珍贵的古董原来就是在仪式中装东西的，多数用来吃喝，只不过那种吃喝的功能和意义与身体功能上的果腹完全不同，是 "礼" 的需要。《礼记·礼运》有：

> 夫礼之初，始诸饮食……陈其牺牲，备其鼎俎，列其琴瑟，管磬钟鼓，修其祝嘏，以降上神及其先祖。以正君臣，以笃父子，以睦兄弟，以齐上下，夫妇有所，是谓承天之祜。

———————————

① 柳宗悦. 工艺之道 [M]. 徐艺乙，译. 桂林：广西师范大学出版社，2011：28.
② 柳宗悦. 工艺之道 [M]. 徐艺乙，译. 桂林：广西师范大学出版社，2011：70.

将神圣之物置于一个特殊的空间和位置以建构神圣性，而参加这一个特殊建构的活动和程序通常就是人们所认识的仪式。礼物的一个原始性解释就是仪式性空间的展示、仪式性程序的既定认可。物之于礼的关系重要性最基本的特征之一就是物可以享，可以用，可以交通。张光直认为，神属于天，民属于地，二者之间的交通要靠巫觋的祭祀。而在祭祀上的"物"与"器"都是重要的工具；"民以物享"，于是"神降之嘉生"。①

"品味"在我国传统的认知系统中，只有符合阶序之"品"，才符合社会"礼"，甚至连菜肴的摆设等都有规矩和礼数，以区别长幼尊卑的等级关系。所谓："上公备物九锡：一、大辂各一，玄牡二驷。二、衮冕之服、赤舄副之。三、轩悬之乐，六佾之舞。四、朱户以居。五、纳陛以登。六、虎贲之士三百人。七、铁钺各一。八、彤弓一，彤矢百。九、巨鬯一，卣珪瓒副之。"（张华《博物志·典礼考》）

国以农业为本，民以食为天。礼之与食相辅相成，自有其道理。《说文解字·示部》："禮，履也，所以事神致福也。从示从豊，豊亦声。"又《说文·豊部》："豊，行礼之器也。从豆象形。凡豊之属，皆从豊，读与禮同。"又"豐，豆之豐满者也，从豆，象形。"这成为经学解礼（禮）的玉律。邱衍文《中国上古礼制考辨》辟专节讨论了自许慎《说文解字》以来到王国维，历代对"礼"字解说的述评。② 甲骨文的发现，为"禮"的解读带来了新的视点。王国维利用甲骨文对"豊/禮"的解码，认为"豊"初指以器皿（即豆）盛两串玉祭献神灵，后来兼指以酒祭献神灵（分化为醴），最后发展为一切祭神之统称（分化为礼），③ 成为继许慎之后另一个影响深远的范式，得到学界之赞同与补充。刘师培、何炳棣、郭沫若、杨宽、金景芳、王梦鸥等都支持此解。只是杨宽认为应进一步将"醴"与"禮"（"礼"的繁体字）的关系分别清楚。他认为根据《礼记·礼运》

① 张光直.考古学专题六讲［M］.北京：文物出版社，1986：99.
② 邱衍文.中国上古礼制考辨［M］.台北：文津出版社，1990：17-26.此字形者约之有四：礼者，从示从豊（二玉在器之形）；从示从豊（行礼之器）；从示从乙（芽，履，始也）；从示从玄（玄鸟，明堂月令：玄鸟生之日，祠于高禖。开生之候鸟，行礼之初）。
③ 王国维.观堂集林：卷六释礼［M］.北京：中华书局，2006.

篇中"夫禮之初，始诸饮食"之论，大概古人首先在分配生活资料特别是饮食中讲究敬献的仪式，敬献用的高贵礼品就是"醴"，因而这种敬献仪式成为"醴"，后来就把各种敬神仪式一概称为"禮"了。又推而广之把生产生活中需要遵循的规则以及维护贵族统治的制度和手段都称为"禮"。①

从此人们很清楚地看出中国的礼仪之于器物之间的密切关系。《老子·第十一章》如是说："三十幅共一毂，当其无，有车之用。埏埴以为器，当其无，有器之用。凿户牖以为室，当其无，有室之用。故有之以为利，无之以为用。"此说成了我国"无用之用"的原点性学说。《淮南子·说山训》对此说得更为清楚："鼻之所以息，耳之所以听，终以其无用者为用矣。物莫不因其所有，而用其所无。""物与用"一直是我国古代不同流派哲学重要讨论话题。相对而言，出道者大多主张对实物之务实的超越，即所谓的"无用之用"。《庄子·人间世》总结得最清楚："人皆知有用之用，而莫知无用之用也。"入世者大致与之相反，强调对物的量材使用。中国自汉代以来，儒家学说便成为社会的主导性伦理。在"仁义礼智信"的体系当中，礼是与器物结合得最紧密，且最可说明"经世致用"的方面。《说文解字》释："礼，履也，所以事神致神福也。从示豊。""豊，行礼之器，从豆，象形。"说明礼与器相结合的文化政治伦礼。

物的"经世"不仅仅只说明"用"于社会的政治伦理上的功能，也不言喻在强调物所负载的历史性。这样，对历史的解释，物也就不仅是一种实物的遗存，而且是对这种历史负载的认知和评判；"文物"也就成了某种重要的言说对象。文物属于物质遗产。对物的不同文化价值体系、不同分类原则和方法赋予"文物"与众不同的意义。比如我国古代的一些礼器有"礼藏于器"之说。最早的训诂经典《尔雅》中"释宫""释器""释乐"多与传统"礼仪"密不可分，比如"鼎"等礼器就成了国家和帝王最重要的祭祀仪式中的权力象征。中国迄今为止在考古发现中最大的礼器鼎叫"司母戊大鼎"。《尔雅正义》引《毛传》云："大鼎谓之鼐，特王有之也。"②所谓"商曰祀，周曰年，唐虞曰载"都与物的祭祀

---

① 杨宽.古史新探［M］.北京：中华书局，1965：307-308.
② 邵晋涵.尔雅正义：卷七［M］.刻本.面水层轩，1788（清乾隆五十三年）.

有关。^①《左传》："国之大事，在祀与戎。"^②郑玄注《礼记·礼器》："大事，祭祀也。"^③如果缺失了对物的认识和使用，"礼仪之邦"便无从谈起。

乐器作为礼器较为特殊：一则作为仪式中的"声乐"以彰气氛，以示和谐，以助沟通。二则乐器本身也是不可缺少的器物。即使是主张"无用"者也会强调器物之形而上与形而下的和谐关系。《学记》就有："鼓无当于五声，五声勿得不和；水无当于五色，五色勿得不章。"说的就是这个道理。

四、"新木马记"

英国著名的艺术史家贡布里希在《木马沉思录》（Meditations on a Hobby Horse）借用"木马"讨论艺术的功能与美的关系与差异："（木马）非常普通，既非隐喻，也非完全出诸想象……它经常是心满意足地待在幼儿园的角落里，没有什么美学雄心。它讨厌装腔作势。"^④应该如何看待这种"一匹马的物像"？是给它下这样的定义"事物外形的模仿物"？可是"木马是马的摹真吗"？^⑤显然，贡氏质疑西方传统艺术美学的知识链——从"模仿"开始。众所周知，文学和艺术来自"模仿"自柏拉图起就被明确提出并定调，尽管后来者对此见仁见智，却绕不开这一"原点"。柏拉图最为著名的模仿说来自其《理想国》中的"影子说"：即所谓神造的桌子、木匠的桌子和画家笔下的桌子，木匠和画匠皆因摹仿神造而与真理隔三层。^⑥亚里士多德认可诗来源于模仿，但他认为模仿属于人的天性。^⑦在这一古老而经典"模仿说"的价值预设中，所有原始的、来自"手的工作"的艺术创造和作品都归于"残缺的模特儿"，因为"实物"（手工制造的）与"真理"

① 王云五. 尔雅义疏：卷三 [M]. 台北：商务印书馆，1965：46.
② 见杨伯俊. 春秋左传注 [M]. 北京：中华书局，1981：861.
③ 郑玄，贾公彦. 礼记正义 [M]. 北京：中华书局，1980：1243.
④ 贡布里希. 木马沉思录 [M] // 范景中. 艺术与人文科学：贡布里希文选. 杭州：浙江摄影出版社，1989：19.
⑤ 贡布里希. 木马沉思录 [M] // 范景中. 艺术与人文科学：贡布里希文选. 杭州：浙江摄影出版社，1989：20.
⑥ 参见柏拉图. 文艺对话集 [M]. 朱光潜，译. 北京：人民文学出版社，1980：69-71.
⑦ 亚里士多德. 诗学 [M]. 罗念生，译. 北京：人民文学出版社，1982：11.

（哲学家的思想）隔三层。

　　显然，贡布里希与许多西方艺术史家一样，不同意这一"原点"预设。他认为："艺术是'创造'而不是'模仿'。"在列举皮格马利翁在大理石上刻出美女雕像时认为，[①]"美"是自然（nature）；即使在"木马"作为"替代物"的功能范畴内，在许多情况下，这些物像只是作为替代物的意义的"再现"，比如葬入统治者坟墓的陶马或陶俑就是代替活马活人。[②]他最后的结论是："我们的木马不是艺术，充其量它也不过是想引起图像学（iconology）的注意……现代艺术难道没有对原始的物像、对形式的'创造'，以及对根深蒂固的心理力量的利用进行实验吗？它实验过。但不管制作者的怀旧愿望如何，这些形式决不可能跟它们的原始模型具有同样的意义。因为我们称为'艺术'的那个奇怪的领域像个镜子，或座低声廊，每一个形式都能唤起一千种记忆的后像（after image）。一个物像作为艺术出现，一种新的参考框架就会随之而被创造出来，想摆脱也摆脱不了。它必然成为惯例（institution）的一部分，就像幼儿园里的玩具那样。"[③]

　　西方的"木马"图谱引出了一系列现代艺术遗产的反思性问题：一、"木马"既是对实物的模仿，也是一种创造。二、在现代艺术混乱的认知分类面前，模仿者被置于工匠范畴，而创造者则被认为是艺术家。这样的划分值得质疑。三、木马类制品（作品）可以承担实物的替代品，比如在古代帝王的"随（殉）葬物"，中国秦兵马俑便为一范，而"替代"的逻辑需要由历史语境决定，更不是西式思辨性逻辑可以解释。四、"木马"的制作一旦完成，就成为人们使用的工具或玩具；可是，当它被放在幼儿园时，它只是玩具（供人玩乐）；当它被置于博物馆时，它就成为"文物"或"艺术品"（供人欣赏），二者原为同一物。五、无论制

---

① 皮格马利翁是美神阿芙洛狄蒂的祭司，阿芙洛狄蒂使一尊象牙女郎变成一个活生生的美女，并把这个"奇迹"赠送给他作为"礼物"。——作者注。

② 贡布里希.木马沉思录［M］//范景中.艺术与人文科学：贡布里希文选.杭州：浙江摄影出版社，1989：23.

③ 贡布里希.木马沉思录［M］//范景中.艺术与人文科学：贡布里希文选.杭州：浙江摄影出版社，1989：35.

作者是根据生活中的"活马"模仿,还是"灵感"创造,都不能影响"马"的形象(image),并由此成为一系列"后象性连锁效应"。"象"成为一种可供再创造的"历史事实":既可供后人模仿,也可供后人阐释,成为一个"象的连续体"。

六、在这个"象的连续体"中,再创造和再发明的行为、理念和价值不断产生,使"象"超越了所属的范畴和边界,成为"传统的发明"之有机部分。[①]

贡布里希借"木马深思"之名以探讨艺术遗产的形式根源之实,[②] 意在强调西方艺术在根脉上层累传递,形成传统。而我国传统的"像—意"性价值认知与知识谱系与西方迥异,两种传统泾渭分明。"马"的图像形制在中国传统中的表现、表述和表达也具有"形式之根"的意味,唯更为复杂,更为诡谲,特别是它与"龙"的结合和混杂,成为我国早期图像志的典型,绝非"模仿"之说得以囫囵。聊备几例:比如马在周易中是最重要的一个卦象,因其与"天象"意合。《周易》中,乾为马,表示天、君、父等阳刚之像,《易·乾》:"(象)曰:天行健,君子以自强不息。"在六十四卦象中,乾卦又将"龙象"(龙马)混合,以呈现天意神谕的意象。"河图洛书"便是一个例证:《礼记·礼运》有"河出马图"之说,郑玄注:"龙马负图而出。"孔颖达引纬书《中候握河纪》疏:"伏羲氏有天下,龙马负图出于河,遂法画八卦";"尧时受河图,龙衔,赤文绿色"。《握河经注》曰:"龙而形象马。"负图出河的龙形似马,故称"龙马"。至汉代,宫廷所畜之马被称为"龙马"。[③] 这个神话原型的图像叙事不独呈现出中华文明与"天象地现"的天人合一,还呈现了"河图洛书"灵迹的表达图式。换言之,"马"之物种与"龙"之像符同构,符合我国传统的"天人合一"的"形—意"式文化表述。

在中国的工艺造像传统中,"意象—原像—物像"为一体性的完整体系,"意象"包括会意之"象",如"龙马"的天意灵迹以"图像"回归于现实,致使其呈现"象而非像";"原象"指真实可感的事物,附会了人们根据自然景物与经

---

① E.霍布斯鲍姆, T.兰格.传统的发明 [M].顾杭, 等, 译.南京:译林出版社, 2004.
② 贡布里希著作的副标题即"论艺术形式的根源"。
③ 参见居阅时, 等.中国象征文化图志 [M].济南:山东画报出版社, 2010:60.

验的认知；"物像"则指根据"意象"和"原象"再创造、再生产的物件，是二者的兑现，同时又是新的、独特的艺术创作。这种特点鲜明地呈现于手工技艺，最形象的表述为"天工开物"，即"手工"来自"天工"，承兑于"天工"，而"天工"又指非凡的手工技艺。古代政治中的官职制度也由天星、天象而来。字面上，"天工"除了有"巧夺天工"的意思外，还与古代传统中的"观物取象"（《道法珠玑》第四十九章）密不可分，比如古时以王者法天象行理，代天巡牧。有意思的是，马成了"通天"之无形与现实交通之有形意象化，[①] 而"开物"[②] 为"天工"的化合和表述。

　　需要特别强调的是，无论对"马"的艺术创作、玩具制作，还是认知差异、体验殊异，都说明艺术中的"客观—主观"的矛盾体，而且都是"事实"。格尔茨在《追寻事实》[③] 中以"赫拉克利特之像"开讲，[④] 对"后事实之象"进行再诠释，以凸显民族志者的主观性，他甚至直截了当地将人类学家与文学家放在一起，强调"作者功能"（author function）。[⑤] 认为传统的"原始社会"与民族志方法相互渗透与影响，从而使分类和认知导致了借位。[⑥] 在他那里，原始社会的"客观之名"与人类学家的"主观之实"才是民族志的"本象"。在格尔兹眼里，"赫拉克利特之像"是对"象"的误解，或者误导，因为时间对于每个人都是不一样的，即"流动"就时间而言对于不同的人来说是"相同的"，因此，人们对于"后事实之象"的阐释却具有"同质性"，正如弗莱所说，神话故事不仅

---

① 参见许进雄.中国古代社会：文字与人类学的透视 [M].北京：中国人民大学出版社，2008：380. 及古代出土遗址中的文物与图像（389-390）.

② "开物"源自"开物成务"，指通晓万物的道理。《周书·武帝纪上》有"履端开物，实资元后；代终成务，谅为宰栋。"

③ 克利福德·格尔茨.追寻事实 [M].林经纬，译.北京：北京大学出版社，2011.

④ 赫拉克利特（Heraclitus，约前 540—约前 480 与前 470 之间）的经典名言为"人不能两次走进同一条河流"，因为河水不断流动，你这次踏进河，水流走了，你下次踏进河时，又流来的是新水。名言比喻"万物皆动""万物皆流"的辩证法则，他也因此成为"流动派"的代表。

⑤ M. Manganaro. Modernist anthropology: from field to text [M]. Princeton: Princeton University Press, 1990: 15-16.

⑥ C. Geertz. After the Fact: two countries, four decades, one anthropologist [M]. Cambridge: Cambridge University Press. 1995: 96-97.

曾经发生过，而且现在仍在发生。科学以及社会科学也适用于此。^①可是，格尔茨的阐释民族志的"后事实之象"原则对艺术（art）手工（craft）在变迁中"名/实"的内部结构和机制爱莫能助，因为主观性对事物的结构并不产生根本作用。

综合而论，当代的"艺术—人文体系"中包含着大量复杂的反思性要素（见图1）：

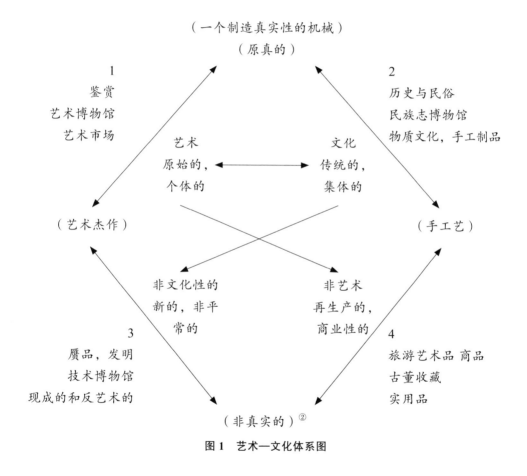

图1　艺术—文化体系图

① C GEERTZ. After the fact two countries four decades one anthropologist［M］. Massachusetts: Harvard University Press. 1995: 1-3.

② J CLIFFORD. The predicament of culture: twentieth century ethnography, literature and art［M］. Cambridge, Massachusetts, London: Harvard University Press, 1988: 224.

结　　语

　　艺术是人为的"作品"，人文的"产物"——从滥觞、创造，传承、体用，欣赏、品味，有形、无形，审美、教化，一路通达，一体缀连。辨析与认知中西人文艺术体系的规律与异同，让中国的艺术人文教育在人的成长中成为伴随终生的"伙伴—伙计"。

参考文献：

1. E. 霍布斯鲍姆，T. 兰格. 传统的发明［M］. 顾杭，等，译. 南京：译林出版社.
2. 柏拉图. 文艺对话集［M］. 朱光潜，译. 北京：人民文学出版社，1980.
3. 陈梦家. 殷墟卜辞综述［M］. 北京：科学出版社，1956.
4. 丁山. 中国古代宗教与神话考［M］. 上海：上海辞书出版社，2011.
5. 尔雅义疏：卷 3［M］. 台北：商务印书馆，1965.
6. 费宗惠，张荣华. 费孝通论文化自觉［M］. 呼和浩特：内蒙古人民出版社，2009.
7. 龚产兴. 美术史话［M］. 北京：社会科学文献出版社，2012.
8. 龚鹏程. 中国传统文化十五讲［M］. 北京：北京大学出版社，2006.
9. 贡布里希. 木马沉思录［M］//范景中. 艺术与人文科学：贡布里希文选［M］. 杭州：浙江摄影出版社，1988.
10. 顾颉刚. 史迹俗辨［M］. 上海：上海文艺出版社，1996.
11. 汉娜·阿伦特. 人的境况［M］//王寅丽，译. 上海：上海人民出版社，2009.
12. 李亦园. 文化的图像：下［M］. 台北：允晨文化实业股份有限公司，1992.
13. 理查德·加纳罗，特尔玛·阿特休勒. 艺术让人成为人［M］. 舒予，等，译. 北京：北京大学出版社，2014.
14. 柳宗悦. 工艺之道［M］. 徐艺乙，译. 桂林：广西师范大学出版社，2011.
15. 迈克尔·苏立文. 中国艺术史［M］. 徐坚，译. 上海：上海人民出版社，2014.
16. 邵晋涵. 尔雅正义：卷 7［M］. 刻本. 面水层轩，1788（清乾隆五十三年）.
17. 王国维. 观堂集林：卷 6［M］. 北京：中华书局，2006.
18. 王铭铭. 心与物游［M］. 桂林：广西师范大学出版社，2006：94.
19. 维柯. 新科学［M］. 朱光潜，译. 北京：人民文学出版社，1987：542.
20. 巫鸿. 时空中的美术：巫鸿中国美术史文编二集［M］. 梅枚，等，译. 北京：生活·读书·新知三联书店，2009.
21. 巫鸿. 中国艺术和视觉文化中的"复古"模式［M］//时空中的美术：巫鸿中国美术史文编二集. 梅枚，等，译. 北京：生活·读书·新知三联书店，2009.
22. 项穆，李永忠. 书法雅言［M］. 北京：中华书局，2012.
23. 徐上瀛，徐樑. 溪山琴况［M］. 北京：中华书局，2013.
24. 许进雄. 中国古代社会：文字与人类学的透视［M］. 北京：中国人民大学出版社，2008.
25. 亚里士多德. 诗学［M］. 罗念生，译. 北京：人民文学出版社，1982.
26. 杨宽. 古史新探［M］. 北京：中华书局，1965.

27. 杨仁恺.中国书画［M］.上海：上海古籍出版社，1990.

28. 约翰·基西克.理解艺术：5000 年艺术大历史［M］.海口：海南出版社，2003.

29. 张光直.考古学专题六讲［M］.北京：文物出版社，1986.

30. 郑玄，贾公彦.周礼注疏：下［M］.上海：上海古籍出版社，2010.

31. C GEERTZ. After the fact two countries four decades one anthropologist［M］. Massachusetts: Harvard University Press. 1995.

32. J CLIFFORD. The predicament of culture: twentieth century ethnography, literature and art［M］. Cambridge, Massachusetts, London: Harvard University Press, 1988.

33. M MANGANGRO. Modernist anthropology: from field to text［M］. Princeton: Princeton University Press. 1990.

【本篇编辑：周庆贵】

数智时代人工自然美与当代美育转型研究

邹其昌

摘　要： 随着数智时代的到来，科技与人类生活的各个领域发生了深刻的变革，人工智能、数字化技术的迅速发展，不仅引领了艺术创作的革命，还促使美育进入全新的发展阶段。人工自然美，作为数智时代的产物，成为这一美学转型的核心概念。本文基于数智时代的背景，从人工自然美的基本原则、发展历程、教育价值等方面展开探讨，分析人工自然美在手艺美学、机械美学和数智美学时代中的演变，进一步探索人工自然美对美育体系转型的影响，特别是全生命性教育、三大结构体系（主体美育、创造美育、体验美育）、五大类型（家庭美育、学校美育、社会美育、工作美育、生活美育）和三大美学领域（自然美学美育、人工美学美育、人工自然美学美育）的关系，探讨人工自然美在未来美育体系中的地位和作用。

关键词： 数智时代　人工自然美　人工智能　美育转型　全生命性教育　主体美育　创造美育　体验美育

作者简介： 邹其昌，1963年生，男，武汉大学哲学博士，清华大学设计学博士后，二级教授，同济大学长聘特聘教授，同济大学设计创意学院和上海国际设计创新学院双聘教授，同济大学设计学博士生导师。主要从事美学、设计学、工匠文化等领域的科研与教学，重点研究中国当代设计学理论体系建构问题。著《工匠文化论》《朱熹诗经诠释学美学研究》《宋元美学与设计思想》等。

Artificial Natural Beauty and the Transformation of Contemporary Aesthetic Education in the Digital Intelligence Era

Zou Qichang

Abstract: With the advent of the Digital Intelligence Era, technology and all areas of human life have undergone profound changes, and the rapid development of artificial intelligence and digital technology has not only led to a revolution in artistic creation, but also prompted aesthetic education to enter a completely new stage of development. Artificial natural beauty, as a product of the digital intelligence era, has become the core concept of this aesthetic transformation. Based on the background of the age of digital intelligence, this paper explores the basic principles, development history, and educational value of artificial natural beauty, analyses the evolution of artificial natural beauty in the age of craft aesthetics, mechanical aesthetics, and digital intelligence aesthetics, and further explores the impact of artificial natural beauty on the transformation of the aesthetic education system, especially the influence of whole-life education, the three main structural systems (subjective aesthetics, creative aesthetics, and experiential aesthetics), and the five major types (family aesthetics, school aesthetics, social aesthetics, work aesthetics, and life aesthetics) and the relationship between the three major aesthetic fields (natural aesthetics aesthetics, artificial aesthetics aesthetics, and artificial natural aesthetics aesthetics), and to explore the position and role of artificial natural beauty in the future aesthetic education system.

Keywords: digital intelligence era artificial natural beauty artificial intelligence transformation of aesthetic education whole-life sexual education subjective aesthetic education creative aesthetic education experiential aesthetic education

在全球化和数字化进程不断加速的今天，人工智能（AI）、大数据、物联网等技术的迅速发展，推动了生产、生活及文化创作的深刻变革。传统的审美教育、艺术教育等美育形式面临前所未有的挑战与机遇，"人工自然美"（Artificial Natural Beauty）这一美学范畴的提出，为美育领域提供了崭新的理论视角与教育实践的可能性。

"人工自然美"是指在人工智能及其他科技的助力下，通过人类创造与自然元素的融合所形成的新型美学，既保持了自然的元素，又加入了人工智能和技术手段的创造性。本文通过详细分析人工自然美的内涵、演变及其对现代美育转型的影响，探索如何在美育实践中应用人工自然美，特别是在全生命性教育、三大结构体系和五大类型的美育框架中实现其教育价值。

一、数智时代的人工自然美

（一）数智时代的背景与特征

数智时代（数字智能时代）是指以数字技术和人工智能（AI）为核心驱动

力的时代，涉及物联网、人工智能、大数据、云计算、区块链等先进技术的快速发展和广泛应用。这个时代的到来，深刻改变了人类的生产生活方式，推动了各行各业的智能化、自动化和数据化转型。

在设计、艺术、文化和教育领域，数智时代带来了从创作、传播到审美体验的全面变革。数字技术不仅为艺术创作提供了新的工具和平台，如虚拟现实（VR）、增强现实（AR）、3D打印、数字绘画、人工智能创作，还推动了人类审美观念和文化体验的不断创新。因此，数智时代不仅是技术变革的时代，而且是美学、设计与艺术创作的重要转型期。

（二）人工自然：概念与内涵

人工自然（Artificial Nature）是数智时代一个跨学科的核心概念，涵盖了科技与自然、人工与自然、人工智能与环境生态等多个领域。其基本内涵是通过人类的创造和科技手段（如人工智能、虚拟现实、数字艺术）对自然环境、自然景观及其规律进行重塑、模拟、增强和创造，生成新的、与自然相似或具自然美感的人工景象、艺术作品或空间体验。

人工自然不仅是"人工"与"自然"的简单结合，而且是在遵循自然美学原则的基础上，通过人工智能、算法、科技工具等新手段，赋予自然形态和环境新的美学价值。它强调自然美与人工创作的和谐融合，是人类技术与自然界相互作用的一种新型呈现。

（三）人工自然美：新兴美学范畴

人工自然美（Artificial Natural Beauty，邹其昌，2024）作为一个新兴的美学范畴，是人工自然概念的延伸与具体体现。人工自然美指的是通过人工手段（尤其是借助数字技术、人工智能等高科技工具）在自然景观、物质形态、艺术创作中所实现的"自然"之美。这种美既不完全是自然界的复制，也不是纯粹的人工创造，而是通过高科技的艺术创作过程，将人工与自然的边界模糊、重塑，最终产生一种新的美学体验。人工自然美具备三个特点。

第一，自然与人工的边界模糊。人工自然美既包括对自然景观和形式的模拟与再创造，也涵盖了科技工具和人工智能对自然元素的干预、拓展与变革。例如，利用人工智能创作的"虚拟自然景观"，既可以拥有自然界的美学特征，又不受物理世界的限制，完全是基于算法和程序生成的。

第二，科技与艺术的融合。人工自然美体现了科技与艺术的深度结合，通过数字技术、3D 打印、虚拟现实、人工智能等方式，将艺术创作带入一个新的维度。艺术不再局限于传统的媒介和形式，科技带来了新的创作语言和可能性。

第三，生态与人文的对话。人工自然美强调人工与自然的和谐共生，注重生态学、美学与技术的多重维度。它不仅关注创作本身的美学价值，还关注创作过程中对自然资源、生态环境的尊重与保护。例如，通过人工智能生成的艺术作品，可以模拟自然景观，但同时注重可持续性，避免对环境产生负面影响。

（四）人工自然美的应用与实例

人工自然美在数智时代的艺术创作和文化实践中，已经逐渐展现出其独特的价值和影响力，并出现了几个具体的应用实例。

第一，虚拟现实（VR）和增强现实（AR）技术。利用这两种技术，艺术家能够创建出完全虚拟的自然景观或将虚拟元素与现实环境相融合，呈现一种超现实的"人工自然美"。例如，通过 VR 技术，观众可以进入一个完全由人工智能生成的森林世界，感受自然的生动与美丽，同时在其中与虚拟世界中的元素互动，感受人工与自然的交融。

第二，人工智能生成的艺术作品。近年来，人工智能（AI）在艺术创作中得到了广泛应用。例如，利用深度学习算法，AI 可以根据自然界的美学规律，生成类似自然景观的绘画作品或三维模型。这些作品不再只是对自然景象的模仿，而是通过算法和计算机生成的"人工自然"，展现了一种新的创作方式和美学风格。

第三，数字环境艺术与生态设计。在城市设计和建筑艺术中，人工自然美的理念也得到了体现。例如，某些建筑设计师利用人工智能和数码技术，创造出既符合生态环境要求，又具有高度艺术价值的建筑与景观设计。这样的设计不仅在美学上具备自然气息，还能够响应环境保护、节能减排等可持续发展理念。

第四，生物艺术与人工生物创造。人工自然美还可以体现在生物艺术（Bio-Art）领域。艺术家通过科技手段，如基因编辑、合成生物学，创造新型的"人工生物"或模拟自然生命形式的艺术作品。这些作品的本质是对自然生命的"重塑"和"再生"，但其形式和表现方式完全源于人类的科技创造，体现了人工与自然的互动和共生。

（五）数智时代人工自然美的未来趋势

在未来，随着人工智能、虚拟现实、物联网等技术的进一步发展，人工自然美将会有更多创新的表现形式和应用场景。人工自然美在数智时代的发展将出现以下几种可能趋势。

第一是全息艺术与沉浸式体验。未来，随着全息技术和沉浸式体验的成熟，人工自然美将更加注重观众的沉浸感与互动体验。艺术创作不仅是视觉的呈现，还将通过感官的全方位刺激，使观众能够完全融入"人工自然"的世界中，体验虚拟自然与现实自然的交织和转换。

第二是智能生态艺术创作。人工自然美将在生态艺术创作中发挥越来越重要的作用。通过大数据和人工智能，艺术家可以更精准地模拟自然生态系统的变化，创造出具有自然感知和环境响应能力的艺术作品。这样的作品不仅能美化环境，还能引发公众对生态保护、环境可持续发展的深刻思考。

第三是数字化自然景观与城市设计。随着智慧城市和数字化环境的建设，人工自然美将会成为未来城市设计的重要元素。通过利用数字技术、物联网等，城市中的公共艺术空间将与自然环境相融合，形成一种智能化、互动性的城市美学，使人们在日常生活中也能够欣赏与自然紧密结合的人工自然景观。

第四是人工智能与生态伦理。随着人工自然美的发展，如何处理人工智能和生态伦理的关系将成为一个重要议题。未来，艺术家和设计师在创作人工自然美时，不仅要考虑艺术性和创新性，还要考虑其生态影响和伦理问题。这一趋势要求未来的艺术创作在技术创新的同时，能够尊重自然规律，并承担社会责任。

人工自然美作为数智时代的产物，展示了人类在高科技背景下对自然的重新理解与创造。它融合了科技与艺术、自然与人工的元素，推动了美学观念、艺术创作与教育实践的深刻转型。未来，随着技术的进一步发展，人工自然美将在美学、艺术、教育和社会文化等领域发挥越来越重要的作用，为我们提供更加丰富、创新和具有生态意义的艺术体验。

二、人工自然美的基本原则与规律

人工自然美作为一个新兴的美学范畴，在数智时代通过人工智能与自然元素的深度融合，创造出具有生态功能、美学表现力与智慧感的美。为了全面理解人工自然美的特质与价值，我们需要从其基本原则与内在规律入手，探讨其如何在不同领域与实践中展现独特的魅力。

（一）人工自然美的基本原则

人工自然美并非简单的对自然的复制与模仿，它是一种有着明确目标和深刻内涵的创造性美学行为，具有三个基本原则。

第一，本天利人：本源性与人文性共融。"本天利人"（邹其昌，2022）是人工自然美的核心原则，意味着人工自然美的创造不仅要尊重自然界的规律，还需要服务于人类的实际需求与美学体验。这个原则体现了自然与人类的和谐关系，强调从自然中汲取灵感和智慧，但最终是为了满足人类在生态、文化、功能等方面的需求。因此，人工自然美不只是简单的模仿自然，而是通过技术和设计的手段，使其更符合人类的需求和审美期待。例如，智能生态建筑的设计不仅考虑自然环境的适应性，还整合了人类居住的舒适性、能源效率和健康需求，使建筑本身不仅成为自然景观的一部分，而且成为促进人类健康与福祉的"人工自然"空间。

第二，人机共生：技术与自然的深度融合。人工自然美强调技术和自然元素的"共生"关系。这一原则指出，人工智能和数字化技术不应被视为与自然对立的存在，而应作为"自然"的补充与扩展。人工智能不仅通过模拟自然规律来创作，还能够在复杂的自然现象中发现新的形态和结构，实现自然与人工在审美上的有机融合。例如，通过"生成对抗网络（GAN）"等技术，艺术家能够创造出既具自然感又能表现个体创意的数字艺术作品，这些作品既传达了自然界的美感，又注入了人工智能算法所带来的创新表现形式。

第三，可持续性与生态平衡。在人工自然美的创作中，始终强调生态和可持续性的价值。美学不再是单纯的外观展示，而且包含了环境保护、资源利用与能源管理等多维度的考虑。人工自然美不仅要在视觉和艺术上打动人心，而且需要考虑其生态功能和环境效益。因此，这一原则强调在人工创造的美学中融合生态保护与功能设计，追求资源的高效利用与可持续发展。例如，在园林设计中，通过智能感应系统优化植物生长环境，利用数据算法判断最适宜的植物配置和生长方式，不仅提升了景观的美学效果，还使环境的能效得到了最大化利用。

（二）人工自然美的基本规律

人工自然美作为跨学科的美学体系，体现了许多内在的规律性。其规律并非静态的模式，而是随着技术与自然的结合不断发展、演变。人工自然美具有四个基本规律。

第一，虽为人作，宛自天开（出自《园冶》）：自然感与人工智能的和谐统一。这一规律揭示了人工自然美的核心特征：尽管人工自然美是人工创造的产物，但在外观和感知上往往呈现出"自然"的特征，宛如"天开"之作。即使是通过人工智能或数字技术创作的艺术作品，其形式与表达方式依然能够使人产生与自然界相似的情感共鸣，表现出自然的和谐与优雅。例如，人工智能生成的景观设计可能通过大数据算法模拟自然环境的气候、植物种类与布局，进而创造出视觉和功能上都符合自然规律的空间设计，使人们能够在人工环境中感受自然的韵律与生命力。

第二，智能化与自适应：动态变化与交互性。人工自然美的创作遵循智能化与自适应的规律。随着人工智能与大数据技术的发展，人工自然美不仅停留在静态的形式表现上，还注重设计作品的动态变化与交互性。每一件"人工自然美"的作品都能够根据不同的环境、时间或观众的参与而进行自我调整和变化，保持其长久的新鲜感和生命力。例如，智能家居中的人工自然美设计可能会根据天气、时间、居住者的情绪和需求自动调整光线、温度和室内植物的状态。这种互动性和自适应性使得人工自然美不仅是静止的"美"，还是活生生的、具有持续演化能力的美。

第三，跨界融合：科技与艺术的界限模糊。随着人工智能技术的不断发展，人工自然美表现出强烈的跨界融合特征。人工自然美的创作不再依赖单一的艺术手段或技术工具，而是通过艺术、科技与自然科学的交叉合作，创造出全新的美学形式。这种融合带来了全新的审美体验，也推动了人们对艺术、科技与自然界之间关系的重新认识。例如，虚拟自然艺术展览使用了虚拟现实（VR）与增强现实（AR）技术，观众通过这些技术沉浸在数字化的自然环境中，尽管这些环境由人工智能设计和生成，但其呈现的自然景象却与真实世界的自然景观难以区分。

第四，多维度审美：视觉、功能与情感的综合体验。人工自然美不仅关注视觉美感，还注重功能性与情感性体验的多维度结合。人工自然美的作品往往具备多重功能，不仅能够提供美学享受，还能通过智能化设计提升使用者的舒适感与情感共鸣。其功能性与审美性的统一，创造了一种具有综合价值的美学体验。例如，智能生态园林通过利用自然元素和人工智能技术，设计出既美观又具有生态功能的景观，不仅为人们提供视觉上的美感，还能改善空气质量，调节温度、湿度，为人类的居住环境提供更好的生态支持。

人工自然美作为数智时代的新兴美学范畴，在基本原则和内在规律上体现了人工与自然的深度融合。其基本原则强调自然本源性与人文需求的共融、人机共生的创作方式、生态平衡与可持续性；其规律则揭示了自然感与人工智能的和谐统一、智能化与自适应的动态变化、跨界融合的多维度创造以及视觉与功能的综合体验。随着人工智能和数字化技术的不断发展，人工自然美的创作和体验将更加丰富和多元，推动美学与科技、自然的交融与创新。

三、人工自然美的历史发展与美学演变

人工自然美作为一种新兴的美学范畴，已经在数智时代的推动下崭露头角。其发展不仅与现代科技的进步密切相关，还根植于悠久的美学传统。人工自然美的历史发展与美学演变可以追溯到人类文明的早期，经过手艺美学时代、机械美学时代，最终在数智美学时代获得蓬勃发展。本文将探讨人工自然美的历史发展，分析各个时代的主要特征，揭示这一新型美学形式与人类社会、技术进步以及自然环境互动演变的规律。

（一）手艺美学时代的人工自然美

手艺美学时代可以追溯到人类社会的起步阶段，当时的工艺、艺术、建筑和生活方式深受自然界的启发。古代的手工艺者通过直觉与经验理解自然的形态和规律，在日常用品、建筑结构及艺术创作中融入自然的元素。这一时期的人工自然美强调人与自然的和谐共生，艺术家和工匠们通过手工技艺在自然形态的基础上创造出具有实用性和美感的物品。例如，中国古代园林设计中常见的"人工山水"便是手艺美学的代表。园林景观的设计师以自然山水为蓝本，通过人工修建石山、池塘、桥梁等元素，创造出具有自然美感的人工景观。这些园林虽由人工建造，但每一处景致都模仿并再现了自然的和谐与美丽，体现了"虽为人作，宛自天开"的人工自然美特质。

在手艺设计方面，中国陶瓷中的自然元素和形态设计也是手艺美学的一部分。传统瓷器不仅注重实用功能，还融入自然界的花鸟虫鱼等图案，以此表达对自然的崇敬与模仿。

（二）机械美学时代的人工自然美

随着工业革命的到来，机械美学时代的人对人工自然美的理解发生了根本性的变化。在这个时期，技术的发展和机械化生产的普及打破了手工艺的传统框架，人工自然美不再局限于手工艺，而且扩展到工业产品和建筑设计等领域。机械美学强调技术与美学的结合，工业化生产不仅要满足功能性需求，还要兼顾美学设计要求，创造出符合时代审美的工业美。

在机械美学时代，现代建筑成为人工自然美的重要体现。建筑设计师不再只关注建筑物的结构和实用性，也开始探索如何在工业化的生产方式中融入自然元素。例如，现代钢筋混凝土结构的建筑常通过大面积的玻璃幕墙、绿色植物的装饰等方式，形成"自然与人工"的有机结合。著名的巴黎蓬皮杜中心和美国的西雅图公共图书馆等建筑，通过大胆的工业化设计和自然元素的融合，体现了人工自然美的美学思想。

在工业产品的设计中，包豪斯学派的设计理念也将人工自然美的原则融入现代工业设计。包豪斯强调形式与功能的统一，并试图通过工业化生产手段，在大规模生产中保持艺术和美学的价值，体现了工业化与自然感的结合。

（三）数智美学时代的人工自然美

数智美学时代代表着人工自然美的前沿。随着人工智能、大数据、物联网等技术的迅猛发展，人工自然美不再局限于视觉感受，它的核心在于通过技术手段模拟自然规律，并将自然与人工智能深度融合，创造出一种全新的、动态的审美体验。数智美学时代的人工自然美强调动态变化、交互性和可持续性，这些特性使得艺术与设计作品不仅是静态的艺术品，而且是具有生命力和智能的存在。

在数智美学时代，智能建筑成为人工自然美的典型代表。许多现代智能建筑不仅具备高效节能、环境友好的特性，而且通过传感器和自动化技术，可以根据天气、时间和空间的变化实时调整室内光照、温度和空气质量，创造出一种与自然相呼应的智能生活空间。比如，阿姆斯特丹的"绿色"智能建筑，利用智能控制系统调整室内温度和湿度，以实现能源的最大化利用，同时保持舒适的居住环境。

在艺术创作中，人工智能艺术也展示了人工自然美的潜力。艺术家利用人工智能的生成对抗网络（GAN）算法创作出既有自然美感又充满技术创新性质的艺术作品。通过模拟自然景象、动植物的形态和生态环境，AI艺术作品在创作过程中融合了机器学习和自然模仿的技术，带来了超越传统艺术的全新审美体验。一个例子是由 AI 生成的虚拟自然景观——这些景观不仅是人工智能算法的产物，而且具有高度的生态学意义，展示了人与自然的深度互动和共生。

通过深度学习与生态数据的结合，设计师能够模拟不同生态环境的变化，预测不同植物的生长模式，并且创造出智能化的生态景观。这些设计不仅能提供美学体验，还能促进生态平衡和环境可持续性，展现了人工自然美的多维价值。

人工自然美的历史演变展示了人类在不同技术时代对自然美的理解与创造的进化过程。从手艺美学时代的自然模仿，到机械美学时代对工业设计与自然的融合，再到数智美学时代的智能化与自然感的无缝对接，人工自然美始终围绕着自然与人类需求的共生展开。各个时代的人工自然美通过不同的艺术创作与技术手段展现了不同的美学价值，也预示着未来人类在人工智能与自然环境的深度互动中将创造更多具有生命力和生态价值的艺术与设计作品。在未来的发展中，随着技术的不断进步和人类对自然理解的深入，人工自然美必将继续演化，成为人类文化、生态与科技交织的创新美学形式。

四、数智时代美育转型与人工自然美的教育价值

数智时代的到来不仅引发了技术和社会的革命，也为美育的理念、方法与实践带来了深刻的转型。在这一背景下，传统美育的框架逐渐无法满足新时代的需求，亟须新的美学范畴与教育模式的整合。人工自然美作为数智时代美育的新兴美学理念，不仅具有独特的艺术价值，还在教育中提供了新的视角与实践路径。本节将结合美育的一大宗旨——全生命性教育，分析人工自然美的教育价值，探讨其在数智时代美育转型中的作用。

（一）美育的一大宗旨——全生命性教育

全生命性教育作为美育的核心宗旨，强调教育过程中对学生身体、思想和情感的全面塑造。美育的目的不仅是对艺术技能的培养，还是通过艺术的体验和

创作帮助学生实现内在的自我完善、情感表达和精神升华。在数智时代,人工智能、虚拟现实、智能设计等科技手段为美育提供了新的教育工具和表现形式,推动了美育的整体转型。全生命性教育强调人的全面发展,强调身心的和谐统一。人工自然美在这一框架下,不仅在艺术创作中拓宽了学生的视野,而且在情感认知、创新思维、社会责任感等多方面发挥着积极作用。具体表现如下:

第一,情感培养与审美体验。通过人工自然美的创作与体验,学生能够接触更广阔的艺术空间,感知和理解传统美学与现代科技相结合的艺术作品,体验更为多元和丰富的审美情感。

第二,创新意识与解决问题。人工自然美鼓励学生在创作过程中挑战传统艺术的边界,使用新兴技术如人工智能、增强现实等工具进行艺术创作。这不仅激发了学生的创新意识,还促进了跨学科知识的融合与应用。

第三,生态意识与社会责任。人工自然美通过对自然景观和生态环境的再创造,引发学生对自然、环境和社会责任的深度思考,帮助他们建立起符合可持续发展理念的价值观。

(二)数智时代美育转型的三大结构体系

数智时代美育的转型是一个多维度的过程,涉及教育理念、方法以及内容的变革。为了更好地适应这个新时代,美育的结构体系需要全面调整和创新。在人工自然美的指导下,美育的三大结构体系——主体美育、创造美育、体验美育,将展现出新的发展方向。

第一,主体美育:人性美育与情感培养。主体美育聚焦于培养学生的审美感知能力、情感表达与人性培养。在数智时代,人工自然美为主体美育提供了新的发展空间。通过人工智能生成的艺术作品,学生不仅可以感知美的多样性,还能够在感受自然景观与人工设计相融合的过程中,体验人与自然、人与机器的关系。例如,虚拟现实技术可以让学生置身于仿真自然景观中,体验不同的生态环境,从而在审美体验中培养起对自然美、人工美与人工自然美的理解和感知。这种情感培养不仅停留在视觉和听觉的层面,更触及学生内心的情感共鸣和心理认知。

第二，创造美育：艺术创作与创新思维。创造美育致力于培养学生的艺术创造力和创新能力。在人工自然美的教育框架下，学生不仅是技术的操作者，而且是创造性的思考者和艺术表达者。数智时代的美育教育强调创意、个性化和自由表达，学生通过科技工具（如人工智能、数字艺术、三维建模等）参与艺术创作，推动艺术创作与创新思维的深度融合。人工自然美鼓励学生将自然元素与人工设计相结合，通过数字平台实现个性化的艺术创作。例如，学生可以利用生成对抗网络（GAN）创作风景画，融合自然与人工元素，在创作过程中实现美学价值的升华。这种艺术创作不仅让学生掌握了新的技术工具，还培养了他们的批判性思维与跨学科能力。

第三，体验美育：技能教育与实践能力。体验美育通过实际操作和艺术实践，帮助学生掌握一定的艺术技能和创造能力。在数智时代，体验美育不再局限于传统的绘画、雕塑、音乐等艺术形式，而且扩展到数字艺术、虚拟现实艺术、3D 打印等新兴领域。人工自然美通过虚拟艺术、生态设计和数字化技术等手段，为学生提供了多样化的艺术实践平台。在这个过程中，学生不仅能够体验艺术创作的乐趣，还能够提升自身的实践能力和技能水平。例如，学生可以通过数字建模和智能设计创建出自然与人工相结合的生态作品，从而提高他们的动手能力和创新实践能力。

（三）美育的五大类型与人工自然美的融合

美育的五大类型——家庭美育、学校美育、社会美育、工作美育和生活美育，在数智时代面临着不同的教育需求和发展方向。人工自然美的理念和实践为这些类型的美育提供了全新的教育路径与实践方式。

第一，家庭美育：培养自然与人工融合的审美能力。家庭美育作为美育的基础类型之一，主要关注家庭成员尤其是儿童的美育培养。在人工自然美的影响下，家庭教育不仅关注儿童艺术技能的培养，还包括对自然与人工相结合的美学意识的培养。家长可以通过科技工具和艺术活动与孩子一起创作虚拟景观、模拟自然生态等，共同体验人与自然的美学融合。

第二，学校美育：跨学科的美学教育。学校美育是数智时代美育的重要平台，学校不仅要传授艺术技能，还要帮助学生建立全面的美学素养。通过人工自然美的引导，学校美育可以融合数字艺术、人工智能技术等，开展跨学科的艺术创作活动。例如，在科学与艺术结合的项目中，学生可以利用数字技术创造出模拟自然景观的艺术作品，这种方式促进了艺术教育与科技教育的有机结合。

第三，社会美育：创新艺术与社会责任。社会美育关注的是通过艺术与社会责任的结合，提升公民的美学素养与社会责任感。在人工自然美的视野下，社会美育可以通过数字艺术展览、虚拟公共艺术等方式，鼓励公众关注环境、生态和社会问题。例如，环保主题的数字艺术展览不仅能够增强人们的艺术欣赏能力，还能够提升他们的生态责任感和社会参与意识。

第四，工作美育：科技与艺术的融合创新。工作美育在数智时代有了新的发展方向。通过人工自然美的实践，工作中的艺术创作可以与工作技能相结合，促进员工的创新思维和团队合作能力。艺术与科技的融合，尤其在设计、建筑等行业，推动了工作美育的创新发展。

第五，生活美育：日常生活中的艺术创造。生活美育通过艺术化的日常生活提升人们的审美水平。人工自然美通过数字平台和虚拟工具的使用，帮助人们在日常生活中创造艺术，如使用虚拟现实（VR）技术来设计居住空间，利用3D打印技术来设计日常用品。

（四）美育的三大美学领域：自然美学美育、人工美学美育、人工自然美学美育

在数智时代，随着人工自然美的兴起，美育的三大美学领域——自然美学美育、人工美学美育、人工自然美学美育也迎来了深刻的变革。

第一是自然美学美育，强调与自然和谐共生。自然美学美育是传统美育的重要组成部分，其核心是通过自然景观的体验，培养人们对自然美的感知和欣赏。在数智时代，人工自然美为自然美学美育提供了新的视角，通过数字化技术、虚拟现实等手段，可以让学生身临其境地体验不同的自然景观，并感知人与自然的和谐关系。

第二是人工美学美育，强调人类创造与技术的结合。人工美学美育强调的是人类通过技术和创造力对人工艺术的理解与创造。数智时代的人工自然美将人类的技术与自然元素相结合，创造出前所未有的艺术形式和表现方式。通过科技手段进行的艺术创作，激发了学生对人工美的独特思考和探索。

第三是人工自然美学美育，强调科技与自然的和谐融合。人工自然美学美育则将人工美与自然美的优势结合，通过科技手段进行自然元素的再创造，推动人与自然的和谐共生。在这一过程中，学生不仅能够培养审美素养，还能增强对生态环境的认知和责任感，创造出更加符合可持续发展理念的艺术作品。

数智时代的美育转型，要求教育系统和社会共同思考如何在新的技术背景下培养具有全面素养、创新精神和社会责任感的未来公民。人工自然美作为数智时代美育中的重要组成部分，为美育的理念、方法和实践提供了新的路径。通过全生命性教育的实现，结合主体美育、创造美育、体验美育的三大体系，人工自然美能够帮助学生全面发展，培养他们的创造力、审美素养与社会责任感，从而推动美育教育的全面转型。

五、人工自然美在未来美育体系中的地位和作用

随着人工智能、数字化技术和可持续设计的飞速发展，人工自然美（Artificial Natural Beauty）作为一种新兴的美学范畴，逐渐在全球范围内的艺术创作、教育实践和社会文化活动中占据越来越重要的地位。在未来的美育体系中，人工自然美不仅将成为美学教育的重要组成部分，还将对个体的审美感知、创新思维、社会责任感以及自然环境保护等方面产生深远影响。

人工自然美融合了自然与人工、艺术与技术、传统与现代等元素，反映了人类在新时代背景下对"自然"和"人工"的界限和边界的重新审视。其核心价值在于通过科技手段和创意设计，创造出既符合自然美学规律又具备人工智能创新性的艺术作品，推动着美学观念、艺术创作和文化实践的全面革新。

本节将深入探讨人工自然美在未来美育体系中的地位与作用，分析其在当代

教育转型中的影响，并提出有效融入美育教育体系的策略。

（一）人工自然美的独特价值

人工自然美的最大特点是艺术与科技的融合。通过科技工具如人工智能、虚拟现实、增强现实、3D打印、生成对抗网络（GAN）等，艺术创作不仅包括传统的画布、雕塑等形式，还能够通过数字化平台、虚拟环境等多种形式进行表达。人工自然美突破了传统艺术创作的局限，让学生能够体验科技与艺术相结合的独特魅力。例如，在虚拟现实技术的帮助下，学生能够"置身"于由人工智能生成的自然景观中，感知自然与人工元素的无缝融合，从而在审美和情感上获得更深层次的体验。学生不仅学会如何运用新兴技术进行艺术创作，还能通过这种方式培养跨学科的思维能力和创新能力。

人工自然美也强调自然与人工的和谐共生。人工自然美并非单纯的"人工创造"，而是追求自然与人工的和谐共生。它在创作过程中对自然的尊重与再现，体现了"尊重自然、顺应自然"的生态美学理念。这种理念不仅关注自然美的艺术呈现，还促进了人们对生态环境保护和可持续发展的关注。在美育中引入人工自然美，可以帮助学生形成对自然环境的深刻理解，并培养其生态责任感。例如，通过在设计作品中融入环保理念或使用可持续材料，学生能够在创作过程中体验人与自然的互动，从而更加关注生态环境与社会责任，进而推动美育教育的绿色转型。

（二）人工自然美在未来美育体系中的作用

一方面，人工自然美能够扩展审美体验的广度与深度。传统的美育多集中在自然景观和人工艺术作品的审美培养上，而人工自然美的融入使审美体验得到了极大的扩展。通过人工智能生成的艺术作品、虚拟现实技术呈现的环境景观，以及人机共创的艺术作品，学生不再是被动的审美接受者，而是积极的创作者和参与者。这种新的美育形式，促使学生在感知、思考和创作等各个方面更加主动、开放、灵活地进行艺术实践。在这一过程中，人工自然美的核心作用在于为学生提供了一个多维度的艺术平台，让他们能够在实际操作中体验数字艺术、生态艺术、环境艺术等多元艺术形态，并通过人工与自然的结合，深化他们的审美体验。

另一方面，人工自然美也能够培养创新精神与跨学科能力。未来社会的核心竞争力在于创新精神与跨学科能力的培养。人工自然美的教育不仅关注艺术创作的技能培训，还鼓励学生通过跨学科的方式进行艺术创作。无论是运用人工智能生成艺术作品，还是使用数字技术设计自然景观，学生都需要在实践中整合艺术与科学的知识，培养创新思维和解决问题的能力。例如，学生可以利用人工智能（如深度学习算法）创作出独具特色的艺术作品，这不仅帮助学生掌握前沿科技工具，还能够激发他们在艺术创作中的创新潜力。通过这样的跨学科融合，学生不仅能够拓宽艺术创作的路径，还能够培养出更具批判性思维和创造力的多维度能力。

与此同时，人工自然美也能够促进社会责任感与生态意识的觉醒。随着全球环境问题的日益严重，生态保护、可持续发展和社会责任已成为全球社会亟待解决的重要问题。人工自然美作为一种强调自然与人工和谐共生的美学范畴，能够通过美育教育推动学生建立起对自然环境的敬畏与保护意识。在创作过程中，学生不仅能够理解生态美学的价值，还能够在作品中反映出对环境、社会以及人类未来的深刻思考。例如，学生可以在创作艺术作品时，运用可持续设计理念，选择环保材料，利用智能设计方式减少资源浪费。通过这种艺术创作，学生不仅能够提升艺术素养，还能够意识到自己在社会与环境中的责任，从而培养社会责任感。

（三）人工自然美与美育体系的融合策略

第一，在课程设计中融合人工自然美。为了在美育中有效融入人工自然美，教育部门应从课程设计和教学内容上进行创新。要更新美育课程大纲，将人工自然美的理论和实践纳入其中。课程应鼓励学生通过数字艺术、虚拟创作、环境艺术等形式进行艺术创作，拓展艺术创作的空间和领域。通过设置跨学科的课程，整合艺术、科学和技术的知识，推动学生在艺术创作中应用创新工具和方法。

第二，培养教师的跨学科教学能力。教师是美育转型的关键角色。在数智时代，教师不仅需要掌握传统艺术教学的内容，还应具备数字艺术、人工智能等领域的基础知识。教育培训机构应为教师提供相关的培训，帮助他们掌握现代技术、工具和方法，提升其在人工自然美教育中的教学能力。此外，教师还应具备跨学科的思维方式，能够在艺术、技术、生态等领域进行融合式教学，帮助学生建立全面的艺术素养和社会责任感。

第三，鼓励创新性艺术实践与创作。美育不仅是理论知识的传授，而且要为学生提供创作的空间和机会。人工自然美的融入为学生提供了全新的艺术创作方式和表现形式。教育机构可以鼓励学生参与创新性的艺术实践项目，如人工智能艺术创作、数字环保设计，让学生在创作中体会艺术与技术的结合，激发他们的创新精神和实践能力。

随着数智时代的到来，人工自然美作为一种新兴的美学范畴和创作方法，正在成为未来美育体系的重要组成部分。通过对人工自然美的教育实践，我们不仅能够拓宽学生的艺术视野，培养他们的创新能力，还能够提升他们的社会责任感和生态意识。未来的美育教育将不只停留在传统艺术技能的培养上，而是全面转向跨学科、创新性和社会责任感的培养，推动学生在全球化、数字化的背景下，成为具有创造力、批判性思维和社会责任感的全面发展的人才。

结　　语

本文结合数智时代的发展趋势，提出了"人工自然美"以及"人工自然美学"等核心问题，并尝试性地探讨了数智时代人工自然美在未来美育转型发展中的独特价值和意义。本文重点考察了本文的核心概念和观念：数智时代、人工自然、人工自然美、人工自然美的原则——本天利人、人工自然美的规律——虽为人作宛自天开、人工自然美的历程——手艺美学时代、机械美学时代、数智美学时代、美育的一大宗旨——全生命性教育；三大结构体系——主体美育（人性美育）、创造美育（艺术美育）和体验美育（技能美育）；五大类型——家庭美育、学校美育、社会美育、工作美育、生活美育；美育的三大美学领域——自然美学美育、人工美学美育、人工自然美学美育。

　　当然，该领域的探讨才刚刚开始，有待深入系统研究。

【本篇编辑：刘畅】

个体审美发展初探

杜 卫

摘　要：个体的审美发展是一个客观的心理事实，每一个健康的儿童都有审美发展的潜能和内在需要，它表现为爱美和创造的天性、情感表达和交流的需要。所以，审美发展应该被确认为人的全面发展的有机组成部分，美育的主要任务就是促进学生的审美发展。在当今中国，应该把提升人的感性素养作为审美发展的第一要义，同时充分肯定人的感性素养对于人的生存幸福以及创造力发展的重要意义。个体感性方面发展同理智方面发展在性质、特点和规律上都有较大差异。审美发展作为个体感性方面能力和意识的发展，实质上是个体旧的审美心理结构向新的审美心理结构的转变和提升，它意味着个体感性素养的成长和成熟，意味着个体生命活力的充实。当然这种成长和成熟并不是单纯的理性发达，而是感性的丰富和深厚，是人的感性从肉体到精神的贯通与和谐，也就是个体感觉、知觉、想象、情感、直觉的活泼与深刻。审美发展研究有助于美育工作者在充分了解个体审美心理特征和发展规律的基础上，制订有针对性的、前后连贯的教育目标（如美育核心素养）、课程计划、教学内容和方法，可以避免美育过程的盲目性。

关键词：审美发展　美育　感性素养

作者简介：杜卫，男，1957年生，文学博士，杭州师范大学教授，现任教育部高校美育教指委副主任委员，中华美学学会副会长，中国高教学会美育专委会理事长，中国美术学院美育研究院院长。主要从事艺术哲学、美育学和中国现代美学思想的研究。著有《走出审美城》《美育论》《审美功利主义》等。

A Preliminary Study on Individual Aesthetic Development

Du Wei

Abstract: The aesthetic development of the individual is an objective psychological fact, and every healthy child has the potential and inherent need for aesthetic development, which manifests itself in the love of beauty and creativity, the need for emotional expression and communication. Therefore, aesthetic development should be recognised as an integral part of comprehensive human development, and the main task of aesthetic education is to promote students' aesthetic development. In today's China, the enhancement of human perceptual literacy should be taken as the first and foremost importance of aesthetic development, and at the same time the significance of human perceptual literacy for the well-being of human existence as well as the development of creativity should be fully affirmed. Individual perceptual development differs greatly from rational development in nature, characteristics and laws. Aesthetic development, as the development of the individual's ability and consciousness in the perceptual aspect, is essentially the transformation and upgrading of the individual's old aesthetic psychological structure to the new one, which implies the growth and maturity of the individual's perceptual literacy, and the enrichment of the individual's vitality of life. Of course, this kind of growth and maturity is not purely rational development, but the richness and depth of sensibility, the coherence and harmony of human sensibility from the body to the spirit, that is to say, the vivacity and profundity of individual feelings, perceptions, imaginations, emotions and intuitions. The study of aesthetic development helps aesthetic educators to formulate targeted and coherent educational goals (such as the core qualities of aesthetic education), curriculum plans, teaching contents and methods on the basis of a full understanding of the individual's aesthetic psychological characteristics and developmental laws, which can avoid the blindness of the aesthetic education process.

Keywords: aesthetic development　aesthetic education　perceptual literacy

　　在全面发展教育体系中，美育是通过促进人的审美发展服务于人的全面发展总目标，促进人的审美发展体现了美育的特殊作用。在美育学体系中，审美发展是一个核心范畴，是连接美育哲学和美育方法论的桥梁，也是美育哲学思想走向具体的美育课程和美育活动的中介。因此，个体审美发展是美育理论研究中的一个重要范畴，应该引起学术界和教育界的高度重视。

一

从哲学层面说，人的审美发展是人的全面发展的有机组成部分。席勒在《美育书简》中创造了美育这个概念，其基本的含义就是感性教育。从此出发，所谓人的审美发展也就可以说是"感性发展"。他还首次提出了包含美育的四种教育形态，并界定了各种教育形态不同的教育内容和任务："有促进健康的教育，有促进认识的教育，有促进道德的教育，还有促进鉴赏力和美的教育。这最后一种教育的目的在于培养我们感性和精神力量的整体达到尽可能和谐。"[①] 席勒提出美育的重要出发点是：在理性压抑感性、造成人格分裂的现代化进程背景下，恢复人的感性，使之与理性达到和谐。同时，为了克服利己主义的盛行，席勒主张通过审美来使人的道德得以提升。因此，他把美育的具体任务界说为使人恢复"审美状态"，认为人的这种状态为人的各种能力的发展提供了可能。同时他又认定，审美状态是人进入道德状态的必由之路："要使感性的人成为理性的人，除了首先使他成为审美的人，没有其他途径。"[②] 他还明确指出美育的根本任务就是恢复人性，从而使人有可能顺利进入道德状态："教养（这里指的就是美育——引者注）的最重要任务之一就是使人在其纯粹自然状态的生活中也受形式的支配，使他在美的王国所及的领域中成为审美的人。因为道德的人只能从审美的人发展而来，不能由自然状态中产生。"[③] 由此可见，席勒提出美育的主要目的是克服人自身感性和理性的分裂，使人的感性恢复到与理性相协调的状态，也就是审美状态，为人的进一步发展奠定基础。必须指出的是，席勒所讲的美育是对人的自然感性的提升，并不是像后来的一些现代主义者所解释的，是完全回到自然意义上的身体。此外，席勒所讲的审美状态也不是他所追求的理想人格状态，而是达到更高理想人格（"道德的人"）的中介。

---

① 席勒. 美育书简［M］. 徐恒醇，译. 北京：中国文联出版公司，1984：108.
② 席勒. 美育书简［M］. 徐恒醇，译. 北京：中国文联出版公司，1984：116.
③ 席勒. 美育书简［M］. 徐恒醇，译. 北京：中国文联出版公司，1984：118.

中国传统的美育思想则认为，美育本身就是达到人的修养最高境界的途径。孔子讲："兴于诗，立于礼，成于乐。"① 王国维阐释这句话说，孔子培养人"始于美育，终于美育"②。在这个意义上，孔子讲"成于乐"就是要用美育来达到人格修养的最高境界。孔子的人生理想是"仁"，③ 而仁主要属于道德范畴，所以，孔子所谓的"成人"也就是养成道德人格。传统儒家关于美育的思想基本上延续了孔子的思想，就是以感性体验的方式，将道德内容内化于心，从而形成情理相融、知行合一的道德人格。例如孟子特别强调"养气"，其实也是注重内心的涵养。一个人心正、意诚，便养成贯通全身的气质与涵养，并通过外表自然流露。他说："胸中正，则眸子瞭焉；胸中不正，则眸子眊焉。"④ "君子所性，仁义礼智根于心，其生色也睟然，见于面，盎于背，施于四体，四体不言而喻。"⑤ 这就是修身所达到的一种境界！这种境界既是道德的，也是审美的。

直到 20 世纪初，西方美育思想传入中国，王国维、蔡元培、梁启超以及此后的朱光潜、宗白华等，均将美育作为去除国民内心过分私欲、使国民养成高尚道德情操的一种修养功夫来加以阐述和倡导。王国维提出了审美和艺术的"无用之用"说，⑥ 这里两个"用"，前者是"一己之利害"，也就是个人自私、实用的价值；后者是使情感纯洁、道德高尚的精神价值。王国维关于美育功能的"无用之用"的界说，把审美价值的超越性与现实性融为一体，这种辩证言说方式成为此后中国美学和美育理论的经典性话语。蔡元培说："纯粹之美育，所以陶养吾人之感情，使有高尚纯洁之习惯，而使人我之见、利己损人之思念，以渐消沮者也。盖以美为普遍性，决无人我差别之见参入其中。""美以普遍性之故，不复有人我之关系，遂亦不能有利害之关系。……盖美之超绝实际也。"⑦ 他还说："欲养

---

① 杨伯峻.论语译注［M］.北京：中华书局，1980：80.
② 王国维.孔子之美育主义［M］//王国维全集：第 14 卷.杭州：浙江教育出版社；广州：广东教育出版社，2009：16.
③ 张岱年.中国哲学大纲［M］.南京：江苏教育出版社，2005：245.
④ 杨伯峻.孟子译注［M］.北京：中华书局，1960：177.
⑤ 杨伯峻.孟子译注［M］.北京：中华书局，1960：309.
⑥ 王国维.孔子之美育主义［M］//王国维全集：第 14 卷.杭州：浙江教育出版社，广州：广东教育出版社，2009：18.
⑦ 蔡元培.以美育代宗教说［M］//蔡元培全集：第 3 卷.杭州：浙江教育出版社，1997：60-61.

成公民道德，不可不使有一种哲学上之世界观与人生观，而涵养此等观念，不可不注重美育。"① 这就明确指出了审美的非功利性恰恰能够涵养国民高尚道德。朱光潜坚持认为："美育为德育的基础""美育为德育的必由之径"。他说："道德并非陈腐条文的遵守，而是至性真情的流露。所以德育从根本做起，必须怡情养性。美感教育的功用就在怡情养性，所以是德育的基础功夫……从伦理观点看，美是一种善；从美感观点看，善也是一种美。"② 主张"以情为本"的朱光潜揭示了道德成长的一个重要规律，那就是道德生长的根在于内心真诚的情感。

由于所处的文化传统和发展阶段不同，中国的美育思想传统和席勒的美育思想在美育的主要任务方面存在一定差异，这是显而易见的。但是，除了差异，也还有重要的共同点，那就是都肯定了美育对于人的感性的提升作用。席勒认为，美育使人的自然感性转变为审美感性，这种感性的核心意义是与人的精神相协调，从而达成内心和谐。所谓感性与精神相协调，也就是感性包含或渗入了精神因素。而儒家更是注重美育对人的自然本性的提升，从而使人的感性与道德交融，达到中庸，所谓"乐而不淫，哀而不伤"，"文质彬彬，然后君子"，"发乎情，止乎礼义"，就是内心和谐的体现。

二

把促进人的审美发展界定为美育的主要任务，也就是要提升和强化人的感性素养发展。认识到这一点，在当今文化环境中尤为重要。

从美学史上看，"美学"这个术语的提出，就是在理性主义占主导的欧洲学术背景下，感性的出场。德国理性主义哲学家鲍姆加登在他的《对诗的哲学沉思》（1735 年）一书中，首次造出了"美学"术语，并依据笛卡尔哲学的原理和方法，建构了美学理论，他把美学解释成"感性认识的科学"③。鲍姆加登创造

① 蔡元培.传略（上）［M］//蔡元培全集：第 3 卷.杭州：浙江教育出版社，1997：668.
② 朱光潜.谈美感教育［M］//朱光潜全集：第 4 卷.合肥：安徽教育出版社，1987：145-146.
③ 详见比厄斯利.美学史：从古希腊到当代［M］.高建平，译.北京：高等教育出版社，2018：257.

"美学"这个词，词根来自古希腊文 aisthesis，意思是感官认知或感知，是指凭借感官可以感知对象，由此与凭借思维认知对象相区分。[①] 鲍姆加登所提出的美学理论实际上还是与理性主义一脉相承的，他认定，美学研究的感性认识是低层次的认识，并按照理性主义哲学的逻辑方法把诗界定为"一个完善的感性话语"，试图以理性主义的统一性秩序来给感性话语加以理性化规范。[②] 所以，英国学者伊格尔顿曾评论说："如果说他（指鲍姆加通—引者注）的《美学》以改革者的姿态开拓了整个感觉的领域，它所开拓的实际上是理性的殖民化。"[③] 但是，伊格尔顿在同一部著作中却又评论说："美学是作为有关肉体的话语而诞生的……审美关注的是人类最粗俗的，最可触知的方面，而后笛卡儿哲学（post-Cartesian）却莫名其妙地在某种关注失误的过程中，不知怎的忽视了这一点。因此，审美是朴素唯物主义的首次激动——这种激动是肉体对理论专制的长期而无言的反叛的结果。"[④] 在这里，"感性"这个美学的核心范畴似乎又变成了"肉体"。这又作何解释呢？

感性本来就连着肉体，即使是感性认识也离不开感官，而感官就是肉体的一部分。然而，更重要的是，理性现代性在美学中的"殖民"导致了美学走向了理性主义的反面。现代性思维对知识自律的追求以及二元独立的思维方式引导美学一步一步离开了理性主义的逻辑，在建立审美自律领域的过程中，使感性摆脱了理性的强制而独立：美学中出现的审美独立、艺术独立等审美主义观念就是这种审美现代性进程的产物。康德在《判断力批判》中提出了衡量审美快感的四个条件，而且，在他的《美的分析》之后还有理性压倒感性并逻辑地引向目的论的《崇高的分析》。但是，在 20 世纪的美学发展中，唯独《美的分析》中所提出的"无利害性"成为西方现代美学的重要基石，这实际上也是现代艺术要求"独立"的需要所致。对此，美国的一位美学家曾指出："除非我们能理解'无利害性'这个概念，否则我们就无法理解现代美学理论。假如有一种信念是现代思想

---

① 详见 R WILLIAMS. Keywords［M］. London: Fontana Press, 1983: 31.
② 详见比厄斯利. 美学史：从古希腊到当代［M］. 高建平，译. 北京：高等教育出版社，2018：257-258.
③ 特里·伊格尔顿. 美学意识形态［M］. 王杰，等，译. 桂林：广西师范大学出版社，1997：3.
④ 特里·伊格尔顿. 美学意识形态［M］. 王杰，等，译. 桂林：广西师范大学出版社，1997：1.

的共同性质，它也就是：某种注意方式对美的事物的特殊知觉方式来说是不可缺少的。"① 对席勒《美育书简》的解读也是如此，例如 20 世纪美国思想家马尔库塞就阐释说："要拯救文化，就必须消除文明对感性的压抑性控制。这事实上就是《审美教育书简》一书的潜在思想。"② 在这里，作为审美范畴的"感性"与马尔库塞所讲的"爱欲"几乎同义。审美现代性的这种发展使"感性"范畴朝着越来越非理性化的方向演变，近年出现的"身体美学"也可以说是这一趋势的一个案例。感性范畴的这种演变使美学具有了对抗科学主义、技术主义以及资本主义的意味，其人本主义的立场也日益凸显，这同"二战"之后西方资本主义社会的发展特点是相对应的。

在中国当下文化、教育语境下，科学主义、技术主义对于人的生存发展的影响仍然是巨大的，学校教育偏重于知识的传授和逻辑思维能力的培养，美育、艺术教育还处在极为边缘的地位，而且对美育课程也主要是依据理智主义的价值观念，基本忽视美育对人的感性素养发展的积极意义。因此，中国的学校美育需要确立感性教育的观念，遵循美育的特点，并在美育实践中促进儿童青少年感性方面的发展和提升。20 世纪 90 年代以来，随着我国不断改革开放，文化产业蓬勃兴起，以"后现代性"为主要特质的西方大众文化大量涌入，与中国固有的产生于农耕时代的市井文化交融，形成了以满足感官刺激和身体愉悦为主要目的的娱乐文化格局。从"跟着感觉走""过把瘾就死"到"感性至上""娱乐至死"，把这种娱乐文化的感性泛滥实质表露无遗！文化产业遵循的是市场法则，有怎样的需求就提供怎样的产品。目前娱乐文化的这种格局恰恰真实地映现出国民整体文化素养、艺术素养还比较低的现状，这是毋庸回避的现实问题。吴冠中一句"美盲比文盲更可怕"或许有些偏激，但还是引起了很大反响，正是源于我们对所处文化境遇的反思。我国的教育水平还不够高，社会各界对于审美和人文素养的养成还重视不够，资本和市场思维对文化生产乃至严肃艺术创作的渗透较深，实用主义、急功近利的观念和浮躁心态还深刻地制约着教育和文化生活……面对这样

---

① 斯托尔尼兹."审美无利害性"的起源［J］.美学译文，1984，（3）：17.
② 马尔库塞.爱欲与文明：对弗洛伊德思想的哲学探讨［M］.上海：上海译文出版社，1987：139.

的文化和教育境况，我们学术界该如何言说"感性"？美育作为"感性教育"的内涵该如何界定？

第一，应该把提升人的自然感性素养作为美育的第一要义。美育促进人的审美发展就是使人的自然感性逐渐具有人文内涵，以养成"丰厚感性"：既有感性的丰富、生动、敏捷和活力，又有历史文化的蕴含；既有童心般的天真与幻想，又有哲理性的选择与判断；既有游戏般的快乐，又对人生的深刻领悟。这种丰厚感性表现为人的一种审美能力，能够瞬间发现世界的情趣、意蕴，能够在艺术世界中发现人生的意义；也体现为个人的艺术气质、生活品位和格调，追求艺术化人生境界，与高尚的人生观、价值观直接贯通。

第二，应该把审美现代性观念中对人的感知、情感、想象等感性素养的肯定吸收到审美发展范畴之中。中国传统美育思想丰富而深刻，但有一个历史局限，那就是对人的感性本身的价值认识不足。这在农耕文化时代是完全可以理解的，但是，我们已经进入现代化的中后期了，某些不适合当今时代的思想是需要扬弃的。感性总是具体的和个体的，美育促进人的审美发展，就是要致力于发展具有丰富内涵、与人的社会性相协调的、具有创造力的个性。艺术是人类最具个性化的创造活动，每一部优秀艺术品都是独一无二的，美育过程就是不断养成学生个性并使之实现表达的过程，这个过程也是促进学生创造力发展的过程。只有个性的发展，才有创造力的发展，如今国际上越来越多的国家把普通艺术教育目标设定为创造性教育，[①] 其深刻的基础就是艺术教育促进了个性的发展。

三

20世纪各种心理学理论中，发展心理学，特别是以皮亚杰为代表的认知发展心理学对教育、教学的理论和实践影响深广。20世纪下半叶，随着发展心理

---

① 联合国教科文组织发布的《艺术教育路线图》（2006年），把培养学生的创造力作为艺术教育的主要目标："人类全体都具有创造潜能。艺术提供一种环境和实践，使学习者积极投入到创造性的经验、过程和发展之中。"引自联合国教科文组织网址 http://www.unesco.org/new/fileadmin/MULTIMEDIA/HQ/CLT/CLT/pdf/Arts_Edu_RoadMap_en.pdf.

学的兴盛和审美心理学的发展，国外美育和艺术教育理论中出现了"审美发展"（aesthetic development）这个概念，心理学层面的"审美发展"概念是发展心理学、审美心理学在美育理论中的应用，属于学科交叉的产物。

个体的审美发展是一个客观的心理事实，每一个健康的儿童都有审美发展的潜能和内在需要，它表现为爱美和创造的天性、情感表达和交流的需要。所以，审美发展应该被确认为人的全面发展的有机组成部分。认知或思维的发展研究固然十分重要，但仅以认知或思维的发展以偏概全地囊括个体整体的心理发展，那是不完整的。人不仅有理性方面的发展，而且还有感性方面的发展，这两个方面的发展相互联系，总体上指向全面发展这个大目标。但是，具体地看，感性发展同理性发展在性质、特点和规律上都有较大差异。一个人逻辑思维的发展基本上循着从感性直观向抽象逻辑思维转化的发展轨迹，而审美发展却不同，其发展不脱离感性直观，而是在感性素养中不断渗入精神性要素。这两种发展的差异是明显的。从教育实践的角度说，在单纯的认知发展心理学指导下的教育教学活动，实际上存在不可忽视的片面性：片面追求智育，把教育的任务简单地看作促进学生逻辑思维能力的发展，同时忽视美育，或者是按发展逻辑思维的要求来实施美育，这不是全面发展教育。由于缺乏正确、全面的心理学指导，不少学校的美育和艺术教育更多地受认知发展心理学的影响，把美育误当作知识教育来实施，结果与美育的目的和规律相去甚远。

加登纳在他的心理学处女作《艺术与人的发展》（*The Arts and Human Development*）中评论说："他（指皮亚杰——引者注）对那种导致科学思想的心灵过程感兴趣，对能用逻辑形式加以解释的一种顶级状态感兴趣。"加登纳指出，皮亚杰的研究"越过了审美发展研究"，但是，皮亚杰还是指出了儿童审美发展与理性认知发展极为不同的事实："有两个悖反的事实使得所有习惯于研究心灵作用与儿童能力之发展的人惊讶。第一个事实是，幼儿在绘画方面，在符号表达诸如造型描绘方面与即兴加入那种组织好的集体活动方面，有时也在音乐方面比大一些的孩子更有天赋。倘若我们研究一下儿童的理性功能和社交情感，那么发展便会或多或少地呈现为一种不断进步，而在艺术表达方面所获得的印象相反却不断地显出一种倒退……第二个事实与第一个事实是部分相同的：在艺术倾向方面建立起发展的正常阶段比在心灵功能方面建立起发展的正常阶段要困难得多……没有那种培养这些表达手段和鼓励这类审美创造之表现的恰当的艺术教育，那么成人的行为以及学校生活与家庭生活便会在许多情况下压抑或破坏这种倾向，而不是去加强这种倾向。"[①] 这说明，皮亚杰也承认，儿童的审美发展与理性认知的发展是有很大差异的。在具体的美育实践中我们可以发现，在单纯的认知发展心理学指导下的美育教学活动，常常出现简单地把美育课程当作知识教育课程来教学，把诗歌教学与普通文章混同、把人物画教学与普通人体图示混同，对艺术品的解释不是挖掘道德教义就是发现知识，结果常常与美育的特点和规律相去甚远。

值得注意的是，20 世纪国外的美育或艺术教育研究充分吸收和改造了心理学的研究成果，把探索的目光集中在"审美发展"这个课题上，并把这种研究作为美育和艺术教育课程设置和教学设计的重要基础。例如，英国美学家里德于 1943 年出版了他的艺术教育名著《寓教育于艺术》（*Education Through Art*，又译"通过艺术的教育"），该书是较早系统引入现代实验心理学进行艺术教育心理学问题研究的著作，书中详细研究了个体审美心理诸要素（如审美知觉、记忆、想象等）、审美表现、审美的个性差异以及审美与无意识的关系等等，特别从发展的角度对儿童的艺术才能及其形成和发展做了较为细致的分析。1956 年，美国著名美学家门罗出版了《艺术教育：哲学和心理学》（*Art Education: Its Philosophy and Psychology*），该书的标题就点明了门罗对艺术教育研究的基本方法论主张：哲学与心理学的结合。在该书的序言里，作者声明该书与他的另一部著作《走向科学的美学》（*Towards Science and Aesthetics*）是"姊妹篇"，这不仅透露出他要求美育和艺术教育的研究应该采用科学的心理学方法，而且，也透露出西方美学研究与美育、艺术教育研究趋于结合的走向：这种结合的中介就是心理学。就是在这种方法论的指导下，门罗一方面阐述了艺术教育的独特价值和

---

① H. 加登纳. 艺术与人的发展 [M]. 兰金仁，译. 北京：光明日报出版社，1988：7，25-26.

实施途径（如美术馆、博物馆的艺术教育功能问题），另一方面深入分析了个体审美能力的结构与发展，以及如何促进学生审美发展等问题。

20 世纪 70 年代以后，英国艺术教育专家罗斯（Ross）陆续推出了由他著写或主编的近十部美育、艺术教育论著。这些著作不仅探讨了美育、艺术教育的特征、地位和作用，强调了在中小学中加强艺术教育的必要性和紧迫性，还以大量的篇幅深入具体地讨论了艺术教育课程和方法论问题，而这一系列课题的研究始终围绕着一个核心概念——审美发展。甚至有几部著作就是集中研讨审美发展问题的，如《艺术与青少年》（*The Art and the Adolescent*, 1975）、《艺术与个体的成长》（*The Arts and Personal Growth*, 1980）、《审美经验的发展》（*The Development of Aesthetic Experience*, 1982）等。特别是《审美经验的发展》汇集了在一个以"审美发展"为主题的艺术教育研讨会上十几位专家所作的专题讲演。其中包括《审美发展的概念》《美育中的"发展"概念》《音乐方面的审美发展》《舞蹈方面的审美发展》《青少年的情感发展》等。从中可以发现，以罗斯为首的这个课题组对审美发展的研究已经比较深入、细致，而且这种研究对美育和艺术教育实践具有很强的指导意义，实际上英格兰中小学最新的艺术课程设置是吸收了这些研究成果的。另外，正是基于这些研究，英国国家教育和科学部（DES）在 1983 年发表了一个题为《审美发展》的报告，表现出对此问题的关注。作为一个跨学科的研究课题，审美发展研究还得到一些发展心理学家的关注。美国的加登纳于 20 世纪 70 年代初出版了一本专门研究个体审美发展的书，名为《艺术与人的发展》。该书运用人类学和发展心理学的观点、方法，在实验基础上，描述了儿童审美发展的特点和规律。他提出的个体审美能力从态式到符号的发展趋势、艺术教育活动中儿童的"四种角色"（艺术家、欣赏者、表演者和批评者）以及儿童艺术活动的心智三系统（制作、知觉和感受）等理论，对美国艺术教育研究有一定影响。20 世纪 70 年代，美国还出版了一部从现代心理学观点和方法出发，切入艺术教育和创造性发展关系研究的力作——《创造性与心智的成长》（*Creativity and Mental Growth*, 1975）。该书把艺术教育看作是一种促进个体创造性发展的教育，以实验材料为基础，具体研究了艺术教育过程中儿童创造性的发展，以及儿童审美发展与他们的人格中其他因素的相互关系。另外，美国当代艺术教育专家艾斯纳出版的《儿童的直觉与视觉的发展》《艺术视觉的教育》《艺术与心灵的创造力》等研究视觉艺术教育的著作，都包含着一个审美发展的视角。

通过以上范围较小的介绍，我们可以看到当代英美国家美育和艺术教育研究中出现的哲学与心理学结合的趋向，其背景则是西方学术界在 20 世纪中期谋求建立人文学科与社会科学的联系①。这种结合的一个重要成果便是"审美发展"概念的提出，审美发展逐步成为研究的中心。与 18、19 世纪席勒、闵斯特堡、朗格等人的美育理论相比，20 世纪英美国家的美育理论研究在美育性质和功能等哲学层面上的研究虽然范围有所拓展，但核心内涵并无实质性的变化，而在美育的心理学理论和实验研究方面却发展迅速，推动着美育研究向实际的教育教学过程的深入，具有很强的实践指向性。

四

本文作者在《论现代美育学的理论构架》（《文艺研究》1993 年第 5 期）中就曾提出，美育的心理学研究是连接美育的哲学研究和方法论研究的中介。在本人新近出版的《美育学》中，"审美发展论"作为中编也正是连接"美育本体论"和"美育方法论"的中间环节。素质教育强调教育对个体潜能的全面开发，重视教育内容和方法要与学生的个体发展需求和心理发展水平相适应。因此，对个体心理特征和发展规律的研究和掌握十分必要。特别是在当前我国审美发展研究十分薄弱的情况下，有必要专门开展审美发展的理论和实验研究。这项课题的研究将有助于美育工作者在充分了解个体审美心理特征和发展规律的基础上，制订有针对性的、前后连贯的教育目标、课程计划、教学内容和方法，可以避免美育过程的盲目性。所以，审美发展研究具有突出的科学性和应用性。在《审美经验的

---

① Ralph A. Smith. Psychology and Aesthetic Education［J］. Studies in Art Education, 1970, 11(3): 20.

发展》一书的前言里，罗斯指出关于审美发展问题的研讨，旨在"帮助教师们更好地理解他们的目的，特别是鼓励艺术教师为儿童们创造一些适应他们变化着的需要的学习经验"①。"更好地理解他们的目的"和"为儿童们创造一些适应他们变化着的需要的学习经验"这两句话很好地点明了对受教育者的审美发展研究的根本价值。这种通过审美发展概念来加强美育理论的科学性和应用性的研究思路对我们应该是有启示的。在目前国内心理学界关于审美发展研究还很薄弱的情况下，有选择地引进外国的审美发展研究成果，将有利于我国美育理论研究和实践的开展。

从所见的资料看，"审美发展"是一个内涵丰富并且目前还无定论的概念。例如，加登纳把审美发展看作是"审美知觉敏锐性"的发展。英国教育哲学家瑞德认为，审美发展是情感与理智相结合的情感认知力的发展②。英国伍斯特高等教育院的海弗龙主张从个性同社会的相互作用关系来考察人格发展，他提出，审美发展概念主要涉及"个体性的学生有特征的知觉与体现于艺术品中的一般规范"之间的关系③。英国的维特金则认为："审美发展是对世界的鉴赏力的发展，是我们对事件的关联感的发展。"④罗斯指出：审美发展本质上是一种"生命价值的提升"，具体表现为"感受性"（Sensibility）的发展。他讲的感受性近似于审美能力，不过他比较强调感受性在辨别、建构和理解具有内在统一性的审美形式方面的能力，并把它称作"解读形式并使之成为情感对象的心理活动方式"⑤。

虽然上述见解各有侧重，但是，审美发展作为个体感性方面能力和意识的发展，实质上是个体旧的审美心理结构向新的审美心理结构的转变和提升，它意味着个体感性素养的成长和成熟，意味着个体生命活力的充实。当然这种成长和成熟并不是单纯的理性发达，而是感性的丰富和深厚，是人的感性从肉体到精神的贯通与和谐，也就是个体感觉、知觉、想象、情感、直觉的活泼与深刻。审美是

---

① M Ross. The Development of Aesthetic Experience［M］. Oxford: Pergamon, 1982: 1.
② M Ross. The Development of Aesthetic Experience［M］. Oxford: Pergamon, 1982: 1.
③ M Ross. The Development of Aesthetic Experience［M］. Oxford: Pergamon, 1982: 11.
④ M Ross. The Development of Aesthetic Experience［M］. Oxford: Pergamon, 1982: 76.
⑤ M Ross. The Aesthetic Impulse［M］. Oxford: Pergamon, 1984: 25.

一种特殊的把握世界的方式，也就是在想象中创建虚拟时空，体验生命的意义；审美也是一种特殊的人生态度，那就是以非功利的超越性态度处事待人。审美发展的要义就在于个体逐渐掌握了这种特殊的把握世界的方式，培养起这种特殊的处事待人的态度。

近年来，我国基础教育界出现了关注学生"核心素养"的发展趋势，核心素养的观念已成为当前基础教育改革的主要理念之一。[①]学校美育就是要把审美素养作为各类艺术课程的目标和评价核心，但是，对于学生审美素养的研究却少得可怜，而审美发展这个范畴实际上就是对审美素养及其发展的高度概括。在个体的审美心理结构中，审美能力和审美意识是主要因素，而从个体发展的可教育性方面说，审美能力又是其审美发展的最重要、最基础性的要素。所以，个体的审美发展是以审美能力为核心的个体审美心理结构的转变和提升，以促进审美发展为特殊任务的美育，应该把促进个体审美能力的发展作为中心任务。

我国把美育的目标确定为"提高学生审美和人文素养"，审美素养和人文素养的内涵要认识清楚，还需要深入的学术研究。与此相关，《义务教育艺术课程标准（2022 年版）》提出了学生的美育核心素养即审美感知、艺术表现、创意实践和文化理解。随后教育部又发布了《高等学校公共艺术课程指导纲要》，关于大学生美育核心素养也列了这么四点。应该说，关于学生美育核心素养这四个方面的规定是有意义的，填补了空白，也至少明确了美育的独特任务。但是，这只是初步的。

第一，这四个核心素养似乎只涉及四种美育活动能力，但是并没有对这些能力本身作明确的界说和结构分析。例如，审美感知的字面意思如果指审美活动中感知的部分，那么是不是还包含学生的审美能力？审美感知是怎样的心理结构，包含着哪些心理要素？诸多问题还是需要交代清楚的。但是，由于对学生审美素养的研究不够，学术界无法为美育素养的制定提供起码的知识基础，这些都还需要进一步加强。

---

① 张华.论核心素养的内涵［J］.全球教育展望，2016，45（4）.

第二，把美育素养仅仅规定在能力方面还有是有欠缺的，例如文化理解，这涉及学生人文素养，其中的核心部分是文化价值观，应该有文化价值观的定性。有学者曾评论说："'核心素养'的含义比'能力'的意义更加宽泛，既包括传统的教育领域的知识、能力，还包括学生的情感、态度、价值观。这一超越知识和技能的内涵，可以矫正过去重知识、轻能力、忽略情感态度价值观的教育偏失，更加完善和系统地反映教育目标和素质教育理念。"①欧盟所列出的八项核心素养中有一项是"文化觉识和文化表达"，其中列出了相关知识和观念，其表述基本上是以本国文化认同为基础，然后拓展开来。例如，有关态度部分的表述是："对自己文化的深刻理解和良好的认同感；对文化表达多样性的尊重和开放的心态。"②这个表述的逻辑关系为：从本国到欧洲的文化认同，再到对于世界文化多样性的"开放心态"。美育要培养的人文素养应该包含对本国文化的认同和对世界文化多样性的认同，这并不矛盾。一方面本土文化是优先选项，另一方面也不排斥对于世界文化多样性的认同。没有对本土文化的认同是无论如何都不可能有对文化多样性的认同的；反过来，对本国文化的认知需要别国文化作为参照系，没有对世界多元文化的认同也不可能有对本国文化的深刻而真切的认同。只有放眼全球，吸收人类优秀文化成果，才能更好地认识我们自己的文化，建设我们未来的文化。③

第三，美育的一个重要任务是促进学生创造力发展，这是时代使命，刻不容缓。现有的美育核心素养里只有"创意实践"，这是一个十分模糊的概念。创意与创造力不是可以等同的概念，例如文创产品实际上创造力水平并不高。美育核心素养里应该突出学生的个性化表达和创造性艺术表现的态度、能力和价值观，而且这种创造性应该贯穿于其他几个核心素养之中。实际上，没有个体的创造性就没有审美活动的发生，也不可能有美育素养的形成。但是，如何理解

---

① 辛涛，姜宇，刘霞. 我国义务教育阶段学生核心素养模型的构建［J］. 北京师范大学学报（社会科学版），2013（1）.
② 裴新宁，刘新阳. 为21世纪重建教育——欧盟"核心素养"框架的确立［J］. 全球教育展望，2013（12）：89-102.
③ 关于这方面的研究，详见杜卫. 论艺术人文素养［J］. 美术研究，2023（3）.

美育中学生的创造力，学生的创造力表现在哪几个方面等等，都还是需要学界加以研究的。

审美发展研究与美学中的审美心理学研究有不少重合之处，特别是在国内外审美发展研究还并不成熟的情况下，审美发展的研究必然要吸收审美心理学的研究成果。但是，审美发展研究有它自己的侧重，那就是从促进受教育者审美发展的美育要求出发，着眼于构成个体审美素养的主要心理因素和个体审美发展的特点和规律。因此，教育与个体的发展是构成审美发展研究框架的两个基本要点：从教育的角度来分析个体审美心理的发展，从个体审美发展的特点和规律入手来考虑美育具体目标的确立以及教学内容、教学方法的选择，这两个方面构成了审美发展研究的基本思路。例如，审美能力的研究显然要涉及审美能力的结构分析，这种研究表面看来同审美心理学没什么差异，但是，作为审美发展研究一部分的审美能力研究重在揭示哪些心理特征是培养审美能力时所必须开发和发展的，其发展有什么特点和规律，审美能力的发展对个体的审美发展以及整个人格的发展有什么意义等。这些问题虽然涉及审美心理学，但更属于教育的范畴。要把审美心理学的成果更适当、更有效地应用于美育研究，特别是审美发展的研究，需要在美育实践中进行长期的实验、分析和概括。

参考文献：

1. 比厄斯利.美学史：从古希腊到当代［M］.高建平，译.北京：高等教育出版社，2018.

2. 蔡元培.传略（上）［M］//蔡元培全集：第3卷.杭州：浙江教育出版社，1997.

3. 蔡元培.以美育代宗教说［M］//蔡元培全集：第3卷.杭州：浙江教育出版社，1997.

4. 杜卫.论艺术人文素养［J］.美术研究，2023（3）.

5. H.加登纳.艺术与人的发展［M］.兰金仁，译.北京：光明日报出版社，1988.

6. 马尔库塞.爱欲与文明：对弗洛伊德思想的哲学探讨［M］.上海：上海译文出版社，1987.

7. 裴新宁，刘新阳.为21世纪重建教育：欧盟"核心素养"框架的确立［J］.全球教育展望，2013（12）.

8. 斯托尔尼兹."审美无利害性"的起源［J］.美学译文，1984（3）.

9. 特里·伊格尔顿.美学意识形态［M］.王杰，等，译.桂林：广西师范大学出版社，1997.

10. 王国维.孔子之美育主义［M］//王国维全集：第14卷.杭州：浙江教育出版社，广州：广东教育出版社，2009.

11. 席勒.美育书简［M］.徐恒醇，译.北京：中国文联出版公司，1984.

12. 辛涛，姜宇，刘霞.我国义务教育阶段学生核心素养模型的构建［J］.北京师范大学学报（社会科学版），2013（1）.

13. 杨伯峻. 论语译注［M］. 北京：中华书局，1980.

14. 杨伯峻. 孟子译注［M］. 北京：中华书局，1960.

15. 张岱年. 中国哲学大纲［M］. 南京：江苏教育出版社，2005.

16. 张华. 论核心素养的内涵［J］. 全球教育展望，2016，45（4）.

17. 朱光潜. 谈美感教育［M］// 朱光潜全集：第 4 卷. 合肥：安徽教育出版社，1987.

18. M ROSS. The aesthetic impulse［M］. Oxford: Pergamon, 1984.

19. M ROSS. The development of aesthetic experience［M］. Oxford: Pergamon, 1982.

20. R A SMITH. Psychology and aesthetic education［J］. Studies in Art Education, 1970, 11(3).

21. R WILLIAMS. Keywords［M］. London: Fontana Press, 1983.

【本篇编辑：谢纳】

新时代美育策略与实施路径^①

董占军　姚　丹

摘　要：当前，我们正处于一个不同于传统美育的新时代。全球化语境中多元文化的交流与互渗意味着我们需要树立文化自信，大审美经济下日常生活审美化的趋势对劳动者的审美素养、社会的审美文化提出了更高的要求，互联网时代的视觉文化、审美娱乐化、快捷化使得美育培养人的创造能力的价值凸显。这些既为新时代美育带来了机遇，更是带来了挑战。面对机遇与挑战，新时代美育应该传承中华传统美育精神，建构中华美育话语体系；同时，在传承精华的基础上进行转换与创新，形成新时代的美育观，开拓新时代美育格局。新时代美育的实施应该整合各大育人体系的美育资源，积极建构学校美育、家庭美育、社会美育以及网络美育"四位一体"的协同联动机制，促进美好生活，增强文化自信，建设社会主义现代化强国，实现中华民族伟大复兴。

关键词：新时代　美育　传承　创新　协同

作者简介：董占军，男，1963 年生，博士，山东工艺美术学院院长，二级教授，河北大学博士生导师。主要从事艺术设计、视觉传达设计研究。著《中国民间美术传承与创新研究》。

姚丹，女，1981 年生，武汉大学美学博士，山东工艺美术学院副教授，主要从事艺术美学、设计美学的研究。著《先秦设计美学思想研究》。

Strategies and Implementation Paths for Aesthetic Education in the New Era

Dong Zhanjun　Yao Dan

Abstract: At present, we are in a new era that is different from traditional aesthetic education. The exchange and interpenetration of diversified cultures in the context of globalisation means

---

① 基金项目：本文系国家社科基金艺术学重大项目"新时代中国工艺美术发展策略研究"（项目编号：20ZD08，首席专家：董占军教授）的阶段性成果。

that we need to build up cultural self-confidence; the trend of aestheticisation of daily life in the big aesthetic economy puts forward higher requirements for the aesthetic quality of workers and the aesthetic culture of the society; and the value of aesthetic education in cultivating people's creativity is highlighted by the visual culture, aesthetic recreation and speediness in the age of the Internet. These bring both opportunities and challenges for aesthetic education in the new era. Facing the opportunities and challenges, the new era of aesthetic education should inherit the spirit of traditional Chinese aesthetic education and construct the discourse system of Chinese aesthetic education; at the same time, it should be transformed and innovated on the basis of inheriting the essence, forming the view of aesthetic education in the new era and developing the pattern of aesthetic education in the new era. The implementation of aesthetic education in the new era should integrate the aesthetic education resources of all major education systems, and actively construct a "four-in-one" synergistic mechanism of aesthetic education in schools, families, society and the Internet, so as to promote a better life, enhance cultural self-confidence, build a strong socialist modernisation country, and realise the great rejuvenation of the Chinese nation.

Keywords: new era　aesthetic education　heritage　innovation　synergy

美育思想与美育实践，中西方古已有之。在西方，古希腊的毕达哥拉斯、柏拉图、亚里士多德都十分重视美育。在中国，孔子是最早提倡美育的思想家。"美育"作为一个概念，最初是由德国哲学家席勒于1795年在《美育书简》中明确提出。20世纪初，我国著名学者王国维、蔡元培等将其引入中国，将美育与智育、德育并列，提倡"美育代宗教"，为我国的美育理论发展奠定了基础。此后，我国的美育理论和实践历经百年沉浮，进入了美育新时代。2013年11月，中共十八届三中全会第一次将"改进美育教学"①写入党的文件。2015年9月，国务院办公厅发布《关于全面加强和改进学校美育工作的意见》。2018年8月，习近平总书记在给中央美院八位老教授的回信中强调："做好美育工作，要坚持立德树人，扎根时代生活，遵循美育特点，弘扬中华美育精神，让祖国青年一代身心都健康成长。"②2019年4月，教育部印发了《关于切实加强新时代高等学校美育工作的意见》。2020年8月，教育部发布了《关于成立首届全国高校美育

---

① 中共中央关于全面深化改革若干重大问题的决定［EB/OL］.（2013-11-12）［2022-11-24］. http://www.xinhuanet.com/politics/2013-11/12/c_118112746.html.
② 习近平.做好美育工作，弘扬中华美育精神［N］.人民日报，2018-08-31.

教学指导委员会的通知》。2020 年 10 月，中共中央办公厅、国务院办公厅印发
了《关于全面加强和改进新时代学校美育工作的意见》。这一系列事件标志着我
国美育已经进入新时代。与传统美育相比，新时代美育已经上升为国家战略。具
有立德树人，促进美好生活，增强文化自信，建设社会主义现代化强国，实现中
华民族伟大复兴的重要意义。本文将在审视美育进入新时代所面临的机遇与挑战
基础上，探讨新时代美育的应对策略，提出新时代美育实施的路径。

一、机遇与挑战：新时代美育的背景

当前，我们正处于一个不同于传统美育的新时代。全球化语境中多元文化的
交流与互渗意味着我们需要树立文化自信，大审美经济下日常生活审美化的趋势
对劳动者的审美素养、社会的审美文化提出了更高的要求，互联网时代的视觉文
化、审美娱乐化、快捷化使得美育培养人的创造能力的价值凸显。这些既为新时
代美育带来了机遇，更是带来了挑战。具体包括如下内容。

（一）立足文化自信，建构中华美育话语体系

在全球化的进程中，各国之间的文化交流与互渗更为深入。随着我国改革开
放的不断推进，互联网技术的发展，国外的文化形态、价值观念、生活方式在国
内广泛传播，既丰富了人们的文化体验，也对我国的本土文化造成了强势冲击，
如享乐主义、拜金主义、消费主义的盛行。在多元文化共生的全球化语境下，我
们不仅要对外来文化保持包容开放的心态，更要学习和了解中华优秀传统文化，
促进传统文化的创造性转化、创新性发展，树立文化自信，引领社会风气，抵制
外来文化的负面影响。习近平总书记在十九大报告指出："文化是一个国家、一
个民族的灵魂。文化兴国运兴，文化强民族强。没有高度的文化自信，没有文化
的繁荣兴盛，就没有中华民族伟大复兴。"中华传统美育精神是中国传统文化的
重要组成部分，从中汲取精华，建构具有中国本土性和时代性的美育话语体系，
是实现中国文化自信的内在需要。

（二）主要矛盾转化，日常生活审美化

从 20 世纪 70 年代开始，随着人们物质生活水平的不断提高，全球经济进入一种审美经济时代。与传统经济注重产品的实用功能和一般服务相区别，审美经济时代的人们更注重产品的文化价值、审美价值。人们进行消费时，不仅购买生活必需品，而且越来越多地购买精神享受、审美体验。审美经济时代的重要标志就是体验经济的出现。1999 年，美国学者派恩二世和吉尔摩在二人合著的《体验经济》一书中指出："我们正进入一个经济的新纪元：体验经济就是企业以服务为舞台，以商品为道具，以消费者为中心，创造能够使消费者参与、值得消费者回忆的活动。"[①] 在体验经济的时代，审美体验的要求已经渗透到日常生活的方方面面，也就是"日常生活审美化"[②]。这意味着我们的日常生活包括衣食住行，从城市到乡村，越来越有一种艺术化、审美化的趋向。当前，我国正走进这样一个"日常生活审美化"的新时代。十九大报告指出："中国特色社会主义进入新时代，我国社会主要矛盾已经转化为人民日益增长的美好生活需要和不平衡不充分的发展之间的矛盾"。人们对美好生活的需求不仅包括物质层面，更包括以审美为代表的精神层面。审美、艺术与经济之间的关系日益密切。这对劳动者的审美素养、社会的审美文化提出了更高的要求。这正是美育的用武之地。

（三）互联网、5G 技术普及，审美娱乐化、便捷化

互联网时代的来临，网络技术的发展，人们进入图像化的视觉审美时代。虽然图像时代给人们带来了丰富的视觉享受，但是由此却引发了人的想象力、理解力、反思力、批判力的钝化。互联网时代带来的信息大爆炸，现代生活的快节

---

① 约瑟夫·派恩二世、詹姆斯·吉尔摩.体验经济［M］.夏业良，等，译.北京：机械工业出版社，2008：16.

② 这一命题的最早提出者费瑟斯通认为"日常生活审美化"包含三个层面：一是"一战"以来产生了达达主义、先锋派、超现实主义等，消解了艺术与日常生活之间的界限。二是生活向艺术作品逆向转化。三是深深渗透入当代社会日常生活中的符号和图像。参见费瑟斯通.消费文化与后现代主义［M］.刘精明，译.南京：译林出版社，2000：18-78.

奏，使得人们越来越追求审美的娱乐性、便捷化，消费文化也出现媚俗化、消费化的倾向。随着大数据、芯片技术、计算机技术发展，人工智能时代已经来临。重复的机械劳动岗位将被更为高效的机器人所取代。互联网时代，个体被强大的工具理性碾压，人们成为追求物质的"单向度的人"[①]。这就要求人们突破技术理性的禁锢，发展完满的人性，提升审美素养，美育的人文价值日益凸显。美育是培养人的创造力、想象力、促进完满人性的重要途径。人们在审美体验中发现美、感知美、并创造美，激发人的创造冲动，培养人的审美想象力，提升精神境界，塑造完满的人格。

随着多元文化的交流互渗，大审美经济下的日常生活审美化，互联网时代的来临，为美育的发展带来了很多机遇，美育成为当前关注的热点。同时，在新时代的背景下，传统美育理论与实践也显现出诸多局限性：如中国的美育理论是在"西学东渐"的影响下，引进西方美学和美育理论加以本土化阐释形成，缺乏中华传统美育精神和具有时代性的美育思想；传统美育主要依托艺术教育，随着日常生活审美化，审美呈现泛化趋势，以艺术教育为核心的传统美育视野也显得狭隘；传统美育强调对个人的情感陶冶、道德修养等方面的培养，互联网时代的来临，人工智能的发展更强调美育促进人的创造力……因此，如何在新时代背景下推进美育理论建构，实施审美教育，值得我们深入思考。

二、传承与创新：新时代美育应对策略

面对新时代的机遇与挑战，美育也必须做出积极回应，在汲取中华传统美育精华的基础上进行转换与创新，开拓新时代美育格局，培养具有良好的审美素

---

① 法兰克福学派左翼主要代表人物赫伯特·马尔库塞 Herbert Marcuse 在其著作《单向度的人：发达工业社会意识形态研究》（*One-Dimensional Man: Studies in the Ideology of Advanced Industrial Society*）中提出"单向度人"（又译"单面人"）的概念，是指发达工业社会已蜕变成一种"单面的社会"，活动在其中的只是具有"单面思维"的"单面人"。"单向度人"只知道物质享受而丧失了精神追求，只有物欲而没有灵魂，只屈从现实而不能批判现实，即纯然地接受现实，盲目地接受现实，将自身完全融入现实。

养，适应未来社会需要的德智体美劳全面发展的社会主义建设者和接班人。

传承中华美育精神，建构新时代中华美育话语体系。中国现代美育理论是由王国维、梁启超、蔡元培等学者将西方美学和美育理论引入中国，并加以本土化阐释，从而形成中国现代美育理论。这种以西释中的做法遮蔽了中国传统美育思想。随着全球化语境中多元文化的交流与互渗，中国开启文化自信的进程。十九大报告指出："深入挖掘中华优秀传统文化蕴含的思想观念、人文精神、道德规范，结合时代要求继承创新，让中华文化展现出永久魅力和时代风采。"这为中华美育话语体系的建构提供了重要指导思想。中华传统文化中蕴含着一种浓郁深厚的立德树人、家国情怀、社会理性的美育精神。先秦时期，孔子提出成为"仁人"的重要途径是"兴于诗，立于礼，成于乐"（《论语·秦伯》），将诗、礼、乐等看作陶冶性情，塑造人格的重要手段。孔子还认为诗可以"兴观群怨"，也就是说艺术可以感发志意，凝聚人心，引导人们和谐相处。荀子提出："故乐行而志清，礼修而形成，耳目聪明，血气和平，移风易俗，天下皆宁，美善相乐。"（《荀子·乐论》）强调音乐可以陶冶性情，促成社会和谐安宁。可见，中国传统美育思想十分注重对个体情感的陶冶、人格的塑造，进而促进社会和谐。

在新的历史条件下弘扬中华美育精神，要继续发挥美育在陶冶性情、塑造人格、促进社会和谐的基本功能。同时，我们已经进入新时代，要以马克思主义美育观为指导，结合社会主义核心价值观，建构新时代中华美育话语体系。马克思主义美育观认为人的本质在于自由自觉的劳动。但是，私有财产使人的劳动成为"异化劳动"，人只有扬弃私有制的异化劳动之后，才能获得感性的全面解放。通过审美教育培养人的审美能力，激发人的审美感觉，去认识和把握对象世界，并以全部感觉在对象世界中肯定自己，成为全面发展的人。因此，人的全面解放和自由发展是马克思主义美育观的终极目标，美育的目的就是培养全面发展的人。在这一思想的指导下，《关于切实加强新时代高等学校美育工作的意见》明确指出"培养德智体美劳全面发展的社会主义建设者和接班人"。①

---

① 教育部．教育部关于切实加强新时代高等学校美育工作的意见［EB/OL］.（2019-04-11）［2022-11-14］. http://www.moe.gov.cn/srcsite/A17/moe_794/moe_624/201904/t20190411_377523.html.

　　因此，新时代的中华美育话语体系要适应新时代的社会发展。在多元文化汇聚交融的语境下，通过传承中华传统美育精神，以马克思主义美育观为指导，结合社会主义核心价值观，建构既具有本土性又具有时代性的中华美育话语体系，"引领学生树立正确的历史观、民族观、国家观、文化观，陶冶高尚情操，塑造美好心灵，增强文化自信"。①创新美育理念，开拓新时代美育格局。随着时代的发展，新情况、新需求不断产生，美育也需要在传承精华的基础上进行转换与创新，形成新时代的美育观，开拓新时代美育格局。具体而言，应从以下几个方面进行转换与创新。

　　首先，美育应该服务新时代的人性解放、全面发展需要，从传统的陶冶性情转向感性教育，促进人的全面发展，塑造完满人性。中国传统美育思想十分注重美育陶冶性情、培养人格的积极作用。但是，在注重美育规范个体性情的同时，也忽视了美育对人性的解放、自由发展的作用。与新时代"创新型"人才需求不相适应。因此，新时代美育有必要重视美育的感性教育作用。美育的首要规定就是感性教育。美学（Aesthetica）的本义就是"感性学、感觉学"。"美育"概念的提出者德国美学家席勒提出美育的一个重要背景就是：近代社会的严密分工使得人性分裂，感性与理性逐渐失衡，理性逐渐占主导，感性日益萎缩。他认为理性为了精神性的追求而剥夺了人的自然本性，为了解决这一问题，席勒大力提倡美育，因为只有游戏冲动（席勒称为"审美的创造形象的冲动"）也就是审美冲动才能使人摆脱自然和理性的强迫，实现人格的完整，人性的完满。所以，席勒说："只有当人充分是人的时候，他才游戏；只有当人游戏的时候，他才完全是人。"②由此可见，从"美育"的概念提出之始，就指向人的审美情感和完整人性。今天，随着理性主义、科学主义的发展，物质产品的丰富，生活节奏的高度紧张，人的感性日益萎缩，变成了"单向度的人"。因此，充分肯定美育的感性教育作用具有重大意义。美育具有鲜明的感性特征，不同于依靠概念、判断和推

---

① 中共中央办公厅，国务院办公厅.关于全面加强和改进新时代学校美育工作的意见［EB/OL］.（2020-10-15）［2022-11-24］. http://www.gov.cn/zhengce/2020-10/15/content_5551609.html.

② 席勒.审美教育书简［M］.冯至，范大灿，译.上海：上海人民出版社，2003：125.

理的智育和运用伦理道德教化的德育，它通过鲜明生动的感性形象感染人、触动人的情感，培养审美能力，发展感性。在此基础上，人的想象力、创造力才能激发。此外，美育的感性教育的第二层含义是：通过发展人的感性，促进感性与理性的协调发展，塑造完满的人性，也就是服务于人的全面发展。如席勒所言："有健康的教育，有审视力的教育，有道德的教育，也有趣味和美的教育。后一种教育的意图是，在尽可能的和谐之中培养我们的感性力和精神力的整体。"①也就是说通过美育来协调理性与感性，实现人的全面发展，塑造完满人性。

其次，美育应该服务新时代创新发展需要，注重激发想象力和创新意识，由"审美教育"转向"审美创造"。当今，世界正孕育新一轮科技革命和产业变革，以大数据、互联网、物联网、人工智能等为代表的新一轮信息技术对社会发展的引领作用日益凸显，新产业、新动能、新技术等将成为影响经济增长的关键因素。科技是国家强盛之基，创新是民族进步之魂。创新的关键在于人才，社会发展对于高素质的创新型人才需求极为迫切。因此，未来教育的核心是培养"创造力"。美育在培养"创造力"方面有着独特的、智育不可替代的功能。美育可以激发和强化人的创造冲动，培养和发展人的审美直觉和想象力。《关于全面加强和改进新时代学校美育工作的意见》中明确指出："美育是审美教育、情操教育、心灵教育，也是丰富想象力和培养创新意识的教育，能提升审美素养、陶冶情操、温润心灵、激发创新创造活力。"②我国著名美学家朱光潜在《谈美感教育》一文中认为美育能开发和提升人的感性素质，激发人的活泼的生命力和创造力："美感教育不是替有闲阶级增加一件奢侈，而是使人在丰富华严的世界中，随处吸收支持生命和推展生命的活力。"③

最后，美育应该服务新时代的交叉融通需要，从单一的美育转向多元化的美育。其一，拓展美育理论体系，从以艺术教育为核心的美育理论转向文理贯通、

---

① 席勒.审美教育书简［M］.冯至，范大灿，译.上海：上海人民出版社，2003：125.
② 中共中央办公厅，国务院办公厅.关于全面加强和改进新时代学校美育工作的意见［EB/OL］.（2020-10-15）［2022-11-24］. http://www.gov.cn/zhengce/2020-10/15/content_5551609.html.
③ 朱光潜.谈美感教育［M］.北京：文化发展出版社，2018：165.

科艺融合的跨学科美育理论体系。传统美育理论偏重于美学、艺术学和教育学领域。随着全球化科技革命和人工智能时代的到来，审美、艺术与科技、社会的发展越来越密切，新时代美育理论也要密切关注人工智能、电子信息、化学、生物等学科，打破传统美育囿于美学、艺术学的局限，建构文理贯通、科艺融合、多元融合的"跨学科"美育理论体系。其二，要拓展美育的面向群体。传统美育主要面向个体的修身。新时代美育不仅面向个人，更面向全体。表现为：全体地域，从经济发达的沿海地区到落后的贫困地区。全体年龄段，从幼儿教育到高等教育都有美育。全体专业，从专业美育、师范院校美育到普及性美育。而且，新时代美育不仅指向个体的发展，更应面向社会的社会现实问题。随着审美、艺术与社会发展的关系日益密切，美育在政治、经济、文化以及环境保护等方面发挥了越来越大的作用，如美育助力乡村建设、助力国家形象塑造。其三，要拓展美育的内容。传统美育侧重于艺术教育，随着日常生活审美化的趋势，美、艺术与日常生活的界限日益模糊，这就要求我们突破传统的艺术美育，向生活美育、自然美育等拓展。

传承与创新缺一不可。没有传承，新时代美育将成为无源之水，无法在多元文化交流中树立文化自信。没有创新，就不能适应新时代的发展需求。因此，传承中华美育精神，创新美育理念，是应对时代变革的必由之路。

三、协同与联动：新时代美育的实施路径

新时代美育是一个面向全民的长期战略和系统工程，涉及社会生活的方方面面。新时代美育的实施应该整合各大育人体系的美育资源，积极建构学校美育、家庭美育、社会美育以及网络美育"四位一体"的协同联动机制。

首先，以家庭美育为根基，涵养爱美之心，提升个人素养。家庭美育是美育的重要基础。家庭是社会基本单位，是个人生长的起点，是开展美育的根基和摇篮。家庭环境、氛围潜移默化地影响个人道德修养、审美观念的形成。新时代家庭美育首先应该弘扬和传承中华传统美德，建设和形成优良家风、家教。中国古

代有着丰富的家庭美育思想，如家庭关系的处理：夫妻和顺、兄友弟恭、父慈子孝等。又如良好品德的提倡：尊老爱幼，谦虚谨慎，克勤节俭，严于律己，这些都是值得我们继承发扬的宝贵财富。家庭美育应该注重引导孩子进行艺术欣赏、参与艺术体验，尝试艺术创作，培养审美思维。"以潜移默化的陶养、浸润，实现精神修复和补缺，使之在不完美中趋向和接近完美，做到'立人'过程和'人立'的统一，获得完美的生命体验"。① 通过欣赏诗歌、小说、书法、绘画、音乐、戏曲等不同形式的艺术形式，获得感受不同的审美感受；通过参与艺术体验，调动再创造的想象力与联想力，激起丰富的情感；通过尝试艺术创作，提升艺术感知力，增强审美创造能力。家庭美育还应引导孩子亲近自然。自然美以其独有的色彩美、声音美、形象美等形式特征培养人的审美感知能力，人们在领略黄山之秀美、华山之险峻、泰山之雄伟、青城之清幽等不同的形态美之后，审美视野自然开拓，审美素养随之提升。自然美还以其内在审美意蕴涵养人的审美情趣，塑造审美人格。如陶渊明的"采菊东篱下，悠然见南山"，周敦颐的"出淤泥而不染，濯清涟而不妖"，郑板桥的"咬定青山不放松，立根原在破岩中"，都是通过对自然美的审美观照而获得人格完善与升华。因此，让孩子接受自然美的熏陶，在领略自然美的过程中不断完善自身的审美心理结构，获得深厚的审美欣赏能力和审美创造能力，形成建设美丽中国的自觉意识。家庭美育还应注重生活美育，以审美的态度对待生活、对待自然、对待社会、对待自身，对待他人，成为"生活的艺术家"。

其次，以学校美育为主体，培养德智体美劳全面发展的社会主义建设者和接班人。学校美育是培根铸魂的工作，是增强文化自信的重要渠道。

新时代学校美育首先要立足育人。以习近平新时代中国特色社会主义思想为指导，以立德树人为根本，以社会主义核心价值观为引领，以提高学生审美和人文素养为目标，弘扬中华美育精神，以美育人、以美化人、以美培人，培养德智体美劳全面发展的社会主义建设者和接班人。新时代学校美育要积极建

---

① 董占军，张爱红.新时代高校艺术教育与弘扬中华美育精神之探析［J］.山东教育，2021（22）：55.

设多元融合的"大美育"体系。分为以下几个层面：① 学科融合。包括美育与语、数、英等学科的融合，美育与人工智能、电子信息、化学、生物等学科的融合。② 五育融合。积极推进美育与德育、智育、体育和劳动教育相融合的"大美育"理念。③ 科艺融合。充分运用现代化信息技术手段，探索构建网络化、数字化、智能化、线上线下相结合的课程教学模式。④ 推进美育课程教学、社会实践和校园文化建设深度融合，大力开展以美育为主题的跨学科教育教学和课外校外实践活动。如山东工艺美术学院院长董占军认为："以工艺美术教育'陶养'美育，以学科建设、学位教育促进美育赋能，使得工艺美术服务美育国策、满足人民对美好生活的期许。"[1] ⑤ 传统与现代的融合。把中华优秀传统文化教育作为学校美育培根铸魂的基础，弘扬中华美育精神，推动中华优秀传统文化的创造性转化和创新性发展。要充分利用非物质文化遗产中蕴含的隐性美育资源，将传统戏曲、曲艺、书法、民间美术等非物质文化遗产融入学校美育课程，邀请非遗文化传承人等进校园、进课堂，引导学生吸收其中的中华文化精髓，树立文化自信。

再次，以社会美育为延伸，践行终身美育理念，形成终身美育的社会文化环境，提升全民审美素质。从一个人的美育过程来看，入学前主要接受家庭美育，就学阶段主要接受学校美育，步入社会以后，社会美育就成了更主要的美育途径。随着我国经济水平的发展，"日常生活审美化"的趋势，国民对美好生活的需要与日俱增，社会美育具有十分重要的现实意义。与家庭美育、学校美育相比，社会美育更具广阔性，方式也丰富多样。社会美育首先要充分发挥优秀文艺的引领作用。文艺作品通过生动的艺术形象承载和传播真善美的价值观，使人们在潜移默化中接受熏陶，提升审美修养。新时代的文艺作品应为人民服务，满足人民日益增长的美好生活需要，发挥文艺以美育人的作用。应该增强美育的社会资源供给。政府应大力支持博物馆、美术馆、展览馆、艺术馆等公共美育场所向社会开放，让人们在参观的过程中汲取中华文化精髓，激发人们对文化艺术的关

---

① 董占军. 新时代工艺美术教育的多维视角 ［J］. 山东师范大学学报，2024（4）：115.

注。要将更多的艺术元素应用到城乡规划建设中，提升城乡审美韵味，参与城市空间改造、助力乡村振兴，服务社会经济发展。在城市社区治理中，将公共艺术引进社区，丰富社区美育活动，提升社区美育场景，引导市民认识美、感受美、发现美、创造美、弘扬美，促进社区美育与社区治理的有机融合，助力建设和谐社会。在乡村振兴中，通过艺术元素美化村容村貌提升村民的审美素养；利用乡村资源拓展艺术体验、艺术展演、艺术养生等多种经济产业链，助力乡村脱贫。

最后，以网络美育为拓展，构建双向互动、开放的、既面向个人又面向全体的大美育体系。互联网时代，数字技术成为人的肢体延伸，为我们构建了一个全新空间，成为新时代美育实施的又一重要途径。与家庭美育、学校美育、社会美育相比，网络美育有其独有的特征：在美育内容上，传统美育以经典作品、高雅艺术的精英审美为主，而网络美育的内容却呈现平民化、世俗化、娱乐化的趋势，如抖音、快手等短视频的兴起。在美育方式上，传统美育需要亲身体验，受到时空的限制。在基于数字虚拟技术的网络空间，人们进行艺术体验并不需要身体出场，面对面的传统审美体验幻化为网络空间的图像、声音与符号与人的身心交互。互联网美育也打破了传统美育的时空界限。人们可以随时随地通过网络参观千里之外乃至异国他域的博物馆、艺术馆。优质的美育资源不再有时间、空间的限制，而是随着互联网的发展传播到各个角落；美育主客体关系上，传统美育总是以美育主体为中心进行，美育对象被动接受。而在网络虚拟社会中，人们既是接受者也是传播者，美育主客体已经消弭，主客关系也变成了双向互动的平等交互关系；在美育格局上，互联网时代的美育超越了传统的个体修身，社会和谐层面，甚至进入对"人类命运共同体"的思考。随着互联网的发展，不同文化之间的审美与艺术交流更加频繁。任何审美形式和艺术都是不同文化的符号载体。通过欣赏、体验和探讨不同国家、不同民族的艺术和审美形式所蕴含的审美情趣和审美意味，以美为媒，互鉴文化之美，助力国家形象塑造，最终导向"各美其美，美人之美，美美与共，天下大同"的理想之境。针对以上特征，网络美育首先要加强网络空间治理，用社会主义核心价值观引导人们培养正确的审美价值取向，提高审美鉴别能力，发挥以文化人、以美育人的正面引导作用。如2019年8月，抖音与北京师范大学艺术与传媒学院、启功学院联合启动"DOU 艺计划"。这个计划旨在助力短视频艺术传播和全民美育。并组织舞蹈、音乐、美术、书法、戏曲等领域艺术家成立"抖音艺术顾问团"，以确保抖音艺术短视频内容的品质。其次应该积极利用互联网技术探索美育的新模式。如博物馆利用全息投影技术，呈现"场域型"美育、沉浸式美育；通过线上课程、网站、微博等公众平台，与观众进行"互动型"美育。

综上所述，新时代美育是面向全民、面向全球、面向未来的终身美育。它以中华传统美育精神为内核，以培育具有良好的审美素养，创造能力，适应未来社会需要的德智体美劳全面发展的社会主义建设者和接班人为目标，实现使命、方法、理念等的转换与创新。在新时代美育实施中，家庭美育是起点，学校美育是主体，社会美育是延伸，网络美育是拓展，四者有机融合，合力形成，协同联动的"四位一体"的美育体系，促进美好生活，增强文化自信，建设社会主义现代化强国，实现中华民族伟大复兴。

参考文献：

1. 董占军，张爱红.新时代高校艺术教育与弘扬中华美育精神之探析［J］.山东教育，2021（22）.
2. 董占军.新时代工艺美术教育的多维视角［J］.山东师范大学学报，2024，4（2）.
3. 费瑟斯通.消费文化与后现代主义［M］.刘精明，译.南京：译林出版社，2000.
4. 席勒.审美教育书简［M］.冯至，范大灿，译.上海：上海人民出版社，2003.
5. 约瑟夫·派恩二世，詹姆斯·吉尔摩.体验经济［M］.夏业良，等，译.北京：机械工业出版社，2008.
6. 朱光潜.谈美感教育［M］.北京：文化发展出版社，2018.

【本篇编辑：陈嘉莹】

"融合主义"论

——关于中国油画历史转型的思考

李　超

摘　要：展开中国早期油画的历史画卷，我们已经深切地感受了东西方美术交流过程中所显现的丰富性和曲折性，而关于近代西画东渐的重要模式——画法参照、材料引用和样式移植——的揭示和阐释，使得我们可能逐渐理解并接近这段近代中国本土所发生的"隐秘的美术史"。以上学术工作的价值和意义之一，在于发现和梳理中国文化和欧洲文化之间发生的一系列漫长而生动的文化传播和文化利用的交流现象。回首历史，西画东渐经历了数百年曲折发展和复杂演变，从中国早期油画所呈现的近代西画东渐模式到中国油画的"融合主义"现象，从"欧西绘画流入中土"到"融入中华民族的血液"，我们由此能够从中得出关于油画本土化的若干思考。可以说，将油画"融入中华民族的血液"——这依然是我们将油画本土化发展进行到底的宗旨。而其融合主义发展的前景蓝图，正是"使其有自己的民族风格"。

关键词：中国油画　画法渗透　材料引用　样式移植　融合主义

作者简介：李超，男，1962 年生。艺术学博士，二级教授、博士生导师。历任上海美术学院副院长，刘海粟美术馆副馆长。2009 年获得首届"中国美术奖"。现为上海大学上海美术学院教授，中国美术学院特聘教授，南京艺术学院特聘教授，四川美术学院兼职教授。著《上海油画史》《中国早期油画史》《中国现代油画史》等。

On "Fusionism"

—Reflections on the Historical Transformation of Chinese Oil Painting

Li Chao

Abstract: By unfolding the historical scroll of early Chinese oil painting, we have already deeply felt the richness and twists and turns in the process of East-West art exchanges, and the revelation and interpretation of the important modes of Western painting's eastward advancement in the modern era—the reference of painting methods, the quotation of materials and the transplantation of styles—make it possible for us to gradually understand and approach this "hidden history of art" that took place in modern China. The revelation and interpretation of the important modes of the eastward expansion of Western painting in modern times—the reference to painting methods, the reference to materials and the transplantation of styles—make it possible for us to gradually understand and approach the "hidden art history" of this period that took place on the soil of China in the modern era. One of the values and significance of such academic work lies in the discovery and sorting out of a long and vivid series of exchanges of cultural dissemination and utilisation between Chinese and European cultures. Looking back at history, the Eastward Expansion of Western Painting has gone through hundreds of years of tortuous development and complex evolution, from the modern mode of Eastward Expansion of Western Painting presented by early Chinese oil painting to the phenomenon of "fusionism" of Chinese oil painting, and from the "inflow of European and Western paintings into China" to the "integration into the blood of the Chinese nation". From "European and Western paintings flowing into the Middle Kingdom" to "integrating into the blood of the Chinese nation", we can draw some thoughts about the localisation of oil painting. It can be said that "integrating oil painting into the blood of the Chinese nation" is still our aim to carry on the localisation of oil painting to the end. The blueprint for the development of integrationism is "to make it have its own national style".

Keywords: Chinese oil painting　penetration of painting methods　material references　style transplantation　fusionism

　　展开中国早期油画的历史画卷，我们已经深切地感受其中东西方美术交流过程中所显现的丰富性和曲折性，而关于近代西画东渐的重要模式——画法参照、材料引用和样式移植——的揭示和阐释，使得我们可能逐渐理解并接近这段近代中国本土所发生的"隐秘的美术史"。以上学术工作的价值和意义之一，在于发现和梳理中国文化和欧洲文化之间发生的一系列漫长而生动的文化传播和文化利用的交流现象。但是，这些现象，仅仅是时至今日依然在进行之中的西画东渐过程的一个段落和篇章。因此，我们的有关研究，并不是一味沉浸在过去岁月的依恋和怀旧，也不是过于单一地突出这段历史内容的文化价值，而是将它与现实思考联系起来。这样，由此所引发的关于中国油画的本土化思考，才能使本研究产生另一种深刻的价值和意义。

在中国近现代美术的漫长发展历程中，中国人对于"流入中土"的西方绘画，在观念理解和实践方式上有一个曲折演变并不断深入的过程。关于如何回应、接受和改造西画的问题，伴随着中西文化交流的初始，就已经很早进入中国文人和画家的评说和实践的范围。面对所谓"欧西绘画流入中土"现象，我们会进一步发现，这是中国绘画和欧洲绘画所各自代表的两种文化在明清以来所发生的一系列正面遭遇和碰撞，其中的文化差异是绝对的、整体的和守恒的，而反之，其中的文化影响则是相对的、局部的和适时的。因此，"欧西绘画流入中土"是整体差异和局部利用、绝对碰撞和相对借鉴相结合的历史过程和文化现象。而"欧西绘画流入中土"并非中国纯被动的回应，也并非无前提的交流，其根源在于中国文化深厚而强大的传统力量及其作用。本论文的正文部分，即以中国早期油画为重点研究角度，通过对"画法参照""材料引用"和"样式移植"这些重要模式的论述，展现近代西画东渐所显现的"欧西绘画之流入中土"的多种特质和属性。

在此，我们有必要在中国近代美术的文化情境中，重申与西画东渐前后发展有关的重要概念及现象：一是明清时期的西画东渐（以中国早期油画为代表），二是20世纪以来的西画东渐（以中国油画为代表）。倘若将这两个西画东渐的历史阶段进行认真比较，那么我们自然不会将其简单地判断为陈陈相因的源流关系。前后两者虽然皆有共性，在于客观方面都面临着共同的形势：西洋视觉文化传播于中国本土；但是，前后两者却在主观方面存在着根本的区别，前者即以"欧西绘画之流入中土"为主要特征，后者则以"洋画运动"为主要特征。这就首先表现为传播主体的不同：前者以传教士为代表，后者则以留学生为代表。这就决定了两个历史时期的西画东渐在文化属性上发生了本质的差异：前者为局部性的技术参用，未纳入本土的主流美术之列；而后者为大规模的文化移植，并逐渐纳入本土的主流文化。前者在尚未纳入主体文化的不自觉情境中，实行非融合观念中的技术引进，其并未体现中国美术的现代性；而后者是在现当代西画东渐的过程中，在逐渐纳入主体文化的自觉情境下，进行融合观念中的文化选择，其体现了中国美术的现代性。

时至今日，文化融合的命题，已经成为 20 世纪以来中国美术界共同关注的重要命题，需要当代的中国美术家持之以恒地深入思考和探索。因此，"融合"即西画东渐的新的文化主题。从"流入中土"到"融为血液"，融合主义成为中国油画本土化建设和发展的重要方向，这使我们意识到其中的历史跨度，同时使我们意识到历史的使命，那就是以中国早期油画在西画东渐过程中的经验得失为鉴，在融合主义的命题之下，探索中国油画的融合之路，如何不复旧途，而更为深入、持久和有效地前行。[①]

一、融合主义问题

19 世纪以后，曾经引起中国文人独尊和自豪的中国传统文化，由于文化之外的被动挨打压力，逐渐失去了在中国人心目中的自信，而曾经被先进和强大的中国文化所改造和同化的西方文化，却逐渐成为中国文人寻求救国图强的思想依据。在近代西学东渐的文化情境中，西学俨然被当作实现现代化的思想参照和真理源泉。其实，西方的现代化历程是一种自然的社会演变，而中国的现代化转型则是一种人为的移植。移植，就要选择——这就涉及文化策略问题。这种文化策略的构想，其实在某种意义上体现了中西文化的融合观。其实，在"中西融合"的问题上，中国近代文化界的各家思想言论的立足点是各有侧重的。张之洞所谓"中学为体，西学为用"，康有为所谓"合中西而为画学新纪元"，梁启超所谓

---

① 本文有关"融合主义"的具体论述和思考，与潘公凯主持的关于中国近代美术课题方面的整体研究相关。笔者在攻读博士学位期间，参加其中"融合主义"的写作。其中，该课题将四大主义——"传统主义""融合主义""大众主义"和"西方主义"作为对中国美术从传统走向现代过程的"自觉"体现，以构成"现代性"的判断标准，并成为"中国现代美术之路"课题研究的指导思想，使我们在某种深度和广度上重新唤起对中国近代美术富有重要学术意义的反省和探索。本文中的"融合主义"相关论述，即与上述课题背景有关。

"德先生"和"赛先生",都是各有代表性的融合思想的反映,并体现了他们对于中国文化走向现代的抱负和理想。

蔡元培在近代中国美术发展的过程中起着某种决定性作用。这种思想的核心,即明确主张中国美术要走"中西融合"的道路。20世纪初期,蔡元培就为中国美术教育制定了有关的前景蓝图,原有"实用功利"的技术型框架被解除,而代之以"中西融和"的文化型框架。"今世为东西文化融和时代。西洋之所长,吾国自当采用。"他所指的西画"长处",包括"西洋画布置写实之佳""用科学方法以入美术"。"一民族之文化,能常有所贡献于世界者,必具有两条件:第一,以固有之文化为基础;第二,能吸收他民族之文化以滋养料。"①同时,蔡元培的美术"融合"观,时常在他的著述和演讲中出现:

> 惟中国画与书法为缘,故善画者,常善书,而画家尤注意笔墨风韵之属。西洋图画与雕刻为缘,故善画者,亦或善刻。②
>
> 中国之画与书法为缘,故而论何等画体,均参以图案之意味。所注重者,在布置之均齐,气韵之生动,而远近距离与光影空气之关系,不求其与感触自然之一刹那相符合也。欧洲之画与造像为缘,故无论何等画体,必求与外界之景物相应。所注重者,在透视法及一切自然现象上之条件,而其他文学上之兴趣非第一义也。彼此接触之初,互以自己之习惯为标准,则先对方之所短。故西人以中国画为写实未到家;而华人则以西画为多匠气。积久而互见所长,则相互推重。故华人往欧洲习画者渐多,且国内美术学校亦采欧法为课程;而西方新派画家,如表现派等,深许中国旧法为胜于欧洲之古典派,且深以华人之留欧为无谓,其实皆一偏之见也。西方既各有所长,各随其固有之系统而发展,而评判者亦各用其固有之标准,因为常规惟兼取西方所长而创设新体,

---

① 蔡元培.蔡元培美学文选 [M].北京:北京大学出版社,1983.
② 蔡元培.在中国第一国立美术学校开学式之演说 [C] // 万青力.蔡元培与近代中国美术教育.潘耀昌.20世纪中国美术教育.上海:上海书画出版社,1999:5.

亦有志者所当为。欧洲自印象派以来，采取中国画风以入欧画者颇月之，然痕迹不甚显著。至今日日本留欧习画之士，有以欧画之技能为本而参加以中国画、日本画之风味者，至以中国画为本；而采用欧法以补短者，我国画家间亦试为之，然专攻此术者尚未之间。①

　　蔡元培的美术"融合"观，与其在美术教育上"兼容并蓄"的主张是相辅相成的。这些主张，实际上影响了民国期间各种美术学校的基本办学思想，比如，他希望美专在经费允许时，增设书法、雕刻两个专科。在民国成立以来，先后出现上海图画美术院（后改上海美术专门学校、上海美术专科学校）、国立美术专门学校、杭州国立艺术院等专业性的美术学校。其中尤以林风眠所创办的国立艺术院最具代表性。在蔡元培的支持下，林风眠等人于 1928 年创建了国立艺术院。蔡元培在主持的一系列教育实验当中，始终身体力行，提倡美术教育。包括林风眠、徐悲鸿和刘海粟等诸多艺术家，都得到过蔡元培的指导和帮助。因此，以蔡元培为代表的美育教育的理论，对于民初美术教育而言，无疑承担着奠基者和拓荒者的作用。体现在美术教育的具体实际中，就是树立了"兼容并蓄"的美术教育思想，以此为出发点，逐渐形成以写生为基本教育形态进而实施多种艺术实践的学术方案。

　　相较融合观的不同显现，20 世纪的中国画坛出现了所谓"东西互相倾向"的思潮。这种思潮本着对民族传统绘画的价值观念的维护，在东西绘画的比较过程中，寻找到了新的解说。

　　　我们近来很看出世界美术的趋势，就是东西互相倾向。东西艺术的价值，是很平等的。现在欧美艺术界，对于日本、印度、波斯的画，竭力研究，受日本画的影响尤大。但是对于中国美术，很少明晰的观念。②

① 蔡元培.冷月画集序［C］.新中国画社.冷月画集.1926：10.在该序中，蔡元培又记："陶冷月先生本长国画，纵而练习西法，最后乃基凭国画而以欧法补充之。试作数十帧。一切布景取神以至题词盖印，悉用国画式样，惟于远近平凸之别、光影空气之变，则采用西法。町畦悉化体势转道询，所谓取之左右逢其源者。他日见闻愈博，工力渐深，因而造成一新派。称意中事爱题数语，以资印证。"
② 《晨光》发刊词［J］.晨光，1921（1）.

既然研究艺术，就对于世界艺术前途负责任。我们一方面负介绍西洋艺术思想到中国的责任，一方面就负介绍中国艺术思想到欧美的责任。①

泰西绘事，亦又印象而谈抽象，因积点而事线条，艺力既臻，渐与东方契合，惟一从机器摄影而入，偏拘理法，得于物质文明居多。一从诗文书法而来，专重笔墨，得于精神文明尤备，此科学、哲学之攸分。②

西洋画于十九世纪中，已接受了东洋画的感染。至于后起的什么印象派、后期印象派、表现派、立体派等等作风，更无疑议的受东洋画的影响不小。③吾国艺术向重非科学的，实与近时西洋艺术，渐渐接近，年来欧人之所以倾向东方艺术，亦非无因。④

东方艺术在西欧近代艺术品上，单纯而富于构成的趣味，是支配了二十世纪所有艺术运动的一切倾向。⑤

西洋人的绘画注重写形，中国人则注重写意。写意也是一种长处，我们不必抛弃。近来西洋人正尽力的采取东方绘画写意的长处了。我们正可保存固有的长处，同时如西洋人取人之长的学术态度，去采取西洋人的写实方法。⑥

"东西互相倾向"的思潮，源自近代以来中西文化的二元论思想，其中比较、吸纳和排斥的多种态度，又直接在创作领域获得反映。其中最明显的是，对于20世纪前期的中国画坛的中西融合画风及其主张，时有褒贬之辞。

其中之一，或是将"融合"等同于"折衷"，曾经有论者提出"复古派""创

① 《晨光》发刊词［J］.晨光，1921（1）.
② 宾虹.论中国艺术之将来［J］.美术杂志，1934（1）.
③ 山隐.世界交通后东西画派互相之影响［J］.美术生活，1934（创刊号）.
④ 吴梦非.西洋绘画之争点［J］.美育，1920（4）.
⑤ 李宝泉."柏林中国美术展览会"的意义［J］.艺术旬刊，1932（1）：3.
⑥ 孙福熙.中国艺术前途之探讨［J］.艺风，1935（3）：5.

造派"和"折衷派"之说。其中所谓"折衷派"，其"作者美其名曰揉合中西画派，沟通世界文化，其立意固善也；然中西画派，各有其特征；而其特征，有相类者，亦有绝不相类者。苟舍己而从人，则失己之特征；若从己而舍人，则人之特征，亦不可得也。若欲执其两端，而在其中，诚非于两者均有深刻之了解与修养，而融会贯通，不克臻此"①。

其中之二，或是将"融合"划归于"新式"，王济远曾经也有论者以"新旧二种"来分析当时的中国画界。"谈起国内的艺术界……无论那一种艺术，都有双重的现象"（指外来文化和传统文化）。"现在中国的绘画界，把新旧二种界限是分得很清楚的：旧的是以保存国粹为前提，新的是以吸收时代精神为鹄的。我敢大胆的讲，旧的绘画，今人不及古人；新的绘画，国人不及外人；所以今人不绝的抚摹古人，国人尽量的采仿外人；其结果在旧的方面，今人做个古人的印刷活动机，新的方面，国人做了外人的留声器……我们要见前路之光明，务必革除以上所述的积习。"②

其中之三，或是以将"融合"引申为"材料"和"中国的精神"的统一，曾有论者以此思想来理解"国画与洋画"的界限。"国画与洋画，不过是材料上的问题；根本要问的，我们所表现的是否能代表现代中国的。以材料而论，国画的材料，在表现上确感觉到不充分，它好像只能限于表现超时代的超现实的题材，而要表现时代的、现实的，似乎有些不可能，我们只要一看现代的国画都还在表现千百年以前的精神便可以知道，所以我觉得，在材料上，我们不妨采取西洋画，而问题只在我们能否用了西洋画的材料（Matière）来表现现代中国的精神。"③ "所谓中国艺术，当然是中国人所作的，不论用什么材料，不论有无

---

① 山隐.中国绘画之近势与将来［J］.美术生活，1934（2）.该文记："综观现今各作家流派，可概别为三，一曰复古派，作者本其封建思想，度其所谓名士才子生活，自标高格，不同流俗，且将今日之时代，倒推至唐虞。""二曰创造派，作者以纯主观之成见，自作聪明，对往昔之优良理法，斥为腐旧，概行抹杀，而别立门户，其苟非学理与技巧有充分修养者，不敢言创作。""三曰折衷派，作者美其名曰揉合中西画派，沟通世界文化，其立意固善也；然中西画派，各有其特征；而其特征，有相类者，亦有绝不相类者。苟舍己而从人，则失己之特征；若从己而舍人，则人之特征，亦不可得也。若欲执其两端，而在其中，诚非两者均有深刻之了解与修养，而融会贯通，不克臻此。"
② 王济远.我们的工作应贡献给全人类［J］.艺术，1933（1）.
③ 倪贻德.吸收外来的一切养分，创中国独自的艺术……［J］.艺术，1933（1）.

什么国人的影响，却须包含中国民族的思想、历史、地理与风俗习惯等等的意义在里面。"①

无论是"折衷派""新的绘画"，还是"中国精神"，都在一定程度和角度，触及了 20 世纪前期中国美术所面临的中西融合的发展抉择。而无论是在国画还是西画中的融合取向，都已经表明有关实践者已将中西融合作为振兴中国美术的一条出路。

> 山隐指出：余意以为现代中国画人，须作下述之两步工夫，始克有济。……（一是）廓清往昔之腐窳缺弊，……（二是）建造将来之新兴基础。……所谓腐窳缺弊者，凡一代文物，系应该时代之需求而产生，绝不能因少数人所鄙弃而中止或消减。故人世即发生某类现象，皆可为画者之题材，决不能谓之今之洋房汽车时装为俗，古之宫殿峨冠博带为雅，此其一也。
>
> 所谓建造将来之新兴基础者，凡画人须对现社会之现势，与未来社会之趋势，有正确与深刻之认识，及从事实际生活，不可深居艺术宫中，度起颓废淫靡生涯，而与社会隔绝。至于作画，须对中西绘画之理法与技巧，均有相当之了解与修养，而拣取题材，当以人类之公同意志与欲求为内容，以人事为对象，并须包孕提示未来社会趋向方针之意趣，而风景静物，不过为画面之点缀而已。②
>
> 李毅士指出：按西洋学说，认艺术为个性表现，图画为艺术之一，我国画家自亦当主张此说，然画家之个性表现，乃在其训练完成以后，发挥个见，促成绘画上整个之进步，非绝无修养、任性涂鸦者，得居之而无愧也。今因国人，好袭西人之唾余，画家亦追随西人，畅言个性，不求甚解，但效其口头禅而宣扬之。③

---

① 孙福熙.中国艺术前途之探讨 [J].艺风，1935（3）：5.
② 山隐.中国绘画之近势与将来 [J].美术生活，1934（2）.
③ 李毅士.卖画 [J].中国美术会季刊，1936（1）：2.

　　William H 指出：（以西方眼光言）吾人所谓西洋之绘画趋向，亦不能概括现代中国艺术之全体。彼等之乡土观念更深。彼等欲求一展开新局面之法，使艺术能与现今美学思想相符合，惟此种新艺术又有赖于种族之艺术遗产耳。吾人且拭目以待之可也。①

　　历史的经验已经证明，"中西融合"的这条道路是艰难而漫长的。在中国近现代特殊的文化情境中，"融合"成为一个举世瞩目的世纪话题。从 20 世纪中国画坛出现的种种关于中西融合的观念和实践，我们可以基本总结出其中可行的方案。在中国画的中西融合方面，取西画写实主义来改造中国画，使中国画具有描写现实生活的能力。这在五四之后的文化界呼声很高，仿佛没有西方写实这个"良药"，中国画将走向衰亡。事实上，西方艺术观念的引入，大大改变了中国艺术家的心胸和视野。西方写实主义"模拟自然"观念和表现主义以后诸种强调个性心理、无意识观念，以及各种形式主义观念等，都是中国传统绘画所没有、所不强调，甚至反对的。虽然两种文化背景中的艺术融合，都有其一定的历史合理性，而且也在整体上丰富了传统艺术及其理论，但这并不意味着传统艺术观念已经过时。相反，中国艺术中关于人与自然和谐的观念、艺术使人接近真、善、美的观念和重意境的写心观念等，都没有失去其价值意义，相反，正是中国传统绘画得以推进的生命力所在。困难在于如何使两种观念在文化交流和冲突中取长补短。简单的非此即彼、激进的虚无主义和狭隘的保守主义，都无益于中国画在中西融合的文化情境中健康、有序地发展。在西画的中西融合方面，中西融合的思潮在西画领域也显得十分活跃。其中最值得关注的是，20 世纪上半叶的中国油画家，在各自的油画实践中，融合了传统艺术的写意因素。在推崇现代主义画风的画家方面，他们注重西方表现性语言与传统写意的结合（比如林风眠、吴大羽、刘海粟）；在坚持西方古典写实语言的画家方面，他们侧重西方写实性语言与传统写意语言的结合（比如徐悲鸿、颜文樑、

---

① W H WILLIAMS. 近代中国艺术上一个极有意义之展览会 [J]. 艺术旬刊，1932（1）：3.

吴作人）。这种中国油画语言的写意化，使得他们的油画作品倾向于含蓄和诗意。其意义和价值，确如鲁迅所说："采用中国的遗产，融合新机，使将来的作品别开生面。"

五四以来，油画对中国画的影响，主要表现在对于现实关注和写实造型方面；而中国传统艺术对油画的影响，则主要体现在传达内心情感和写意造型方面。可以说，写实主义、现实主义风格的推行和实施，构成了融合主义的主干，从中体现出应有的民族精神和时代精神，这是中国美术在现代西学东渐这一社会情境之下自觉对应的结果，也是 20 世纪西画东渐在文化移植之中所作出的现实选择。因此，融合主义作为一种中国式的文化选择，使得 20 世纪的中国美术具有了应有的现代性。

二、西画中的中西融合思潮

关于中西融合的思潮，在近代各个文化领域都有不同程度的反映，其中在 20 世纪以来的中国西画界表现得最为敏感和直接。在 20 世纪初期，多种相关的融合尝试，包括现代主义、印象主义和现实主义等风格样式的移植，都证明了洋画运动在 20 世纪中国的发展遭遇了现实无情的选择。这就再一次令人思考中西融合的创作命题。事实证明，中西融合的问题，不只是在美术创作中的学术"小环境"所能够真正解决的，而必须将其置于中国独特的社会情境的"大环境"中，才能判断其真正意义的融合取向。

这种融合的思潮及其取向，从以往被动和局部的利用，转向主动和全面的移植，始于新文化运动的历史环境，所谓"欧西绘画，其用具与表现方法等，有特殊性，另为一道，而有试验之意义"①，表明 20 世纪伊始，中国西画界将西方绘画作为主动试验的对象，并构成样式移植的主要现象，由此形成两大融合的方案。

---

① 潘天寿.域外绘画流入本土考略［M］// 中国绘画史.上海：上海人民美术出版社，1983：附录.初版［M］.上海：商务印书馆，1926.再版［M］.上海：商务印书馆，1934.

一是将西方现代主义绘画与本土传统绘画结合，构成表现性的创作趋向；二是将西方古典写实主义绘画与中国传统绘画结合，构成写实性的创作趋向。当然，这里的中国绘画传统，主要指的是中国文化中独特的写意观念。以 1929 年的"二徐之争"和 1933 年的"八人笔会"为代表，中国西画界的多次学术论争，实质上都是围绕着这两大融合方案而进行的。

> 洋画家们的本位努力，是增强洋画界发展的根本的自力因素。
>
> 只要从各人的立场努力干，迟早必能形成一个纯正的基调。这样，自然能够增强一般发展的可能性……尤其在这个文化太衰落的过程，艺术空气暗淡枯寂的环境中，我更不能跟它衰落而消失我的艺术热情；不！……更须要提高几倍的热情和积极性！
>
> 要之，洋画界前途，有着种种问题需要逐渐解决……欲求洋画界能健全成长，自不能不先有一个"积极的纯正的基调"。[①]

在学术的"小环境"里，几乎所有论争的参与者，都本着使中国洋画界产生"一个纯正的基调"的愿望而进行"本位努力"。他们根据各自的学习背景和创作体验各执己见，对表现性融合和写实性融合的优劣成败发表了独特的见解。

对于写实性的创作，有关论说侧重于"求肖"与"求真"的技术与观念差异，对写实风格绘画提出各自的批评意见。如对拘泥于"求肖"者，相关论说指出："大概这里我们所认为保守派画家的，他们大都是恪遵客观世界的一切规范，对于制作的精神是严肃的，不夸张，不取巧，对于自然的模写。力求忠实，如物体轮廓的比例。色调的明暗，人体肌肉解剖等，丝毫都不肯苟且忽略，这种精神是不可否认的。不过其弊易流于仅仅知道服从自然，一成不变地，而忘却了'主观的存在'，对于所描写的事物过求逼肖，结果不免流于拘谨、刻板，甚至因玩弄技巧而忽略思想，影响所及，多数作品往往会缺少了一种新鲜的'画趣'和

---

① 陈抱一. 洋画界如何进展的讨论［J］. 上海艺术月刊，1942（3）.

'风味'。"① 而有关论说力主写实绘画的"求真"本质，倡导写实主义风格的正确途径，此如相关论说指出：

> 其实艺术的模仿不是求肖而是求真，真与肖有不可含混之界限。
>
> 我们知道写实主义不是凭空产生的，它是自然主义的修正，把自然主义纯客观的机械式的缺点纠正过来，重新予以主观的现实的精神。
>
> 写实的精神是刻苦而严肃的，它是现实人生与时代的反映，是新生命的创造，不是凭空虚构的东西，所以在艺术如果忽视了写实的精神，则一切努力都是浪费。②
>
> 我们知道中国的洋画家中，有些技巧熟练修养精湛的"写生派"作家，其作品虽不乏有一点欧洲学院派的高贵的风格，可是我们不希望这种风格一直地不变。时代一刻不停地在进步，现实的纷繁扼住了每一个人的灵魂，因此人们在生活当中是迫切地需要一些刺激，更需要艺术的安慰，艺术家应该借崇高的艺术之伟力予人们心的解救，像古典绘画沉闷的色调，会使人窒息；野兽派的狂暴，会扰乱人的神经，这些都不是需要新鲜趣味的人们所乐意接受的。③
>
> 中国艺术应走那【哪】一个派别，这是一个不容易置答的问题，不过，要踏上西洋艺术的正途，自然先要经过一个坚固的写实时期，从写实中求变化，这是一个颠扑不破的定理。不经过坚固的写实期，闹一些流派上的争论，对于艺术的演进，一定仅是空虚。④

---

① 胡金人.略谈上海洋画界 [J].上海艺术月刊，1941（创刊号）.另，对于写实绘画仅仅局限于"求肖"的倾向，批评者多以"月份牌绘画"作为批评对象。如"彼画（按指月份牌绘画）近顷流行之时妆美女者，背摹而出者，亦属于风俗画、历史画之类，而稍有图画知识者，莫不知其为卑下，亦因无忠实写生之素养故也"。丰子恺.忠实之写生 [J].美育，1920（2）.又如"肥沃广大的艺园里已经布下多量的既劣且毒的种子，所以月份牌作者迄今还不断的在产生。造成了新艺术运动的一股阻力"。老金.对"中国洋画界"的新希望 [J].艺术论坛，1947（1）.
② 胡金人.模仿与写实 [J].上海艺术月刊，1942（7-8）.
③ 胡金人.略谈上海洋画界 [J].上海艺术月刊，1941（创刊号）.
④ 引自问题解答 [J].上海艺术月刊，1942（6）.内有 CR 君问："近来常常看到洋画的派别问题，争论得使初习的人无从捉摸，到底中国艺术界应走哪一派别。"所引语为该问题的解答。

在倡导写实主义"求真"风格的同时，论者难免简单地将其与现代主义绘画进行对比，并将"凭空虚构的东西""野兽派的狂暴""扰乱人的神经"，附会于表现性的现代主义绘画的特征之上，这也在一定程度上反映了仅在"纯正的基调"的范围内讨论两者得失的局限性。然而尽管如此，对于现代主义的创作，有关论说仍然各自从"新艺术"和"画鬼艺术"的褒贬角度，指出了个中缘由。批评"画鬼艺术"者，如是写道："后汉书张衡传上有这样几句话：'画工恶图犬马而好作鬼魅，诚以事实难求而虚伪无穷也'。在今日之上海洋画界中，好作'鬼魅'的风气很盛。"①"虚伪的'画鬼艺术'无疑地只有沦为真艺术的淬渣，这班颓废的'作家'玩弄'卖野人头'的把戏，对于他们自己原是一种无聊的妄动。"②"他们缺乏严格的训练，修养不足，认识不清，为了要趋新，要炫奇，不免想利用小聪明取巧，结果把热情和勇敢完全用在盲目的'画鬼'上面，而'画鬼作家'竟认为'吾道不孤'，就有意赞扬他们：'呵，你的作风是近于毕迦索（Picasso）的，呵，你的笔调是近于……'可怜这些青年们在'受宠若惊'之余，就拼命做了毕迦索或其他奴隶，同时也做了赞扬他的人的努力而不自知。"③而倡导"新艺术"者，又如是写道：

现在欧洲的艺坛，虽然各人持有各人的主张，提倡各种的学说，成功各种艺术的新型，一时呈一种极纷乱的状态。而最强有力的便是复归于"原始"的倾向……我现在极力的研究原始时代的艺术，尤其中国原始时代的艺术值得我们注意的。我很想把中国人固有的艺术天才，重新再实现到今日的世界上，创造中国的新艺术。④

世间盛传"新艺术"这个名词。浅肤的人，就在现在的新艺术与过去的旧艺术之间划了一条不可超越的界线，以为过去的都是无用的废

---

① 胡金人.略谈上海洋画界［J］.上海艺术月刊, 1941（创刊号）.
② 胡金人.略谈上海洋画界［J］.上海艺术月刊, 1941（创刊号）.
③ 胡金人.略谈上海洋画界［J］.上海艺术月刊, 1941（创刊号）.
④ 丁衍庸.自述［J］.艺术旬刊, 1932（1）: 7.

物了。其实并不如此。艺术的分新旧，是仅就其表面而说的。艺术的表面跟了时代而逐渐变相，现在的为新，过去的为旧；但"艺术的心"是永远不变的。①

上述诸多讨论，论争的焦点，其实正是围绕中西融合的取向而进行的。而其论争的范围是在"西洋美术"的"小环境"中，并希冀中国的美术有所"进步"。"西洋美术"的"争点"，"不在乎人，亦不在乎势力，乃纯粹为真正之美术请命也……美术为最高尚之学术，能研究美术，即得最高尚之修养，决不容有一分之偏见……扶导吾国美术之进步"②。这里，希冀中国美术的进步者，都将各自的实践计划归于写实和表现的方案之中，并相应与所谓"新""旧"之分划上一种潜在的等号。但前后两者优劣成败莫衷一是的症结究竟是什么？这个问题依然引起人们的关注。

现阶段中国洋画是脱离前者而是沉溺于后者的幻灭世界中。根本正和现在还不能绝的生产着的商品化了的国粹画完全是一样空洞的形式。

构成这种现代的中国洋画形式的原因，便是新兴画论的缺乏，而只是对于西洋已成画派的模仿生吞活剥的东西，才直接形成这种特殊的现象。③

A 据说洋画运动在中国已有三十年光景了。那么现在的洋画界，可算得进步吗？B 只要看看现在或近几年来的洋画界情况，就可明白了。A 照我看来……也似乎没有多大的进步。B 正是这样……表面上，也许有多少新变化，但一般情况的进步，并不显著；尤其是"内容""实质"方面，似乎太欠缺。希望它进步，倒不是容易的问题。④

---

① 丰子恺. 新艺术 [J]. 艺术旬刊, 1932（1）: 2.
② 吴梦非. 西洋绘画之争点 [J]. 美育, 1920（4）.
③ 高沫. 中国的洋画及其理论 [J]. 美术生活, 1934（1）: 3.
④ 陈抱一. 洋画界如何进展的讨论 [J]. 上海艺术月刊, 1942（3）.

现在如果我们也来注意一下中国洋画界，也不禁会感到"伟大的作品在那里？"这个责任无疑地是要洋画家来担负的。①

期待"新兴画论"，呼唤"伟大的作品"，这就是来自学术"小环境"的不约而同的心声。但是，在上述"小环境"中所构成的西洋美术的"争点"，使得表现与写实的融合方案，仅限于学术的"派别"之争，无疑显现其中的局限。"回头再谈到吾国绘画，虽在明清之际，与西洋画曾有一度的调和，但不久复行中绝……一般画人亦有步郎世宁、焦秉贞之后尘者，然皆无所成就，复衍为非牛非马之现象，至足惜也。要皆对于中西两派绘画，均无相当之了解与修养，不谙真谛，徒袭皮毛，又安能不彷徨于歧路也！"②"以过去中国的洋画界看来，显然是可以分出两大派别，一派是代表旧的，另一派是代表新的。所谓旧的，便是着重于题材的说明，而刻意追求物体表面的真似。所谓新的，便是着重画面的趣味，以发挥作者自我的情绪为准的。然而不论是新的或旧的，他们的技法，都是采取于西洋的绘画。简言之，就是西洋画的模仿，甚之是表面的形式的模仿。""应用怎样的技法？采取什么题材？所应表现的现代中国的精神又究竟是怎样的精神？那是须待我们作家的长时期的研究。"③因此，在这样的范围进行有关问题的论争，所涉及的"伟大作品""现代中国的精神"，是无法真正得到其答案和出路的。

随着写实和表现之争，演化为"为人生"和"为艺术"之争，表明在西画界中西融合的讨论，已经逐渐从"小环境"走向"大环境"，即是在中国社会独特的情境下，思考有关学术论争的问题。而其"纯正的基调"也逐渐为"民族精神"的思想观念所取代。在救亡图存的社会命运关注中，西方古典写实主义绘画与中国传统绘画结合的写实性取向，得到了新的生机，同时注入了新的内涵。早在 20 世纪 30 年代，中国西画界出现过两种不同的"新写实"观点。

其一是从艺术创作语言的"小环境"中提出的。如"一切绘画之写实的要

---

① 胡金人.略谈上海洋画界 [J].上海艺术月刊，1941（创刊号）.
② 山隐.世界交通后东西画派互相之影响 [J].美术生活，1934（创刊号）.
③ 倪贻德.吸收外来的一切养分，创中国独自的艺术……[J].艺术，1933（1）.

点有三：一，须有质感；二，须有量感；三，须有实在感。所谓质感者，便是舍去了依物的说明而表现的方法，而捕捉那根据物质的触觉感。所谓量感，是并非依赖几何学的透视学所得到的空间感和立体感，当线的方面和色面一致的时候所现出来的。上面两种条件具备了，最后便得到全体的统一感而表现出实在的量感。以上的作画的练习的基础获得了，其次应当表现的，便是作者的特性（个性）。"①

其二是从积极关注社会的"民族精神"角度去认识的。与"西方主义"趣味相对的是，有论者提出有别于西方写实主义的"新写实主义"命题。"所谓'新写实主义'，便是应用新的技巧来追求作品上的内容和形式的'真实性'。"其认为由"新写实主义"所体现的，是一种"积极的深入社会的实际生活去观察的"艺术；而由"至善主义"所体现的是一种"逃避现实的所谓隐居生活"的艺术。"前者是革命的前进的，后者颓废的没落的。""现阶段中国洋画是脱离前者而是沉溺于后者的幻灭世界中。根本正和现在还不能绝的生产着的商品化了的国粹画完全是一样空洞的形式。""构成这种现代的中国洋画形式的原因，便是新兴画论的缺乏，而只是对于西洋已成画派的模仿生吞活剥的东西，才直接形成这种特殊的现象。"②

显然，后者的"新写实主义"已经不同于前者的"新写实"。不同的根本原因在于两者的立足点发生了明显的改变。而其中两种"语境"的对比，突出了中西融合的现实意义和价值所在。"由于近年来中国民族意识抬头，'表现民族精神'这个口号常在艺术制作的领域里被人提出来，艺术是时代的反映，艺术家们已经注意到表现今日之中国的艺术，应该择取描写什么题材的问题了，人们对于绘画艺术欣赏的态度，不再仅注意形式的华丽，而要求内容充实，更需要含有'前进意识'的新题材，给他们以刺激和兴奋，这种要求是很自然的。""中国现在正处于非常时期中，每一个角落里裹藏着不平常的故事，表现伟大时代的中

---

① 尼特.新写实的要点［J］.艺术旬刊，1932（1）：9.
② 高沫.中国的洋画及其理论［J］.美术生活，1934（1）：3.

国艺术，是每一个艺术家应该勇敢地接受这个任务的。"①"中国现社会所提倡的艺术，不是'美人月份牌式'的艺术，就是'妖魔捣乱画符式'的骗人艺术。在双料国难情况之下的中华民族？来！我们大家平心静气地想想看！""未来的艺术……创成一种民族意识上有力量的艺术，这种艺术要有深刻的国民意识，要有热烈国民的情感，要忠实地研究一般国民的生活，要有批评社会的勇气，要能用深刻而丰富的同情，来发表他所体验的结果。"②"今后的艺术不是个人主义文化的艺术，是要走向合众艺术的道上去，把艺术变成大众的，为大众所有。"③

抗日战争的全面爆发，是洋画运动中始终不休的关于"艺术为艺术和为人生""艺术重表现和写实"的争论，产生了一个重要的"分水岭"，也就是说样式移植过程中出现了一种重要的现实选择。

日本侵略者的炮火促成了中国艺术家的抉择。从1937年开始，中国文化界人士开始了自东南沿海向西南、西北的大规模撤退。生活在沿海城市的艺术家们进入辽阔的中国腹地，艰难的跋涉不但改变了他们的生活方式，也改变了他们的精神状态。随之而来的……抗战，使所有的艺术家变得深沉和现实起来。抗日战争时期中国知识分子有目的的大规模转移，是中国历史上少有的文化转变和精神锻炼。④

在这种特定的形势下，画家的艺术趣味和艺术风格基本转向质朴、清新、开阔和粗放，取代了原本"弥漫于狭小画室和繁闹沙龙里的异国情调"⑤。这样，相对于20世纪30年代初期决澜社展览后期出现的观众稀少的场面而言，"战时绘画"呈现了迅猛发展的势头和人气旺盛的情景，"因了这次抗战，那种个人的享乐主义的艺术，已经遭到时代的淘汰，为大众所摈弃了，大众的民族主义的艺

① 胡金人.略谈上海洋画界［J］.上海艺术月刊，1941（创刊号）.
② 陈晓南.来，来看看中国的艺术生命！［J］.艺风，1935（3）：5.
③ 安敦礼.大众语和大众画［J］.艺风，1935（2）：10.
④ 水天中.中国油画百年：中国画家的西画尝试［J］.艺术家，2000（1）.
⑤ 水天中.中国油画百年：中国画家的西画尝试［J］.艺术家，2000（1）.

术，却得到了惊人的发展。除了少数的美术家还是守在自己狭小的范围中，大多数的青年美术工作者，都热情地、勇敢地参加到抗战的阵线中去，以色彩和画笔，站在自己的岗位上，和其他的艺术如演剧、歌咏等，做着抗战的宣传工作……全国的美术工作者，大量地制作着抗战宣传的绘画。所以我们只要一到内地，不论在都市，在乡村，随处都可以看到美术的表现，尤其是抗战中心的大都会中，——就像过去的武汉，现在的重庆、桂林诸地，在热闹的大街，在交通冲要的车站、码头，更贴满了大幅的布画、小幅的招贴，宛如一个大展览会场，使人目不暇接"[①]。

因此，20 世纪 30—40 年代，本于民族思潮的高涨和救亡图存的心声，中国画坛的写实主义以及现实主义创作思潮的迅猛兴起，突变为中国美术界的文化主流——洋画运动在重大的现实选择中，发生了使得中西融合中的样式移植根本性的重组。在这种样式移植的重新组合中，所产生最为突出的结果，就是在西画的实践中，写实主义成为重要的风格择取对象。因此，"写实"就成为西画里中西融合中最重要的取向。

写实观念作为一种新文化思潮，在清末民初具有改革激进的文化背景。康有为所谓"今宜取欧西写形之精，以补吾国之短"[②]体现了这一思想背景的精粹。而写实主义样式移植的重要条件和契机，是 20 世纪 20 年代伊始，大批留学生对西方绘画的引进。其实，在"洋画运动"前期，即 20 世纪初至 20 世纪 20 年代，真正立足于写实主义的画家并非占有很大的比例。李铁夫、李毅士、徐悲鸿、颜文樑等为其中的代表人物，他们的写实作品多围绕古典绘画的传统样式，在风景、人物和静物等方面，进行习作性创作。在 1929 年第一届全国美术展览会期间发生的"二徐之争"，已经表明了"重写实"的写实主义风格作为在中国西画界的一种重要技术素养和思想观念，已经与"重表现"的印象主义等现代主义风格分庭抗礼，构成两大西画创作重心。以此为一个重要标志，表明在样式移植的习作性创作的实践中，样式移植已经逐渐显现风格化的分野。同时又在多元

① 尼特. 从战时绘画说到新写实主义 [J]. 美术界, 1939 (1): 2.
② 康有为. 意大利游记 [M] // 欧洲十一国游记. 长沙：湖南人民出版社, 1980.

并存的样式移植过程中，实现写实主义样式的最后选择，将写实风格与救亡图存的社会功能加以联系，呈现"主动误取"的特有格局。"新兴的劳苦大众，是担负历史使命的。他才有真正的生活，他才有凝视现实的勇气。所以，他所要求的艺术，必然是写实主义的。不过，这种写实主义决不是素朴的机械论或者纤细的官能主义的产物，而是立脚在辩证法的唯物论上面的。所以'世纪末'的一切产儿，如立体派、象征派，乃至未来派，都不会为劳苦大众所欢迎的。"① "假使有相信艺术是不应该离开社会的画者，我希望他能分出一部（分）画油画的时间，用他好尚的方法（或毛笔，钢笔……或木刻。）本着他的良心，看清四周的环境，去创造一些黑白画，可以多多制造流传到民间去负这种任务的。"②

随着"洋画运动"发展到后期（20 世纪 20—40 年代），写实主义样式的移植逐渐超越艺术风格本身，与"艺术为人生"的观念相结合，呼应"救亡图存"的民众思想，因而在中国获得强大推动力，并迅速在本土传播。这时期，写实主义画家如李毅士、徐悲鸿等，拓展创作样式，从历史典故和神话中汲取灵感，创作出一批具有象征意味的历史题材作品，以回应中国社会的特定情境。同时，中国西画界涌现出一批新起的写实主义画家，如吴作人、吕斯百、司徒乔、董希文。他们以社会题材创作为主，关注民生，并积极探索"中国风"油画的实践路径。

"总而言之，写实主义足以治疗空洞浮泛之病。"③ 这一绘画样式在中国本土蔓延，为油画的"本土化"注入了强大活力。"在先已受欧洲写实主义刺激者，迨九一八直至与倭寇作战，此写实主义绘画作风，益为吾人之普遍要求。"④ 抗日战争的爆发，从社会环境方面，已经确保这种写实主义在中国发展是艺术选择与社会选择的共同结合，并形成众望所归的潮流。这一潮流势不可挡，任何艺术家的个体努力都难以左右。在此过程中，西画东渐的样式移植逐渐与本土实

---

① 郑伯奇.最后的胜利，当然属于……［J］.艺术，1933（1）.
② 周义林.谈黑白画［J］.艺风，1934（2）：6.
③ 徐悲鸿.中国新艺术运动的回顾与前瞻［N］.时事新报，1943-03-15.
④ 徐悲鸿.西洋美术对中国美术之影响［J］.美术家，1948（2）.

践相结合，预示着中国本土化西画的显现。当时有人称之为"现代精神的现代中国洋画""可说持有现代精神的现代中国洋画还没有发生，正期待着新的作家们去努力。"①

由这种努力的方向，我们可以看到，五四以来，油画对中国画的影响，主要表现在对现实的关注和写实造型方面；而中国传统艺术对油画的影响，则主要表现在传达内心情感和写意造型方面。正因如此，20世纪上半叶的中国油画家，在各自的油画实践中逐渐摸索出一种融合模式：在写实主义创作观念和手法中融合了传统艺术的写意因素。这正是西画中一种为社会和时代所选择的中西融合的成功取向。

三、中国油画本土化的早期实践

中国油画本土化的进程，是逐渐以融合主义的面貌体现中国美术现代性的实践过程。在20世纪上半期以洋画运动为代表的西画东渐过程中，油画作为西学东渐的重要文化样式，通过留学生的传播，在中国本土进行了异于以往局部参照的大面积移植，而其中，中国油画家即以多种个体行为，进行着油画本土化的早期尝试。

这种尝试大致出现两大倾向。其一是侧重于西方写实性语言与传统写意语言的结合。徐悲鸿在20世纪30年代的写实风格的油画创作中，时常融会了某种象征主义的倾向，从中不同程度地显现了油画中国风实践的迹象。《田横五百士》被称为中国油画进行民族化探索的早期代表作品之一。欧洲古典绘画的传统构图与中国绘画长卷样式在创作中获得了一种结合，其中西融合形态自然不是停滞于表层的画法参照和材料引用之间，而是从深度范围将油画语言和中国历史文化图像进行精神蕴涵的调整和契合。颜文樑"始终坚守西洋画的阵地"，但是"他的根柢又是参照着中国文化的气息，所以他的西洋画笔散发着中国文化的气息。例

---

① 刘狮.谈"现代中国洋画"[N].申报，1946-10-31.

如1929年在巴黎画的《凯旋门》，主题的凯旋门置于远境，画面中心则是两个男子与一个妇人；而观者视角最近的部位，却是一只小狗。人与景与动物交融在一起，分不清主次。这同中国画的山水画中常常出现一个执杖过桥或在茅舍盘膝而坐的隐士形象，人与景主次难分，基调几乎是相一致的。他后来的众多风景画中，经常出现一位或坐或立的少女，脚边总有一或二只嬉戏的小猫，这种布局总让人体味这是具有中国气派的西洋画"①。

其二是侧重于西方表现性语言与传统写意语言的结合。王悦之在20世纪30年代初期创作了一系列忧国忧民的主题性创作。比如《燕子双飞图》《弃民图》《台湾移民图》等，都大量使用了黑色油彩，高度运用中国绘画艺术中的线描之法，结合于薄彩施色，具有浓郁的中国情调。王悦之创造了中国现代油画的一种新格式：画法立于中国为本，材料兼取西画之长。"陈抱一在成熟时期的作品，色彩醇厚，调子有微妙的变化之美；而笔法流畅，有中国文人画以笔取意的作风。"②关良自20世纪40年代开始，将戏剧人物题材融入油画创作。写意的人物造型中既含有逸笔泼彩的意趣，又具有表现主义风格形式的痕迹，成功地描绘出"戏剧中的绘画意境"。

这种中西融合的西画实践，其意义正如鲁迅所指出的：

以新的形，尤其是新的色来写出他自己的世界，而其中仍有中国向来的灵魂……要字面免得流于玄虚，则就是：民族性。③

当然，20世纪早期油画实践中出现的本土化倾向，呈现出比较个人化的迹象。在将油画作为文化样式进行移植的过程中，引进的成分居多，本土化的探索痕迹显得相对局部和潜在。随着艺术为人生和艺术、艺术重表现和写实的论争的发生，这种本土化的探索只是以艺术家个体的行为方式潜在地出现在西方

---

① 钱伯城.追求形神结合的大师颜文樑［J］.中国油画，1997（3）.
② 梁荫本.陈抱一的绘画风格［M］//陈瑞林.现代美术家陈抱一.北京：人民美术出版社，1988：162.
③ 鲁迅.当陶元庆君的绘画展览时［M］//鲁迅.而已集.北京：人民文学出版社，2005.

主义"纯正的基调"和融合主义"民族精神"对于"民族性"的不同价值取向之中。

随着全面抗战的爆发，民族救亡意识成为共同呼应的艺术主旋律。艺术家的油画本土化探索，由原先个体行为的自觉性转化为具有明显的集体行为的自觉性。"油画中国风"是中国现代油画史上的重要一页，也是 20 世纪中国油画本土化、油画民族化的最初尝试。全面抗日战争爆发后，中国艺术家的活动格局发生了明显变化，大部分转移至远离战火的西部内陆地区。一方面由于创作经验中民族文化意识的涌现，另一方面由于画家在西北和西南地区有更多的机会接触民族传统艺术以及多种民俗民风。其中，"走向西部"是值得关注的重要现象。

> 年来画家们纷纷到西北去，带回来各种作品。有些似乎存心去猎取异国情调，打算回来给内地人一个新鲜。或者，有些是抱着兴奋起发的雄心，去搬运古代艺术底遗迹，假使其中有人不仅仅满足于摹拓敦煌的壁画，而祈望从中追回久已失去的古中国艺术底动的节奏，假使他俯仰于西北底黄土蓝天之间而得到大陆色彩的启示，假使他接触那未经儒道思想熏陶的人民，而感到中国民族固有的雄伟厚朴的天性，那豪放而造型的表情——总之，假使他发现了中国艺术与人民间的有机关系，他将找到中国绘画艺术底合式的形式与内容。①

在这些走向西部的画家们中间，我们可以发现，吴作人、司徒乔、常书鸿、吕斯百、董希文等一批油画家，正是在这一特定时期，先后走向西部边陲，感受民族文化精神，吸取民族艺术养料，对油画本土化探索起了很好的推动作用。他们先后从敦煌艺术中汲取营养，进行油画与中国传统绘画融合的尝试。

从 1943 年 7 月开始，吴作人数次进入康藏地区写生，长途跋涉，历经艰险。在吴作人看来，这些经历"不但磨练了我的意志，更磨练了我的画笔"。1945 年，

---

① 郑君里.西北采画［N］.新民报，1945.

他根据写生画稿加工整理出 100 多幅油画、水彩、速写作品，举行画展，受到热切的关注。徐悲鸿评价吴作人"三十二年春，乃走西北，朝敦煌，赴青海，及康藏腹地。摹写中国高原居民生活，作品既富，而作品亦变，光彩焕发，益游行自在，所谓中国文艺复兴者，将于是乎征之夫"①。其画风"光彩焕发"，体现出一种明快、清新的感觉，在《戈壁神水》《祭青海》《青海牧场》《哈萨克》《玉树》《高原傍晚》等作品中已经获得明证，其中已经孕育着民族特色的画风的逐渐形成和追求。此如郑君里所认为，"在这些画家中，我以为吴作人兄是一个。作人兄以前的作品爱用纤柔的笔触和灰暗的色彩，正如他是一个善感而不爱泼剌地表露的人一样——静穆、内蕴，浮现着轻微的伤感，然而，现在我第一次从他的画里感到热炽的色和简练的线。感伤过去了，潜隐变为开朗，静穆变为开始流动""他开始用浓郁的中国笔色来描绘中国的山川人物，这中间可以望见中国绘画气派的远景"。②

司徒乔也有远行西北写生的经历，同样获得了极大的反响。"七七事变……司徒兄遂走缅甸，旋至南洋，以其特快精卓之笔触，写热带风物，收获甚富……逮太平洋战起，司徒兄竟能挟以返国，诚属大举。两年以来，兄又游历新疆漫淫于中亚细亚风味。为所收入画幅中者殆数百纸。此其勤奋努力于艺术之贡献，在同人中可设罕与方比者也。比者胜利降临。八年苦战之功，偿于一旦。"③ 1945年，司徒乔在新疆经过了半年多的写生后，在重庆举行个人画展，展出的作品包括《生命的奔腾》《哈萨克家庭》《新疆集体舞》《珠勒都斯草原》等 200 多幅油画、水彩、粉笔画作品，其热烈而明快的色彩基调和清新优美的画风特征，给人们留下了深刻的印象。"在南洋的旅行中，我们总以为司徒乔不过是一个热情的浪漫画家，在新疆的旅行中，则可以看出他确是一个对人民亲切的写实的手了。"④

---

① 徐悲鸿.吴作人画展［N］.中央日报，1945-12.
② 郑君里.西北采画［N］.新民报，1945.
③ 徐悲鸿.司徒乔画展［N］.时事新报，1945-10-29.
④ 常任侠.司徒乔画展与中国新艺术［N］.新华日报，1945-09-16.

在走向西部的现象之中，敦煌莫高窟壁画，是这些艺术家回归传统文化的一个重要焦点。董希文这一时期前后的油画探索，表明如何在油画中吸收中国传统写意艺术的表现手法，并在这方面达到最佳效果。"他在这项艰苦的工作中埋头钻研，对许多无名的宗教画巨匠在表现人物（包括裸体）时大量运用勾勒（大都用赭、黑两色套勾）和设色的精微入化深有体会。他认为敦煌壁画上有人物不依靠明暗法塑造形体及质量感，其效果比之欧洲文艺复兴时期的大师的杰作决不逊色。这些人物（包括裸体）画的手法有东方艺术的特点，是西方所没有的。稍后，我发现他的造型手法（不论是素描和油画）的独到之处，是和他下苦功临摹敦煌壁画的人物有着密切的关系。"[1]董希文在1947年创作的《戈壁驼影》受到徐悲鸿的好评："塞外风物多悲壮情调，尤须具有雄奇之笔法，方能体会自然，完成使命。本幅题材高古沧凉，作风纵横豪迈，览之如读唐岑之诗，悠然意远。"后在1948年，徐悲鸿又在《介绍几位作家的作品》一文中这样评价董希文之作，"董希文《翰海》场面伟大，作风纯熟，此种拓荒生活，应激起中国有志之青年，知所从事，须知奇取人之膏血及下等人之所为也"[2]。从20世纪40年代开始，董希文一直研究和探索油画"中国风"的问题。他认为：（为了使油画）"不永远是一种外来的东西，为了使它更加丰富起来，获得更多的群众更深的喜爱，今后，我们不仅要继续掌握西洋的多种多样的油画技巧，发挥油画的多方面的性能，而且要把它吸收过来，经过消化变成自己的血液，也就是说要把这个外来的形式变成我们中华民族自己的东西，并使其有自己的民族风格"[3]。

"经过消化变成自己的血液"，这正是20世纪中国油画本土化历程的一个生动且典型的概括。西部的本土化实践侧重传统化，而延安的本土化则注重大众化。1949年后，这两种主要的本土化探索最终融入了新中国美术的整体发展。20世纪50年代，"油画"正式取代"西洋画"或"洋画"等称谓，成为中国美术界通用的学术用语，标志着油画从外来画种逐步融入中国美术的体系。"30、40年

① 艾中信. 画家董希文的创作道路和艺术探索 [J]. 美术研究，1979（1）.
② 转引自龚产兴. 董希文 [M] // 中国现代美术大家评传. 南宁：广西美术出版社，2001：22.
③ 董希文. 从中国绘画的表现方法谈到油画的中国风 [J]. 美术，1957（1）.

代中国油画在艺术思想、艺术趣味、艺术风格上发生的明显变化，使油画从外来的高雅艺术朝向表现现实的悲欢离合，联系普通中国人的本土艺术发展。从艺术与现实生活的关系而言，油画逐渐成为最贴近现实人生，最能寄寓政治、文化理想的画种。"①油画以其生动细腻的表现力和处理宏大场面的视觉效果，被誉为"美术中的重工业"，与当时革命历史题材创作的热潮相契合，获得社会关注。虽然中华人民共和国成立初期的中国油画创作力量相对于当时最为活跃的年画、漫画和版画而言有所局限，但却与 20 世纪 40 年代肇始的"油画中国风"有着内在的联系。因此，中华人民共和国成立初期的中国油画，与其说是"处于中国油画的童年"，不如说是继 20 世纪 40 年代"油画中国风"之后的又一次油画本土化的艺术实践。"1949 年以后，文艺界体制内的一切创作活动，首要步骤就是组织美术家深入生活。深入生活的首要目的当然是向工农兵学习，改造文艺工作者的思想。而对创作具体作品来说，从现实生活中得到主题和题材，从现实生活中得到具体的形象、构图、色彩，以至于作品中的每一个细节；创作的每一个步骤，构思的每一个方面，都应该是有现实的生活依据；完成的作品也应该具有现实社会的功利意义，即'团结人民、教育人民、打击敌人、消灭敌人'的意义。"②

这次本土化实践的中心特质，是延安美术的延续化和正规化，是在中华人民共和国成立的新的历史时期，以政府行为为标志，自觉地实施统一的反映中国革命历史内容的主题性创作。"执行'为人民服务、为社会主义服务'的文艺方针，在五十年代初以普及为主要目标，在普及的基础上逐步求得提高，美术各门类都是如此，油画也是一样，美术教育也不例外。油画在五十年代所受到的重视，超过了其他画种，这是因为大陆油画家中的大部分，历来主张现实主义或靠近现实主义（虽然对现实主义的理解并不一致）。而当时的美术领导者认为油画这种绘画工具所形成的写实技巧，超过了其他画种，对描写现实生活有较强的表现力。许多人认为油画这种特性，是大众所理解而乐于接受的，因此是有利于普及的。""普及油画的第一个措施，便是从 1951 年开始有计划地组织创作的'革命历史

---

① 水天中. 中国油画百年：中国画家的西画尝试 [J]. 艺术家，2000（1）.
② 水天中. 中国油画百年：中国画家的西画尝试 [J]. 艺术家，2000（1）.

画'，此后曾多次进行成批的这类历史画创作。"①

　　董希文的《开国大典》是这批历史画中的一幅代表性力作，也可说是油画民族化的一幅"里程碑"意义的画作。1951 年，董希文以高昂的激情，在两个月内创作出油画《开国大典》。毛泽东看了此画以后曾经说道："是大国，是中国。""我们的画拿到国际间去，别人是比不过我们的，因为我们有独特的民族形式。"②《开国大典》"色彩构思卓有成效地达到了他孜孜以求的民族风格的特征，为油画民族化开创了一条路子。董希文这幅画的构图和其他绘画技巧都体现出鲜明的民族气派，而且是富有创造性的"③。罗工柳的《地道战》同样为这批历史画中的另一幅代表性作品。其"用独幅画来表现"这一抗日战争中的重要场面，"罗工柳反复推敲，采取情节性的构图，用绘画的瞬间形象，戏剧性地反映了机智和神勇，使得《地道战》在油画上留下了历史的印记"。"五十年代前期也有一些艺术水平相当高的肖像、风景和静物问世，为数不多，弥足可贵，如吴作人《齐白石像》（1954 年）和《三门峡》（1954 年）等，在一定程度上体现了中国油画的民族气派。"④

　　从抗战前后的个体行为转向集体行为，从中华人民共和国成立前后的集体行为转向政府行为，我们可以察觉其中自觉性程度的变化。这种自觉性的变化，表明了中国油画的早期本土化尝试，已经具有了融合主义的某种特质。这种特质的表现，就是体现在其民族性和大众化价值和意义的突出和强调。就其民族性而言，"中国人所画的西画，仍可称为中国人的绘画。虽则所利用的是西洋的方法和工具，但因为作者是中国人，他的民族性不会因新方法而丧失，在中国人的西画上，也同样可以表现出自己的民族性。其所表现者，也还是中国作家的精神，思想等题材，所以中国的研究西画者，不应只以追从为满足，而应善于吸收西画法的特长，把民族艺术的宝贵精神发挥于中国的新绘画上。这样，自然会产生足

① 艾中信. 五十和六十年代前期的大陆油画 [J]. 艺术家，1989（12）.
② 有关报道转引自光明日报，1956-02-11.
③ 艾中信. 画家董希文的创作道路和艺术探索 [J]. 美术研究，1979（1）.
④ 艾中信. 五十和六十年代前期的大陆油画 [J]. 艺术家，1989（12）.

以发扬中国艺术精神的新画派"[①]。就其大众化而言，"今后艺术的趋势，应是为社会大众而制作了。我们不但要使大多数人民能够欣赏，而且还要具有教育的使命。在内容方面讲，必须具有大多数人民所能接受的现实生活；在表现形式方面讲，是应当力求写实的精神"[②]。而20世纪中国油画本土化的早期尝试，由此显现其应有的历史、文化和艺术的价值。

四、油画民族化的持续努力

作为中国油画的民族化探索，一直成为潜在思想，贯彻于20世纪以来的西画东渐历程。但是，在20世纪40年代，这个问题已经成为中国油画家一种明确的创作思想，成为他们自觉地对应中国特定社会环境的一种重要表现。比如董希文提出的"油画中国风"或"油画的中国气派"的观点，以及他在20世纪40—50年代的多次西部之行，形成了他对于油画中国风在艺术语言上的独到体验和见解。

20世纪50年代后期，"许多油画家为了提高中国油画的质量，再一次提出了'油画民族化'的问题。其实，'油画民族化'的问题有些画家在前几年就已经谈过，交换过意见。它和'油画民族风格''油画中国风'的实质是一样的"[③]。随着全盘苏化倾向的淡去，作为对苏派美术思想的一种反拨，"油画民族化"构成一种集中出现的口号，使这一问题再次得以关注和讨论，在中国美术界产生了深远的影响。

最初出现的与该讨论相关的论说之一，应为在《美术》1957年1月号上所发表的董希文的文章《从中国绘画的表现方法谈到油画中国风》。其中写道：

---

① 倪贻德.关于西洋画的诸问题［C］//倪贻德美术论集.杭州：浙江美术学院出版社，1993：81-82.原载《胜流》合订本卷七第640页。

② 倪贻德.关于西洋画的诸问题［C］//倪贻德美术论集.杭州：浙江美术学院出版社，1993：81-82.原载《胜流》合订本卷七第640页。

③ 吴作人.对油画"民族化"的认识［J］.美术，1959（7）.

关于油画，由于我们努力学习苏联及其他国家的油画经验，已经有了显著的进步，产生出许多能真实地表现生活的作品，但为了使它不永远是一种外来的东西，为了使它更加丰富起来，获得更多的群众更深的喜爱，今后，我们不仅要继续掌握西洋的多种多样的油画技巧，发挥油画的多方面的性能，而且要把它吸收过来，经过消化变成自己的血液，也就是说要把这个外来的形式变成我们中国民族自己的东西，并使其有自己的民族风格。①

与董希文 20 世纪 40 年代的相关论说和实践相比，其在油画中国风的问题上又有新的发展。而使这次讨论产生规模效应的，是在 1958 年 5 月 28 日，浙江美术学院编辑部就"油画民族风格"的问题召开了一次座谈会，并在《美术研究》1958 年第 3 期中，以"关于油画的民族风格问题"为题，发表了座谈会纪要。在纪要开首，编辑部即开宗明义：

我们的艺术必须有自己民族的风格，这是正确的方向，也是每个文艺工作者所必须遵循的原则……对待这个问题，我们认为必须勇于破除迷信，拿出干劲和信心，从理论上、从创作实践上解决它。这一次座谈会，只不过对这个问题开始进行探讨。现将座谈的记录发表出来，以引起美术界有关方面的重视，使今后能更深入的展开讨论。

倪贻德指出，"为什么在中国要提出油画的民族风格呢？因为我们过去的油画大部分是模仿西洋的，能表达出自己的风格的却很少。我想这有两种原因：1. 中国学油画的时期还不长，认为要先把西洋的油画的基本技法学好再说。2. 由于近百年来，中国处在半封建半殖民地状态下，养成了崇拜西洋，轻视民族的自卑感，对民族的东西，就不加考虑，因为一切都是西洋的好"。费以复强调："油画的民

---

① 董希文. 从中国绘画的表现方法谈到油画的中国风［J］. 美术，1957（1）.

族风格问题，首先要在思想上解放，把崇洋思想除掉。油画民族化，不是光追求形式。我们需要的是表现中国人民生活和喜爱的作品。"黎冰鸿认为："过去我把油画比作钢琴，国画比作胡琴，实际上，这是思想上有抵触。因此目前重要的问题是破除迷信，同时要接触群众，与群众思想感情结合起来。油画民族化不是简单的国画化，民族化包括人民欣赏习惯、思想感情。"潘天寿认为："在艺术创作上，表现出时代精神是重要的，而风格也是艺术条件下不可缺少的一部分。油画要民族化，一定要变，这是当然的事，中国人画油画，要注意中国民族的特点，因为中国人有中国人的思想、感情、风俗和习惯，中国人不论画什么都应该有民族风格。我以为从小学西洋画的人，西洋的东西必然多一些，甚至重西轻中，迷信西洋。有些人对中国画一无所知，自然不热爱中国画。有的人从小学中国画，很可能有保守思想，但初学的时候，还是要学古的，要古为今用；要学西洋的，要西为中用。假若取消了'古'和'西'，也是不对的。因此，我认为：1. 油画必须民族化，这是原则；2. 学油画的必须西为中用；3. 要西为中用，必须学习中国画。"[①] 浙江美术学院在油画民族化的探索上取得了一定成果。据 1959 年《美术》三月号报道："浙江美术学院油画系、雕塑系、版画系的老师和同学，在前一阶段的创作中，绝大部分都在致力于民族化的探索，也取得了一些成绩。但民族化是一个复杂而细致的问题，必须经过长期的探索才能逐步形成。"[②]

这一时期，围绕油画民族化的讨论愈加深入，多篇重要文章相继发表，如倪贻德《对油画、雕塑民族化的几点意见》（《美术》1959 年三月号）、吴作人《对油画"民族化"的认识》（《美术》1959 年七月号）、吴作人《关于发展油画的几点意见》（《美术》1960 年八、九月号）、艾中信《油画风采谈》（《美术》1962 年第 2 期）、董希文《绘画的色彩问题》（《美术》1962 年第 2 期）、罗工柳《油画杂谈》（《美术》1962 年第 2 期）等。这些探讨为油画民族化的理论与实践奠

---

① 浙江美术学院编辑部. 关于油画的民族风格问题：浙江美术学院教师座谈会纪要 [J]. 美术研究，1958（3）. 参加本次座谈会的教师有（以发言先后为序）：倪贻德、费以复、王伯敏、王德威、黎冰鸿、潘天寿、肖传玖、史岩、周诗成、胡善余、严摩罕。

② 倪贻德. 对油画、雕塑民族化的几点意见 [J]. 美术，1959（3）.

定了重要基础，逐渐形成一种深入探索的思潮。

这种思潮的出现，一是体现了中苏关系破裂后，中国美术界开始对全盘苏化的经验教训进行总结和反思，在实践中需要一个苏联美术中国化的过程。苏派美术在其优秀传统和可取之处之外，"缺点是路子不宽，造成油画风貌的单一"①。二是对由中国画问题引起的民族文化虚无主义思想批判的一种回应。由于五四以来遗留的传统虚无主义思想的影响，在 20 世纪 50 年代"老国画家中的保守思想得不到正确的克服……1953—1956 年期间美术教育中接受民族遗产问题一直没有得到解决。这不仅表现在国画的继承问题上，而且也表现在民族雕塑传统的继承和油画、版画等的民族化问题上"②。延安美术的正规化和苏联美术的中国化，使得当时的中国油画家发现了油画民族化的参照和必要。

因此，"油画民族化"具有广与狭两层内涵和意义。从广义的角度说，泛指20 世纪中国油画在本土化探索进程中的一种融合主义倾向。而以狭义的角度讲，特指发生于 20 世纪 50 年代后期至 60 年代出现于中国美术界的一种思潮。这种"油画民族化"的思潮产生的文化背景已经不同于 20 世纪 40 年代的油画中国风时期。如果说这一思潮的文化背景是在救亡图存的心态下以自觉的集体行为实现对传统文化的回归，那么在 20 世纪 50—60 年代有关思潮的文化背景，则是在翻身做主人的心态下，以自觉的政府行为实现对大众化的普及。因此，从传统化到大众化，"油画民族化"的思想在不同的历史时期发生了内涵意义和价值标准上的转化。

在 20 世纪 50 年代，"民族化的关键是大众化……要使广大工农兵看得懂，听得懂，能产生共鸣，必须民族化、大众化。这就是我们对革命文艺工作者的要求。从这个意义上讲，外来的东西不经过溶化不可能大众化……油画民族化的目的，是为了使广大群众喜闻乐见，大众化无疑应当引起十分的重视"③。"应当要考虑提出群众喜爱的问题。固然，油画的群众化不是一朝一夕能做到的，油画的民

---

① 艾中信. 五十和六十年代前期的大陆油画［J］. 艺术家，1989（12）.

② 冯湘一. 新中国美术教育的发展［J］. 美术研究，1959（1）.

③ 艾中信. 再谈油画民族化问题［J］. 美术研究，1979（4）. 周恩来同志在《要作一个革命的文艺工作者》和《在音乐舞蹈座谈会上的讲话》中，将革命化、现代化、大众化和民族化联系起来，作了深入浅出的分析。这些观点同样是油画民族化的指针。

族化更是长期努力的目标。但是，既然要谈'变'，就应考虑'变'得更合人民群众的欣赏口味，使油画更好的为广大群众服务。"①在大众化的宗旨之下，关于油画民族化的讨论，便具有了特定的情境和范围。因此，当时的油画民族化思潮以大众化为核心，首先对其应有的内容和形式问题提出了特定的要求。"形成油画民族化的主要因素有二：1. 要真实地描写中国人民的生活。因为在中国人民的生活里，就具有民族风格。西洋各国都画油画，但每一国家的油画都有它特殊面貌，这就是因为各民族的风俗、习惯、爱好有所不同。2. 但仅仅表现了人民的生活还是不够的，还必须吸收本民族的传统形式。要二者结合才行。"②同时，油画民族化所涉及的问题，不仅是表面的形式和内容的问题，而且更需要有深厚的艺术修养和社会人生情感的投入。"探求民族化的道路，当然主要应对民族、民间的传统作品作广泛而深入的研究、理解，从这中间概括出它的特点，加以吸收运用。关于传统美术的特点，过去有不少人作了探讨，并指出了各种特点。如，认为中国画上不重视明暗，主要是由线条来表现；着重笔墨，在构图上不是采用焦点透视而采用散点透视；在色彩上较为平涂，等等。这些的确都是中国画上的特点，但这仅仅是表现方法上的特点，还没有接触到它的本质的深处。也就是说，还没有真正追究到为什么产生这些特点的根本原因。民族化的探索如果仅仅搬用了这些表面的特点，而不从创作的基本思想、精神、态度方面去深入理解，是舍本逐末的方法。""更重要的应该从内在的本质的方面去探索。""探求油画和雕塑的民族化，较之舍本求末地去模拟中国画上的一些表面现象，更重要的是从中国画创作的根本态度上去深入理解。"③

当然，20 世纪 50—60 年代出现油画民族化现象，除了积极的探索意义之外，尚留下诸多有待深思的空间。其中最大的问题是对油画特性是保持还是削弱，以及相关的理解和运用的问题。"油画如果放弃自己的特性而模仿别的画种

---

① 艾中信. "法"与"变"：就油画的形式、风格等问题复友人书［J］. 美术，1963（1）.
② 浙江美术学院编辑部. 关于油画的民族风格问题：浙江美术学院教师座谈会纪要［J］. 美术研究，1958（3）.
③ 倪贻德. 对油画、雕塑民族化的几点意见［J］. 美术，1959（3）.

的特性，这就强制油画做它所无能为力的事，会限制了油画的发展，也就可能取消了油画，以为不必一定画油画了。我们绝不能在排斥油画艺术的技法的前提之下，来求得油画民族化。""中国的油画必须具备中国气派，但只有精通油画，才是油画民族化的先决条件。在每一个学油画的人来说，应当意识到这是油画，而不是别的。"[①] 这表明，油画的年画化或者中国画化，在当时曾经引起一些争议。其主要焦点正是在于对于传统文化吸收和把握的"度"的理解不同，以及对于传统艺术技巧和精神的修养程度不同。"油画上的表现民族风格，也不是削弱了它的特点，而是应当充实、发展它的特点。有人以为只要明暗减弱一些，色彩平涂一些，在物体轮廓周围加上一些线条，就是油画的民族风格了。这样做其实不一定真正能表现民族风格，而油画的特点却减弱了。正确的道路应当是油画的特点和民族绘画的特点的高度结合。"[②]

与这一思潮相联系的是 20 世纪 50 年代后期至 60 年代初期涌现的一系列革命历史题材油画，其中包括罗工柳的"井冈山"系列创作。"这个时期，由罗工柳主持的中央美术学院油画研究班，对进一步提高油画骨干作出了成绩。原计划继续聘请苏联专家培训的这个班，由于中苏关系恶化而改变方针……这个班的实践证明，通过自力更生对推进中国油画进程是有利的。"[③] 表现革命英雄形象的油画在这一时期受到高度重视。一位评论者写道："应该感谢艺术家们！……近几年来他们以蓬勃的革命热情，忘我的劳动精神，不仅形象地反映了或者企图反映我们社会的轰轰烈烈的巨大变革和运动，日新月异的建设成就，社会发展的动力和远景；尽情地歌颂了不断涌现的新人物新事物；而且还以敏锐的眼光，历史地、真实地、生动地描绘了革命前辈们在党的领导下英勇斗争的事迹，将那些震惊人心的革命史实如此丰富地、朴实地再现出来，以至把观众由这幸福的现实环境中带入艰苦的革命斗争的岁月里，使之受到教育，得到鼓舞。"[④] 革命历史题材

---

① 吴作人. 对油画"民族化"的认识 [J]. 美术，1959（7）.
② 倪贻德. 对油画、雕塑民族化的几点意见 [J]. 美术，1959（3）.
③ 艾中信. 五十和六十年代前期的大陆油画 [J]. 艺术家，1989（12）.
④ 王春立. 评几幅表现英雄形象的油画 [J]. 美术，1964（1）. 有关的油画作品是：侯一民《刘少奇同志和安源矿工》、钟涵《延河边上》、闻立鹏《英特纳雄耐尔就一定要实现》、柳青《三千里江山》等。

油画的初衷是体现民族化审美，但在 20 世纪 60—70 年代逐渐走向了"高、大、全"和"红、光、亮"的极端。"那时的油画路子确实太窄，在'左'的指导思想下没有及时地真正实行'百花齐放'的方针，进行顺理成章的转变。到了'文化大革命'那期间，百卉俱殚，但一种'红、光、亮'式的抄照片的油画由于它在宣传上的特殊效果反而普及开来，成为一种可笑的畸形物。"①

20 世纪 50—60 年代油画民族化思潮及其实践的经验教训值得深入总结。民族化油画的创作主要体现为以下特点：在现实主义风格的基础上，注重民族审美趣味的表达；融合写实技巧与写意语言，形成画面独特的装饰感和空间平面感。罗工柳"从中国画语录中悟到了妙处。油画本身只是一种材料，技法是可以变的，是为表现服务的"②。涂克"也曾把中国画的笔墨特色用于油画之中"，他认为"我的油画风景也使用了勾线和大块面平涂的方法"。③"现在我们所处的时代不同，社会主义的文艺，它的发展是自觉的革命运动；一切事物本来都是运动着的，但是有意识地积极地促使油画民族化，它的演变就会较快，成效较大。为了达到这个目的，大胆地进行探索和试验，认真地向民族、民间的艺术的优秀传统，而且要深入广大人民的生活中去，了解群众的爱好，领会民族、民间艺术的气质，方可避免单是从形式上延用、套用若干现成的表现方法和固有的程式。"④

经过 20 世纪中国美术家的努力，油画"已经成为我国主要的画种，这从各个展览会上就能看出来，因为它在反映我们的社会和人民方面有丰富的表现力。应该说油画这种外来艺术已经在我国扎下了根，它本身的发展过程已经是民族化了。50 年代这个问题提得简单些，要搞民族形式，还有些具体的标准，如构图要完整、颜色要鲜艳，借鉴民族传统绘画中的某些形式就是油画民族化，这是片面的……油画如果改掉了它外来画种的特色，将不成其为油画，所以应该既保持

① 艾中信.五十和六十年代前期的大陆油画［J］.艺术家，1989（12）.
② 化作春泥好护花：罗工柳先生谈艺录［J］.中国油画，1997（3）.
③ 涂克.我的油画民族化道路［J］.中国油画，1997（3）.
④ 艾中信.再谈油画民族化问题［J］.美术研究，1979（4）.

油画的特色，又要同本民族的气质、习惯相结合。事实上，画家们自觉不自觉的已经在这样做，我们的油画已经是具有中国民族特点的油画，拿到世界上去也可以这样说。民族化不能说是像冰棍一样，到哪一天就化完了，它是逐渐形成的，是没有止境的，因为民族本身也在发展和变化之中。"① 油画民族风格的形成，是一个漫长的过程，必须持续努力为之。如前所述，"油画民族化"从特指的角度，是反映了发生于 20 世纪 50 年代后期至 60 年代、出现于中国美术界的一种思潮；而从更为宽泛的角度去理解，是 20 世纪中国油画在本土化探索进程中的一种融合主义倾向，这种民族化的实践和探索的历程，将更为持久和丰富。

五、中国油画的本土化前景

早在 20 世纪 60 年代初期，董希文就曾经认为，"油画中国风，从绘画的风格方面讲，应该是我们油画家的最高目标"②。在 20 世纪的中国油画发展历程，也正是以此为主线，进行着本土化实践的探索。从 20 世纪 40 年代的 "油画中国风" 到 20 世纪 60 年代的 "油画民族化"，其核心是为了使油画 "不永远是一种外来的东西，为了使它更加丰富起来，获得更多的群众更深的喜爱，今后，我们不仅要继续掌握西洋的多种多样的油画技巧，发挥油画的多方面的性能，而且要把它吸收过来，经过消化变成自己的血液，也就是说要把这个外来的形式变成我们中华民族自己的东西，并使其有自己的民族风格"③。

温故而知新，油画本土化的过程是一个从不自觉到自觉的过程，也是融合主义精神不断完善和强化的过程。从表象上分析，这个过程基本上是沿着写意和写实的语言结合模式而展开，而从精神上说，这个过程又正是艺术家对中国特定的社会情境自觉对应的结果。可以说，中国油画的本土化历史，倘若以 "传统化" 和 "大众化" 加以概括，我们能够从中获得一些重要的经验总结。此如倪贻德在

---

① 詹建俊，陈丹青."油画民族化"口号以不提为好［J］.美术，1981（3）.
② 董希文.从中国绘画的表现方法谈到油画的中国风［J］.美术，1962（2）.
③ 董希文.从中国绘画的表现方法谈到油画的中国风［J］.美术，1962（2）.

《关于西洋画的诸问题》中所指出："今后我们研究西画的，我觉得有两点要注意：第一，是要创造发挥中国民族性的西画……不应只以追从为满足，而应善于吸收西画法的特长，把民族艺术的宝贵精神发挥于中国的新绘画上，这样，自然会产生足以发扬中国艺术精神的新画派。""第二，大众化……今后艺术的趋势，应是为社会大众而制作了。我们不但要使大多数人民能够欣赏，而且还要具有教育的使命。在内容方面讲，必须具有大多数人民所能接受的现实生活，在表现形式方面讲，是应当力求写实的表现，写实是西洋画的特长，我们应当把这种特长充分发挥。"①

因此，面对中国油画的演变和发展，倘若我们回顾昨日，展望未来，可以发现：回首油画本土化过程，其大致经历了"传统化"和"大众化"的阶段；而倘若前瞻油画本土化过程，我们又可以进一步发现，其发展的前景，正是在此基础上所进行的"综合化"的趋势。

所谓传统化阶段，意指发生于 20 世纪 30 年代末 40 年代初的油画本土化过程。"在 20 年代、30 年代，关于油画民族化的问题没有提到日程上来，那时大家普遍思考的问题是如何把这新的西洋画种在中国传播开来，描绘中国的现实生活。随着油画家队伍的扩大和创作实践的积累，也因为抗战时期不少艺术家避难西南、西北地区，更多地接触了民族、民间艺术传统，这个问题逐渐被提了出来，引起大家的思考与关注，促使大家在实践中予以试验和探索。"②由此形成著名的"油画中国风"现象，这是中国现代油画史上的重要一页，也是 20 世纪中国油画本土化、油画民族化的最初尝试。抗日战争全面爆发后，中国艺术家的活动格局发生了明显变化，大部分转移至远离战火的西部内陆地区。一方面由于创作经验中民族文化意识的涌现，另一方面由于画家在西北和西南地区，有更多的机会接触民族传统艺术以及多种民俗民风。

所谓大众化阶段，意指 20 世纪 50 年代继"油画中国风"之后的又一次油画

---

① 倪贻德.关于西洋画的诸问题［C］//倪贻德美术论集.杭州：浙江美术学院出版社，1993：81-82.
② 邵大箴.融入了中华民族的血液：中国油画 100 年［M］//20 世纪中国油画.南宁：广西美术出版社，2000：7.

本土化的艺术实践。"30、40 年代中国油画在艺术思想、艺术趣味、艺术风格上发生的明显变化，使油画从外来的高雅艺术朝向表现现实的悲欢离合，联系普通中国人的本土艺术发展。从艺术与现实生活的关系而言，油画逐渐成为最贴近现实人生，最能寄寓政治、文化理想的画种。"①事实上，油画由于其生动细腻的语言表现能力和处理宏大场面的视觉张力效果，被誉为"美术中的重工业"，与当时的革命历史题材的主题性创作热潮相适应，受到社会的关注和欢迎。"1949 年以后，文艺界体制内的一切创作活动，首要步骤就是组织美术家深入生活。深入生活的首要目的当然是向工农兵学习，改造文艺工作者的思想。而对创作具体作品来说，从现实生活中得到主题和题材，从现实生活中得到具体的形象、构图、色彩，以至于作品中的每一个细节；创作的每一个步骤，构思的每一个方面，都应该是有现实的生活依据；完成的作品也应该具有现实社会的功利意义，即'团结人民、教育人民、打击敌人、消灭敌人'的意义。"20 世纪②50 年代末期至 60 年代中期，中国油画界集中提出了"油画民族化"的思潮，其中"油画民族化的目的，是为了使广大群众喜闻乐见，大众化无疑应当引起十分的重视。"③"应当要考虑提出群众喜爱的问题。固然，油画的群众化不是一朝一夕能做到的，油画的民族化更是长期努力的目标。但是，既然要谈'变'，就应考虑'变'得更合人民群众的欣赏口味，使油画更好的为广大群众服务。"④在大众化的宗旨之下，关于油画民族化的讨论，便具有了特定的情境和范围。

所谓综合化前景，意指油画本土化发展的理性反思和深度探讨。"油画民族化的问题，不纯粹是处理形式语言和创造风格面貌的问题，而是涉及油画家主体精神和全面修养的较为综合的问题。其实，不仅对民族化的问题应作如是观。一百多年的中国油画历史充分说明，只有在思想、修养与技巧各方面比较成熟的

---

① 水天中. 中国油画百年：中国画家的西画尝试［J］. 艺术家，2000（1）.
② 水天中. 中国油画百年：中国画家的西画尝试［J］. 艺术家，2000（1）.
③ 艾中信. 再谈油画民族化问题［J］. 美术研究，1979（4）. 周恩来同志在《要作一个革命的文艺工作者》和《在音乐舞蹈座谈会上的讲话》中，将革命化、现代化、大众化和民族化联系起来，作了深入浅出的分析。这些观点同样是油画民族化的指针。
④ 艾中信."法"与"变"：就油画的形式、风格等问题复友人书［J］. 美术，1963（1）.

艺术家，才会对本民族、对世界的新艺术有所奉献。"① 在20世纪的中国油画史，能够为我们所崇敬的大家，无不经历西方文化的切身体验，具有精湛而丰富的油画技巧，同时又深情于自己民族文化的优厚传统，具有对传统文化精神的深刻领悟和修养，在此基础上，他们厚积而薄发，形成了自己个性鲜明的油画艺术风格。事实证明，中国油画从外来画种到民族文化心理的表达方式，经历了百年之变，油画已经融入中华民族的血液。而之所以如此，倘若我们不对"思想、修养与技巧各方面"加以综合，特别是不在精神范畴里下功夫，是达不到真正的中国油画本土化的目标的。中国油画的本土化前景，我们可以温故而知新，勾勒出其应有的发展方向：一是中国精神的社会写实化；二是中国精神的历史象征化；三是中国精神的语言写意化。而这主要的三方面的发展，基本上是围绕着写实语言和写意语言的不同结合方面和程度而言的。通过这些实践，中国油画的本土化方向逐渐明确，融合主义的精神特质逐渐鲜明，油画这一外来画种，才能逐渐"吸收过来，经过消化变成自己的血液，也就是说要把这个外来的形式变成我们中华民族自己的东西，并使其有自己的民族风格"。

从上述传统化、大众化和综合化的发展脉络，我们可以感受到移植、消化和再生的过程，也可以感受到从个体到集体、从集体到政府的自觉行为所在。行为自觉程度越高，本土化探索的难度也就越大。将油画"变成自己的血液"，正是这种自觉行为努力的方向，也正是油画本土化发展的主旋律。在这种旋律之中，融合主义的倾向和特质显现出其中国现代美术的本色。而这种融合主义的思想，又赋予中国油画本土化发展以新的起点。

中国油画的本土化发展历程，曾经以现实主义风格为主导。随着对外开放交流的加强，多样化的形式语言探索风格，占有主流地位。"在过去的三十年里，中国油画基本上统一于古典的艺术形式和现代的中国生活这一结合之下……到了八十年代，人们从感情和实际生活两方面对这种理想化的、实际是虚假的生活决

---

① 邵大箴.融入了中华民族的血液：中国油画100年［M］//20世纪中国油画.南宁：广西美术出版社，2000：7.

裂，对新的历史进行深刻的反思。"①自 20 世纪 80 年代开始，重视绘画语言的完美和形式构成的和谐，成为一种主流倾向。这种倾向，自 1985 年"黄山会议"②之后，成为中国油画创作的主导方向。20 世纪 90 年代以后，写实风格有所回归，但现实主义的观念和方法已经走向了更为开放的境地。中国油画逐渐形成写实、表现、抽象等多元并存的格局。

同时，不同的地域文化也对中国油画的风格取向发生一定的影响，"地域文化的特征，经过现代科技力量的冲激和政治、经济上的重新组合，似已所余无几。但在油画创作方面，却依稀可辨。近年来，这种差异更趋明显……梁启超当年以黄河流域和长江流域来划分两种文化风格，这与今天中国艺术的地狱风格布局不甚相符。当今的南、北两流，似乎是以语言上的北方话大区域（包括西南和两湖等地）与东南沿海的浙江、上海、广东来分布的。"③而经历了时代印记和地域影响之后，随着文化交流空间扩大和社会开放程度加强，油画风格的个性化的发展空间，将呈现更为可观的前景。但在这个性化的发展和探索实践中，越来越多的油画家已经意识到，倘若脱离了民族文化的滋养，其个性化的探索是软弱无力的，是无所谓真正的生命力可言的。"事实上，画家们自觉不自觉的已经在这样做，我们的油画已经是具有中国民族特点的油画，拿到世界上去也可以这样说。"④因此，油画本土化的趋向，将会在多元、开放的艺术实践中，逐渐引起众多画家的关注。

经历了 20 世纪 70 年代后期至 90 年代后期的两次重要的冲击，即一是受西方现代主义影响下的前卫化思潮和商品经济潮流影响下的商品化趋势，中国油画虽然在多元并存的格局中显现前所未有的开放性和包容性，但其中所保持的现实主义的生命力，又一次焕发其本土化探索的旨向。值得关注的是，当代中国油画

---

① 水天中. 当代油画创作印象 [J]. 文艺研究，1986（4）.
② 1985 年 4 月 21 日，在中国艺术研究院美术研究所、中国美协安徽分会、中央美术学院、北京画院的组织下，在安徽泾县举行"油画艺术讨论会"（又称"黄山会议"），这是 1949 年以来全国性的专门研讨油画的第一次专业会议。画家的艺术个性追求，成为这次会议的中心议题。
③ 水天中. 读画片言 [J]. 中国油画，1994（2）.
④ 詹建俊，陈丹青. "油画民族化"口号以不提为好 [J]. 美术，1981（3）.

家对于现实主义的语言和精神，已经摆脱以往教条主义的经验束缚，没有从固有的概念中或是既定的模式里去限制现实主义的发展，而是从综合性的技巧和观念出发去拓展写实与写意相结合的现实主义表现空间，而前述的"社会写实化""历史象征化"和"语言写意化"，正是这种本土化前景的代表性探索和实践的方向。"中国油画家们在研究西方写实油画和表现性油画的过程中，愈是深入其堂奥，愈是反过来明白中国传统艺术之可贵，愈是坚定地在油画语言中做融合民族传统因素的试验。"①

倘若从 20 世纪初，中国第一批留学生油画家算起，中国油画家的队伍和阵营里，已经出现和诞生了几代艺术家，他们所要解决的基本课题，就是怎样将外来"画种"变为民族"血液"。而随着 21 世纪的来临，油画又进一步成为中国艺术家与国际艺术界交流的一种特殊的"国际语"。

> 迈向 21 世纪时，中国油画家们面临着更为复杂的课题，肩负着更为崇高的使命。解决这些课题和完成这些使命的方法，是学习，是实践。引进和创造是我们学习与实践的最好途径。②

应该指出的是，在引进和创造的过程中，我们对于传统文化的认知程度开始深入和提高，而国际文化交流的环境和格局也同时发生着明显的变化。"改革开放和'双百二为'的方针为中国油画的发展创造了良好的环境，世界格局新发展，更为中国油画艺术迈向 21 世纪提供了大好机遇。西方艺术发展到今天也正处在一个新的转型期，后工业社会和世界新格局提出的一系列问题，正使人们都在反思'西方文化中心说'，都在思考探索艺术与生活、艺术与科技、理性与感性、传统与现代、东方与西方的结合，不少有识之士都在认真研究东方中国的哲学思想美

---

① 邵大箴. 融入了中华民族的血液：中国油画 100 年［M］//20 世纪中国油画. 南宁：广西美术出版社，2000：7.
② 邵大箴. 融入了中华民族的血液：中国油画 100 年［M］//20 世纪中国油画. 南宁：广西美术出版社，2000：7.

学观念及艺术思维方式，认定多元文化论的观点，从异质文化中汲取精华。"[1]

回首历史，西画东渐经历了数百年的曲折发展和复杂演变，从中国早期油画所呈现的近代西画东渐模式到中国油画的"融合主义"现象，从"欧西绘画流入中土"到"融入中华民族的血液"，我们由此能够从中得出关于油画本土化的若干思考。可以说，将油画"融入中华民族的血液"——这依然是我们将油画本土化发展进行到底的宗旨。而其融合主义发展的前景蓝图，正是"使其有自己的民族风格"。

参考文献：

1. 艾中信. 五十和六十年代前期的大陆油画 [J]. 艺术家，1989（12）.
2. 艾中信. 再谈油画民族化问题 [J]. 美术研究，1979，（4）.
3. 宾虹. 论中国艺术之将来 [J]. 美术杂志，1934，1（1）.
4. 蔡元培. 蔡元培美学文选 [M]. 北京：北京大学出版社，1983.
5. 蔡元培. 冷月画集序 [C]. 陶冷月. 冷月画集. 新中国画社，1926.
6. 常任侠. 司徒乔画展与中国新艺术 [N]. 新华日报，1945-09-16.
7. 《晨光》编辑部. 发刊词 [J]. 晨光，1921，1（1）.
8. 丁衍庸. 自述 [J]. 艺术旬刊，1932，1：（7）.
9. 董希文. 从中国绘画的表现方法谈到油画的中国风 [J]. 美术，1957，（1）.
10. 丰子恺. 新艺术 [J]. 艺术旬刊，1932，1：（2）.
11. 丰子恺. 忠实之写生 [J]. 美育，1920，（2）.
12. 冯湘一. 新中国美术教育的发展 [J]. 美术研究，1959（1）.
13. 高沫. 中国的洋画及其理论 [J]. 美术生活，1934，1（3）.
14. 老金. 对"中国洋画界"的新希望 [J]. 艺术论坛，1947，（1）.
15. 李宝泉. "柏林中国美术展览会"的意义 [J]. 艺术旬刊，1932，1（3）.
16. 李毅士. 卖画 [J]. 中国美术会季刊，1936，1（2）.
17. 梁荫本. 陈抱一的绘画风格 [M]. 陈瑞林. 现代美术家陈抱一. 北京：人民美术出版社，1988：162.
18. 鲁迅. 当陶元庆君的绘画展览时 [M]. 鲁迅. 而已集. 北京：人民文学出版社，2005.
19. 罗工柳. 化作春泥好护花：罗工柳先生谈艺录 [J]. 中国油画，1997（3）.
20. 倪贻德. 对油画、雕塑民族化的几点意见 [J]. 美术，1959，（3）.
21. 倪贻德. 吸收外来的一切养分，创中国独自的艺术 [J]. 艺术，1933（1）.
22. 钱伯城. 追求形神结合的大师颜文樑 [J]. 中国油画，1997，（3）.
23. 山隐. 世界交通后东西画派互相之影响 [J]. 美术生活，1934，1（1）.
24. 山隐. 中国绘画之近势与将来 [J]. 美术生活，1934，2（2）.
25. 邵大箴. 融入了中华民族的血液：中国油画100年 [M]. 邵大箴. 20世纪中国油画. 桂林：广西美术出版社，2000.
26. 水天中. 当代油画创作印象 [J]. 文艺研究，1986（4）.

---

[1] 水天中. 读画片言 [J]. 中国油画，1994（2）.

27. 水天中.中国油画百年：中国画家的西画尝试［J］.艺术家，2000（1）.

28. 孙福熙.中国艺术前途之探讨［J］.艺风，1935，3（5）.

29. 涂克.我的油画民族化道路［J］.中国油画，1997（3）.

30. 万青力.蔡元培与近代中国美术教育［C］.潘耀昌.20世纪中国美术教育.上海：上海书画出版社，1999.

31. 王春立.评几幅表现英雄形象的油画［J］.美术，1964（1）.

32. 王济远.我们的工作应贡献给全人类［J］.艺术，1933（1）.

33. 吴梦非.西洋绘画之争点［J］.美育，1920，（4）.

34. 徐悲鸿.司徒乔画展［N］.时事新报，1945-10-29.

35. 徐悲鸿.吴作人画展［J］.中央日报，1945-12.

36. 徐悲鸿.西洋美术对中国美术之影响［J］.美术家，1948（2）.

37. 徐悲鸿.中国新艺术运动的回顾与前瞻［J］.时事新报，1943-03-15.

38. 詹建俊，陈丹青."油画民族化"口号以不提为好［J］.美术，1981（3）.

39. 浙江美术学院编辑部.关于油画的民族风格问题［J］.美术研究，1958（3）.

【本篇编辑：陈嘉莹】

花鸟画的宋人意味与舍简趋繁的时代趋势

汪小洋

摘　要：宋代是中国花鸟画的高峰，宋人意味是后人对其特征的一个解读。从时代背景看，宋人意味体现出舍简趋繁的时代大趋势，也因为这个大趋势而形成时代特征。具体解读宋人意味的花鸟作品之外，我们可以引入苏轼的创作经历，同时提出热爱生活的解读方向，并提出时代意义。

关键词：花鸟画　宋人意味　舍简趋繁　热爱生活　时代趋势

作者简介：汪小洋，男，1958 年生，博士，现为澳门城市大学教授、博士生导师。主要从事艺术人类学、中国传统艺术、艺术教育与文化研究。著《中国古代艺术精神》《艺术人类学研究》等。

The Song Dynasty Aesthetic in Bird-and-Flower Painting and the Trend Toward Complexity

Wang Xiaoyang

Abstract: The Song Dynasty was the peak of Chinese bird and flower painting, and the Songren meaning is an interpretation of its characteristics by later generations. From the context of the era, the Song dynasty reflects the general trend of the times, and also because of this general trend to form the characteristics of the times. In addition to the specific interpretation of the Song's flower and bird works, we can introduce Su Shi's creative experience, and at the same time, put forward the interpretation of the direction of the love of life, and put forward the significance of the times.

Keywords: bird-and-flower painting　Song implications　sacrificing simplicity to complexity love of life　trends of the times

近年来，宋代的选题再次受到学术界的普遍关注，从宋人的经济数据、宋人的文化结构，乃至宋人的生活细节，学者都予以关注。其实，宋代的学问在学术界历来就受到重视，不过以往人们关注宋代文学、宋代哲学和宋代史学等。简言之，传统的领域多。反观时下的研究，反而有一些离开传统领域的感觉。传统领域的影响应当如何认识？这也是一个普遍的问题。跳出传统领域来获得突破，从逻辑关系上来说是合理的，而且现在也有许多新的理论和新的方法可以支持。不过，传统领域在很长时间内被大家普遍接受，并且投入巨大精力，一定是有其合理的地方。我觉得，传统领域对历史大趋势的把握是一个非常重要的特点。也因此，许多历史现象的评价是合理的。如果没有很好地把握大趋势，许多探讨就成为低效或者无效的努力，甚至是拿着新理论和新方法来转圈圈的行为，最后还是回到原来的评价，换一个说法而已。大趋势的重要不言而喻。

宋人意味是时下很热的话题，其中又常常以宋人花鸟来演绎。那么，用大趋势维度来看宋人花鸟，应当有一个什么样的评价呢？本文来做一些探讨。

一、导　语

宋《瓦雀栖枝图》　无款

在当代花鸟画的研究中，"宋人意味"是一个被频繁使用的概念，研究理论者关注，研究技法者也关注。毫无疑问，这是一个褒义的评价。但是，当这个概念有被过度使用的趋向后，问题也出现了：这是一个有意义的复古理念，还是一个江郎才尽的自我标榜，抑或是一个令人烦恼的商业炒作？仁者见仁，智者见智，难言定论，实际上也不一定需要有一个约束他者的定论。

不过，如果我们离开纷繁的当代语境而深入安静的历史语境，相关文化积淀应当可以勾勒出一个明确的理论描述。换言之，我们如果从历史大趋势来看"宋人意味"，应当获得一个什么样的理论框架呢？宋人舍简趋繁的大趋势应当成为我们评价艺术现象的逻辑起点。

二、舍简趋繁的大趋势思考

宋人意味就是宋人在花鸟画创作上所表现出的艺术风格。宋代是一个特殊的历史时期，靖康之变使得宋王朝有了北宋和南宋两个各自特征鲜明的历史阶段。不过，就政治体制的整体面貌而言，以及南宋一代对中原正统身份的强烈维护，两宋在文化沿革上是实为一体的历史阶段。

从艺术创作领域来看，南宋的艺术家在创作过程中就从来没有离开过中原大地，相反，感情更加炽热。所谓"郁孤台下清江水，中间多少行人泪？西北望长安，可怜无数山。青山遮不住，毕竟东流去。江晚正愁予，山深闻鹧鸪"，辛弃疾《菩萨蛮·书江西造口壁》里的感情是南宋文人的心声，已成千古绝唱。

因此，如果没有特殊的指向，两宋是一体看待的赵宋王朝，宋人意味也首先是从一代风格入手的。那么，宋人的艺术风格是什么呢？今人的解释多样，或者微言大义而容易引起歧义，或者语焉不详而不得要领，但一个大致走向是：大家都喜欢往"逸品"上靠。

从中国画论的各家评价看，逸品是一个传统的评价术语，即对最好艺术作品的一种评价和赞扬。当然，这一认识有个过程。初唐李嗣真在《书后品》中将秦至唐81位书法家分为十等，逸品被列为第一品。朱景玄在《唐朝名画录》中立了"神、妙、能、逸"四品，对逸品的内容并不作具体解释，强调的是"逸品"为"不拘常法"[1]。五代黄休复《益州名画录》将"逸品"推为第一："逸格：画之

---

① 朱景玄.唐朝名画录［M］.上海：上海美术出版社，1982：68.

逸格，最难其俦。"① 这些认识之后，虽有不同的解释，但视逸品为第一流的评价标准基本被认同。明何良俊《四友斋丛·说画》："世之评画者，立三品之目。一曰神品，二曰妙品，三曰能品。又有立逸品之目于神品之上者。"

逸品作为当代艺术家的追求无可厚非，但怎么操作？

从绘画作品本体看，"逸品"有个比较直观的外部特征，就是"大道至简"。黄休复《益州名画录》说："画之逸格，最难其俦。拙规矩于方圆，鄙精研于彩绘，笔简形具，得之自然，莫可楷模，出于意表，故目之曰逸格尔。"不过，"笔简形具"未必可以达到"得之自然"②。清人的画论中，就已有了对"逸品"的批评。李修易《小蓬莱阁画鉴》如此言之："逸格之目，亦从能品中脱胎，故笔简意赅，令观者兴趣深远，若别开一境界。近世之淡墨涂鸦者，辄以逸品自居，其自欺抑欺人乎！"清代是一个复古大盛的时代，之前的各种艺术风格在清代都有艺术家膜拜，李氏的说法应当有针对性。

其实，从文化发展的大格局、大趋势上看，宋人并不推崇"简"。关于"简"字，我们有这样两个看法：一方面，"简"是一个理想化的符号。一般而言，"简"是一个不容易落到实处的范畴，清人范玑在《过云庐画论》中就说："夫逸者放佚也，其超乎尘表之概，即三品中流出，非实别有一品也。即三品而求古人之逸正不少，离三品而学之，有是理乎？"在实际操作中，逸品更多作为描述理想境界而运用的概念，或者直接就是代表某种评价的符号，说明艺术创作所达到或应当达到的一种高度。

宋人花鸟画也有一个对应的描述。在中国美术发展史上，宋代是花鸟画的繁盛时期，追慕宋人就意味着攀登中国花鸟画的高峰，所以花鸟画画家说自己是宋人意味——也就是他们追求自己理想、希望自己的艺术创作能够达到一个比较理想的高度，这是一个关于"大道"的"简"，而非具体艺术创作过程的"简"。

宋人舍"简"，这是一个大趋势。历史上，宋代其实是一个舍简趋繁的时代。宋代是我国历史上积弱的朝代，但是宋代也是我国文化发展繁盛的朝代，文学、

---

① 黄休复. 益州名画录 [M]. 成都：四川人民出版社，1982.
② 黄休复. 益州名画录 [M]. 成都：四川人民出版社，1982.

哲学、教育乃至科学，都可以比肩于我国历史上任何朝代，同时居于世界前列。这是一个拥有高度文明的时代，其基础当然不可能是"简"的结构。事实也是这样，宋人喜繁复而不乐"简"。北宋文人的领军人物司马光闭门洛阳，历时 19 年，写出了专门给皇帝看的 294 卷《资治通鉴》，他所做的工作就是把历史上汗牛充栋的史料从取舍、分类和详略等方面进行编辑而得到更加细致和更加系统的历史文献，把过往历史的研究做到极致，得到一个新的体系，因此而获得至高无上的荣誉。

宋人何以舍简趋繁？我国传统文化历来崇尚简约，先秦思想家老子在《道德经》中就提出了"万物之始，大道至简，衍化至繁"的命题。虽然由简而繁是历史发展、文明进步的一个常态趋势，但中国传统文化中简为大道，甚至在宗教发展领域里，禅宗、净土宗也都凭借"简"而获得了广泛的传播。不过，宋人特别，他们喜繁。那么，宋人因为什么而舍简趋繁？其中一个原因是文人多。这是赵宋王朝开国皇帝赵匡胤"重文轻武"的国策所造成的文化现象。宋代，文人不但地位高，而且数量多，唐代盛科举，但极少一年取士超过十人，可宋代有时一次就可以科考取士逾千人。这么多文化人在一起，必然是一个繁复的文人社会，大家都有自己的看法，都有发表的欲望。即使在抗金这样紧急的军情上，宋人也众说纷纭，以至于后人有了"宋人议论未定，金兵已渡河"的讽刺。当然，这是表层原因，深层原因还在于宋代是一个有着深厚文化积淀而又多灾多难的时代，时代提出了舍简趋繁的要求——这是当时的大趋势。

舍简趋繁的时代特征落实到花鸟画创作上，宋人的审美要求也是喜好繁复。虽然我们也可以看到简约的画作，但主流审美或正统审美的指向是繁复的方向、繁复的标准。比如时人议论的黄徐异体，郭若虚在《图画见闻录》中就指出了主流社会审美应当发挥影响的道理："谚云'黄家富贵，徐熙野逸'，不唯各言其志，盖亦耳目所习，得之于心而应之于手也。何以明其然？黄筌与其子居寀，始并事蜀为待诏，筌后累迁如京副使，既归朝，筌领命为宫赞。居寀以待诏录之。皆给事禁中，多写禁籞所有珍禽瑞鸟，奇花怪石，今传世桃花鹰鹘，纯白雉兔，金盆鹁鸽，孔雀龟鹤之类是也。又翎毛骨气尚丰满，而天水分色。徐熙江南处士，志节高迈，放达不羁，多状江湖所有，汀花野竹、水鸟渊鱼。今传世凫雁鹭鸶，蒲藻虾鱼，丛艳折技，园蔬药苗之类是也。义翎骨贵轻秀，而天水通色。二者春兰秋菊，各擅重名。"[1]郭若虚的细致划分和随之而来的细致描述，体现了一种"工谨细致"的审美要求。其实，与其他各代艺术家相比而深入论之，不论是黄筌父子的宫廷风格，还是徐熙的江湖情趣，都表现出工谨细致的个性特点，其中有艺术家生活环境的原因，更有时代大环境的原因，宋代主流社会的审美要求发挥了巨大的作用。北宋末南宋初的邓椿在《画继》中就对时人的放佚过甚表示了不满，他认为："画之逸格，至孙位极矣，后人往往益为狂肆。石恪、孙太古犹之可也，然未免乎粗鄙，至贯休、云子辈，则又无所忌惮者也。意欲高而未尝不卑，实斯人之徒欤！"[2]这样的行文，显然不是赞成的态度。

花鸟的笔法之外，我们又特别注意宋人的意境追求。宋代积弱，必有思变之心。北宋屡败已然，南宋半壁江山更甚。这样的历史背景下，宋人意味谈"简"，那必然是表面文章了。郑午昌《中国画学》认为："而花鸟，至宋实为最盛之时代，亦可为宋代绘画之中心。若以其艺术论，则巧整之习，不敌淡逸，北宗画法往往受南宗之同化。"[3]这样的淡逸，却是更加复杂的意境追求——技法的增加，题材的增加，情感的增加。郑氏继续指出："兰、竹、梅、菊，所谓四君子画。四君子之入画，各有先后，要至宋而始备。"[4]四君子宋时开始齐备，当是文人复杂心思的自况。何谓如此？就是因为这是个需要思变的时代。即求思变，必有深思熟虑之表现。

因此，当代人喜言宋人意味，可以从艺术家的个性、兴趣、师承等要素去理解，但更应当结合历史大环境来理解，关注于当时舍简趋繁的宋代主流社会的审美要求。其中，古人对"逸品"中"自欺抑欺人"现象的批判，也应当为我们所

---

① 转引自陶明君.中国画研究丛书［M］.长沙：湖南出版社，1993：227.
② 转引自陈传席.中国山水画史：上［M］.天津：天津人民美术出版社，1019：99.
③ 郑午昌.中国画学［M］.长春：时代文艺出版社，2010：171.
④ 郑午昌.中国画学［M］.长春：时代文艺出版社，2010：224.

关注。简言之，大趋势的语境下，宋人意味的"逸品"，不是简单，而是复杂。

三、画院兴盛的历史语境思考

说到宋人的艺术创作，必然要说到宋代兴盛的画院，这是一个聚集艺术家、推动宋人绘画发展的地方。画院何以在宋代兴盛？这是宋代皇权发挥巨大影响的结果。简言之，宋代画院给艺术家的舍简趋繁提供了一个可以物化解读的平台，艺术家通过对应的制度而聚集，聚而论之，聚而绘之。如此而论，久而久之，舍简趋繁遂应运而生。

画院是我国文化发展史上的一个特殊现象，其发展的大致轮廓是：肇始于五代，兴盛于两宋，元代中断，明代复置，清时废止。在我国封建专制的文化环境下，历代画院的发展都打上了深深的皇权烙印。从顶层结构看，画院的创立缘于五代后蜀国君孟昶的重视，他首次建立了从属于皇廷的翰林图画院，这是皇权影响的肇始。至宋代，画院依然得到皇权的支持，特别是北宋徽宗因为个人喜好而给予画院大力扶持，使得宣和画院的艺术活动达到了前所未有的高度，宣和画院因此而成为宋代画院的代名词和后代画院的典范。

艺术发展有着自己的发展规律，帝王的喜好并不是艺术发展的本体要素，但是因为得到了皇权的支持，所以画院获得了很好的外部条件，这是一个不可忽视的外因。这样的外因是存在的，不能忽视。比如可以与官员选拔制度接轨的画师遴选制度，再如与主流体制对应的稳定而富裕的物质保证，又如同仁相聚、师徒相传的创作环境，等等。虽然画院的发展主要依靠艺术本体发展的支持，但是这些外部条件客观上推动了书画艺术的发展。

这其中，画院塾课方式的教学模式引人注目。画院的教学是个别化的教学，学生在画院指定老师的指导下，通过临摹优秀作品而完成教学过程。这样的教学体系需要两个基本条件：一是有名师的指导，二是有优秀的作品可以供学生临摹。关于前者，各代画院都广招当代名家，条件丰厚，北宋画院就聘请过书画大家米芾为学官。宋代邓椿《画继》中有这样的记载："元章当置画学之初，招

（召）为博士。"①关于后者，画院在皇权的支持下教学手段更多，条件更好，收藏了远超民间规模的优秀作品。《画继》中也有这样的记载："某在院时，每旬日，蒙恩出御府图轴两匣，命中贵押送院，以示学人。仍责军令状，以防遗坠渍污。"②这样的要求和条件，只有画院可以满足。因为有名师、名画的保证，画院塾课的教学模式可以培养出更多的优秀画家。

当然，对画院给予巨大支持的帝王往往都是行家，古代文献都有一些记载。北宋《宣和画谱》记载了前蜀后主王衍关心画院创作的故事："后主衍尝诏筌于内殿观吴道元之画《钟馗》，乃谓筌曰：'吴道元之画《钟馗》者，以右手第二指抉鬼之目，不若以拇指为有力也。'令筌改进。筌于是不用道元之本，别改画以拇指抉鬼之目者进焉。后主怪其不如旨。筌对曰'道元之所画者，眼色意思俱在第二指；今臣所画，眼色意思俱在拇指。'后主悟，乃喜筌所画不妄下笔。"③也有得益于帝王的直接指导而诞生传世作品的故事，北宋名作《千里江山图》的作者王希孟，就出身于画院并得到了宋徽宗的亲授教诲。后人说王希孟，说《千里江山图》，必然要联想到当时的画院。

画院兴盛，也得益于画院独特的塾课教学体系。宋代画院的教学方式历代沿用，形成一种画院塾课的教学传统。20世纪50年代后期，我国画院恢复之后，传统的画院塾课教学方式也延续下来并得到格外的重视，其中江苏省国画院就是一个成功的典范。作为一个地方画院，它面向全国招聘老师和学生，显示出鲜明的传统画院特征。画院建立之初，院长傅抱石就主张在全国招生，以传统塾课的形式培养学员，在第一批学员结业典礼上他还作画示范。④当年画院四老之一的宋文治也有这样的塾课材料，《书法艺术》在20世纪90年代后期曾经四期连载《宋文治山水画技法解析》。上海大学一位研究生以宋文治的塾课内容为自己的学位论文题目，整理了宋文治的塾课原始材料，仅文字就有十余万字，这篇学位论

---

① 转引自李兰，吕晨.江南书画［M］.上海：上海人民出版社，2020：99.

② 转引自彭德.中国美术学院学脉文丛 诸乐三文献集［M］.北京：中国美术学院出版社，2022：323.

③ 宣和画谱［M］.北京：人民美术出版社，1964：253.

④ 李乐源.一次难得的示范：傅抱石与听泉图［J］.老年教育（书画艺术），2012（8）.

文受到普遍好评。

我国历史上，书画教育多以师徒相授为主要途径，唐人张彦远《历代名画记》就认为："若不知师资传授，则未可议乎画。"师徒相授应当是画院发展和兴盛的基本条件，属于艺术本体范畴。但是，画院是中央集权体制内的一个单位，皇权的支持是艺术本体之外的要素，其影响却是直接的。画院发展与体制支持间应当有着一种特殊的内在规律，不容小觑，不能忽视。

回到当代，当代画院的发展有自己的面貌，但是从中央政府那里得到支持的要素仍然存在，这不是艺术发展的本体要素，但这是画院兴盛的必要条件。因此，宋人意味也要有这一外因思考，这是宋人花鸟画得以很好创作的基本条件。

四、宋代儒学的文人集团影响

宋代有了院画与文人画的区分意识。因此，许多探讨花鸟画的理论文章会在院画方面深入探讨，无形之中就将文人画放在一边了。这是一个失误。宋代是儒学大盛的时代，儒学扩大了文人集团的边界，也在创作理念上影响着艺术家的创作。因此，从大趋势看，宋代的院画与文人画并没有之后那么大的区别；同时，儒学的理论结构也会指导舍简趋繁的方向。

我们先讨论儒学的历代沿革及其在宋代的发扬光大。

儒家学问形成于先秦，由孔子创立。孔子时代，儒家产生很大影响，但同时也有道家、墨家、法家等学派流行，形成百家争鸣的局面。这一局面在汉武帝时有了巨大改变。汉武帝接受董仲舒等人的影响，提出"罢黜百家，独尊儒术"的国家政策，自此，儒学独大。也因此，儒学独得中央集权在体制上的支持，吸引、聚集了天下优秀文人。其后，文人虽偶有陶渊明"采菊东篱下，悠然见南山"的游离想法，但大多数情况下还是秉持"先天下之忧而忧，后天下之乐而乐"的生活态度。或者说，"达则兼济天下，穷则独善其身"。儒学，成为文人世界观的支点。相对而言，"兼济天下"会遇到更复杂的社会问题。

儒学指导的生活态度是积极的，儒学文脉中的文人积极入世，所以儒学文人集团特别多。在宋代，因为科举制度的改革，宋代文人队伍大大扩大，普天之下，优秀文人几乎都成为天子门生。文人多了，同时又有"达"的时代背景，文人作为阶层壮大了，文人集团也就更加多了。在这个背景下，文人集团就多元化了，从逻辑起点说看，很难将皇权支持的画院成员剥离出文人集团；同时，儒学一定会在创作理念上控制着画院的创作。换言之，儒学对院画与文人画的影响是一致的，同时存在并发挥影响，是不同的文人集团。不同的集团有着不同的政治诉求和落实路径，形成了舍简趋繁的创作语境。

我们再从艺术本体层面梳理院画与文人画的区别，这是一个可以归入文人集团内部而划分的属性。

宋人早已注意文人对山水画发展的影响。北宋《宣和画谱》"山水绪论"曰："自唐至本朝，以画山水得名者，类非画家者流，而多出于缙绅士大夫……是皆不独画造其妙，而人品甚高，若不可及者。"[①]

宋代院画与文人画的关系是学术界热点，研究成果已经非常丰富。近年来，两者的区别已不再被强调。邓乔彬在《宋代绘画研究》中指出：文人画作者以文人的身份而作画，难免以文学意义入之于画，而又因他们以意趣论画，遂使绘画文学化，其中也包含诗歌的比兴寄托之意。而由于北宋时期朝廷政见不合，党争频起，文人在仕途上沉浮不定，他们的思想感情除诉诸文学作品以外，也难免注入绘画中，而赏画者又会以知人论世的原则相观，以比兴看待绘画，从画中发现其寄托之意。[②]这一认识，合理而中肯。

对院画与文人画的关系，有一些博士学位论文进行了系统性论述。武汉大学张完硕的博士论文《宋代画论美学研究》对此有全面论述，其中几个观点都非常合理。

关于画院的影响，张完硕认为：宋代，在画院中供职的画家所画的画称之为"院画"，它是直接为帝工、宫廷贵族服务的，但也能得院外文人画家的肯定与欣赏。文人画表现文人的趣味，在多数情况下不直接为帝王和宫廷贵族服务，而是

---

① 于安澜.画史丛书：宣和画谱［M］.上海：上海人民美术出版社，1963：99.
② 邓乔彬.宋代绘画研究［M］.开封：河南大学出版社，2006：249.

文人自己的文化、精神生活的一个重要组成部分，但也能得到帝王的欣赏，而文人画家也愿将自己的作品奉献给帝王。所以，宋代院画与文人画不是相互对立和排斥的，而是同时共存和相互影响的。院画与文人画的这种关系，其根源在于宋代的皇权政治是以广大非门阀世族的地主阶级为基础的。

关于画家的地位身份，他认为：宋代的"文人画"不仅指山林中的隐士、僧人、道士和未做官的士人所画的画，也指做了很大或较大的官的"轩冕才贤"，或属于"缙绅"的人所画的画。此外"文人画"与"非文人画"的区分虽然同画家的身份地位有关，但更根本的是看画家是否有高度的文化教养和能否在画中表现文人的某种"高雅"的感情。凡符合这一要求的均属于"文人画"。从元代开始，由于历史条件发生了重大变化，"文人画"一词越来越专指山林的隐逸之士和不得志、未做官的文人所画的画。从思想上看，道家、禅宗的美学占据了主要地位。

该论文还专门讨论了儒学的影响，他认为：在宋代，道家、禅宗的美学虽然对"文人画"的发展产生了重要影响，但儒家的思想即理学仍居于不可忽视的重要地位。因此，宋代文人的花鸟山水画不强调表现一种隐逸出世、孤寂冷清的情调，而很重视表现天地的"生意"之美。在"形似"问题上，宋代文人画不满于专尚形似、法度的做法，但并不轻视或完全否定形似、法度。如大力倡导文人画的邓椿也很赞赏院画对实物形象描绘的高度逼真、生动。

我们同意院画与文人画相似的观点，这一点对宋代花鸟当然会产生极大影响。宋代，因为儒学大盛，儒学理论越来越精细，越来越宏大，所以文人集团规模扩大，组成多元化，也因此而有更大的兼容，必然带来更多的内容、更复杂的表达，形成舍简趋繁的大趋势。

五、苏轼热爱生活的专门讨论

讨论宋人意味，宋人的生活态度应当是一个需要给予关注的方向。宋代产生了这么多优秀艺术作品，出现了这么多优秀艺术家，这种现象一定离不开艺术家的生活态度。进而言之，艺术家热爱生活，他们的生活是丰富多彩的，因此创作了色彩斑斓的艺术作品。在这一前提下，宋代艺术家热爱生活的语境应当是我们重点考察的一个方面。我们如何考察？宋代儒学盛，而文人集团盛，宋代的文人代表苏轼成为我们专门讨论的对象。

其实，在以往的宋代书画评论中，都不会忽视苏轼，古人如此，今人也如此。书画理论贡献上，人们认为苏轼首先提出"诗画本一律"的思想，其《书鄢陵王主簿所画折枝》曰："论画以形似，见与儿童邻。赋诗必此诗，定非知诗人。诗画本一律，天工与清新。边鸾雀写生，赵昌花传神。何如此两幅，疏淡含精匀。谁言一点红，解寄无边春。"

苏轼在文人集团中的影响被普遍认可。刘崇德认为："自北宋熙宁到元祐的20 多年间，苏轼文人集团将诗歌作为文人之末技、文章之余事的观念及以诗歌为翰墨游戏的创作态度转到书画上面，进而使书画又变成'诗余'，成为文人的末技之末技，文章余事之余事。用当时文人新的艺术价值观念与美学理念对传统的绘画形式进行了改革，形成了融诗文书画于一体的士大夫文人的案头'墨戏'。形成了以苏轼为领袖的文同、苏轼、米芾、李公麟四大家为代表，苏轼文人集团为主体的士人画群体。使'墨戏'一体成为士大夫文人以表达'意''意气'为主体的诗、文、书、画结合的非功利的超造型艺术的文艺形式。"①

但是，苏轼的人生并不一帆风顺，相反，坎坎坷坷，因为陷于宋代的党争。这样的人生经历，带来了复杂人生，同时也带来了旺盛的创作热情和丰富的作品。何以如此？苏轼关注生活，也热爱生活，所以他的作品基调并不都是悲观的，反而以乐观为主，用哲学思想思考认识价值，用抒情笔法描写生活快乐。

目前学术界公认：密州至黄州期间是苏词的丰收期。如果用历史的眼光来勾勒宋代党争的发展，那么这条曲线与苏词发展的曲线是基本吻合的。今人论苏词："苏轼黄州时期的词，常常是在人生如梦的消极慨叹中……而这些词的基调却往往是健康的、乐观的，并不完全是消极颓丧的。"② 如果不是从党争性质角度

① 刘崇德. 从以文为诗到以诗为画：北宋士人画体的形成［J］. 南开学报，2007（5），96.
② 马兴荣. 苏东坡研究论丛：读苏轼黄州时期的词［M］. 成都：四川文艺出版社，1986：109.

出发，这样的结论也要自相矛盾了。因此我们可以说，党争的性质影响苏词的创作成就，也为我们认识这一成就提供了一条途径。

词是极富抒情色彩的文体。苏轼在运用这一文体时，也充满了"人间烟火"，充满了生活乐趣。"春色三分：二分尘土，一分流水，细看来，不是杨花点点，是离人泪"（《水龙吟·次韵章质夫杨花词》）被沈谦《填词杂说》称作"幽怨缠绵，直是言情，非复赋物"。"歌声断，行人未起，船鼓已逢逢"（《满庭芳》），诉说友情，恋恋不舍之态跃然纸上。"仍传语，江南父老，时与晒鱼蓑"（《满庭芳》），不着任何堆砌，质朴地表达对黄州父老的真挚情感。他甚至对妓女也表达了深切同情，《醉落魄》里写道："旧交新贵音书绝，唯有佳人，犹作殷勤别。"《水调歌头·明月几时有》和《江城子·十年生死两茫茫》，抒写手足之情、夫妻之情，更是千古名篇。由于苏词所具有的横肆才气，这些友情、亲情的抒发，表现出感人肺腑的艺术魅力。

如果说重情是苏词特征的一个方面，那么感情骤转是我们认识苏词抒情特征的第二个方面。《念奴娇·大江东去》最为典型："大江东去，浪淘尽，千古风流人物。"诗人抓住具有壮美特征的景物、事件、人物，泼墨于纸，高歌而唱："江山如画，一时多少豪杰！"豪迈之气沸沸扬扬。可是下阕："故国神游，多情应笑我，早生华发。"奋昂之情一落千丈，直至"人间如梦，一尊还酹江月"，落入无边的虚无悲观，苍白的面孔与"羽扇纶巾"的英雄判若两人。

气势宏大的词作如此，一些轻省的小词也如此：

> 夜饮东坡醒复醉，归来仿佛三更。家童鼻息已雷鸣。敲门都不应，倚杖听江声。
>
> 长恨此身非我有，何时忘却营营。夜阑风静縠纹平。小舟从此逝，江海寄余生。
>
> ——《临江仙》

> 林断山明竹隐墙。乱蝉衰草小池塘。翻空白鸟时时见，照水红蕖

细细香。

　　村舍外，古城旁。杖藜徐步转斜阳。殷勤昨夜三更雨，又得浮生
一日凉。

——《鹧鸪天》

　　明明是诗人自己津津乐道的生活趣事，可他却要于轻快之中系上沉重的思
考。明明是诗人自己为之欣喜的田园景色，可他却要于这明亮画面上抹上苦涩的
一笔。感情变化之大，前后判若两人。

　　苏词中的感情骤转并不是无病呻吟，而是与他生活中的大起大落相一致，并
且有一个达观的人生态度随时相伴。苏轼 22 岁就与弟弟苏辙同榜考中进士，"三
苏"一时名噪京师，可晚年却病死于大赦途中，这样的落差不可谓不巨大。其间
元祐党争，乌台诗案，洛蜀党议，贬斥海南，起起伏伏，充满了动荡。诗人在从
黄州放归常州时这样自况："何事人间，久戏风波？""多情自古伤离别"。苏轼一
生，经历坎坷，对人世情敏感而珍重，而党争的残酷性，又使得诗人在理想与现
实的矛盾中，对"多情却被无情恼"的感受更加强烈，词作中的感情骤转无疑是
其人生得失的真实反映。

　　引申以上认识，我们可以从第三个方面认识苏词的抒情特征，这就是苏词
在深层结构上所具有的感情双重性。有人在评论唐代诗人杜牧参加牛李党争时
说："杜在感情上倾向牛僧孺，在理智上却又是支持李德裕，这就是他为什么在
上书贡献方略时称颂德裕的美政，而在一些私人的书启和墓志铭中却又诋毁全昌
之政的原因。把两方面的话加以对照，如出两人之手，实际上这正是他感情和理
智存在矛盾的表现。"[1]苏轼也面临这样的矛盾。反对变法的骨干力量欧阳修、富
弼等人，是苏轼兄弟初入仕途时的有力提携者。苏轼的感情天秤自然要倾向于他
们，这不免要影响他的政治判断。而在新党、旧党的斗争过程中，苏轼在理智上
又要不断地更正自己原有的主张和应付愈演愈烈的党争。这种矛盾夹杂着积极和

---

① 朱碧莲.论杜牧与牛李党争［J］,文学遗产，1989（2）.

消极的因素，影响着苏轼的思想感情。这加剧了诗人的敏感，也加剧了诗人的感情变化与矛盾心理。这些在苏轼笔下表现为对生活的更加热爱。

通过以上探讨，我们可以这样认为：在苏词的创作中，存在着北宋党争的影响。这种影响，构成了苏轼写作环境的一部分，反映于苏词的创作成就和抒情特征。这些影响，带来了对生活更加细致的观察、更加全面的描写，以及对生活的更加热爱，这样的创作活动应成为我们深入研究苏词的一个视角。这样的感情是复杂的，是热爱生活带来更高的顶层设计。这也是宋人审美舍简趋繁的一个表现。

六、艺术家热爱生活的当代思考

改革开放以来，花鸟画创作也进入了姹紫嫣红的春天，这个领域的艺术家有了远超前人的创作条件，与更加开阔的艺术交流平台，得到了更广泛的社会认可。但是，花鸟画遇到的问题也是有目共睹的。

关于目前花鸟画发展遇到的问题，金纳在《我看当代工笔花鸟画现状》中有比较完整的表述，她认为：首先，审美精神退化，即主要表现在画家写生能力的消失。其次，创作风格和创作题材极为雷同，出现模式化。最后，制作过程中的简单粗糙与工笔花鸟画的审美精神出现严重背离。列举种种问题之后，她指出："在全民热衷消费速食文化的今天，在书画拍卖市场不断创造财富奇迹的当下，工笔花鸟画家们是否能静下心来，重新审视、领会、并着重探寻历代工笔花鸟画经典的文化内涵，真正领悟最成熟、最高贵、最华美的两宋花鸟画传统，对提升当代工笔花鸟画的内在气质与品味，无疑是一个重要的研究课题。而于工笔花鸟画来说，也只有在这不断自省与审视中发展，它的明天才会更加繁荣与辉煌。"如何改变目前花鸟画发展遇到的问题？金纳有着自己的答案，也就是："真正领悟最成熟、最高贵、最华美的两宋花鸟画传统。"[①] 这个答案中肯，但存在不

---

① 金纳. 我看当代工笔花鸟画现状 [J]. 国画家，2011(5).

清晰的地方，因为目前大多数花鸟画画家都明确表态自己是追慕宋人的，并可以举出自己学宋人的具体路径，可问题仍然存在，甚至更加严重。"真正领悟"的标准是什么呢？这是一个需要强调而有待具体深入的课题。

我们认为，领悟宋人的标准应当是对热爱生活的真正理解。宋人是对生活抱有巨大热情的，他们的艺术作品中有许多这样的表现，而且他们往往能够敏锐地捕捉热爱生活的细节，所以宋人的艺术作品在表现生活情感上来得特别反复。王安石写"春风又绿江南岸"，一个"绿"字饱含诗人对春天万物复苏的深切感受，其中也有着对岁月流逝的人生思考，由此而产生的无限热爱扑面而来。苏轼在举目放歌"大江东去，浪淘尽，千古风流人物"的同时，也低首长叹"长恨此身非我有，何时忘却营营"，情感反复，写尽了自己对生命价值的追求和无奈，但对生活的热爱坚定不移。欧阳修在《盘车图》中这样评画："古画画意不画形，梅诗咏物无隐情。忘形得意知者寡，不若见诗如见画。其中的"无隐情"，即出于对生活的热爱。

热爱生活，就有了敬畏生活的创作态度。北宋《林泉高致》这样记："凡落笔之日，必明窗净几，焚香左右，精笔妙墨，盥手涤砚，如迓大宾：必神闲意定，然后为之，岂非所谓'不敢以轻心掉之'者乎？已营之，又撤之：已增之，又润之。一之可矣，又再之；再之可矣，又复之。每一图必重重复复、终终始始，如戒严敌，然后竟。此岂所谓'不敢以慢心忽之'乎？所谓天下之事，不论大小，例须如此，而后有成。先子向思每丁宁委曲论及于此，岂教思终身奉之，以为进修之道耶？"[①] 这段文字说明，当时艺术家作画已经有了近似于仪式的程序，但这不是艺术家的矫情做作，而是艺术家热爱生活的真性情流露。这是一种对艺术的虔诚，来自他们对生活的无限热爱。

热爱生活，也就有了正确反映生活的境界。《宣和画谱》如此评画："故花之于牡丹芍药，禽之于鸾凤孔翠，必使之富贵。而松竹梅菊，鸥鹭雁鹜，必见之幽闲。至于鹤之轩昂，鹰隼之击搏，杨柳梧桐之扶疏风流，乔松古柏之岁寒磊落，

---

① 郭思，刘维尚.林泉高致［M］.北京：中国纺织出版社，2018：27.

展张于图绘，有以兴起人之意者，率能夺造化而移精神，遐想若登临览物之有得也。"①《宣和画谱》对各种花鸟画题材的判断是非常准确的，令人拍案称绝。如此精细的判断，一定来自这样的前提：对生活的正确反映。

这些，都是宋人意味的内在结构。反观时下的一些艺术创作，对生活的感悟是那么简单，缺少观察，缺少细节，缺少叙事，笔墨交代还常常模糊不清。也有一些人，构图运笔中唯见笔法追求而不见生活气息，终日沾沾自喜于个人小天地。画展、笔会比比皆是的当下，缺少生活热情的作品却也层出不穷，甚至有走极端的，他们把艺术创作当作"玩艺术"，热爱生活的道路变得遥远而模糊。

当然，我们也会由此而非常自然地联想到当代的艺术教育问题。艺术创作强调个性，有个性才有活力，才有热爱生活的基础。可是，当代的学院式教学给了我们一个不容易肯定或不容乐观的现实，各校的美术教育并没有多少自主性，规范化艺术教育成为常态，学生按照一张卷子统一考试，教师按照一个教学大纲统一教学，其中还有许多培训、评估

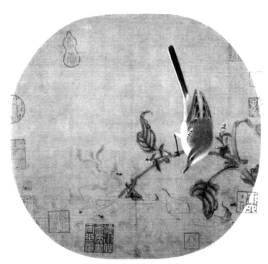

宋《红蓼水禽图》 无款

统一教学落实的环节，最后甚至按照一个格式完成学位论文。实际上，程式化的教学也打击着热爱生活的理念。应当指出：艺术家生活热情的缺乏，与当代艺术教育的缺陷存在逻辑关系。

因此，在花鸟画遇到问题的背景下，我们就联系了宋人的生活态度，感受了他们因热爱生活而表现的艺术力量，并因此而体会追慕宋人意味的现实意义。

---

① 宣和画谱［M］.北京：人民美术出版社，1964：239.

余　　论

以大趋势而论花鸟画的宋人意味，我们有舍简趋繁之结论。此解读落实于具体画家可能会有所不同，但认识总体面貌，当仰观俯察，不会有很大差错，反之则可能会是盲人摸象，不得要领。同时，从大趋势看，热爱生活当为我们解读历史现象提供优选路径。

热爱生活，古今皆然，论及画家，更是如此。放眼于当代艺术大家，这样的个案不胜枚举。齐白石是当代花鸟大家，他作虾最为时人所推崇，这一成就来自对生活的热爱。他在热爱生活中对虾有了细致的观察，进而有独步天下的描述。他晚年在《儿时钓虾图》中这样回忆："五十年前作小娃，棉花为饵钓芦虾。今朝画此头全白，记得菖蒲是此花。"并专门补充细节，娓娓道来："余少时尝以棉花为饵钓大虾，虾足钳其饵，钓丝起，虾随钓丝起出水，钳尤不解。只顾一食，忘其登岸矣！"

花鸟画如此，山水画也是如此。钱松嵒是当代山水画家、金陵画派的代表人物。我有一次采访他女儿，问钱老为什么能够取得这么高的艺术成就？她说钱老热爱生活。她回忆了一个生活片段：钱老家住玄武湖附近，常常到玄武湖散步，但有一次三月初回来非常兴奋，说散步时看到湖面的冰化了，看到小鱼开始游出水面，这以后天天早起看小鱼，看小鱼的活动范围有没有扩大。后来又看到小草开始出头，再长出绿叶。钱老对家人说：这是一个一个小生命，很不容易成长，带来了春天，让人喜爱，一定要画出来！

热爱生活，论画论人，也是古今大趋势。

参考文献：

1. 吉川幸次郎.中国文学史［M］.成都：四川人民出版社，1987.
2. 金纳.我看当代工笔花鸟画现状［J］.国画家，2011（5）.
3. 李乐源.一次难得的示范：傅抱石与听泉图［J］.老年教育（书画艺术），2012（8）.
4. 罗家祥.试论两宋党争［J］.华中师院学报，1984（5）.

5. 马兴荣.苏东坡研究论丛：读苏轼黄州时期的词［M］.成都：四川文艺出版社，1986.

6. 牛夕.北宋党争之经过及其背景［J］.清华周刊，1931.

7. 郑午昌.中国画学［M］.长春：时代文艺出版社，2010.

8. 朱碧莲.论杜牧与牛李党争［J］.文学遗产，1989（2）.

【本篇编辑：陈嘉莹】

"民众艺术"构想与20世纪
中国文艺大众化思潮

——以滕固现代文艺评论、出版与讲演为中心 [①]

韦昊昱

摘 要： 自 20 世纪初以来，中国现代文艺先驱者一直在传统与现代、本土与域外、政治与学术的内在张力中寻求着新文艺批评的建构之路。滕固是 20 世纪中国现代美学与艺术学研究领域的奠基学者之一，自青年时代开始，其深受 20 世纪中国文化界"文艺大众化"思潮传播的影响，积极通过撰写现代新文艺评论、出版与译介中西文艺理论著述，以及在国内教育界与政治界发表相关演说等形式，借助报纸、期刊、图书等新式出版印刷传媒，依托现代教育、公众讲演等公共媒介传播途径，逐步形成了独特的"民众艺术"理论构想，借以表达现实关切与批判立场，成为推动中国"国民艺术复兴运动"、进入中国现代艺坛思想言说中心、参与社会文化改造事业的一次尝试。这种难能可贵的研究意识与现实指向，体现出近代中国技术媒介变革影响下的文艺批评术语的更新与重置，对反思 21 世纪中国特色文艺批评话语聚焦社会大众的介入方式，提供了重要的本土经验与启示路径。

关键词： 滕固 民众艺术 文艺大众化 20 世纪中国文艺批评 技术媒介

作者简介： 韦昊昱，男，1993 年生，清华大学博士，首都师范大学艺术与美育研究院讲师，中国社会科学院近代史研究所助理研究员、历史学博士后，中国美术家协会会员。主要从事中国艺术史论与艺术理论研究。著《齐白石与近代四川人文》《齐白石诗歌十谈》《滕固学术思想研究》等。

---

① 本文为国家社会科学基金重大项目"中国山水美学话语西传路径及其影响研究"（项目编号：23&ZD232）的阶段成果、首都师范大学哲学社会科学青年科研扶持项目"中国现代美术史学术体系建构研究——以滕固为中心的考察"的阶段成果。

The Concept of "People's Art" and the Popularization of Chinese Literature and Art in the 20th Century

—Focusing on Teng Gu's Modern Literary Criticism, Publishing, and Lectures

Wei Haoyu

Abstract: Since the early 20th century, pioneers of modern Chinese literature and art have been seeking the path for constructing new literary and artistic criticism amidst the inherent tension between tradition and modernity, local and foreign, and politics and academia. Teng Ku was one of the founding scholars in the field of modern Chinese aesthetics and art studies in the 20th century. From his youth, he was deeply influenced by the trend of "popularization of literature and art" in the cultural circles of China in the 20th century. He actively engaged in writing modern new literary and artistic criticism, publishing and translating Chinese and Western literary and artistic theoretical works, and delivering related speeches in the domestic educational and political circles. Through the use of new publishing and printing media such as newspapers, periodicals, and books, as well as public media dissemination channels such as modern education and public lectures, he gradually formed a unique theoretical concept of "popular art" to express realistic concerns and critical positions. This became an attempt to promote the "national art renaissance movement" in China, enter the ideological discourse center of modern Chinese art circles, and participate in the cause of social and cultural transformation. This commendable research consciousness and realistic orientation reflect the renewal and reset of literary criticism terminology under the influence of technological media changes in modern China. It provides important local experience and enlightenment for reflecting on the intervention methods of socialist popular literature and art criticism discourse with Chinese characteristics in the 21st century.

Keywords: Teng Gu   popular art   popularization of literature and art   twentieth-century Chinese literary criticism   technological media

滕固是 20 世纪中国现代美学与艺术学研究领域的重要奠基学者之一。1901 年他出生在上海宝山月浦镇的一个文人世家，受到了良好的家庭教育与古典家学熏陶，形成了文史贯通的学缘结构。1918 年 6 月，自上海美术专科学校毕业后，滕固在上海的新式文艺报刊上先后创作发表了一批小说、杂文与诗文作品，并参与了"同南社"等国粹派文学社团活动。这一时期滕固已然展现出极为开阔的人文阅读视野与兴趣范围，为他此后进入文艺研究领域奠定了最初的知识基础。

1920 年 10 月，滕固东渡日本，次年 4 月进入位于东京文京区白山的私立东洋大学专门学部文化学科就读。彼时的东洋大学有和辻哲郎（1889—1960 年）、大西克礼（1888—1959 年）、柳宗悦（1889—1961 年）、出隆（1892—1980 年）等当时日本著名的新派哲学与美学学者执教，其"文化学科"宽口径的课程设置与颇带"杂学"色彩的教学特点，正适合此时刚刚负笈东洋，渴求学习日本和西方各方面新知识的青年滕固的兴趣口味，为他初步打下了一个广博的西学根柢与英文、德文语言基础，对滕固的世界观、文化观及其青年人文学者身份的形成，产生了重大的塑造意义，极大地开拓了他的知识视野和学术眼界。

此时恰逢第一次世界大战结束之际，欧洲学者反思西方科学主义破产、文明衰落的著作大量出现，并传入日本，显然对身处日本文化界的滕固有着极大的震动，特别是他得以有条件接触了对明治维新后的日本有深厚影响的德国学术。在目睹过彼时日本学术界、教育界、文化界的发达繁荣之后，滕固开始反观 20 世纪初期中国文艺界的现状。而他在上海美专和东洋大学所受到的美术实践与文艺理论训练，也促使他自觉从艺术基本原理的角度切入现代新文艺批评、学术出版与公共讲演领域，通过印刷传媒与公众演说方式合力影响下的批评术语的更新与重置，对中国艺坛所面临的现实问题予以剖析和探源。

一、文学与美术：滕固从事现代文艺评论的契机

20 世纪初期，滕固对于中国现代文艺界的观感，首先来自一个五四新人对现状强烈的不满、抱怨与痛惜。实际上，他已经开始质疑当时中国文艺界的同仁的理论素养和研究能力。1920 年初，身在上海的滕固便计划撰写《现在中国艺术的批评》一文①，9 月他又在《申报》上针对中国文艺批评界的世风流俗有过讽刺："批评家蜂起，果近来言论界之好现象也，有罗杂其间，不知批评为何物，挟一腔私见，借批评以漫骂，以自矜其才、自炫其能。所批评者，是否合乎论理学之评论 Critique 不问也，只知吹毛求疵，即其一，不计其十，究其此，不求其彼，明于责人而昧于责己，此我所不解者也，或亦新文界白圭之玷乎？"②当年 11

① 滕固，唐隽.通讯［J］.美术，1920，（2）2：123.
② 滕固，海墙偶感：下［J］.申报，1920-09-03（14）.

月抵达东京留学后，滕固在《对于艺术上最近的感想》一文开篇，抛出自己对于"艺术是什么""美术是什么""绘画是什么""画家是什么"的四点疑问，直指"我们号称研究艺术的，有一部分人，还欠缺'修养'，倒有'嗜好'。这是有二个原因：一是受从前画家的遗传性，有'落拓不羁'的什么叫'名士派'；一是染着一种上海的习气，不是到剧场游戏场，便是在歌筵舞榭间。试问有几个人全智全神去研究它呢"。因而滕固敏锐地抓住"我们研究艺术的人是否有编书的能力"和"现在编书的人是否有艺术的经验"这一中国现代艺坛发展的矛盾困境，并感叹"讲到美学 Aesthetics，除了研究过哲学的以外，更加了解不来，就是我们研究艺术的，也有几个人懂得？真是可发一叹！……我们中国的艺术，在世界上占重大位置，不用自己申明……但是研究中国艺术，没有一部统系的书，很是缺点"。基于这种现状，滕固提出了"编译艺术书"和"多开展览会"这两点提高艺术工作者的"修养"功夫，进而发动"艺术运动"的个人建议，并设想"将来从中国历代帝王建都和有名的地方，考察艺术的作品，做成一部大著作，这总是非一朝一夕的事情"①。1920 年 12 月和 1921 年 1 月，滕固在写给"文学研究会"作家王统照的两封信中，说得更加激进："自从上海美术学校毕业之后，瞧见上海美术界活动的几辈，都是为个'利'字。他们也不懂得美术是什么？全无常识！所以我很灰心，也没有同志切实的研究……其他虽是有许多相识研究美术的人，他们很缺乏艺术的基本知识，无从研究。会了几笔画，便称起'画家'，其实只配得称'画匠'。不论东洋西洋画家，都不是自己称的；假使称了画家，也该对于文学有相当的学识""可怜！偌大的中华，艺术上有价值的新译著，一本没有，后起的青年，几个人了解得'艺术是什么'？可是这种'雕虫小技聊以糊口'的思想还洗不干净。"②

因此，这种对后五四时代中国文艺界看似"热闹"场面背后的冷静观察与评论，促使滕固逐步从大文科知识背景出发，开始首先探讨文学与美术的关系问题

① 滕固.对于艺术上最近的感想［J］.美育，1921（6）：23-28.
② 1920 年 12 月 19 日、1921 年 1 月 6 日滕固致王统照书信［J］.曙光，1921，（2）2：96-97，101.

（即诗画关系问题）①，这是他从一开始就区别于一般画家的不同之处。滕固对诗画关系的初步认识在他 1920 年 12 月 12 日所写的一封信中有集中体现，信中他认为诗歌与绘画都关注"性灵现状""自然现状"与"社会现状"，这分别代表了哲学美、科学美与人生美，两者有内在的相通之处，可谓是"美界的'姊妹花'，Venus（美之神）这一个字应该属于诗歌与绘画的"。而当时中国艺术界的现状却是"现在研究文学的，还少兼事美术；从事美术的更懂不得文学是什么，我替他们又气又愧"②。为解决这一两难问题，滕固设想通过文学作品的深邃内涵来提升绘画的内在意蕴。滕固的这一看法一直延续到 1932 年 7 月 20 日他在柏林大学哲学学院马克斯·德索（Max Dessoir）的美学课上所宣读的报告《诗书画三种艺术的联带关系》。在这一报告中，滕固进一步详细梳理了中国古代书法、绘画、诗文三种艺术形式逐步结合的历史过程，认为"这诚是领会中国艺术的重要关键……这三者可谓关节相通，首尾相衔"。最终，他得出的结论是"诗要求画，以自然物状之和谐纳于文字声律；画亦要求诗，以宇宙生生之节奏、人间心灵之呼吸和血脉之流动，托于线条色彩。故曰，其结合在本质"，而其阐发的目的正在于展现"我们因此可以知道，在中国做一个完善的画家，何等困难，绘画名作所历的阶程又何等奇特。而我们欲理解绘画，也就不能不兼究书法与诗歌"③。

可见，滕固自踏入新文艺批评领域开始，就已然注意借助报刊、书信、学术报告等媒介形式，钩沉各艺术门类精神内涵的内在关联，借以表达自己的现实关怀与批判立场，努力追求一种自己所推崇的富有学理性的"logic critique"（有逻辑的批评）的评论形态④。他立足于一个开阔的文化史视角，涉猎游走在小说、诗词、戏剧、绘画等不同领域，找寻它们在创作原则、表现方式和艺术原理的贯通之处，表现的正是一个青年人身处新文化运动中"革命""主义"大行其道的

---

① 1921 年 1 月 6 日滕固在给王统照的信中介绍自己："我现在也从多方面的研究：哲学、文学、戏剧、绘画。而绘画偏重批评一方面。"［曙光，1921（2）2：101］
② 滕固. 诗歌与绘画［J］. 美术，1921，（2）4：76-78.
③ 滕固. 诗书画三种艺术的联带关系［J］. 教育部第二次全国美术展览会专刊，1937：83-87.
④ 1921 年 1 月 6 日滕固在给王统照的信中直指当时上海的美术评论界"有许多批评的人，不去管是否合乎 Logic 的 Critique；简直不是批评，是漫骂"［曙光，1921（2）2：101］。

中国艺坛，为了真正回答"文艺是什么"的困惑，进而对文艺的本源、功能、性质等核心原理的探求欲望[①]。

二、"民众艺术"构想的形成背景与欧洲范本

自 1920 年负笈东瀛开始，直至 1924 年回国任教上海美专，滕固在中国现代文艺理论界中创造性地提出了"民众艺术"的全新构想（这一时期他还用过"国民艺术""庶众主义的文艺"等类似表述）与"国民艺术复兴运动"的现实主张，而他为上海美专学生讲演授课而撰写出版的古代艺术通史著作《中国美术小史》，就成为这一时期他运用逐步形成的"民众艺术"视角考察中国古代美术成就的第一次尝试与理论立足点。这是其登上学术舞台后所撰写的第一部美术史著述，也是 20 世纪初期出现的第一批现代意义上的有别于古代诸如《历代名画记》《图画见闻志》等传统书画史的新艺术通史文类，被纳入由王云五主编的上海商务印书馆《百科小丛书》系列第 90 种。1929 年 10 月，该书又作为《万有文库》的"第一集一千种"系列之一再版。

《中国美术小史》最初的撰写出版与《百科小丛书》的体例要求密切相关。参与撰写《百科小丛书》系列的作者以民国初年的新派学者为主，多为介绍西方自然科学常识、中外人文社会科学新知与学科发展史，面向当时具有新式高中文化教育程度以上的读者群体，"依高级中学普通科课程而扩充之，凡中等学生及小学教员应具之普通智识，无不具备"，共收入"（一）总类（二）哲学（三）宗教（四）社会科学（五）语言学（六）自然科学（七）应用科学（八）艺术（九）文学（十）历史地理"总计十大类 64 小类的通识性书目。同时，《百科小丛书》系列中以"小史"命名的学科通史著作数量颇多，如冯友兰的《中国哲学小史》、全增嘏的《西洋哲学小史》、侯厚培的《中国国际贸易小史》、刘秉麟的《中国财政小史》、黄炎培的《中国教育小史》、李俨的《中国算学小史》、李四光的《中国地势变迁小史》、马君武的《中国工业小史》、王孝通的《中国商业小史》、许之

---

① 1920 年滕固还在北京大学新潮社社刊《新潮》上读到过蔡元培的《美术的起源》一文，对蔡元培主张美术起源于冲动的观点印象深刻，见滕固. 艺术学上所见的文化之起源 [J]. 学艺，1923（4），10：11.

衡的《中国音乐小史》、俞寄凡的《西洋音乐小史》，这亦从另一侧面体现出《中国美术小史》兼具学术与科普性质的新文艺色彩[①]。

凭借这种"民众艺术"视角，滕固的艺术史书写与古代画史画论相比，产生了极大不同，他反对传统画史记录中对于文人精英艺术与民众艺术的界限，希望找寻国族文化艺术发展的整体线索，打造一部"国民的艺术史"，从而回答"艺术的国民性"问题。因此"民众艺术"构想的建构，使得滕固的眼界和思维不囿于一端，他在传统画史书写范围之外，更多开始注意建筑、雕刻、石窟造像、器物、工艺美术、纹样装饰等不入画史之列，多由一般民众所创造的美术类别，将它们作为中国艺术史研究问题的一部分加以看待和分析，推动了 20 世纪初期中国新艺术史书写的范式转型。

滕固对于"民众""国民""国民精神"（volksgeist）的概念认知，显然是和 20 世纪辛亥鼎革后帝制终结与共和政体的建立有着极大关联，这种政体上的变革首先在史学领域推动了新史学思潮的出现，进而开始了对于"四弊""二病"的传统史学书写方式的批判[②]。1901 年梁启超在《中国史叙论》中提出新史学要记录国民历史的时代需要："前者史家，不过记载事实；近世史家，必说明其事实之关系，与其原因结果。前者史家，不过记述人间一二有权力者兴亡隆替之事，虽名为史，实不过一人一家之谱牒；近世史家，必探察人间全体之运动进步，即国民全部之经历，及其相互之关系。"[③] 在此呼吁之下，为华夏国民生活和民族精神作史，而非为帝王将相作家谱，"皆以叙述一国国民系统之所由来，及其发达进步盛衰兴亡之原因结果为主，诚以民有统而君无统也"[④]，就成了"史界革命"的重要标志，这是当时任何一个中国新派史家都要面临的全新"史学命题"，恰于新史学口号发出之际出生的滕固，毕生都笼罩其间，深受影响，尤其

[①] 百科小丛书说明：1，百科小丛书［M］//万有文库第一集一千种目录.上海：商务印书馆，1930：目录 1-16.

[②] 1902 年梁启超在《新史学》长文中指出了传统史学"知有朝廷而不知有国家""知有个人而不知有群体""知有陈迹而不知有今务""知有事实而不知有理想"的四弊和"能铺叙而不能别裁""能因袭而不能创作"的二病。

[③] 梁启超.中国历史研究法［M］.长春：吉林出版集团有限责任公司，2016：134.

[④] 梁启超.中国历史研究法［M］.长春：吉林出版集团有限责任公司，2016：163.

是研读了 1921 年梁启超在南开大学的授课讲稿《中国历史研究法》后，对新史学的研究范围、意义、史料运用方式等都有了更为深入的认知。1922 年夏天，他更面聆梁启超对上海美专师生的教示提点，从而正式立志投身于中国艺术史研究 ①，梁启超不啻成为滕固在学术起步阶段可以依傍和追随的一位学术巨人。而自留德归国后，滕固在中国现代美术考古和文物遗迹调查保护领域的行政职务与工作努力，又与其找寻族群意识、构建国民艺术叙事、建立民族身份认同的文化关怀一脉相承。抗战全面爆发后，这种现实理想又因他掌校国立艺术专科学校，以国民艺术精神鼓励师生抗日斗争而最终达到高潮。

然而，滕固对于"民众艺术"构想的思考，首先却是从对西方现代戏剧理论的关注与钻研开始的，而后他才将其移植推广在对艺术领域的宏观考察上。近代欧洲的戏剧表演作为一种大众公共文化生活，发挥了社会美育、启迪民智、沟通社会不同阶层人群的作用。可以说，19 世纪末欧洲的现代派戏剧理论与作品，是比美术更早引发青年滕固关注的兴趣点。此时新文化运动中的白话文运动、诗界革命、小说界革命、戏剧革命思潮正风起云涌，一种对于"国民文学""社会文学"的倡导开始出现，滕固自然深受其影响。

1920 年 1 月 15 日，20 岁的滕固在上海写下《戏剧革命》一文，作为他"戏剧革命第一次的宣誓"。这篇文章的创作背景是他这一时期对法国作家罗曼·罗兰（R. Rolland）"民众剧场""民众戏剧"（le Théâtre du Peuple）理论的熏习与服膺，罗曼·罗兰提出："近代戏剧家的奇迹，就是发现了民众。"② 故而滕

---

① 《中国历史研究法》最初是 1921 年下半年梁启超在天津南开大学讲授一学期《中国文化史》的课程讲稿，同年 11 月《改造》杂志第 4 卷第 3 号曾发表讲义前三章内容，随后又经梁氏修改整理成书，由上海商务印书馆于 1922 年 1 月出版。滕固在第一时间便研读了此书，当年 7 月他在上海美专暑期学校讲授美学课程，并回答学生提问时，便专门提到此书对他的深刻影响："二年前在《新潮》上读蔡元培的《美术之起源》，引有吾国古民族的身体装饰等。近来梁任公先生在所著《中国历史研究法》，也频频说起吾国历史的艺术。所给予我的印象这二文最深刻。"见滕固. 艺术学上所见的文化之起源 [J]. 学艺，1923（4）：10. 同年 8 月 15 日至 17 日，梁启超作为上海美专首届校董事会成员，在学校作了"美术与生活"等讲演，这便有了滕固面见聆听梁启超讲演，并向后者求教问学的机会。1925 年 6 月他在《中国美术小史》定稿前的"弁言"中开篇即称"曩年得梁任公先生之教示，欲稍事中国美术史之研究"，可见梁启超及其新史学观念对他影响之大，见滕固. 中国美术小史 [M]. 上海：商务印书馆，1926：1.
② 欧阳予倩. 民众剧的研究 [C] // 苏关鑫. 欧阳予倩研究资料. 北京：中国戏剧出版社，1989：246.

固也认为现代派戏剧是"民众艺术的结晶体""因是法国、德国便提倡民众剧场；现在这'民众艺术'四个字，差不多全世界受他的感动了"，将其视作"民众艺术"的代表。同时滕固又进一步指出，这种民众艺术的发展理想，针对的正是世纪之交欧洲艺术的衰退局面，他引用罗曼·罗兰的话说："艺术衰弱到极点了，我们应该鼓吹民众力的膨涨，去滋补他的衰弱。"滕固此时显然已经认识了传统社会上层精英艺术与国民大众艺术的分野，解释道"因为历来艺术，都以娱乐为本位，被几多贵族，据为私有；和民众绝不相干，分路走的"，他又引用托尔斯泰在《艺术论》中所谓"一般艺术"的主张，总结出"说现代戏剧的真精神，是民众艺术的真精神，也无不可"的结论[①]。在文中，滕固结合自己的观察，分析了当时国内社会各阶层对于戏剧的一般陈旧看法，这导致"作剧演剧是最下贱的营业；观剧是最下贱的娱乐；剧场是最下贱的地方"，而无论是旧剧还是新剧，都变得毫无艺术性可言，他不禁感叹"我论戏剧革命，因为我国戏剧腐败到极点，有如政治，有如军阀，有不得不革命的大势"。因此针对戏剧界的这种颓唐状况，滕固高呼"推翻现在的所谓新剧"，他提出"创造民众艺术真精神的新剧，介绍西洋名剧，表演文艺新作品""解放社会上的旧观念，引导他们识别戏剧的好处""建设民众剧场，以艺术改造社会"的三点主张，亦见其这一时期重视"民众艺术真精神"的新颖姿态[②]。而同时颇值得玩味的是，滕固这篇高呼中国戏剧革命的文章，是发表在上海美专校刊《美术》杂志上的，五四后新戏剧运动与新美术二者间的紧密关联亦可得见一二。

　　1921 年 5 月 31 日，沈雁冰、郑振铎、熊佛西、欧阳予倩、陈大悲、滕固等13 人在上海发起成立"民众戏剧社"，创办《戏剧》月刊。这一社名正来自沈雁冰对罗曼·罗兰"民众剧场"一词的效仿，其建社宗旨是"以非营业的性质，提倡艺术的新剧"[③],翻译介绍了大批以易卜生（Ibsen）社会问题剧为代表的欧洲现代派戏剧作品与理论，继续力倡艺术改造社会的功用。这一年滕固也开始在东京

---

① 滕固.戏剧革命［J］.美术，1921，（2）4：85.
② 滕固.戏剧革命［J］.美术，1921，（2）4：85—87.
③ 民众戏剧社简章［M］//赵家璧.中国新文学大系：第10集.上海：上海良友图书印刷公司，1936：133.

尝试写作白话文新诗与白话文剧本，甚至有了将来回到上海"造个艺术的剧场"的设想①。"民众戏剧"思潮受到了 20 世纪初日本大正初年以本间久雄为代表的日本"民众艺术"论争的影响，随后，这种民众戏剧运动以多种社团、剧社的形式在中国风行，一直持续到抗战之际，成为"文艺大众化"思潮在戏剧领域的一次革新。

而作为一个 20 多岁的青年人，滕固的"民众艺术"复兴理想甚至还是狂热和激进的。《中国美术小史》出版前的 1925 年，滕固在写就的《国民艺术运动》一文中，就透露出其民众艺术理念受到 19 世纪末德国、爱尔兰文化复兴运动影响的思想倾向，这是由他青年时代开阔的阅读视野所决定的。文章开篇就引述德国艺术史家、民族主义者尤利乌斯·朗贝（Julius Langbehn）激进的文化保守主义言论。1890 年朗贝匿名出版了《作为教育家的伦勃朗》（*Rembrandt als Erzieher*）一书，强调"德国文化正在被科学和知性主义摧毁，只有通过艺术（能体现一个伟大民族内在特质的艺术）的复兴和新社会中英雄式、具有艺术天赋的人掌权，才能得到再生"②。朗贝抱怨整个德国社会都在遭受美国式商业消费文化的侵蚀，这种虚浮使得德国人丧失了对于德意志传统艺术精神的继承。因此他站在日耳曼种族主义的立场上，提出荷兰人伦勃朗（Rembrandt）及其绘画作品才是德意志民族精神和理想的集中体现的观点。而在伦勃朗艺术的熏陶之下，艺术将会重新在德国社会取代科学，成为解决公众精神空虚问题的良方。滕固显然在 20 世纪 20 年代中期前就已读过此书，他引用朗贝的话说："Rembrandt 不是平平淡淡的一个人，在他的艺术事业上看来，始终不失为荷兰人。这件事实在对于我们的一大警告，强健绝伦的人物，由于健全的种族精神所产生；而健全的种族精神，由于健全的民族精神所产生的。"

朗贝的这种煽动性理论在世纪之交的德国文艺界掀起了一场被称作"乡土艺术"（Heimatkunst）的运动，这在不同的艺术门类中均有所体现，如在诗歌创作上就出现了"国民诗人""乡土诗人"的作家身份，代表人物有文学评论家弗里

① 滕固.文艺的讨论［J］.曙光，1921，（2）3：67.
② 彼得·沃森.思想史：从火到弗洛伊德：下［M］.胡翠娥，译.南京：译林出版社，2018：955.

德里希·里恩哈德（Friedrich Lienhard）和阿道夫·巴特尔斯（Adolf Bartels）等人。这种提倡民族文学的意识也在 20 世纪上半叶被译介至中国，成为"中国文艺复兴运动"的思想资源之一。1927 年 9 月郁达夫发表的《农民文艺的实质》一文就谈及"有地方色彩的农村文艺"，他认为："从前中国的田园诗人的作品，和德国乡土艺术（Heimatkunst）的诗歌小说戏剧中之有社会性，现代性者，也可以成立，也可以说是农民文艺的一种。"①滕固在《国民艺术运动》中也介绍到了里恩哈德："十九世纪末二十世纪初，德国人有一种乡土艺术 Heimatkunst 的运动，要在艺术上发露种族的特色，地方的感情。于是乡土诗人群起，其中最有力的评论家 Lienhard，大声疾呼，最为有力，他所谓国民诗人，要有历史与国土的根柢；从确定的观点上，泛观社会人生，以变其形式与倾向，造成一时代的时代精神。"

　　除了受到德意志的民族主义影响之外，爱尔兰也在 19 世纪末至 20 世纪 20 年代出现了与摆脱英国殖民统治斗争相呼应，旨在复兴民族文学、戏剧与艺术的"爱尔兰文艺复兴运动"（Irish Literary Renuissance），这也是催生滕固力倡国民艺术复兴的另一思想源头②。实际上，爱尔兰唯美主义和象征主义诗人叶芝正是滕固自留日开始就在诗歌和戏剧上对他影响最大的作家，滕固在多篇文字中都将叶芝（他译作"夏芝"）的诗歌和剧作原文信手拈来，自称"我起初对于爱尔莱（即爱尔兰）的 Nes-Romantic Movement 里，夏芝辈的剧本读过最多"③。在这篇文章中，滕固先后列举了叶芝、爱尔兰剧作家约翰·米林顿·辛格（J.M. Synge）和奥古斯塔·格雷戈里夫人（Dame Isabella Augusta Gregory）三人，他们都是爱尔兰戏剧复兴运动的核心成员，创作了一批以区别于英语的本民族语言为载体，表现爱尔兰农民生活和民间故事的剧作，这一爱尔兰文化精英群体成为滕固"民众艺术"构想以资借鉴的另一欧洲范本，称其"在他们的民族历史上，长留荣光，永为前人赞叹"④。

---

① 郁达夫. 农民文艺的实质［M］// 郁达夫全集：第 10 卷文论（上）. 杭州：浙江大学出版社，2007：360.
② 参见陈丽. 爱尔兰文艺复兴与民族身份塑造［M］. 天津：南开大学出版社，2016.
③ 1921 年 3 月 25 日滕固致王统照书信，见滕固. 文艺的讨论［J］. 曙光，1921，（2）3：61.
④ 滕固. 国民艺术运动［N］. 时事新报，1925-07-19（1）.

三、"文艺大众化"思潮与"民众艺术"构想的深化

随着对艺术理论的不断学习和社会事务的逐步参与，自 20 世纪 20 年代中后期留日归国后，滕固开始强调"每个时代有每个时代的特异倾向；这个特异倾向，活跃在每个时代的支配阶级里面"①，提出中外各时代文学艺术审美的风格趣味倾向，是与这一时代所对应的"支配阶级"的属性有关。这实际上比他在《中国美术小史》写作中对于中国古代各时期艺术盛衰发展特点的四阶段论，即"生长、混交、昌盛、沉滞"的概括更为深入了一步。

1926 年末，滕固在《今日的文艺》一文中提出"庶众主义"的说法，这是他受当时还颇为新潮的唯物史观和社会物质基础决定上层建筑理论影响的表现。更直接的联系则来自文中所征引的美国左翼社会批评家、文艺理论家卡尔佛登（V.F. Calverton）在 1925 年出版的《新精神》（*The Newer Spirit*）一书中第一章《文学之社会学的批判》（A Sociological Criticism of Literature）②。卡氏提出"普罗文学"的理论，这并不是狭义上的俄苏无产阶级文学，而是一种有着广泛文学题材，在创作内容、叙事结构与表现主题上，都表达劳工阶级新道德和新信仰的文学形式，卡氏指出："美学（文艺批评）上的革命，虽起因于思想上的革命，但思想上的一切革命，其主要为物质条件所产出的社会组织之革命的结果。"③滕固据此也认为个人是社会大众的一部分，个人主义不得不依附于庶民主义，因而个人主义的文艺也必然导源于民众艺术，他解释其原因道："文艺上有所谓理想主义与写实主义的对待，或个人主义与庶众主义的对待。有了这么双方的对待，不免引起种种争执来；甲主义如持之有故，而乙主义也言之成理，甚或互相诋毁仇视，几乎有不能两立之势。这种争执，照文艺的根本上说来，是没有甚么意味

---

① 滕固. 今日的文艺 [J]. 狮吼，1927，1（1）：4.
② 滕固后于 1930 年将第一章完整译出，更进一步向中国学界介绍了卡尔佛登的社会支配阶级理论，见金屋月刊，1930，1（9-10）：257-296.
③ 滕固. 今日的文艺 [J]. 狮吼，1927，1（1）：7.

的。假定文艺的根本，是我们人类之'生的力'和'生的欲求'之跃动，那末关于人类生活的各方面，如理想与现实，如个人与庶众，这对待的两者之中，决不能予以一个明晰而判然的界限。我们的理想无论什么样高超，然而我们的两脚还是站在平地上……再有个人与庶众之间的划分，也有同样的困难；一个人生活于人类的大集团中，总免不了'互相影响'（Wechselwirkung），人类社会就是建设于这'互相影响'上面的……人类之'生的力'与'生的欲求'之跃动，常随时代的演进而变易其倾向的。"① 因此，随着 20 世纪社会化机器大生产方式的变革，文艺发展的主潮也必然随着社会生产方式和分配方式的变化而演进，与时代思想主题有着密切的关联，这催生了"文艺大众化"观念的出现，滕固就此明确指出："各时代倾向的变易，就是各时代支配阶级推移代兴的一个缩景……若是我们推想出今日的文艺，有庶众主义必然地从个人主义孕育而出的结论，我们当然也要承认的。"②

与此同时，这种长期受到上层阶级压迫的庶众主义的社会基础，还与 20 世纪上半叶近代中国所处的忧患时局有关。滕固在这篇文章中言辞颇为激动地分析道："我们今日所处的时代，是一个从未有过的忧患时代；我们的四邻还抱着英雄侵略史观之传统，在可以掘取黄金占为己有的地方，无孔不入；现已轮到我们中国来了，他们更施其故技，把我们血汗所得的金钱，用杀人不见血的手段来攫取去了。我们自己国里的有些人，沾染了他们的恶习，觉得非弄钱不可了，于是做军阀、奸商、土豪，为虎作伥；他们联袂来置我们于死地，我们受了这种内的外的压迫，在这时我们要伸张'生的力'和'生的欲求'，非反抗与我们对待的、来压迫我们的阶级不可。"因此，滕固力主在 20 世纪的中国发展"民众艺术"，就要使"忧患不幸的庶众"上升为社会和时代的支配阶级，推翻"所有资产阶级留下的个人主义的文艺及其流亚"，发展出"能呕吐我们的忧患和不幸之真实的文艺，能反映我们被压迫阶级的理想和兴趣的，含有新的时代心理的文艺"③。而随着这

---

① 滕固. 今日的文艺 [J]. 狮吼，1927，1（1）：3-4.
② 滕固. 今日的文艺 [J]. 狮吼，1927，1（1）：4-6.
③ 滕固. 今日的文艺 [J]. 狮吼，1927，1（1）：5.

种庶众力量逐步成为社会的支配阶级，在 20 世纪上半叶的中国发展"庶众主义的文艺"，就可以发挥艺术改造社会，以美化国民生活，启迪民智的功用①。

实际上，早在 1922 年 7 月，滕固借东洋大学暑假期间，回到上海美专讲授美学课程时，就已经注意到了发展艺术教育和"民众艺术"，在改造现代中国社会，促进社会大众精神文化建设与情操陶冶层面上的重要性，在授课演讲《文化之曙》中，他提出了"文化主义的建设"问题，强调"现代人的生活，被政治军阀社会、家庭压制，充满了不安与烦闷，而中心生命的发现，同时在吾人理想与欲望之间；这种中心生命，便是文化的建设——文化主义的建设——发出新生命的微光，来补救不安与烦闷；事业上最需要的——艺术教育与民众艺术的建设"。滕固之所以要重视最一般民众生活的目的之一，正因为一个时代的文化风貌，是植根于那个时代的民众生活与集体精神，所谓"文化是时代精神的表现；一时代有一时代的民众生活，其中学术、宗教艺术，以至制度、风俗、道德，综合了复杂的民众生活，而构成时代的文化"，而在此其中，"研究文化的全部，须先研究一般的艺术活动"。②这就明确了文化与艺术的关系。因而在滕固看来，为了在 20 世纪上半叶解决中国民众的精神生活问题，首要任务就是要推动艺术教育与"民众艺术"的发展，这是比传统宗教的感化力量还要强大的精神层面建设。

滕固此时受到德国新康德主义弗莱堡学派代表人物文德尔班（W. Windelband）和继承者李凯尔特（H.J. Rickert）所著《文化科学与自然科学》（*Kulturwissenschaft und Naturwissenschaft*）一书的影响，尤为关注文化科学的学科划分与学科范围问题。在滕固看来，艺术科学（Kunstwissenschaft）的研究范围包含艺术史

---

① 上海美专在建校早期也极为强调对美术学生社会责任感的培养，希望学生毕业后能"使一般人群增进审美之观念，以尽己职"，滕固身上便带有这种校风的色彩，见各校毕业汇志·图画美术学校［N］.时报，1918-07-01.1920 年 4 月，唐隽在和上海美专同学滕固的通信中，提出创办校刊《美术》的目标是"研究真实的美术，以创造人的生活和美术化的社会"，这代表了五四一代新青年美术研究者的共识。见美术，1920，（2）2：124.同年 12 月 26 日王统照也在致信滕固时，认为文学与艺术是"治疗中国麻木病的良药，想你也以为然。二者之必须调剂，以求实现美化的人生"，曙光，1921，（2）2：99.1923 年 1 月，梁启超在《治国学的两条大路》讲演中介绍了"艺术鉴评学"的概念，希望"我们有极优美的文学美术作品，我们应该认识他的价值，而且将赏鉴的方法传授给多数人，令国民成为'美化'。"梁任公学术讲演集：第 3 辑［M］.上海：商务印书馆，1923：190.
② 滕固.文化之曙［N］.时事新报，1922-08-25（1）.

（Kunstgeschichte）与艺术哲学（Kunstphilosophie）两类，他所理解的艺术哲学是"或一时代的，或局部的，或片段的，总是阐明艺术的本质或价值"，而艺术史则是"其在历史的研究，阐明时代精神与宗教思想变迁等"。因此艺术学的研究方法正在于综合了以上两者所具备的哲学眼光与历史事实，使得"艺术学才成独立的一种科学，占文化科学中的一位置了"，这就带有了鲜明的 19 世纪末德国哲学、美学思潮的理论色彩，证明他在留日期间，就已明确了以艺术史和艺术哲学为中心的艺术科学，在文化科学（相对自然科学而言）领域内的重要地位。

　　滕固以古希腊历史为例分析道："希腊文化是西方文化的渊源，也是一切模型。我们一究他的根源，虽是学术、道德、宗教、政治、艺术构成全部的文化史，其最显见的，还是希腊人独特的艺术活动，这是谁都承认的……我们总认科学知识也是希腊文化要素的一部分，比较别的要素，科学的发达究竟薄弱一点。科学精致的能力，实胚胎于国有的精致的艺术活动；科学创造的伟业，也根于艺术的创造力而来的……希腊人有这样丰富深刻的内面生活——艺术活动，加以无上的艺术品留传后世；学术、道德、宗教、政治各方面，都受他的影响，而霸唱世界。他们独特的艺术倾向，也有关于科学的发达。"[1] 因此，艺术成为希腊"酒神精神"自由意志的完美体现，亦成为 19 世纪德国新浪漫派诗歌音乐运动的效仿楷模[2]。滕固对这种带有 20 世纪初新人文主义色彩的言说颇受触动，因而他向现场听讲的上海美专学生再次强调了在 20 世纪上半叶中国文艺衰颓之际，艺术家继承中国古典艺术精神，以推陈出新、昌明现代中国文艺的使命感与推动"民众艺术"建设的重要性："上面所提及的民众艺术与艺术教育，这种文化事业，在我国急须建设的。音乐、舞蹈、演剧都是艺术，以此安慰人生的不安与烦闷；比较宗教的仪式来强迫人生的信仰，效力且大。新生命的希望，愉快的欲求，在民众艺术的创造，就是艺术教育，也是根本的设施，使人生固有的爱美的观念、

---

① 滕固. 文化之曙［N］. 时事新报，1922-08-25（2）.
② 尼采提出："在我们当代世界中酒神精神正逐渐苏醒……一种力量已经从德国精神的酒神根基中兴起……这就是德国音乐，我们主要是指它的从巴赫到贝多芬、从贝多芬到瓦格纳的伟大光辉历程。"尼采. 悲剧的诞生：尼采美学文选［M］. 周国平，译. 北京：生活·读书·新知三联书店，1986：85.

创造的本能，自小培养保护，增进将来文化的程度；免去干燥无味的生活，永远在文化的道上来往。"他还呼吁道："这样看来，文化的建设说是社会改造的根本问题，也无不可。诸君都是未来的艺术家及艺术教育家，责任所在，我们都义不容辞。诗人 Yeats 所谓：艺术——自牧师肩上落下的包裹，来搁在我们的肩上了。我国文化，衰颓到极点了；古代文化的精神——音乐的深刻，绘画的超脱——与日月同辉，后世不能继承，这是我们所痛切的。我们的责任，要学德国诗歌音乐的继承希腊文化为标榜，也以继承我国古代文化为标榜，更加创造新的文化，以昌大之。不过饮水思源，不要忘记艺术活动罢了。"①

滕固对于发挥文艺在国民文化启蒙作用上的认识，应当放在 20 世纪初期中国文艺界"文化运动热""艺术运动热""民俗文艺热"的大时代背景之下加以看待。事实上，在新文化运动后的这一时期，确实掀起了一场旨在突破精英与大众文化界限，力求实践"为人生而艺术"理想的"民众艺术"讨论热潮，人们对民间艺术的范围、性质与功能也有了逐步深入的认识，"文艺大众化"成为 20 世纪上半叶中国文化界最为重要的思潮主线之一②。1919 年 9 月，滕固的恩师刘海粟与上海美专教师汪亚尘、俞寄凡、陈国良、贺伯馨一行，启程赴日本考察该国美术界现状，这次东瀛之行的契机是同年 4 月日本画家石井柏亭到访上海美专时，向刘海粟介绍了"一战"后"新近日本的一般艺术家"发动民众艺术运动的情况，刘氏听后"不觉'悠然神往'"，开始好奇日本人"民众艺术呼唱得最起劲的时候，究竟怎样现象，也是不可不看的，因为这都是与我们从事艺术运动的人有特殊的关系的"③。因此通过近一个月的考察，刘海粟一行实地了解了当时日本美术界正在举办的"帝展"（帝国美术院展览会）、"文展"（文部省美术展览会）、"二科会"等美术展览会的情况，意识到"日本美术发达到现在这种地步，的确还是民众自己倡导起来的"，言辞中充斥着对于中国文艺界在民众艺术领域无甚

① 滕固. 文化之曙 [N]. 时事新报，1922-08-25（2）.
② 有关 20 世纪中国"文艺大众化"运动产生发展的历史源流与主要观点，另可参见赵炎秋. 文艺大众化运动与其发展和转型 [J]. 文艺理论研究，2024（3）1-12.
③ 刘海粟. 日本新美术的新印象 [M]. 上海：商务印书馆，1921：自序 5.

作为的愤愤不平，故而他呼吁"我很希望研究艺术的同志大家提起劲头去做，只要先从个人入手，就是发展各人所有的个性，专门主动的创造。如果人人都这样去奋斗，那便渐成了艺术的群众运动"①。此时的滕固恰好刚刚东渡日本求学，身处其间的他，显然会被日本美术界所表现出的这种贴近民众的艺术倾向所吸引，并留下了深刻印象。

同年12月，对滕固影响颇深的另一学界巨擘蔡元培发表《文化运动不要忘了美育》一文，明确把广义上的美术运动（包括造型艺术、音乐、戏剧、博物馆、剧场、公园、城市规划等）均看作新文化运动不可分割的一部分，他提醒道："现在文化运动，已经由欧美传到中国了。解放呵！创造呵！新思潮呵！新生活呵！在各种周报日报上，已经数见不鲜了。但文化不是简单，是复杂的。运动不是空谈，是要实行的。要透彻复杂的真相，应研究科学。要鼓励实行的兴会，应利用美术……文化进步的国民，既然实施科学教育，尤要普及美术教育……所以我很望致力文化运动诸君，不要忘了美育。"②1920年，吕澂撰文《什么叫民众艺术？》，指出民众艺术与一般艺术的最大区别，就在于它的教化功能，认为"民众艺术纯是种教化中流阶级以下着包含劳动阶级的平民的机关或方式，民众艺术能有独立的意义，便在这一点，所以不是一般的艺术，也便在这一点"③。1922年汪亚尘也提出要打倒帝王式的艺术，回归"民众的艺术"，认为这是"时代战斗的武器"："我国的艺术向来是帝王式的艺术——贵族阶级的艺术——历朝的艺术品，大半是供给帝王和贵族当作娱乐的东西，与民众可说没有什么影响。现在却不是这样的时代了，大家都要打破这个迷梦来从事民众的艺术运动！我们总要做个'爱'的使命，谋人们的幸福！和平！"④1923年上海艺术专科师范学校校长吴梦非则撰文辨析了"民众艺术"与"民众的艺术"之区别，认为民众艺术绝不是仅仅以民众生活为表现题材，却依旧满足有

① 刘海粟.日本新美术的新印象［M］//朱金楼，袁志煌.刘海粟艺术文选.上海：上海人民美术出版社，1987：219，207.此文选收录的版本漏收了该书自序。
② 蔡元培.文化运动不要忘了美育［M］//蔡元培全集：第3卷.北京：中华书局，1984：361-362.
③ 吕澂.什么叫民众艺术？［J］.美育，1920（5）：2.
④ 汪亚尘.艺术源泉的生命流露［N］.时事新报，1922-07-05.

闲阶级好奇心的作品，它应当是"现代单一化的无产阶级从他们的生活里面涌溢出来，像这样的民众，就能贯彻民众之心而得到共鸣的艺术了"①。同年，女作家苏雪林以笔名"老梅"，开始在北京《学汇》杂志上翻译连载了罗曼·罗兰的《民众艺术论》一书。1924年与滕固同为创造社社员的成仿吾，则提出民众艺术运动与社会艺术教育的关系问题，认为平民大众对于艺术作品鉴赏力的提升，与艺术教育的发达程度有关，因而民众教育的普及是民众艺术运动成败的关键。"所以在这种境遇下的我们，如果要达到民众艺术的实现，我以为一方面需力求真的艺术之建设，他方面须即将阻碍教育平等的资本主义社会的魔宫屠倒！"②

1924年12月，在庆祝上海美专建校13周年之际，汪亚尘再次强调："近年来国内盛称之新文化运动，艺术实含有至大力量，艺术乃文化之和，亦可谓文化中之精髓也。"③1925年4月，刘海粟也作《民众的艺术化》一文，继续主张"人类为功利主义所苦，黑白不分，是非不明，沉梦酣睡，醒觉无时。少数艺人擅艺术之特权，民众与艺术遮进，能不窒息以死乎？吾人欲普及艺术举行展览会，俾民众领略艺术之趣味，使人人的生活艺术化，而循其所以生之意义也"④，这与滕固所谓"民众艺术运动"能够推进社会大众精神文明建设的观点，表达的正是同一个看法⑤。1927年5月，时任国立北京艺专校长的林风眠紧随其后，发起召开"北京艺术大会"，提出"实行整个的艺术运动，促进社会艺术化"的目标，高呼："打倒贵族的少数独享的艺术！打倒非民间的离开民众的艺术！提倡创造的代表时代的艺术！提倡全民的各阶级共享的艺术！提倡民间的表现十字街头的

---

① 吴梦非.民众艺术［N］.民国日报，1923-07-30（15）.

② 成仿吾.民众艺术［N］.创造周报，1924（47）：3.

③ 汪亚尘.上海美专十三周年纪念述感［N］.时事新报，1924-12-28.

④ 刘海粟.民众的艺术化［M］//朱金楼，袁志煌.刘海粟艺术文选.上海：上海人民美术出版社，1987：105.

⑤ 1927年滕固在评述老师刘海粟创办上海美专的先驱之功时，就专门拣出其注意发动艺术运动以改造社会的方面加以称道："清鼎既革，海内材智之士，咸乘时腾踔，以政治运动相号召，未遑置喙于艺文之事，独先生提倡美术，与十数门徒，从容论艺，欲谋方来社会之改造，而精神所住，学校日进靡已，四方负笈来游者亦渐众，俨然蔚成时代新潮，庸流为之咋舌。"见滕固.海粟小传［N］.上海画报，1927-12-15.

艺术！"①这将"文艺大众化运动"推向了第一个高潮，引发了当时国内艺坛一线学者、艺术家的参与讨论，如邓以蛰在为北京艺术大会所作《民众的艺术》一文中，继续辨析了"民众创造的艺术"与"为民众创造艺术"的区别，他和吴梦非的看法类似，认为"民众的艺术是民众自己创造的，给自己受用的；不是为艺术而有艺术的艺术家所能为他创造的，所能强迫他受用的……归根一句话，民众的艺术非得从民众自身发出来的不可；从外面强塞进去的艺术也罢，非艺术也罢，总归是不成的"②。刘开渠则力赞召开北京艺术大会的必要性，呼吁"艺术是人人需要的，所以我们对于以前少数私有艺术的事情非打破不可。我们要把艺术放在民众眼前，我们要以民众为艺术的立脚点。我们要使艺术完成所有的人的人生，这样的艺术也才是真的艺术，才是有意义有价值的艺术。把艺术给予民众的唯一办法，就是艺术大会。所以艺术大会在研究艺术的人是绝对不容忽视的"③。

北京艺术大会后被张作霖和吴佩孚联合执政的北京政府认为有"赤化"之嫌。1928 年 4 月，林风眠又转往杭州筹建"国立艺术院"，8 月成立了"艺术运动社"，其建社宣言中对艺术运动在新文化运动中被忽视的状况表示痛惜，认为"在十余年来所谓新文化运动之中，艺术是占着最末一把交椅的，而艺术运动这个新名词至今尚不成为口号，亦万不及其他政治社会运动之澎湃而促人之注意"，因此，"艺术运动社"的目的是"虽际此干戈未息颠沛流离之时期，仍毅然决然揭起艺术运动的旗帜在呼啸呻吟之中，宣传艺术之福音！这是我们的天职！……我们深知在庞大中国而谈艺术运动决非少数人的力量所能完全成其事的。集中全国艺术界之新力量而一致努力于艺术运动是为本社第一理想！发行艺术刊物广事宣传以促进社会上审美之程度，多多举行展览会俾民众与艺术接近，或致力于艺术教育培植后起之秀，或创办艺术博物院或组织考古团，凡此种种都是本社预定的工作"④。这一时期受北伐战争的影响，广东成为一批北方学者南下后的落脚

① 国立北京艺专.林风眠等发起北京艺术大会 [J].艺术界，1927（16）：3-6.
② 邓以蛰.民众的艺术 [J].现代评论，1927，6（131）：9.
③ 刘开渠.艺术与民众 [J].海灯，1927（1）20.
④ 艺术运动社宣言 [J].亚波罗，1929（8）：640-642.

之地，1927 年 11 月中山大学成立了中国第一个民俗学会，其宗旨是要打倒封建贵族的礼教文化，"建设全民众的历史"，成为中国民俗研究的新中心，1928 年 3 月顾颉刚在为民俗学会新会刊《民俗》所作的发刊辞中便激动地高呼："我们要站在民众的立场上来认识民众！我们要探检各种民众的生活，民众的欲求，来认识整个的社会！我们自己就是民众，应该各各体验自己的生活！我们要把几千年埋没着的民众艺术、民众信仰、民众习惯，一层一层地发掘出来！我们要打破以圣贤为中心的历史，建设全民众的历史！"[1] 可见彼时的新派史家同样对于"民众文艺"运动有着极大期许。

当然，从滕固的个人经历来说，留日归国后的 20 世纪 20 年代中后期，他在自己的文艺创作与艺术研究之余，便开始凭借上海美专教授、上海国民大学教授、南方大学教授、金陵大学教授等学界身份，逐步参与了一些江苏省省府的美术教育行政事务与国民党江苏省党部的党务工作[2]。20 世纪 20 年代中后期直至 1930 年 2 月国民党改组运动失败被开除党籍之前，滕固由国民党江苏省党部党务指导委员逐步成长为通向国民党中央改组派的中坚成员。在宁汉合流之前，这一派认同孙中山三民主义的原始要义，坚持孙中山的联俄联共、扶助农工的政策，站在民主主义的立场上，代表城市小资产阶级和工商业者的利益与思想，对外借党务活动鼓舞"革命民众"。

此外，北伐战争前恰逢国共第一次合作时期，国民党在这一阶段也正热衷于通过与共产党的合作，组织群众运动。1924 年 1 月 20 日国民党第一次全国代表大会在广州召开，在大会《宣言》中阐释新三民主义之民生主义时，有对中国群众运动的新理解："中国以内，自北至南，自通商都会以至于穷乡僻壤，贫乏

---

① 顾颉刚.《民俗》发刊辞［J］. 民俗，1928（1）：2.

② 滕固一生对于社会事务与政府文化教育事业的参与，始终是抱有热情的，这是他和当时一般书斋式学者的不同，是与其师刘海粟在上海文化界和江苏省政界对他的人脉提携引荐有关，滕固自然也受到了刘海粟善于与社会各界活动交际的风格影响。1926 年 2 月，他就受江苏省省长陈陶遗的聘请，以上海美专教授、上海国民大学史学系教授的双重身份，同王济远、杨清磐等人作为江苏省特派赴日考察美术专员，前往日本调研学习艺术教育工作。同年 10 月，他又当选为江苏省教育会美术研究会的评议员。1927 年 7 月，国民党江苏省党部特别委员会开办小学教员党化训练班，滕固被聘为教师之一，同时被推选为国民党江苏省特别区党部（即上海市党部）的宣传委员。1928 年 3 月又担任国民党江苏省党务指导委员，自此开始逐步步入国民党政坛内部。

之农夫，劳苦之工人，所在皆是。因其所处之地位与所感之痛苦，类皆相同，其要求解放之情至为迫切，则其反抗帝国主义之意亦必至为强烈。故国民革命之运动，必恃全国农夫、工人之参加，然后可以决胜，盖无可疑者。国民党于此，一方面当对于农夫、工人之运动，以全力助其开展，辅助其经济组织，使日趋于发达，以期增进国民革命运动之实力，一方面又当对于农夫、工人要求参加国民党，相与为不断之努力，以促国民革命运动之进行。盖国民党现正从事于反抗帝国主义与军阀，反抗不利于农夫、工人之特殊阶级，以谋农夫、工人之解放。质言之，即为农夫、工人而奋斗，亦即农夫、工人为自身而奋斗也。"[①] 这正和滕固最热衷讨论"民众艺术"的时段是重合的。

　　1928—1929 年，滕固还作为常务委员，多次参与国民党江苏省党务指导委员会民众训练委员会的工作，通过撰写通告、召开会议、举办讲演、视察江苏省内各县民众运动状况等方式，从国民党党务层面推动群众运动。[②] 1933 年一篇署名"剑"的政坛新闻报道就称："滕虽为学者，但好为群众运动，在苏省有悠久之历史。"[③] 可见他对于群众运动的热衷是由来已久的。从 1928 年他在民众训练委员会刊物《革命民众》创刊号上发表的政论文章《何谓革命民众》中，可以看出这一时期他对于国民党一大宣言精神的呼应与赞同，他所谓的"革命民众"群体的定义即是："被压迫的贫苦民众需要革命的。本党第一次全国代表大会宣言里头所指出的贫乏农夫、劳苦工人、其所处地位所感痛苦相同的民众，这是大多数的；还有农工以外的一部商人、青年、妇女，处在重重压迫之下，都可申诉的，这都是需要革命的民众……所以严谨地说，革命民众是意识了被压迫的

① 中国国民党第一次全国代表大会宣言［C］//中国国民党历次代表大会及中央全会资料.北京：光明日报出版社，1985：18.
② 参见滕固.中国国民党江苏省党务指导委员会民众训练委员会通告（民字第三号）［N］.新闻报，1928-08-08.滕固.中国国民党江苏省党务指导委员会民众训练委员会通告（民字第十九号）［N］.中央日报，1928-10-12.1929 年 5 月 15 日下午三时滕固在江苏镇江区长训练所的讲演《民众运动》，讲演内容见滕固在区训所演讲［N］.中央日报，1929-05-18.江苏省执行委员会民众训练委员会第一次至第五次会议录（1929 年 3 月 14 日—4 月 2 日），滕固为会议记录之一.见江苏党务，1929（2）.新闻《各省方面》："苏省党务指委汪宝暄、滕固、李寿雍、倪弼等，分区视察各县党务及民众运动状况，以树立党的基础."河北周刊，1928（20）：10.
③ 剑.滕固的新活动［J］.社会新闻，1933，3（7）：100.

痛苦，接受了党的领导，组织起来，有计划的和反革命的帝国主义及其挟以为暴的军阀贪污土劣买办等一切工具，作殊死的斗争的民众。"[①]因此，滕固所认为的"民众艺术"的发展对象，自然涵盖的也正是这一群体，他站在国民党立场上的政治论述与左派倾向，针对的是当时中国社会中有一定文化基础的小资产阶级和农工阶层，这是他和当时其他一些在野艺术家所不同的身份视角，从这一层面来看，滕固的"民众艺术"构想与发动群众艺术运动以改造中国社会的强烈愿望，还带有当时极强的国民党左派言论色彩，成为其改造社会文化风气、实现政治理想的一个切入口，他有意识地将这一文化事业逐步上升到一个关乎社会矛盾与阶级对立问题的紧迫高度加以看待，从而与外在政治时势环境的演变相契合。

1924年7月，刚刚从东京回国的滕固，就在同一年接连发表了三篇文艺评论文章，讨论"民众艺术"对于提升现代社会大众文化素养，拯救普通人心灵苦闷的重要性。在感情色彩颇为激进的《民众的教养》一文中，滕固明确提出培养民众，尤其是青年群体"知识的教养"与"美的教养"的必要性，这是滕固先前在《创造周报》上，读到刊载的梁实秋致郭沫若的一封讨论当时社会大众对于文艺多不甚了解的书信后所作的回应文章。针对梁、郭二人所观察讨论的社会问题，滕固也表示赞同，认为"许多人对于文学、艺术，不但没有多大的理解；就是对于政治、法制、宗教，以及一切社会制度，能够正确理解的人也是很少很少"，在此基础上，他进一步分析民众对于文化事业的茫然与误解，恰恰是因为"民众缺乏一种知识的教养和美的教养"。同时他点出了自己对于"民众艺术教育"重要性的期待："所谓知识的教养，不外乎 Wm.James 划分的：'常识的知识''科学的知识'与'哲学的知识'三种。所谓美的教养，也不外乎艺术教育的目的，顺养人们的艺术性，（艺术的气质 artistic temperament）使自由发展，达到自由创作自由鉴赏的地位。十数年来，我国的先知者，奔走呼号，容纳外来的知识，倡议美的陶养，殚精竭神，功绩昭然；而结果仍然有这种叹息，真令人难以索解的了！"文中滕固借由与自己讨论这一问题的朋友"Y君"之口，将五四

① 滕固.何谓革命民众 [J].革命民众，1928（1）：6-7.

后中国社会所谓"主义学说"的大行其道与大众对于艺术审美力的缺乏，称作"秽物积蓄时代"，并极其强烈地抨击道："总之像现在这种混乱的状态，正是一条文化的进路上，堆了许许多多的秽物；把才智杰出之士，埋在秽物的底下。有力者不把秽物扫去，反而用力地堆上秽物。继是以往，那还有澄清的时候吗？"①

　　1924 年，滕固在《狮吼》上继续发表评论《物质繁荣艺术凋落》一文，以更加鲜明的激进姿态，将贵族精英艺术摆在了"民众艺术"的对立面上，此文是滕固在阅读了英国批评家威廉·莫里斯（William Morris）的《艺术与社会主义》（Art and Socialism）一文后所作的读书笔记。19 世纪中晚期以来欧洲因工业化发展而出现了社会浮躁、平民大众人心迷惘的"世纪末"思潮，莫里斯等人对此提出了批评，认为当时在资本主义工商业社会的扭曲发展中，艺术趣味长期被精英阶层所操控把持，这使得社会最广大劳动者丧失了应有享受自然慰藉的艺术权利："Morris 最痛感的，就是近代商业发达，操了至上之权，人们奉他为神圣时，艺术就被他蹂躏了。近代人只管忙于抢劫很偏颇地划分的物质的繁荣，把民众艺术抑压得奄奄一息。民家的大部分应有的艺术，分不到手了。所谓艺术只握住在少数的富豪，及富裕的人们手里，于是民家——劳动者之自然的慰藉丧失尽净。"受到莫里斯的影响，滕固也反对肉欲的"奢耗品"，呼吁发扬"民众艺术"的真精神："现下商业竞争的市场上，充满了无用的东西，并且混在饮食必需品中，抬高了价格；于是不断的浪费尊贵的劳动，杀去千万男女的灵魂，缩短动物的生命，以可怕的非人的劳动去日夜制造，这就是奢耗品，就是近代人不惜精力勾心斗角利用劳动者制造的奢耗品；也是富家男女为了斗艳争妍而需用的奢耗品。民众艺术第一要排斥奢耗品，他是艺术的篡夺者，艺术的敌人；她左右的伴侣是卑下的女子与肉欲……我们要使艺术的复活，在凋落的枯树上浇以生命的泉水，使他再生，再归于繁茂；这就是生的快乐的再造之基地；就是社会革（命）的起点。"②在这里，滕固明确表现出在近代物欲横流的商品经济社会中发展"民众艺术"的严肃感与紧迫性，而这正关乎"艺术的复活"之问题。

---

① 滕固.民众的教养［J］.狮吼，1924（3）：1-3.
② 滕固.物质繁荣艺术凋落［J］.狮吼，1924（11-12）：1-4.

与此同时，他也意识到文艺亦是解决人类现世生活心灵苦闷与社会争斗的良方，在《中世人的苦闷与游仙的文学》中，他强调即使是人类寻求自身解脱的宗教信仰，也是一个艺术化的理想世界："人的欲望，决不在饮食衣着；为了有永久的欲望，于是创造艺术。艺术最高的精神，是在有限中显示无限。换一句话说：就是人不满于现实的尘土，要求理想的乐园。艺术就是超度人群往乐园去的。基督教的'天国'，佛教的'极乐国土'，都是艺术的世界——宗教是艺术创造的——要解脱生的苦闷，不得不向往艺术的世界。"[①]

结　语

正是从 20 世纪初期留学日本开始，滕固对西方（包括苏俄）的文学、戏剧、哲学、美学、文化科学与艺术学理论著作进行了大量研读，并在《时事新报》的"学灯"副刊、"文学旬刊"、"艺术"副刊、《小说月报》《创造周报》《狮吼》等五四时期上海著名的新文化新思潮刊物上刊发了多篇文艺评论杂文，出版和翻译了《中国美术小史》《文学之社会学的批判》等中国新艺术通史与西方文艺理论著述，并在国内教育界与政治界积极发表有关民众艺术与群众文艺运动的公开演说。

这些借助报纸、期刊、图书等新式出版印刷传媒与依托现代教育、公众演说等公共媒介传播形式的理论构想，保留了滕固学术思想逐步形成及深化的诸多印记，显示出其这一阶段的阅读趣味、思考范围与理论倾向。这一时期正值发端于德国近代哲学传统的"艺术学"概念开始在东亚知识界广泛流行之际[②]，为他积累了一套初见体系的文艺批评武器与研究工具，基本形成了此后对于中国艺术研究的问题格局与方法体系。

---

① 滕固.中世人的苦闷与游仙的文学［N］.小说月报，1926（17）.

② 自20世纪20年代初开始，日本艺术学界及其译介活动在帮助中国新派学者了解西方"艺术学"的学术起源、学科概念、研究对象、本质特征、研究方法等方面，发挥了重要的桥梁作用，参见郑立君.二十世纪二三十年代日本艺术学理论著作中译问题及其学术影响考论［J］.艺术百家，2020（6）：18-22.

　　最终，滕固凭借发动中国"国民艺术复兴运动"的方式，作为他参与 20 世纪上半叶中国社会文化改造事业的一次尝试，以此思考中国现代"国民艺术"的风格革新与理论方法，找寻 20 世纪中国艺术的发展方向。他毕生也积极利用自己的艺术学者身份和教育官员的职务，频频向官方建言献策，呼吁通过"民众艺术运动"教化和改造大众文化素养。1926 年 3 月，在代表江苏省政府刚刚结束赴日本考察艺术教育回到上海后，滕固与王济远作为上海美专教授，合撰并提交给江苏省省长陈陶遗一份简短的报告建议书《江苏省艺术设施刍议》，其中两人强调了对于公共文艺生活的引导和改造问题，认为公众文化"与民家生活有至深之关系，习于善则善，习于恶则恶"，因此政府要注意"存其高尚优美之娱乐，禁止鄙陋荒淫之行为，以奠公共娱乐新设施之始基"[1]。直到抗战烽火四起的 1939 年，掌校国立艺专的校长滕固，又联合原国立北平艺专校长赵畸、教育部音乐教育委员会委员唐学咏两人，向当年召开的国民政府第三次全国教育会议提交了《改进艺术教育案》的提案，提出"普及社会艺术教育"的建议，认为"艺术教育，自当使其社会化而普及之"。他们建议在全国各市县设立"民众美术馆"和"美术陈列室"，"以资民众观摩欣赏"[2]。在此时全民族抗战抵御外侮的现实局势下，艺术被抬升到关系国家生死存亡的政治高度，发展"民众艺术运动"和国民艺术教育成为鼓舞民族精神和抗日斗志的有力武器，而其中之道理正在于他们所痛陈的那样："一个国家，民族能否独立生存于世界，全看它的全体民众有无民族思想，有无自信观念。而民族意识能否发达，民族自信的观念能否存在，则又全看他们的文化工作，有没有自我、真我的独特表现……民族意识丰富的国家，是决不会灭亡的。"[3]这种强烈的民族情怀与学术理想，亦为 21 世纪中国特色文艺批评话语介入社会大众提供了诸多重要的本土经验与启示意义。

---

[1] 王济远，滕固.江苏省艺术设施刍议［N］.时事新报，1926-03-11（4）.

[2] 唐学咏，赵畸，滕固.改进艺术教育案 第三次全国教育会议报告［R］.1939：256.值得注意的是，在这次全国教育会议上，滕固、赵畸、唐学咏三人被编入大会的"社会教育组"之内，而并没有被编入"高等教育组"，可见时人对于国民艺术教育与社会大众教育密切关系的认识。

[3] 唐学咏，赵畸，滕固.改进艺术教育案 第三次全国教育会议报告［R］.1939：252.

参考文献：

1. 彼得·沃森.思想史：从火到弗洛伊德（下）[M].胡翠娥，译.南京：译林出版社，2018.
2. 蔡元培.文化运动不要忘了美育[M]//蔡元培全集：第3卷.北京：中华书局，1984.
3. 陈丽.爱尔兰文艺复兴与民族身份塑造[M].天津：南开大学出版社，2016.
4. 成仿吾.民众艺术[N].创造周报，1924（47）.
5. 梁启超.中国历史研究法[M].长春吉林出版集团有限责任公司，2016.
6. 梁启超.中国历史研究法[M].上海：商务印书馆，1922.
7. 刘海粟.民众的艺术化[M]//朱金楼，袁志煌.刘海粟艺术文选.上海：上海人民美术出版社，1987.
8. 刘海粟.日本新美术的新印象[M]//朱金楼，袁志煌.刘海粟艺术文选.上海：上海人民美术出版社，1987.
9. 刘海粟.日本新美术的新印象[M].上海：商务印书馆，1921.
10. 吕澄.什么叫民众艺术？[J].美育，1920（5）.
11. 欧阳予倩.民众剧的研究[C]//苏关鑫.欧阳予倩研究资料.北京：中国戏剧出版社，1989.
12. 滕固，唐隽.通讯[J].美术，1920，2（2）.
13. 滕固.1920年12月19日、1921年1月6日致王统照书信[J].曙光，1921，2（2）.
14. 滕固.对于艺术上最近的感想[J].美育，1921（6）.
15. 滕固.国民艺术运动[N].时事新报，1925-07-19.
16. 滕固.海塘偶感（下）[N].申报，1920-09-03（14）.
17. 滕固.海粟小传[N].上海画报，1927-12-15.
18. 滕固.今日的文艺[J].狮吼，1927，1（1）.
19. 滕固.诗歌与绘画[J].美术，1921，2（4）.
20. 滕固.诗书画三种艺术的联带关系[J].教育部第二次全国美术展览会专刊，1937.
21. 滕固.文化之曙[N].时事新报，1922-08-25.
22. 滕固.文艺的讨论[J].曙光，1921，2（3）.
23. 滕固.戏剧革命[J].美术，1921，2（4）.
24. 滕固.艺术学上所见的文化之起源[J].学艺，1923，4（10）.
25. 汪亚尘.上海美专十三周年纪念述感[N].时事新报，1924-12-28.
26. 汪亚尘.艺术源泉的生命流露[N].时事新报，1922-07-05.
27. 吴梦非.民众艺术[N].民国日报，1923-07-30（15）.
28. 郁达夫.农民文艺的实质[M]//郁达夫全集：第10卷文论（上）.杭州：浙江大学出版社，2007.
29. 赵炎秋.文艺大众化运动与其发展和转型[J].文艺理论研究，2024（3）.

【本篇编辑：刘畅】

毕摩的深层类比思维与彝族丧葬"梅葛"中类比性诗歌的演成

李世武

摘　要：毕摩文学是中华民族文学的重要组成部分。彝族丧葬"梅葛"中的类比性诗歌，是在深层类比思维影响下创作而成的。毕摩在神话思维和仪式思维的指引下，用深层类比思维演成的诗行，表达宇宙观、生命观、伦理观、审美观，建立人与自然、人与人、族与族的诗性联系。当人们目睹毕摩文学的创作者、传承者、接受者在生活中严格实践着深层类比思维所建构的神圣知识时，就更能理解类比思维对他们的意义。

关键词：口头诗学　丧葬"梅葛"　深层类比思维　譬喻　比兴

作者简介：李世武，男，1984 年生，博士，云南大学民族学与社会学学院教授、博士生导师。主要从事民族艺术研究。著《中国工匠建房民俗考论》《艺术人类学：反思与实践》《巫术焦虑与艺术治疗研究》。主编《中华民族创世史诗导论》。

The Deep Analogical Thinking of Bimo and the Evolution of Analogical Poetry in the Yi People's "Funeral Meige"

Li Shiwu

Abstract: The analogical poetry in Funeral "Meige" is created under the influence of deep analogical thinking. Funeral "Meige" belongs to the oral poetry teaching tradition. The analogical poetry in it serves not only the "biological" purpose of teaching the names of plants, animals, and birds, but also the philosophical purpose of demonstrating the "unity of all things" and "the omnipresence of Tao" through the rhetoric of analogy and inspiration, thereby enlightening the traditional audience and performers of poetry to transcend the "ego" and integrate into the universe and the overall sense of life. Bimo is a singer in Yi society who uses poetry tradition to demonstrate the great Tao. He skillfully employs metaphors (analogies) with the aim of using analogy as inspiration to demonstrate the great Tao and persuade the audience.

Keywords: oral poetics　Funeral "Meige"　deep analogy thinking　metaphor　comparison and inspiration

一、引　言

毕摩文学是中华民族文学的重要组成部分。《华阳国志·南中志》曾记载："夷中有桀黠能言议屈服种人者，谓之'耆老'，便为主。议论好譬喻物，谓之'夷经'。今南人言论，虽学者亦半引'夷经'。"① 这则史料常为学界所征引，以论证魏晋时期南中地区夷人中擅于譬喻艺术之智者——耆老的语词艺术成就及其社会文化作用。这则史料至少具有四层意义。首先，在当时的南中地区，议论能力是智慧的标志。其次，耆老使用议论艺术的目的旨在使族众屈服，也就是说，议论艺术具有说理和令听众信服的功能。再次，耆老的议论艺术沉淀为经典文本——"夷经"，而此种经典文本有一个突出的修辞特点，即偏爱譬喻。最后，以譬喻为突出修辞特征的"夷经"，在南中产生了显著的文化影响，引领议论艺术的发展，达到了学者亦半引"夷经"的程度。

亚里士多德在《修辞术》中说："转义或隐喻最能使用语变得明晰、令人愉快和耳目一新。这是从其他人那里学不到的。不过使用隐喻就像使用附加词一样，必须用得恰当。这就要依据类比关系，如果类比不当，就会显出不相宜来，因为把事物彼此放在一起，就能最大限度地显出他们之间的相反之处。"② 在他看来，直喻即隐喻，二者之间差别甚微。高明的隐喻皆可成为高明的直喻，而直喻未加说明时即成为隐喻。③ 他认为，类比式隐喻最受人们欢迎，并列举大量的例子来说明此种隐喻产生的"使事物活现在眼前"的修辞效果。④ 诚然，好的隐喻

---

① 常璩.华阳国志［M］.成都：巴蜀书社，1984：364.

② 亚里士多德.修辞术：亚历山大修辞学：论诗［M］.颜一，崔延强，译.北京：中国人民大学出版社，2003：166.

③ 亚里士多德.修辞术：亚历山大修辞学：论诗［M］.颜一，崔延强，译.北京：中国人民大学出版社，2003：172.

④ 亚里士多德.修辞术：亚历山大修辞学：论诗［M］.颜一，崔延强，译.北京：中国人民大学出版社，2003：186-188.

与直喻，都可以达到好的修辞效果。类比式的隐喻和直喻，即譬喻的创造，都必须使用类比思维。歌手恰如其分地运用类比诗思并以言语形式发而为诗，能使口头诗歌变得富有美感，使听众乐于聆听，使抽象、深刻的道理变得鲜活生动。创作、传承中国古代口头诗歌的歌手，不但擅于"比"，而且擅于比兴连用。我国学者对《诗经》的研究，已经揭示出这种诗学特点。

"梅葛"，是广泛流传在彝语中部方言区姚安、大姚、永仁、牟定等地彝族罗罗颇、里颇支系中的口传诗歌传统。"梅葛"分成几种不同的亚类，不同亚类有其相应的歌唱/诵唱场合，在丧葬仪式中诵唱的亚类为丧葬"梅葛"。《丧葬祭辞·姚安彝族口碑文献：彝、汉》《丧葬经·大姚彝族口碑文献：彝、汉》即属丧葬"梅葛"的译本。妙用譬喻，是彝族传统诗学的突出特征，"梅葛"歌手创造的譬喻，则是彝族口头诗学成就的见证。

作为口传经典的丧葬"梅葛"，涉及的譬喻传统与文章学上的譬喻传统，在表达形式和思维机制上大相径庭。丧葬"梅葛"实际上可归入广义的夷经，即毕摩经的范畴。而"梅葛"流传区域的毕摩经，又以祭天、祭地仪式中的祭祀经典和丧葬仪式中的丧葬"梅葛"为主。丧葬"梅葛"具有说服听众的效力。作为民族中的最高智者，毕摩在丧葬仪式中，以逝者为受众，诵唱教路经典，说服逝者，引导亡灵。从目前译介的文本来看，譬喻在丧葬"梅葛"中，作为提升艺术境界的修辞术，达到了渲染诗歌意境、透彻说理、形象说理的修辞效果。譬喻仅仅是类比性诗歌的表达方式之一。在类比思维的作用下，歌手创造了包括譬喻在内的多种表达方式。这里说的类比思维，是就口头诗歌的创作而言的。依据"梅葛"类比思维与神话思维、巫术信仰的关联程度，可将其分为表层类比思维和深层类比思维。维柯在论述诗性逻辑时指出："以上一切都导致这样一个结论：一切比喻（都可归结为四种）前此被看成作家们的巧妙发明，其实都是一切原始的诗性民族所必用的表现方式，原来都有完全本土的特性。"① 决不能直接用研究作家文学的修辞学研究方法，来讨论传唱"梅葛"的歌手们创造的类比性诗歌。彝

---

① 维柯.新科学［M］.朱光潜，译.北京：商务印书馆，1997：203.

族是一个用诗思来思考规律、建构世界观、生死观、价值观和伦理观的民族，也是一个用诗思来创造审美意境、表达情感的民族。"梅葛"歌手类比思维和类比性诗歌的演成，体现出彝族特有的本土诗学特性。

丧葬"梅葛"中的类比性诗歌，按照思维形式，可以大致区分出两种类型。第一种类型，是表层类比思维意义上创造的类比性诗歌，这类诗歌表达了诗人对环境的体验、对情感的体验或对诵唱技巧的体验，其意义偏向于诗歌美学层面。比如以雾气比喻诵唱环境中烟雾缭绕的气象，以煎苦荞和炒粟时体验的焦虑和痛苦比喻寻找父母未果的心情，以伐木、放牧、纺线等劳作中的经验比喻诵唱技巧和规律等。第二种类型的类比性诗歌，其思维根基较为复杂。这种类比性诗歌并不是表层意义上的诗歌艺术，而是与神话思维、巫术信仰直接相关。本文从两个方面展开讨论：其一，作为颂赞祷辞和巫术咒语的譬喻；其二，论证大道的比兴诗歌。

二、作为颂赞祷辞和巫术咒语的譬喻

在神话思维、巫术信仰的浸润下，毕摩在仪式中诵唱譬喻，并不是单纯地为了使所要表达的思想更加生动、形象，不只为创造诗歌的审美意境。颂赞祷辞中的类比性诗歌，和毕摩祖师崇拜、鸟崇拜、法器崇拜、祖先崇拜等观念直接相关。咒诗中诵唱的类比诗行，大多是巫术原理中相似律的表现。巫术信众体验的自然界并不是一个无生命的世界。相反，这个世界被体验为一个万物皆有生命、皆有情感、皆有伦理的世界。毕摩诵唱的具有祈祷诗、咒诗特性，以譬喻修辞格的形式得以表达的诗行，是在受相似律、互渗律支配的诗性逻辑中创造而成的。

（一）颂赞神圣诵唱权威性的譬喻

丧葬"梅葛"并不是现代意义上的诗歌，而是神话思维、巫术信仰融摄下的口传经典。在起源神话中，丧葬"梅葛"是天公、地母授予人类的神圣经典，是

"天经"。此种神圣诵唱旨在维护宇宙的有序运行，表达对诸神创世的敬仰，叙述生命的进化史，传达神授的道德观念，传承农耕、狩猎、手工制造等方面的神圣知识。特别是在为逝者教路的仪式中诵唱的经典，还具有为阴阳分界、送灵归去的仪式功能。因此，在神话诗人毕摩与其直接指向的受众——逝者和仪式中聆听经典的生者展开的交互关系中，丧葬"梅葛"具有祷辞和咒语的性质。毕摩唱道：

本喷高声叫，高声叫起来，毕斗宁叫唤，大声叫起来，犹如君发号，如同王施令，赛过君发号，胜过王施令。（《清洗法器》诗章之尾）①

毕摩以神鸟本喷比喻自身，以神鸟毕斗宁比喻法铃。摇动法铃时发出的神圣音声，指向神鸟与人造法器的同一性和交感性。丧葬"梅葛"被奉为响彻宇宙、召唤诸神、指引亡灵的权威话语。神鸟崇拜、语词崇拜和法器崇拜，在神圣的教路仪式时空中联袂登场。毕摩凭借以上要素合力建构的传统之力，在诗心中建立起诵唱的自信力。此时毕摩的诵唱，不仅犹如君王发号施令，而且胜过君王发号施令。君王的号令是具有强制性、权威性的话语，毕摩的诵唱是召唤、引导诸神和亡灵的神圣诵唱。譬喻中兼有映衬，毕摩将丧葬"梅葛"的权威性、神圣性提升到至高无上的地位，凸显语词崇拜的特质。此时的毕摩是神圣言说的诵唱者，他的诵唱不是一般意义上的言语，而是仪式律令。

（二）颂赞逝者及其子女的譬喻

1. 颂赞逝者的譬喻

在信众看来，死者生前作为长辈而存在，死后更具有祖先神的意涵。丧葬仪式具有多种文化功能，表达孝道、宣扬孝行是核心功能之一。从由神话建构的孝文化层面出发，诵唱丧葬"梅葛"的毕摩具有族群中孝子之典范的意义。鲁德金毕摩说："毕摩是最大的孝子。"这意味着，毕摩的诵唱行为具有与为逝者送行的

---

① 楚雄彝族自治州人民政府.丧葬经：大姚彝族口碑文献：彝、汉［M］.李福云，译.昆明：云南民族出版社，2012：19.

亲属在情感层面融为一体，从逝者子女的内在维度面向逝者诵唱、表达哀思的独特诗性。在宏观层面，毕摩就是族人中孝子的象征，是孝文化思想的集大成者和行为的引领者，是文化意义上的孝子；在微观层面，即具体的诵唱仪式时空中，毕摩从情感和行为的双重维度，作为孝子中的一员，融入仪式情境，与逝者血亲意义上的孝子同悲同泣。崇拜祖先，颂赞祖先，是作为挽歌的丧葬"梅葛"必备的要素。毕摩饱含敬意地颂赞道：

> 亡灵唤醒了，醒来要洗脸。生前名气大，生前威望高，如同君王样，虎死威不倒，必须找专盆，必须寻净水，让其去洗脸。（《唤醒亡灵》诗章之首）[1]

这一譬喻的微妙之处在于，毕摩首先预设了君王如虎的一级譬喻，凸显君王的威名，其次，再将亡灵喻为君王。如此，逝者与作为人间至尊的君王和作为百兽之王的虎，均形成了譬喻关系。

2. 颂赞逝者儿女的譬喻

毕摩不仅颂赞逝者，而且颂赞逝者的儿女。逝者三大主魂之一，附着于祖灵雕像之上，转化为家坛祖先神，其主要仪式功能就是庇护儿女，为儿女带来福祉。在《归祖列》诗章中，毕摩颂赞祖灵庇护下的儿女：

> 生儿长得俊，育女长得靓，就像苇秆样，标致又秀丽，就像翠竹样，挺拔而俊美。（《归祖列》诗章之中）[2]
>
> 女大特勤快，走路轻如风，做事手灵巧。（《归祖列》诗章之中）[3]

---

[1] 楚雄彝族自治州人民政府.丧葬经：大姚彝族口碑文献：彝、汉［M］.李福云，译.昆明：云南民族出版社，2012：339.

[2] 楚雄彝族自治州人民政府.丧葬经：大姚彝族口碑文献：彝、汉［M］.李福云，译.昆明：云南民族出版社，2012：376.

[3] 楚雄彝族自治州人民政府.丧葬经：大姚彝族口碑文献：彝、汉［M］.李福云，译.昆明：云南民族出版社，2012：376.

毕摩以轻风比喻逝者成年后的女儿走路时的优雅姿态。毕摩在丧葬仪式中美誉逝者的子女，在子女心中激起诗学交流的共鸣情感。譬喻也在引领族群的审美风尚。在诗人的逻辑中，子女俊美、聪慧、灵巧，正是祖先庇护的结果。因此，这种譬喻也体现了崇拜祖先的观念。

（三）兽历崇拜与颂赞咒语中的譬喻

颂赞咒语中最为显著的譬喻，即与按兽历栽种竹子、制作酒曲、栽种火麻和打开囤箩相关的譬喻。古人在相似律的影响下，发展出兽历崇拜。毕摩诵唱相关的譬喻，旨在遵循相似律，以实现预想中的愿景。

"梅葛"的流传区域普遍流行十二兽历法。在"梅葛"演成的历史语境中，彝人的传统生计模式以农耕为主，畜牧、狩猎、手工业为辅。在农耕生产活动中，彝人崇拜兽历，认为整个农耕技艺文化实施过程中的重要环节所实施的日期都必须与当日所属的兽历相合，以此达到促进农事成功的目的。竹子的栽培和竹器的制作是农人必备的技艺。农人以竹篾为材料，编制竹篮、竹篓、竹筐、竹笋等工具。竹篾还在制作马具、犁具的过程中使用。彝人传统的农耕知识观并不是现代意义上的知识观，而是与信仰融为一体的传承自古代的诗性知识观。这种知识观认为，农事的成功不仅需要精耕细作，还需要敬拜农事神灵。在神话、巫术时代形成的古老交感观念中，按照兽历确定农时，是确保神兽与农作物在生命力及其外在表现上保持同一性的要诀。毕摩诵唱譬喻，目的在于以咒语实现生命力的交感与互渗。路先·列维-布留尔（Lucien Lévy-Bruhl）在解释互渗律时说："我要说，在原始人的思维的集体表象中，客体、存在物、现象能够以我们不可思议的方式同时是它们自身，又是其他什么东西。它们也以差不多同样不可思议的方式发出了接受那些在它们之外被感觉的、继续留在它们里面的神秘的力量、能力、性质、作用。"[1] 在互渗律的作用下，毕摩的诗思中暗含这样的诗性逻辑：神兽→神圣兽历→神兽的生命力向在神圣兽历中完成的劳动转移→劳动产品

---

① 列维-布留尔.原始思维［M］.丁由，译.北京：商务印书馆，2014：79.

获得神兽的生命力，并与神兽在某一突出特性上产生一致性。毕摩在颂赞竹笋的
形状时唱道：

> 哪天栽竹子？猪日栽竹子，竹芽似猪牙，就像猪牙样。（《找铁制
> 器》诗章之中）[①]

农人选择在属猪日栽种竹子，认为可以借助交感的作用，使竹芽苗壮成长，
二者的相似性是因遵循兽历而产生的。农人在制作酒曲时，因发现羊毛的洁白与
酒曲的洁白的相似性，产生了交感认识。毕摩在颂赞酒曲时唱道：

> 哪天来捂曲？羊日来捂曲，曲发如羊毛，曲霉白生生。（《制曲》
> 诗章之尾）[②]

骆庭才诵唱本中，兽历崇拜在种麻织网的诗章中得到了淋漓尽致的表达：

> 撒麻亥日撒，似猪拱般般，薅麻子日薅，如鼠噬般般，割麻午日
> 割，晒麻未日晒，绵羊般洁白，泡麻辰日泡，撕麻巳日撕，似蛇蜕皮
> 般，撕出麻皮后，女人来缠线，蜘蛛搭网模，斑鸠织猎网，猎网织成
> 后，布下猎牲网。（《捕牲》诗章之中）[③]

此段诗歌包含由四则譬喻组成的修辞景观。第一则譬喻的基本结构是：① 本
体：撒麻种后土地上形成沟沟壑壑的景观。② 喻体：猪拱过后土地上形成沟沟

---

① 楚雄彝族自治州人民政府.丧葬经：大姚彝族口碑文献：彝、汉［M］.李福云，译.昆明：云南民族
　出版社，2012：266.
② 楚雄彝族自治州人民政府.丧葬经：大姚彝族口碑文献：彝、汉［M］.李福云，译.昆明：云南民族
　出版社，2012：278.
③ 楚雄彝族自治州人民政府.丧葬祭辞：姚安彝族口碑文献：彝、汉［M］.罗文高，王志刚，译.昆明：
　云南民族出版社，2009：261.

壑壑的景观。③ 可比性：沟沟壑壑的景观。第二则譬喻的基本结构是：① 本体：薅麻之后留下的密集印迹。② 喻体：老鼠噬咬植物后留下的密集印迹。③ 可比性：密集的印迹。第三则譬喻的基本结构是：① 本体：晒干的麻。② 喻体：绵羊。③ 可比性：洁白的颜色。第四则譬喻的基本结构是：① 本体：撕麻皮的过程。② 喻体：蛇蜕皮的过程。③ 可比性：皮脱落时的顺畅性。亥猪、子鼠、未羊、巳蛇，诗人在劳作中恪守农耕时令法则，并认为兽历所对应的日期将确保劳作过程的高效以及劳作成果的丰盛。诗歌中充溢着对劳作及其产品的颂赞。其思维根源，与弗雷泽所说的相似律和布留尔所说的互渗律密切相关。因此，丧葬"梅葛"中的大部分譬喻并不是一般文学意义上的修辞现象，而是神话思维、巫术思维的产物。毕摩还将颂赞劳作及其成果的譬喻用到对开囤箩场景的叙述中：

开囤鼠日开，似鼠窃食般；开囤蛇日开，似蛇尾划过。（《找食》诗章之中）①

此处以开囤箩为行为线索，创了两则譬喻。第一则譬喻的基本结构是：① 本体：囤箩中粮食流淌而出的情景。② 喻体：老鼠窃食粮食的情景。③ 可比性：充足的粮食。囤箩是篾匠以竹篾编织，用以储存粮食的农具。农人将粮食储存在囤箩中，待需要食用时，打开囤箩口。哗哗流出的粮食激发了诗人创造譬喻的灵感。他希冀在理想世界中，为逝者打开的囤箩能流淌无穷无尽的粮食。因为只有囤箩中储存无穷无尽的粮食，窃食粮食的老鼠才拥有足够的粮食。第二则譬喻的基本结构是：① 本体：从囤箩中流淌出的粮食形成的条形。② 喻体：蛇尾划过的形象。③ 可比性：条形事物划过的动态形象。

（四）噩兆观念与驱邪咒语中的譬喻

毕摩从相似律和互渗律原理出发产生的类比联想，还有一种典型的语词表

---

① 楚雄彝族自治州人民政府.丧葬祭辞：姚安彝族口碑文献：彝、汉［M］.罗文高，王志刚，译.昆明：云南民族出版社，2009：311.

达，即在骆庭才和鲁德金诵唱的丧葬"梅葛"中，以《说噜》为题的诗章。"噜"或"噜叨"，是彝语中部方言区广泛流传的一种原生信仰，它的含义是噩兆。当地人认为，噩兆常常以自然现象的形式向人类预示噩运的降临。《说噜》诗章诵唱死亡的噩兆，并以咒语的形式，勒令逝者将噩兆带走，以免噩运祸及生者。这种类比联想已经超出了表层譬喻的范畴，而转向噩兆与丧葬仪式中祭祀符号、祭祀行为的同一性。从日常感官经验而言，两者之间具有相似性，但从巫术经验的维度看，相似性上升为同一性。例如：

1. 噜显自大地，俯首察地面，地面虫成串，不知是何噜？长子麻冠噜。

2. 噜显自何物？噜显自马蜂，屋檐蜂筑巢，不知是何噜？为你制棺噜。

3. 噜显自何物？噜显自母羊，羊产花额羔，不知是何噜？献牲噜是也。

4. 噜显自何物？噜显自撒麻，撒麻现异麻，不知是何噜？筑坛拴枝噜。

5. 噜显自何物？噜显自蛇类，噜显自野藤，七月见巨蛇，九月见蛇交，不知是何噜？运柩抬杆噜。山林采野藤，野藤结疙瘩，不知是何噜？拴柩绳索噜。

6. 噜显自何物？噜显自黄牛，牛尾缠树枝，深夜黄牛吼，不知是何噜？举祭敲锣噜。

7. 噜显自何物？噜显自粮食，割粮薅草时，所薅粮枝头，枝头见鸟巢，不知是何噜？孝帽噜是也。（《说噜》诗章之中）①

上述譬喻属于隐喻的范畴。毕摩在创造隐喻之前，获得两种经验。一种是

---

① 楚雄彝族自治州人民政府.丧葬祭辞：姚安彝族口碑文献：彝、汉［M］.罗文高，王志刚，译.昆明：云南民族出版社，2009：9-11.

在丧葬仪式中获得的仪式经验；一种是在日常生活中获得的超常经验。所谓超常经验，即这些预示死亡的噩兆形式，并非处处可见、时时可见。见噩兆是一种禁忌。此种禁忌生成的心理过程，在于经验死亡的毕摩内心的恐惧感以及类比联想式的归因方式。所谓草木皆兵。毕摩和其他试图探索死亡噩兆的族人按照仪式经验，追问、追忆噩兆的意义。当他们发现经验之间的可比性，就在相似律的引导下，超越了相似性，在不同经验之间建构起同一性关联。上述七个案例中潜在的经验类比逻辑是：成串的虫子与麻冠、蜂筑巢与人制棺、花额羊与"戴孝"后献祭给逝者的牺牲、异麻与筑坛拴枝时使用的麻、蛇交与抬柩的木杆、结疙瘩的野藤和拴疙瘩的绳索、黄牛因尾巴深夜缠在树枝上难以挣脱而发出的吼叫声和祭祀逝者时敲打阴锣后发出的声音、粮枝头上的鸟巢和孝帽。在丧葬仪式中，孝子头戴麻冠，木匠制作棺木，毕摩筑法坛时使用麻，族人们用木杆抬灵柩，并用绳索拴住灵柩。毕摩诵唱丧葬"梅葛"时，毕摩的助手在一旁敲打阴锣，以召唤鬼神。送灵的亲友们头戴孝帽。仪式中，族人用花额羊献祭逝者，羊的花额隐喻羊亦为逝者戴孝。在鲜活的仪式场景中形成的经验，在相似律主导的类比诗思中，都被认为在死亡事件发生之前即有源于自然界的噩兆与之对应。处于丧亲之痛中的毕摩追忆死亡的噩兆，创造出表达噩兆知识谱系的譬喻。

（五）凶祸观念与驱邪咒语中的譬喻

"凶祸是货物"的类比，也是在巫术思维之"相似律"的影响下产生的。创作《丧葬经·大姚彝族口碑文献》的毕摩，从巫术类比思维出发创造了"凶祸是货物"的隐喻。里颇认为，可以通过售卖的方式远离凶祸，并认为这种避祸辟邪的智慧是创世之初上天的安排。诗人诵唱道：

> 造天造地时，上天早安排，街天去卖凶，集日去卖祸。[1]

---

[1] 楚雄彝族自治州人民政府.丧葬经：大姚彝族口碑文献：彝、汉［M］.李福云，译.昆明：云南民族出版社，2012：385.

到天下集市中卖凶卖祸，并能得到钱财，这种类比思维和弗雷泽概括的相似律同源。它不是一般意义上的修辞，而是为避免凶祸作祟而创造出的一个隐喻。诗人创造隐喻，慰藉对死亡凶祸怀有恐惧感的族众。《卖凶卖祸》是一篇咒诗，诗人将凶祸隐喻为货物，将驱邪避祸隐喻为售卖货物。在乐观主义者的类比诗思中，凶祸不仅已经被卖掉，而且还获得钱财。诗人引导族众在悲伤和恐惧中建构隐喻、理解隐喻，生成战胜负能量的正能量。诗人如此表达诗学治疗在诗歌想象中完成后的欢愉：

> 无凶不脱手，无祸不转让，统统卖掉了。无凶则大吉，无祸则大利。①

咒诗决不是为追求诗歌美学成就而创造的。它具有一个实用目的，即通过咒诗的诵唱，使族众远离凶祸。古代仪式语境中的诗人及受众对此种咒诗具有的魔力深信不疑。

（六）阴差信仰与送灵咒语中的譬喻

在《父嬉母戏》这一诗章中，毕摩为表达对阴差引导、迎接逝者之行为顺畅性的祈愿，使用了一则譬喻：

> 河流引沙石，阴差引你走，抬轿迎你走，骑马接你去。（《父嬉母戏》诗章之中）②

这则譬喻的基本结构是：① 本体：阴差引导、迎接逝者的行为。② 喻体：

---

① 楚雄彝族自治州人民政府.丧葬经：大姚彝族口碑文献：彝、汉［M］.李福云，译.昆明：云南民族出版社，2012：385.

② 楚雄彝族自治州人民政府.丧葬祭辞：姚安彝族口碑文献：彝、汉［M］.罗文高，王志刚，译.昆明：云南民族出版社，2009：71.

河流引沙石的现象。③ 可比性：顺畅性。譬喻不仅具有修辞技巧的意义，而且其更深刻的仪式意义在于：此种譬喻是在咒诗中使用的。此种修辞格分析层面上本体与喻体之间具有的可比性或相似性，其思维逻辑是巫术逻辑，也就是弗雷泽所说的相似律。神话诗人在日常生活中体验沙石由河流顺畅地引向远方的自然现象，他同时相信自己的诵唱具有强制力和控制力，他相信对此现象的比兴诵唱，可以引起预想中引导、迎接行为的顺利实现。

（七）醒灵咒语中的譬喻

醒灵咒语中的譬喻，即毕摩警醒亡灵认真聆听，牢记神启知识时创造的类比性诗歌。对信众而言，丧葬"梅葛"是一种神启知识，是亡灵完成生死过渡之阈限仪式中必须牢记于心的知识。信众认为，回归祖界的灵魂将在祖界延续阳间的生活，而宇宙创造、人类起源与进化、文化发明等历史知识，是生者和逝者在生活中必备的诗性智慧。因此，牢记丧葬"梅葛"就是牢记历史，牢记知识。聆听丧葬"梅葛"是获取智慧的神圣途径。具有牧牛经验并对老年人生活经验有深切体悟的毕摩这样警醒亡灵：

阴地曲珍贵，找药制曲调，已经念诵毕，老牛忘圈门，老人忘家门，曲调莫忘记，曲辞莫忘记。(《制曲》诗章之中）①

此譬喻的基本结构是：① 本体：遗忘丧葬"梅葛"的亡灵。② 喻体：遗忘圈门的老牛、遗忘家门的老人。③ 可比性：遗忘。譬喻的目的不在于描述遗忘这一现象，而在于以遗忘为反例，譬喻与映衬并用，警醒亡灵牢记经典。

骆庭才诵唱本中，一则意涵深邃的譬喻反复被用以警醒逝者认真听经典。在诗教观念中，逝者是回归婴儿状态的迷失者，处于昏睡状态中，毕摩在丧葬仪式中，必须在某些节点以法杖轻触灵柩之首、以法器阴铃和阴锣发出的神圣音声唤

---

① 楚雄彝族自治州人民政府.丧葬经：大姚彝族口碑文献：彝、汉［M］.李福云，译.昆明：云南民族出版社，2012：278.

醒亡灵。唤醒亡灵作为一种神圣仪式，既有非言语行为的层面表现，也有语词艺术的层面表现。毕摩唱道：

> 乌蛇不长耳，能闻天上事，蚯蚓不长眼，会观地下事，已然谢世者，细细听毕言，静静听晒语，侧耳听毕言，静听毕言语。(《找花》诗章之首）[1]

这一隐喻现象中包含了两则譬喻。第一则以乌蛇比喻谢世者，基本结构是：① 本体：谢世者。② 喻体：乌蛇。③ 可比性：善于聆听。第二则以蚯蚓比喻谢世者，基本结构是：① 本体：谢世者。② 喻体：蚯蚓。③ 可比性：善于观察。智慧的毕摩从对乌蛇和蚯蚓之灵性的体察中发现了乌蛇无耳而能"听"天上之事，蚯蚓无眼而善于"观察"地下之事的特点。毕摩在诵唱丧葬"梅葛"的仪式过程中，常常警醒逝者眼睛睡去，耳朵勿眠。逝者辞世后，双眼紧闭，是生命死亡的表现。然而，在灵魂不灭的死亡观念融摄下，在诗性智慧的指引下，逝者闭眼的行为被诗性地感知为睡眠。作为神话想象的睡眠与生物学意义上的死亡的区别，在于前者认为死亡即睡眠且睡眠者能被唤醒，也可以被再次催眠。古代诗人并未形成现代生物学意义上的死亡观念，而是在乐观主义的神话想象中，将死亡美化为睡眠。午夜时分诵唱的《安灵入睡经》和晨曦来临之前诵唱的《醒灵经》，即是将逝者想象为休眠者的语词证据。在神话诗人的诗性智慧中，并没有现代生物学意义上的死亡观念。毕摩认为，休眠者即使眼睛休眠（闭眼），耳朵也可不休眠。此处是譬喻与映衬并用。在类比论证逻辑中，毕摩认为，即使无耳朵的乌蛇，也能听闻天上的事情；即使无眼的蚯蚓，也能观察到地下的事情。因此，作为休眠者的逝者，应当具有乌蛇和蚯蚓的"听"能力和"观察"能力，能够听经典、牢记经典。

---

[1] 楚雄彝族自治州人民政府.丧葬祭辞：姚安彝族口碑文献：彝、汉［M］.罗文高，王志刚，译.昆明：云南民族出版社，2009：244.

三、论证大道的比兴诗歌

　　丧葬"梅葛"中的某些类比性诗歌，具有起兴的性质，属于比兴连用。比兴的思维方式，是神话思维中产生的引譬连类的思维方式所决定的，最初并非因修辞学的动机而产生。^①神话是神圣的经典。作为劝喻诗，作为挽歌，丧葬"梅葛"面向逝者而诵唱。毕摩必须向听众论证以创世知识的名义诵唱的宇宙观、生死观，从而劝喻听众，说服听众。钱穆先生在论述《诗经》中的比兴现象时，说过一段极其深刻的话：

　　　　诗尚比兴，多就眼前事物，比类而相通，感发而起兴。故学于诗，对天地间鸟兽草木之名能多熟识，此小言之也。若大言之，则仰俯之间，万物一体，鸢飞鱼跃，道无不在……孔子教人多识于鸟兽草木之名者，乃所以广大其心，导达其仁，诗教本于性情，不徒务于多识也。^②

　　钱穆先生对《诗经》诗教传统的解释，对于丧葬"梅葛"的研究颇具启发意义。传唱《诗经》的口头歌者，采用比兴手法，实际上是为了实践诗教传统。丧葬"梅葛"属于口头诗教传统，既有教授外在的草木鸟兽之名的"生物学"目的，更有通过比兴修辞，论证"万物一体""道无不在"的宇宙哲学、生命哲学、道德哲学，使诗歌的听众开悟仁心，超越"小我"，融入宇宙，融入整体生命感的哲学目的。毕摩是彝族社会中以诗歌传统论证宇宙哲学、生命哲学、道德哲学的歌手。他妙用譬喻（比），旨在以比为兴，论证大道，导引听众，教育听众，劝慰听众。可以清晰地分辨出本体、喻体和可比性的譬喻，仅是类比论证方式中的一种。毕摩在以诗论道的过程中，并非不讲究逻辑，只不过他遵循的是诗性逻辑。而且，毕摩是在充分积累经验知识的基础上使用诗性逻辑，因此其诗性

① 俞建章，叶舒宪.符号：语言与艺术［M］.上海：上海人民出版社，1998：154-158.
② 钱穆.论语新解［M］.北京：生活·读书·新知三联书店，2002：325.

逻辑中也包含一些符合客观规律的认识。维柯认为，最初的比譬都是诗性逻辑的产物，最常用的比譬是隐喻。他还指出，"以己度物"是创造隐喻的一种思维方式。[①]在毕摩比兴连用的论证中，从诗歌表达来看，并不是按照"由己度物"的诗思展开；相反，往往由万物推及人类，暗含"由物度己"的诗性逻辑。毕摩在拟人化思考和表达的过程中，确实"由己度物"；但在以比兴论道时，则从更大的境界出发。毕摩不但擅于使用隐喻，而且常常比兴连用。在毕摩论证大道的范畴内考察比兴现象，具有研究诗歌发生学的意义。丧葬"梅葛"中，毕摩论证大道的比兴诗歌可分为以下几类。

（一）论证万物相配的比兴诗歌

毕摩唱诵《万物皆配对》这一诗章，其主旨在于歌颂大洪水后再生的男女在共同参与音乐、舞蹈活动时生发出美好的爱情，并共享食物，从而繁衍后代的历史。然而，深谙万物繁衍规律的毕摩并未直接从这一历史事件开启诵唱，而是在万物雌雄观中，在万物进食并相配后繁衍后代，形成生机勃勃的生命世界的宏观哲思中引出主旨。因此，在诵唱男女相配并繁衍后代之诗性历史前的种种类比，均具有"兴"的诗学意义。毕摩的比兴在于论述：万物相配并繁衍后代是生命界的普遍规律，是一种推动生命生生不息的始源力量。在这种诗性逻辑中，人类的相配和繁衍并不"像"星云、鸟兽、牲畜一般有此行为，而是与这些生命在顺应规律层面上"一致"和"同一"。毕摩由远及近、由"野"及家，诗思驰骋，论述有力。毕摩论证，天上星宿先配对，云雾先配对。配对后生出春风，春风吹遍大地。毕摩用超级排比，列举万物配对的具体事项。毕摩以比兴方式论证大道的逻辑演进思路是：

"星宿配成双，云雾配成双"→"配成生春风"→"泉水要配对"→"天上生春风，地上起春风，吹到草木上，泉水洒草木"→"无

---

① 维柯.新科学［M］.朱光潜，译.北京：商务印书馆，1997：200.

木不配对，无草不成双"→"无鸟不配对，无兽不成双"→"无畜不配
对，无禽不成双"→"无人不配对，无人不成双"①

毕摩只有谙熟天象知识、云雾知识、风与水的知识、草木知识、鸟兽知识、
禽畜知识，才能创造出这些比兴诗歌。从诗教的角度而言，这些诗歌也与《诗
经》一般，具有"多识于鸟兽草木之名"的功能（毕摩的知识传承，还包括对习
性知识的传承）。毕摩涉及的知识对象包括：① 天象知识：星宿。② 云雾知识：
云雾。③ 风与水的知识：春风、泉水。④ 草木知识：柞树、栎树、锥栗、槲栎、
葡萄、苦楝、桃树、梨树。⑤ 鸟兽知识：大象、兔子、獐子、獭猫、黄鼬、狸
猫、老鹰、野鸡、竹鸡、斑鸠、绿鸟、兹乐纳眉、云雀、蝴蝶、蚂蚱。⑥ 禽畜：
猪、鸡、牛、羊、骡马。毕摩创造的化育之喻，亦在对万物相配而繁衍后代这一
大道展开诗化论证。

（二）论证万物安息的比兴诗歌

至午夜时分，毕摩、协助仪式的助手、跪在灵柩两侧祭奠逝者的行孝者，
以及围坐在院落中火堆旁接受诗教传统的亲友们，都处在困倦、瞌睡的状态中。
此时，毕摩诵唱安灵入睡的诗章。在毕摩的知识体系中，逝者在聆听经典的过
程中，应当顺应午夜休眠的生命规律而入睡。毕摩唯恐逝者不愿入睡，故而以
比兴手法，论述万物安息的规律，安慰、劝喻、命令逝者入睡。昙华山诵唱丧
葬"梅葛"的毕摩，按"农人安息→鸟兽安息→家畜安息→逝者安息"的诗性
逻辑展开诵唱。诵唱中的毕摩，诗思驰骋，巨细无遗，刻画出众生安息的场景，
营造出众生入眠的诗境。这一诗章也可作为安魂曲、催眠曲加以理解。耕作的
农人、辛劳的牲畜、觅食的鸟兽虫鱼皆入睡。大至丛林中的麂子、野猪和猴子，
小至草丛中的蚂蚁；走兽可及地面上的山羊、豺狗之类，飞者可及斑鸠、大雁、
土蜂之类，水族可及河蟹、石蚌。毕摩反复论证的大道在于："无兽不睡觉，无

---

① 楚雄彝族自治州人民政府. 丧葬经：大姚彝族口碑文献：彝、汉 [M]. 李福云，译. 昆明：云南民族
出版社，2012：109-112.

鸟不安息，各有其住所。"①骆庭才诵唱的文本，在诵唱技巧上与昙华山本存在差异。昙华山本将作为比兴的诗节依次诵唱完毕，在曲终之际引出逝者安睡于冥房的仪式主题。骆庭才传唱本中的《入睡》一章，按"日月沉没→锁闭天地之门→人类入睡→飞禽走兽入睡"的诗性逻辑展开。在多个诗节中，毕摩皆以重章复沓的形式，在诗节末尾诵唱"轮到亡灵睡，轮到逝者眠"或"已然谢世者，自行翻身睡，自行翻身眠"，体现出高度程式化的口头诗学风格。②毕摩以比兴手法安灵入睡，旨在为逝者营建一种众生安睡、逝者入睡不感孤寂的意境。这一诗章具有咒诗的性质。神话诗人毕摩旨在借助众生安睡的力量，使逝者安睡。因为仪式中逝者的入睡与苏醒，是由毕摩以在仪式中诵唱的、具有神圣力量的语词加以引导和控制的行为。逝者的入睡与苏醒，对生死阈限仪式的有序举行至关重要。因此，毕摩在反复比兴之后，以咒语的形式命令逝者："已然谢世者，轮到你入睡，轮到你入眠，自行翻身睡，自行翻身眠，不想睡得睡，不愿眠得眠。"③故而，比兴是为了引出安灵入睡的主旨，是为了达到安灵入眠的仪式目的。

（三）论证万物苏醒的比兴诗歌

安灵入睡仪式是头一天教路仪式的终点，而对于整个教路仪式而言，此仪式仅仅意味着暂停。在黎明之前，毕摩举行唤醒亡灵的仪式，使听众继续听余下的经典。昙华山本中《唤醒亡灵》一章，聚焦于醒灵仪式，包括为逝者寻找洗脸盆、洗脸水、早茶和泡早茶之水。④骆庭才传唱本中的《醒灵》一章，与《入睡》一章不仅具有仪式链上环环相扣的逻辑关联，而且在比兴技巧上亦一脉相承。在

---

① 楚雄彝族自治州人民政府.丧葬经：大姚彝族口碑文献：彝、汉［M］.李福云，译.昆明：云南民族出版社，2012：318-329.
② 楚雄彝族自治州人民政府.丧葬祭辞：姚安彝族口碑文献：彝、汉［M］.罗文高，王志刚，译.昆明：云南民族出版社，2009：331-332.
③ 楚雄彝族自治州人民政府.丧葬祭辞：姚安彝族口碑文献：彝、汉［M］.罗文高，王志刚，译.昆明：云南民族出版社，2009：332.
④ 楚雄彝族自治州人民政府.丧葬经：大姚彝族口碑文献：彝、汉［M］.李福云，译.昆明：云南民族出版社，2012：339-340.

这一诗章中，毕摩的诗性逻辑是："叽鸠唤醒天腰→雄鸡唤醒山腰→打开天地之门→飞禽走兽苏醒"。毕摩以重章复沓的程式化诵唱风格，以比兴诗行引出"轮到亡灵醒，轮到逝者醒"的主旨。[①] 毕摩借助宇宙开启、众生苏醒的始源性神圣力量唤醒亡灵。唤醒亡灵的言语亦是一种集劝喻、引导与命令为一体的神圣言语。毕摩在完成比兴诵唱之后，以强力命令的口吻唱道："已然谢世者，眼睡耳勿睡，耳睡眼勿睡，细细听毕言，静静听晒语，不愿醒得醒。"[②] 从事各种行业的人类和天地间的飞禽走兽，随着咒语的诵唱，皆由安睡走向苏醒。逝者在万物苏醒的宇宙节律中醒来。

（四）论证万物化育与辞世的比兴诗歌

丧葬"梅葛"既然是面向"死亡"这一关乎人存在之意义的终极哲学问题而诵唱的经典，就必然在经文中向听众解答生死困惑的谜题。在族众的诗学观念中，丧葬"梅葛"的听众，包括刚刚辞世、亟待毕摩引渡、行将完成阴阳过渡的亡灵和在仪式中为亡灵送行的亲友。丧葬"梅葛"属于广义的挽歌，但又不是一般意义上的挽歌，它具有百科全书式的性质，承担着多种社会文化和心理功能。在当地传统中，族众将亡灵建构为对死亡怀有深切悔恨的存在；沉浸在丧亲之痛中的亲友，内心充斥着难以割舍的爱意和恐惧感。这些复杂的情感，需要一位智者提供诗学治疗的手段，这位智者就是毕摩。通过譬喻，毕摩劝喻听众，论证"生死为至上神在创世之初即定下的自然法"这一论点，以引导听众接受死亡。当死亡被毕摩揭示出具有超越贫贱差异、物种差异和年龄差异的特性时，他即建构出乐观豁达的生死观。

第一，毕摩以菌类的生长譬喻人类生命的孕育过程，并揭示生与死对立统一的内在逻辑。毕摩在不同的诗章中，反复诵唱这种譬喻：

---

① 楚雄彝族自治州人民政府.丧葬祭辞：姚安彝族口碑文献：彝、汉 [M].罗文高，王志刚，译.昆明：云南民族出版社，2009：342.
② 楚雄彝族自治州人民政府.丧葬祭辞：姚安彝族口碑文献：彝、汉 [M].罗文高，王志刚，译.昆明：云南民族出版社，2009：342.

麻栎生木耳，锥栗出香菇，认真听我诵。(《引虎猎虎》诗章之首)①

麻栎生木耳，锥栗出香菇，认真听我诵。(《解虎分肉》诗章之首)②

毕摩念祭辞，一调接一调。上天造物时，大地育物时，麻栎生木耳，锥栎出香菇。就像生木耳，如同出香菇，依附在父身，孕育在母腹，还在父身时，还在母腹中，天命早定下，寿数今天尽。(《遮霜挡露》诗章之首)③

麻栎生木耳，锥栗出香菇，老成凋谢者，认真地聆听。(《找铁制器·竹器发明》诗章之首)④

逝者你今天，骑马赴阴地，造天造地时，上天早安排。麻栎生木耳，锥栗生香菇，树木化育草，父身化育时，母身孕育时，预测是今天，推算出今天。我来告诉你，你去拜阴王，见孟格阿呷，告诉给他听。(《占牲》诗章之中)⑤

麻栎生木耳，锥栗出香菇，草子木化育，父母化育你。父身化育时，母体孕育时，还未生下地，上天早安排，空地选那里，福地择那里。(《选择福地》诗章之尾)⑥

这些诗行中都反复出现一种譬喻：麻栎生木耳，锥栗出香菇。木耳从麻栎树上生长出来，香菇从锥栗树上生长出来。聪慧的毕摩在丛林采集生活中观察到这种生命现象，并将此现象与逝者经父母身体而孕育成人的生命现象相类比。树木

---

① 楚雄彝族自治州人民政府.丧葬经：大姚彝族口碑文献：彝、汉 [M].李福云，译.昆明：云南民族出版社，2012：129.
② 楚雄彝族自治州人民政府.丧葬经：大姚彝族口碑文献：彝、汉 [M].李福云，译.昆明：云南民族出版社，2012：146.
③ 楚雄彝族自治州人民政府.丧葬经：大姚彝族口碑文献：彝、汉 [M].李福云，译.昆明：云南民族出版社，2012：262-263.
④ 楚雄彝族自治州人民政府.丧葬经：大姚彝族口碑文献：彝、汉 [M].李福云，译.昆明：云南民族出版社，2012：265.
⑤ 楚雄彝族自治州人民政府.丧葬经：大姚彝族口碑文献：彝、汉 [M].李福云，译.昆明：云南民族出版社，2012：393.
⑥ 楚雄彝族自治州人民政府.丧葬经：大姚彝族口碑文献：彝、汉 [M].李福云，译.昆明：云南民族出版社，2012：417.

孕育菌类，父母孕育孩儿，树木是菌类的父母，菌类是树木的孩儿。这一譬喻的基本结构是：① 本体：父母孕育孩儿的生命活动。② 喻体：树木上生长香菇的生命活动。③ 可比性：生命的孕育。毕摩的树木孕育菌类之喻体，一方面描摹了人类生育的过程，表达孩儿与父母的一体化亲密关系，劝喻子女感恩父母；另一方面，为进一步论证死亡的必然性做了铺垫。对于后者而言，毕摩旨在表达死亡是在母腹中即定下的天命，个体死亡的时间、地点均是先天预定的命数。当地流传的彝族谚语"先定死，后定生"与此种天命观相合。

此种譬喻可概括为化育之喻。神话诗人毕摩体察天地万物，视域开阔。在创造譬喻的过程中，意识到万物皆有其母体，万物皆出自化育的法则。在树木化育菌类之外，化育譬喻之中，尚有其他妙喻：

> 父嬉嬉毕后，母戏戏毕后，山野育香樟，你父养育你，河流育沙石，你母孕育你。（《父嬉母戏》诗章之中）[1]

第一则譬喻的基本结构是：① 本体：父亲养育子女。② 喻体：山野育香樟。③ 可比性：养育。第二则譬喻的基本结构是：① 本体：母亲孕育子女。② 喻体：河流育沙石。③ 可比性：孕育。生命一体化的神话思维是此譬喻得以创造的思维基础。在神话诗人看来，山野是香樟树之父，河流是沙石之母，香樟树从山野中生长起来，沙石在河流中流动或沉淀。毕摩旨在以上述妙喻比喻父母孕育子女的过程。

第二，毕摩以诸多自然现象譬喻死亡现象及逝者，论证世人必有一死、乐观豁达的死亡哲学。

昙华山本中，毕摩以《天撒凶种》这一诗章论述这样的大道：草木、石头、鸟兽、禽畜被天神所撒的凶种撒中后难逃一死，会避让凶种者暂时免死、不会避让凶种者迅速死亡。繁复的比兴正是在这样的创作动力下创造的，其诗性逻

---

[1] 楚雄彝族自治州人民政府.丧葬祭辞：姚安彝族口碑文献：彝、汉［M］.罗文高，王志刚，译.昆明：云南民族出版社，2009：71.

辑是：

> "天上撒凶种"→"凶种撒到处，无处不死亡"→"无处不撒到，
> 家畜会避让"→"无处不撒到，虫鱼会避让"→"无处不撒到，百兽会
> 避让"→"无处不撒到，百鸟会避让"→人类会避让→"逝者不会避，
> 撒到你头上"。①

在此时此地的仪式场合中，毕摩按照物类知识谱系进行的比兴诵唱，正是在
万物凋谢的哲思中演成的。毕摩在多个诗章的开头、中间或结尾处重章复沓地诵
唱的比兴诗行，以花朵凋谢、蔓草枯萎、梨子熟落、大雪压断松枝、鸟类归巢等
丰富的自然意象为喻体来譬喻逝者死亡这一事件，其思维根源也在于对"万物凋
谢"这一哲思的类比式论述。

首先，毕摩多次以花朵凋谢与果子熟落为喻体，创造出凋谢之喻、熟落之
喻，论证生命死亡的必然性和普遍性，劝喻听众坦然面对死亡。毕摩唱道：

> 天公定的寿，地母报的命，命运早安排，如花凋谢了，如果熟落
> 了。(《制药服药》诗章之中)②
> 吟诵到哪里？到了哪一调？老成凋谢调，如花凋谢了，如果熟落
> 了。(《纺线织布》诗章之首)③
> 谢世变冥人，离世成冥人，为你打一卦，打卦给你瞧，卦象呈凶
> 象，如花凋谢了，凋谢落泥坑，泥里滚两道；如果熟落了，熟落入泥
> 塘，塘里滚两道。如同花凋谢，如同果熟落，逝者落荒野。(《打卦祈

① 楚雄彝族自治州人民政府.丧葬经：大姚彝族口碑文献：彝、汉［M］.李福云，译.昆明：云南民族
出版社，2012：69-71.
② 楚雄彝族自治州人民政府.丧葬经：大姚彝族口碑文献：彝、汉［M］.李福云，译.昆明：云南民族
出版社，2012：166.
③ 楚雄彝族自治州人民政府.丧葬经：大姚彝族口碑文献：彝、汉［M］.李福云，译.昆明：云南民族
出版社，2012：194.

福》诗章之尾）①

"熟透的桃李果木"，是彝语中部方言区彝族民众劝慰处于丧亲之痛中的亲友们时常用的譬喻，这种譬喻不仅由一般族众所惯用，更为毕摩所熟知。繁花似锦，花期终结而终将凋零，一地残花败絮；硕果累累，熟透之后自然脱落，满目糟桃烂梨。歌手从花谢、果落的自然现象中，体悟人类死亡的命运亦如此。他们认为，是宇宙间的至上神天公、地母定下的死期，死期至，不可逆转，只能坦然接受。这一譬喻的基本结构是：① 本体：死亡。② 喻体：花朵凋谢，果子熟落。③ 可比性：生命的终结。

姚安毕摩骆庭才传唱的丧葬"梅葛"，明确以松花的凋谢与蔓草的落地来譬喻人类的辞世。毕摩从万物一体，有生有灭的生命哲学中，体悟出豁达的死亡哲学。毕摩以哀而不伤的诵唱风格，创造出凄美的诗歌意境，劝喻逝者放弃对死亡的悔恨和疑虑。毕摩唱道：

> 已然谢世者，三月松花谢，松花般而谢，错谢你勿想，地陷蔓草落，蔓草般而落，误落你勿疑，谢者有谢伴，落者有落伴，上方君亦谢，上方王亦落，该谢皆已谢，该落皆已落。逝者你父辈，逝者你母辈，已早谢三年，已早落三月，该谢皆已谢，该落皆已落。没有不死药，没有不亡水。三月松花谢，错谢你勿想，地陷蔓草落，落错你勿疑。（《避疾》诗章之尾）②

上述诗句具有多重修辞效果。其一，以松花凋谢和蔓草落地的凄美意象譬喻人类的辞世，创造物我一体的审美境界。其二，以层层推进的类比，达到说理

---

① 楚雄彝族自治州人民政府.丧葬经：大姚彝族口碑文献：彝、汉［M］.李福云，译.昆明：云南民族出版社，2012：406.
② 楚雄彝族自治州人民政府.丧葬祭辞：姚安彝族口碑文献：彝、汉［M］.罗文高，王志刚，译.昆明：云南民族出版社，2009：89-90.

透彻、一气呵成的论证效果。譬喻性诗歌可归入广义的类比性诗歌。第一层，毕摩从自然界入手，以松花凋谢和蔓草落地类比受教者的谢世，论证谢世现象可超越人与自然的界限。第二层，毕摩以君王谢世类比受教者的谢世，论证辞世现象可超越权力等级间的巨大鸿沟。第三层，毕摩以父母辈的谢世类比受教者的谢世，论证谢世现象可超越辈分间的差异。毕摩在三层类比式论证之后，无奈地指出不死药和不亡水的缺失。通过层层论证，毕摩将死亡哲学的核心观念论证得确信无疑：死亡具有必然性、普遍性；顺应必有一死的规律，消除悔恨和疑惑，豁达、坦然地面对死亡，是唯一正确的选择。在三层类比式论证中，以松花凋谢、蔓草落地为喻体构成的譬喻，处于类比的中心。这一譬喻的基本结构是：① 本体：受教者的辞世。② 喻体：松花凋谢、蔓草落地。③ 可比性：存在者的消亡。纷然落地的松花、枯萎落地的蔓草，已经在毕摩的诗性智慧中，作为物象的典范，融入死亡哲学中。君王、父母辈、受教者本人，均属于人类；鉴于此种万物一体的哲学观念，君王、父母辈和受教者本人，均诗性地变为谢者、落者。冰天雪地中，皑皑大雪压断松枝的意象，亦作为一种喻体，来譬喻受教者的辞世：

> 积雪树枝断，断错你勿想，地陷蔓草落，落错你勿疑，三月松花谢，谢错你勿想。（《找花》诗章之首）[1]

此譬喻的基本结构是：① 本体：受教者的辞世。② 喻体：积雪压断树枝。③ 可比性：存在者的消亡。落、断、隔、离、归，形成了毕摩诗歌中死亡美学的核心意象。亚里士多德认为，机智的和受人欢迎的话之所以能生成，源于天资和训练有素。他在论述隐喻能产生令人愉快的修辞效果时，以荷马史诗之《奥德塞》中的例子来加以说明："当诗人称老年人为'残株'时，他是用种概念来教

---

[1] 楚雄彝族自治州人民政府.丧葬祭词：大姚彝族口碑文献：彝、汉［M］.罗文高，王志刚，译.昆明：云南民族出版社，2009：243-244.

导和启迪我们，因为两者都已枯萎。"①毕摩论证死亡哲学的譬喻，不但产生了令人豁达通透的修辞效果，而且创造了含蓄委婉的审美意境。毕摩的譬喻使象征死亡的意象形成画面，产生了"视觉"效果。"故隐喻应当取材于在声音上、在表达能力上、在视觉上或在其他某种感觉上显得优美的那些词汇。"②毕摩选择了可以贴切地隐喻死亡的词，将令人悲痛、绝望、恐惧的死亡转化为具有悲情之美的诗意的死亡。

其次，与对死亡现象的譬喻相生的是对逝者本人的譬喻。毕摩在丧葬"梅葛"中论证人类的死亡如花凋谢，如果熟落，其实已经暗含着逝者是凋谢的花和熟落的果这样的譬喻。因此，也可以这样认识该譬喻的基本结构：① 本体：逝者。② 喻体：花期终结而凋谢的花朵，熟透后落地的果子。③ 可比性：自然终结的生命体。毕摩将白首的辞世者喻为白色的杏花，与将逝者喻为谢世的花朵之间具有亲缘关系。毕摩以此劝慰逝者接受规律：

逝者乃寿终，头如杏花白，头白才谢世，手拄金竹杖，拄杖才离世，该当有水喝。(《找水》诗章之中)③

逝者发已白，头白如杏花，手拄金竹棍，老成凋谢了，就走那道门，青冈搭的门，松木搭的门。(《占牲》诗章之尾)④

头如杏花白，手拄金竹杖，白头才谢世，拄杖才故去，谁也无过错，不要怨哪个。造天造地时，更兹定的寿，相朔报的命。(《选择福地》诗章之尾)⑤

---

① 亚里士多德.修辞术：亚历山大修辞学：论诗 [M].颜一，崔延强，译.北京：中国人民大学出版社，2003：185.
② 亚里士多德.修辞术：亚历山大修辞学：论诗 [M].颜一，崔延强，译.北京：中国人民大学出版社，2003：168.
③ 楚雄彝族自治州人民政府.丧葬经：大姚彝族口碑文献：彝、汉 [M].李福云，译.昆明：云南民族出版社，2012：283.
④ 楚雄彝族自治州人民政府.丧葬经：大姚彝族口碑文献：彝、汉 [M].李福云，译.昆明：云南民族出版社，2012：394.
⑤ 楚雄彝族自治州人民政府.丧葬经：大姚彝族口碑文献：彝、汉 [M].李福云，译.昆明：云南民族出版社，2012：417.

此譬喻的基本结构是：① 本体：头发雪白。② 喻体：杏花开白。③ 可比性：白色。白头翁的辞世，意味着逝者享尽福报，寿终正寝，不是夭折之人，应当坦然接受死亡的来临。短暂、转瞬即逝的生命个体，还被善于观察自然的毕摩比喻为萤火虫：

老成凋谢了，萤虫点火把，福寿就这多。(《纺线织布》诗章之中)[1]

造天造地时，更兹与相朔，每个人的命，早就安排好。萤火虫点火，你寿到今天，你命到今天，只能到今天。(《选择福地》诗章之尾)[2]

此譬喻的基本结构是：① 本体：逝者的生命。② 喻体：萤火虫的光芒。③ 可比性：微弱而短暂的生命能量。妙用譬喻，使得诗歌哀而不伤，充满哲理。毕摩用这样的譬喻，论证死亡的必然性。

最后，毕摩以表征离别的喻体譬喻死亡带来的离别，论证生离死别、阴阳相隔的必然性。死亡最令人绝望之处，就在于它带来生者与逝者间永久的离别。尽管灵魂不灭、投胎转世、美化祖界的信仰试图淡化、扭转这种消极认识和负面情感，但在心理经验中，离别依然作为一种真实事件为生者所体认。听众"以己度魂"，认为亡灵对生者亦有同样的不舍。毕摩在飞鸟归巢与亡灵归去之间展开比较，并发现二者的共性。毕摩唱道：

麻栎生木耳，锥栗出香菇，认真地聆听。到了明天后，兹斯回河边，布谷归山林，逝者赴阴地，赴阴要找粮。(《找粮》诗章之首)[3]

---

[1] 楚雄彝族自治州人民政府.丧葬经：大姚彝族口碑文献：彝、汉 [M].李福云，译.昆明：云南民族出版社，2012：195.

[2] 楚雄彝族自治州人民政府.丧葬经：大姚彝族口碑文献：彝、汉 [M].李福云，译.昆明：云南民族出版社，2012：417.

[3] 楚雄彝族自治州人民政府.丧葬经：大姚彝族口碑文献：彝、汉 [M].李福云，译.昆明：云南民族出版社，2012：292.

毕摩在灵魂不灭、多魂信仰的体系中建构死亡哲学：① 死亡就是转世（转世魂）。② 死亡就是归家（归祖界魂）。③ 死亡就是成家庭守护神（家坛祖先魂）。将死亡喻为飞鸟归巢，就是在礼赞生命、美化死亡，就是在死亡发生的生命终点用神话建构不死的起点。此譬喻的基本结构是：① 本体：死者赴阴间。② 喻体：飞鸟归巢。③ 可比性：归家。毕摩对生死相隔的譬喻式论证，源于其对二元对立的认知。毕摩唱道：

> 阴阳一隔断，如同天与地，天与地相隔，如同男与女，男与女相
> 对，生死不同路，赶到天边去，奔赴地角去。(《阴饭阴食》诗章之中)[1]

此譬喻的基本结构是：① 本体：阴阳相隔、生死相隔的规律。② 喻体：天地相隔的规律，男女相对的规律。③ 可比性：相隔、分离。毕摩以"分隔"的譬喻，规劝亡灵走向天边、地角。心思缜密、善于观察、妙用譬喻的毕摩将蒿草上长满腻虫和橡子牢牢地镶嵌在橡壳子中的现象，与生死阈限中恋恋不舍、生死相依的情感相类比。不舍是生者对逝者强烈的主观情感，分离是生者与逝者必须面对的必然规律。毕摩用此喻体譬喻恋恋不舍的悲情，进而劝慰听众节哀顺变，接受分离的必然性。睿智的毕摩如此劝说：

> 逝者入冥府，蒿子生腻虫，不要想不通，心里莫悲痛；橡子恋壳
> 斗，世间的事情，不要再留恋，一切要释怀。(《禽兽安息》诗章之中)[2]
> 蒿子莫再生腻虫，哀痛之心要节制，橡子莫再剥离壳，思亲之苦
> 要抑制。(《服孝》诗章之尾)[3]

---

[1] 楚雄彝族自治州人民政府.丧葬经：大姚彝族口碑文献：彝、汉 [M].李福云，译.昆明：云南民族出版社，2012：316.

[2] 楚雄彝族自治州人民政府.丧葬经：大姚彝族口碑文献：彝、汉 [M].李福云，译.昆明：云南民族出版社，2012：328.

[3] 楚雄彝族自治州人民政府.丧葬经：大姚彝族口碑文献：彝、汉 [M].李福云，译.昆明：云南民族出版社，2012：443.

逝者赴阴地，不要再悲痛；橡子恋壳斗，不要再留恋。(《献晌饭》诗章之中）[①]

此譬喻的基本结构是：① 本体：逝者对生者的依恋。② 喻体：长满腻虫的蒿草，紧紧镶嵌在壳中的橡子。③ 可比性：紧密相连的状态。毕摩以譬喻突出生死依恋的情感，却又在仪式理性精神中否定这种情感，指引听众弃绝依恋，节制悲痛。

结　语

毕摩在诸文本中呈现的类比诗思，按照思维根基，可分为表层类比和深层类比。但是，所谓的表层与深层之分，是相对的。即使是表层类比，也必须在丧葬"梅葛"作为口传仪式经典的语境中加以理解，只不过深层类比与神话思维、巫术信仰的思维联系更为紧密。以隐喻为例：深层隐喻，或曰神话隐喻不同于一般性的文学隐喻。正如卡西尔所说："同样清楚的是，对于神话思维来说，隐喻不仅只是一个干巴巴的'替代'，一种单纯的修辞格；在我们后人的反思看来不过是一种'改写'的东西，对于神话思维来说却是一种真正的直接认同。"[②]确实如此，神话诗人在两种事物之间进行类比并创造出具有神话意义的类比性诗歌时，他并不认为是此物"像"彼物。毕摩在深层类比性思维主导下创作的类比性诗歌，是在表达一种真正的、直接的认同。他用类比性祷辞颂赞祖师、法器、祖先、后代，用类比性咒语确保冥界酒曲的制造取得成功，确保麻种植及麻制品制作取得成功，用类比性咒语驱邪、送灵和醒灵。毕摩的目的在于借助语词的力量，实现仪式愿景。毕摩在神话思维和仪式思维的指引下，用深层类比思维演成的诗行，表达宇宙观、生命观、伦理观、审美观，建立人与自然、人与人、族与

---

① 楚雄彝族自治州人民政府.丧葬经：大姚彝族口碑文献：彝、汉 [M].李福云，译.昆明：云南民族出版社，2012：456.
② 恩斯特·卡西尔.语言与神话 [M].于晓，等，译.北京：生活·读书·新知三联书店，1988：111.

族的诗性联系。当人们目睹毕摩文学的创作者、传承者、接受者在生活中严格实践着深层类比思维所建构的神圣知识时，就更能理解类比思维对他们的意义。他们在特定的日期制作酒曲、从事农事；他们在毕摩文学的诵唱仪式中，虔诚地送灵、祭祀天地；他们因目睹噩兆而产生对死亡的恐惧……这些切实的经验表明，深层类比思维是毕摩诗思的要质之一，影响了类比性诗歌的演成，作用于族众的生活。

参考文献：

1. 常璩.华阳国志·南中志［M］.成都：巴蜀书社，1984.
2. 成仿吾.民众艺术［N］.创造周报，1924，47.
3. 楚雄彝族自治州人民政府.丧葬祭辞·姚安彝族口碑文献：彝、汉［M］.罗文高，王志刚，译.昆明：云南民族出版社，2009.
4. 楚雄彝族自治州人民政府.丧葬经·大姚彝族口碑文献：彝、汉［M］.李福云，译.昆明：云南民族出版社，2012.
5. 列维-布留尔.原始思维［M］.丁由，译.北京：商务印书馆，2014.
6. 刘海粟.日本新美术的新印象［M］.上海：商务印书馆，1921.
7. 吕澂.什么叫民众艺术？［J］.美育，1920（5）.
8. 钱穆.论语新解［M］.北京：生活·读书·新知三联书店，2002.
9. 滕固.海粟小传［N］.上海画报，1927-12-15.
10. 汪亚尘.上海美专十三周年纪念述感［N］.时事新报，1924-12-28.
11. 汪亚尘.艺术源泉的生命流露［N］.时事新报，1922-07-05.
12. 维柯.新科学［M］.朱光潜，译.北京：商务印书馆，1997.
13. 吴梦非.民众艺术［N］.民国日报，1923-07-30（15）.
14. 亚里士多德.修辞术·亚历山大修辞学·论诗［M］.颜一，崔延强，译.北京：中国人民大学出版社，2003.
15. 叶舒宪.诗经的文化阐释［M］.西安：陕西人民出版社，2004.
16. 俞建章，叶舒宪.符号：语言与艺术［M］.上海：上海人民出版社，1998.
17. 赵炎秋.文艺大众化运动与其发展和转型［J］.文艺理论研究，2024（3）.

【本篇编辑：刘畅】

艺术：从共同体到现代

童 强

摘 要： 从个体与群体的角度来看艺术的变迁，它呈现从共同体艺术向现代艺术，即集体艺术向个体艺术变化轨迹。我们现代的艺术观念，受到 17、18 世纪西方对艺术界定的影响，强调艺术是个体的创造性活动，但这一观念只是特定阶段的产物。古代共同体的艺术强调的是集体情感的维系。了解这一背景，有利于去除我们观念上的狭隘，有利于形成对艺术的整体认识。即使在现代，艺术共同体的现象也非常活跃。艺术在根本上与我们作为群体、集体的本质有关。

关键词： 共同体 情感维系 现代艺术 个体 独创性

作者简介： 童强，男，1961 年生，文学博士，现任南京大学艺术研究院教授、副院长，南京大学人文社会科学高级研究院兼职研究员。主要从事中国思想史、魏晋玄学和空间哲学研究。著《嵇康评传》，并参与撰写《中国思想学说史》。

Art: From Community to Modernity

Tong Qiang

Abstract: Looking at the change of art from the perspective of the individual and the group, it shows a trajectory of change from community art to modern art, i.e., from collective art to individual art. Our modern concept of art is influenced by the 17th and 18th century Western definition of art, which emphasises that art is an individual creative activity, but this concept is only a product of a specific stage. The art of ancient communities emphasised the maintenance of collective emotions. Understanding this background is conducive to removing the narrowness of our conception and to forming a holistic understanding of art. Even in modern times, the phenomenon of artistic community is very much alive. Art is fundamentally related to our nature as groups and collectives.

Keywords: community emotional sustenance modern art individual originality

导　言

从共同体艺术到现代艺术，这是非常大的跨度。不仅是时间上的、地域上的跨度，而且也是艺术形式、观念上的大跨度。我们很难描述这样一种变迁，本文讨论的共同体艺术和现代艺术，只是把它们当成某种模式。就是说，从历史上看传统的共同体艺术如何转变为现代艺术，这个转变过程当中有哪些重要的环节和特征。这有利于我们对艺术本身的理解。传统的共同体艺术是以一种群体的、集体的角度来看待艺术，现代艺术是从个体的角度、个人的角度来看待艺术。这一角度的变化，给我们观察艺术、理解艺术提供了很好的维度。

古代艺术主要是共同体艺术、集体艺术，而不是我们今天习惯并推崇的个体艺术。那是全体民众参与的艺术。就其能够给予最广泛的民众以强烈的精神震撼而言，它体现了真正的艺术精神。从这个意义上来说，现代艺术只是古代艺术的残存形式，但发生了许多变化。

大体来说，艺术可以分为两种类型：共同体的艺术与个体的艺术。从历史进程来看，前现代的艺术是共同体艺术，它偏重为整个共同体服务，发挥艺术的维系、凝聚的功能。随着工业化、城市化进程，人们从传统的共同体中摆脱，成为具有自我意识的个体，并形成现代艺术，适应现代社会的特征，服务于个体的精神需要。

历史地看，人类群体自始至终带有一种艺术特质，群体本身具有一种艺术的构成，有着丰富的艺术活动，这种艺术我们界定为"共同体的艺术"。

中国古代有宗教祭祀歌舞、乡村歌舞，民俗节日，都是共同体的艺术。西方中世纪，核心是共同体的艺术生活本身，即节日本身，而不是各门类艺术，文学、音乐和美术、娱乐都是为节日服务的。从艺术技巧来说，中世纪时期的绘画、雕塑也没能发展到成熟的境界，它们在很大程度上还是某种依附的艺术。赫伊津哈说："雕刻通常很少受到时代趣味影响，因为它的方法、材料和主题都受到限制，只有很少的主题可以更换……人体及服装只容许很少的变化。不同年代的雕刻杰作都很相似，而且对我们来说，斯勒特（Claus Sluter）的作品也具有这种雕刻的一成不变的品质。"① 绘画中也存在同样的情况。当画师接受委托画一个特定人物的画像时，他并不需要到拿着速写本到现场给人物写生，那时候还没有后来意义上的肖像画。艺术家在画布上勾画一个惯常的形象，再给他加上身份标志，给国王加上王冠与权杖，给主教加上法冠与牧杖，常常还在人像下面标上姓名。看起来艺术家只是一位工匠，从某种意义上来说，他确实只是工匠，此时遵循艺术的传统显得更为重要。② 在当时，最重要的艺术总是糅合在社会生活的形式当中，艺术还没有从社会整体当中分离。这是古代真正的艺术活动。

传统共同体并未衰退的时期，就出现伟大的个体艺术家。在历史上，随着艺术作为一种技能，作为一种个体的创作，它必然要从共同体的机制当中分离出来。共同体艺术还在流行，诗歌就分离出来，逐渐演变成一种个体的艺术。诗歌是语言艺术，它与语言的特性密切相关。它最初属于共同体艺术的组成部分，相比绘画等其他艺术门类，诗歌应该是很早就个人化的艺术。这一个体化的进程非常漫长，诗歌个体化的进程带动了书法、绘画等艺术从共同体艺术当中分离，成为表现个人性情的重要艺术形式。

诗歌、音乐最先从共同体艺术活动当中分离，绘画也从集体的艺术中逐步成长。当然，中国古代个体化的艺术与西方现代个体化的艺术有着很大的区别。中国精英艺术往往依附于朝廷权力的框架，它是在权力的框架下成长起来的诗文书法绘画艺术。西方现代艺术依赖市场，个体艺术首先跟市场相结合，是面向市场发展起来的。概略地说，艺术的发展就是从集体性的艺术向个体化的艺术即现代艺术演变的过程，这一进程与整个世界的现代化进程正相一致。

现代社会则是指个体化的社会，其日常生活的功能性保障加强了，但人们

① 约翰·赫伊津哈.中世纪的衰落［M］.刘军，等，译.北京：中国美术学院出版社，1997：263.
② 米奈.艺术史的历史［M］.李建群，等，译.上海：上海人民出版社，2007：12.

彼此间的关系淡漠，处于一种疏离状态。共同体与社会，也是历史从传统到现代的一个演进过程。在历史上，共同体形态延续了很长的时间。如果把传统社会主要视为共同体模式的话，那么在中国，共同体形态就至少存在了数千年。现代社会，如果从西方文艺复兴、资本主义兴起算起，经历了几百年。从时间上来讲，共同体历史悠久，对人的情感、体验等都有着深刻的塑造作用，人们在共同体社会中共同生活，在观念、感受、体验等方面形成了根深蒂固的习惯。而现代社会模式的发展历程则相对较短。

一、共同体和共同体艺术

（一）共同体

所谓"共同体"，就是共同生活而具有某些共同特征的群体。这些共同特点，包括行为举止、传统习俗、语言文字等。他们往往因某种地缘而组织起来，根植于他们所休养生息的土地上，彼此形成相互依赖的关系。商周时代，氏族组织构成了最初的共同体。在古希腊，城邦就是共同体。亚里士多德说："所有城邦都是某种共同体，所有共同体都是为着某种善而建立的（因为人的一切行为都是为着他们所认为的善），很显然，由于所有的共同体旨在追求某种善，因而，所有共同体中最崇高、最有权威、包含了一切其他共同体的共同体，所追求的一定是至善。这种共同体就是所谓的城邦或政治共同体。"[①]

"共同体"就是人们共同生活并且关系亲密的群体。用韦伯的话来说，就是彼此都能感受到相互隶属、相互依赖的关系。"共同的感觉……导致彼此行为的相互指向时"，共同体的关系就出现了。[②]

德国社会学家滕尼斯认为："共同体是持久的和真正的共同生活，社会只不过是一种暂时的和表面的共同生活。因此，共同体本身应该被理解为一种生机勃

---

① 亚里士多德. 政治学［M］// 亚里士多德全集：第 9 卷. 北京：中国人民大学出版社，1994：3.
② 马克斯・韦伯. 社会学的基本概念［M］. 顾忠华，译. 桂林：广西师范大学出版社，2005：57.

勃的有机体，而社会应该被理解为一种机械的聚合和人工制品。"① 他把共同体与社会相对照，共同体是有机的、道德的，而社会则是契约性的、非道德的。有学者认为，民族可以视为在文化上具有同质性的情感共同体，在这个共同体中，对国家的归属感，能够并就应该成长为道德和政治观念的重要源泉。还有学者定义，共同体是一群人，他们在表达其认同感时，吸收了一组相同的符号资源。②

"共同体"是对英语 community 的翻译，在西方共同体时代，他们还不能在观念上对其有所认识，西方共同体的概念到了 18 世纪后期和 19 世纪才形成。③ 中国古代汉语中当然没有"共同体"这样的术语，但这并不意味着中国古代没有共同体现象及其相关认知；相反，中国传统社会不仅存在共同体，而且古人对此有着一定的认识。《礼记·礼运》引孔子曰：

> 大道之行也，与三代之英，丘未之逮也，而有志焉。大道之行也，天下为公。选贤与能，讲信修睦，故人不独亲其亲，不独子其子，使老有所终，壮有所用，幼有所长，鳏寡孤独废疾者皆有所养。男有分，女有归。货恶其弃于地也，不必藏于己；力恶其不出于身也，不必为己。是故谋闭而不兴，盗窃乱贼而不作，故外户而不闭，是谓大同。

这里的"大同"，就是共同体。"同"就是相同、共同的意思。"大同"就是"大共同体"，或"天下共同体"。从某种意义上来说，人类就是一个大的共同体，正如滕尼斯所说："有一个包括整个人类的共同体。"④

孔子接下来说的"人不独亲其亲，不独子其子，使老有所终，壮有所用，幼

---

① 斐迪南·滕尼斯.共同体与社会：纯粹社会学的基本概念［M］.林荣远，译.北京：商务印书馆，1999：54.
② 阿兰·芬利森.想象的共同体［M］//凯特·纳什，阿兰·斯科特.布莱克维尔政治社会学指南.李雪，等，译.杭州：浙江人民出版社，2007：297，301.
③ 克雷格·卡尔霍恩.共同体：为了比较研究而趋向多变的概念［M］//李义天.共同体与政治团结.北京：社会科学文献出版社，2011：4.
④ 斐迪南·滕尼斯.共同体与社会：纯粹社会学的基本概念［M］.林荣远，译.北京：商务印书馆，1999：53.

有所长，鳏寡孤独废疾者皆有所养。男有分，女有归"以及随后珍惜财物、乐于出力、盗窃绝迹的几句话，都是对共同体生活形态的描述和解释。它没有界定共同体的财富状况，也没有描述其权力结构或组织机制，而是通过说明"不独亲其亲，不独子其子""鳏寡孤独废疾者皆有所养"、相互关心关爱的道德状况来说明这一群体的本质。共同体就是一种有道德价值的生活方式。[①]在古人看来，敬老爱幼，抚恤孤弱是群体共同生活最基本的原则。

共同体是一种社会形态，但它不同于人们通常所说的"社会"。滕尼斯对共同体与社会加以区别。现代社会是指个体化的社会，其日常生活系统的功能性保障加强了，但人们彼此间的关系淡漠，处于一种疏离状态。共同体与社会，也是历史从传统到现代的一个演进过程。艺术也有相对应的转型过程，从共同体艺术演变到现代艺术。

在历史上，共同体形态延续了很长的时间。如果传统社会主要看作共同体模式的话，那么中国共同体形态至少存在数千年。现代社会，从西方文艺复兴、资本主义兴起算起，经历了几百年。从时间上来讲，共同体历史悠久，共同体艺术本身就是共同体构成的有机部分，它对人的情感、体验等都有着深刻的塑造作用，人们在共同体社会中共同生活，在观念、感受、体验等方面形成了根深蒂固的习惯。这些因素至今仍在对我们的内心与情感产生着影响。现代社会模的发展历程较短，但现代社会的变迁对我们的外在生活方式、内在的思想感悟造成了极大的震撼。共同体的影响有多深，那么现代社会的变迁对人的震撼就有多大。

（二）共同体艺术是集体参与的艺术

共同体艺术是集体参与的艺术。它不是某个人、某个艺术家的艺术。共同体的本质是所有成员在一起，共同体艺术就是所有成员在一起欢乐歌舞。我们今天当然无法复原当时的艺术，但通过零星残片，可以看到大致的样貌。《尚书·舜典》载：

[①] 克雷格·卡尔霍恩.共同体：为了比较研究而趋向多变的概念［M］//李义天.共同体与政治团结.北京：社会科学文献出版社，2011：6.

> 帝曰："夔！命汝典乐，教胄子，直而温，宽而栗，刚而无虐，简
> 而无傲。诗言志，歌永言，声依永，律和声。八音克谐，无相夺伦，神
> 人以和。"夔曰："於！予击石拊石，百兽率舞。"

说的虽然是上古时典乐的职责，但"击石拊石，百兽率舞"，却是部落集体歌舞的景象。百姓身着百兽的头饰或装饰，都跟着一起跳舞。集体歌舞狂欢是最典型的共同体的艺术。因为共同体的凝聚力主要依赖感性，依赖情感，共同体成员都听到了同样的音乐，看到的是在一起的场景，引起激动，那么他们相互的关系更加亲密，这是共同体音乐的本质。在共同体时代，音乐是最主要的艺术形式，礼乐并称，礼乐同日而语，乐占据着非常重要的地位。《论语·阳货》记载，孔子的弟子子游（言偃）在武城做官，孔子来到武城，"闻弦歌之声"。这当是当地百姓集体歌舞的意思。弦歌之声被儒家认为是礼乐教化的手段，子游引述孔子的话："君子学道则爱人，小人学道则易使也。"所以上古民众应当都像武城百姓一样有自己本地的弦歌之声。

（三）共同体艺术是整体性的

共同体的歌舞音乐是整体性的艺术。它不是单独"舞"的门类，而是涉及多种综合性艺术的整体。当时的门类艺术还没有独立。这一整体性的艺术先有舞蹈，还有歌唱，伴奏的音乐。歌唱的文辞后来属于分离出来的诗歌（文学），整个舞蹈会有"舞容"，包括动作、神情、表演，还有装扮以及"百兽率舞"中的面具、文身与服饰以及器物、道具、背景等，以及文身装饰后来发展出来的绘画、雕刻、制作等。歌舞演绎部落的故事，那么歌舞者同时就是戏剧中的角色，

（四）与祭祀、节日有关

共同体艺术主要与祭祀、节日有关，与民众有关，与情感、感动、欢乐有关。《礼记·杂记下》载：

> 子贡观于蜡，孔子曰："赐也乐乎？"对曰："一国之人皆若狂，赐
> 未知其乐也。"子曰："百日之蜡，一日之泽，非尔所知也。张而不弛，
> 文武弗能也。弛而不张，文武弗为也。一张一弛，文武之道也。"

子贡观看蜡祭，一国之人皆大醉如狂，子贡不知百姓何乐之有。孔子以为百姓辛苦一年，今日饮酒宴乐，正是一张一弛的调节。类似还有《墨子·明鬼下》中提道："燕之有祖，当齐之社稷，宋之有桑林、楚之有云梦也，此男女之所属而观也。"燕国之"祖"、齐国之"社稷"，宋国之"桑林"，楚国之"云梦"等都是在祭祀、节日中男女聚集歌舞狂欢的活动。文字记载简略，具体的情况难以知晓，但"男女之所属而观"，说明这类活动是可以"观"的，《左传·庄公二十三年》鲁庄公准备"如齐观社"，也说明"社稷"祭祀庆典是可以"观"的。但诸如此类的活动保留着原始色彩，男女追逐，醉酒癫狂，已经为中原贵族观念所不能接受，故曹刿劝谏鲁庄公不可到齐国观社，因为不合乎礼。既是可"观"的活动，其中具有共同体艺术特征是可以相见。

我们这里提出来的"共同体的艺术"，主要是指一种集体性的艺术。在今天的艺术观念背景下，共同体艺术的概念实际上强调重建如杜威所说的艺术与非艺术之间的连续性。艺术本有着一种共同体的精神传统，而不是艺术家个体的聚集。共同体艺术虽然强调技能，但远没有后世那样强调艺术家的天才、想象力、独创性，也不强调把艺术史看成艺术家风格不断更迭变化构成的历史。

共同体艺术是集体的艺术，并不是说它没有个体的创作，也不是说，它就是若干艺术家合作集体创作某一作品。共同体艺术主要在于共同体成员的集体参与。它没有组织者与参加者的区分，没有参加资格问题，所有共同体成员都参加，这种参与构成了共同体艺术的本质。共同体的艺术是实用性的，而不是存放在博物馆中的展品。祭祀仪式上的青铜器首先是现场的实用性，而不是纯粹的造型。

总之，我们现在强调共同体艺术，意在说明艺术须重新定义。我们试图恢复前现代人应有的艺术眼光，在此目光下重新审视那些有可能被我们所忽略的古

代艺术。它不是从艺术的个人主义角度来探讨艺术，而是把艺术当作一种社会存在，一种融入日常生活场景中的形式化的社会构成，一种无法从现实社会中分离出来的存在。

共同体艺术，中国古代最典型的例子当是礼乐。古代的礼，通常不被视为艺术，而是作为某种宽泛意义上的文化，是传统文化的组成部分。但显然，礼并非单纯的说教，它是某种操练，某种表演（礼可以观），并通过某种相对固定的形式化行为（可以重复）呈现自身的内涵。通过某种仪式化、形式化的行为体现了社会秩序及其规范作用，这无疑是艺术的形式。它通过行为形式化的特征呈现了等级与秩序，并且以其示范作用实现其教化、引导和规范的功能。从这个意义上讲，它是古代最深刻的艺术。

如果我们从共同体艺术的概念出发，而不是受西方艺术定义习惯指个体艺术的过度暗示，那么我们就不难发现无主名制作的礼乐活动具有鲜明的艺术特征，体现了强烈的艺术本质。从艺术的起源来说，这种集体性的、共同体的艺术所实现的正是原初艺术所要实现的社会功能。

如果我们坚守现代的艺术界定，那么与通常的艺术作品相比，传统礼乐确实很难被视为艺术。它没有提供一个静态的、确定的、标准的文本。它们并不是陈列在那里、可供人们重复凝视欣赏的作品。古代礼乐仪式，它是一种高度艺术化、程式化的社会过程，它直接构成了现实的社会场景，就是社会生活的一部分。它虽然不是在博物馆中精心设置光源，让我们静静观看的展品，但它真实存在，是一种可以被看到、理解，直接参与，并且为它所感动的现实场景。就像现代城市景观一样，它也不是陈列馆式的作品，但它最直接地反映出城市的表情、风格以及城市民众的生活方式。

共同体的艺术，并不像我们所熟悉的那样归属于某个艺术家，它们通常是无主名的。我们已经知道，艺术品作为某一艺术家的创作，著作权为他所拥有，"这是他的作品"的概念是比较晚近的观念。用这种惯例来衡量中国传统的文化世界时，就会将一大部分没有主名、生动的文化内容从艺术范畴中剔除。古代的共同体艺术，与其说要展现作者个人的才华，不如说他更多期望自己的表述融入传统的表达系统，融入所有人共享的文化传统，获得不朽。正因为如此，古代的许多杰作都宁可托名于传统圣贤或名人，而不是标上自己的名字。上古时代许多佚名的文学艺术作品，丝毫不影响我们的欣赏。古代的那些礼仪，我们同样也不知道是哪位圣贤设计的，而事实上，礼仪在流传的过程中都会发生变化，行礼者实际上参与了礼仪的设计与呈现。

进入现代以后，传统共同体逐步瓦解而代之以现代社会；共同体的艺术也逐步消散而代之个体化的艺术。但就像传统仍然在现代社会延续，共同体艺术仍然会以某种新的形式出现。如审美共同体、艺术共同体，它是集体性活动，直接构成了现代人的日常生活场景，并通过如演唱会这样的形式传达着某种观念，影响着人们的情绪，引导人们的某种想象。

二、共同体时代的个性化艺术

礼乐是上古最重要的共同体艺术，后来分化出来的诸多艺术门类，包括音乐、歌舞、诗歌、美术等当时都融合在礼乐当中。随着时代变迁以及各种艺术自身的发展，音乐、文学、美术等才从综合性的礼乐中分离。

诗原本属于共同体艺术。它是用来唱的，如《诗经》当中的那些诗歌，都是可唱的，在劳动的时候唱，在休息的时候唱，在祭祀的时候唱，在朝会的时候唱。诗入乐，所以归属于共同体艺术，归属于贵族民众聚集时歌舞的那种整体性艺术。

从某种意义上来说，诗是贵族共同体交流的媒介。

贵族进入宫殿，不能像进入集市一样直接叽哩呱啦说一通，显得粗鄙，没有文化，仓促之际很容易表达不善，冒犯天子与其他贵族。今天你就是会写字，也得请个律师帮助起诉；旧时百姓不识字，也需要读书人代写状子；上古时代朝廷宴享这样的正式场合，封建贵族都是用专门的献诗、赋诗形式来表达彼此的情谊。他们选定《诗经》中某篇，随后由宫廷专业的人员演唱这些诗句或篇章，来委婉表达贵族的想法。《左传·襄公二十七年》："郑伯享赵孟于垂陇，子展、伯有、子西、子产、子大叔、二子石从。赵孟曰：七子从君，以宠武也。请皆赋以卒君贶，武亦以观七子之志。"郑国的诸侯郑伯在垂陇招待晋国大臣赵孟，赵孟即赵武，子展等七大臣陪同。赵孟就说，七子陪同，就皆赋诗，我也可观七子之志。于是七子各自选了不同的诗唱了。大多是赞美赵孟，颂扬晋郑友谊。

子大叔赋《野有蔓草》，赵孟听了之后，说："吾子之惠也。"对于现代读者而言，《野有蔓草》是一首爱情诗，它只表明诗作者的个人情感。但春秋时代，《诗经》各篇谁是作者不重要，某一篇具体的意思也不重要了，它作为共同体艺术，汇入共同体的情感交流媒介。所以子大叔选了这首诗《野有蔓草》，这首诗的整个意思，他并不在意，只断章取义地截取了其中"邂逅相遇，适我愿兮"两句，表示对赵孟的欢迎。

礼仪成了贵族之间交流的媒介与平台，《诗经》成了他们说话的词汇表。它促使贵族礼貌地说话，按照礼仪的固定格式套路来说话，避免彼此话语直接的接触、交锋，对贵族群体的情绪实现了有效的控制。贵族必须习惯通过"赋诗"，即选择《诗经》里的篇章或段落，才能表达自己的感激或者不满。《礼记·仲尼燕居》记孔子说："君子不必亲相与言也，以礼乐相示而已。"诗篇是由专门的人来表演、演唱，这些诗句既是赋诗者内在情志的表达，又是优美的礼乐欣赏。孔子说"不学《诗》，无以言"。这个"言"，不是指大白话，而是指雅言，指在正式场合选择恰当的诗篇来表达自己的情志。用《诗经》中的诗歌来代替自己说话，表达就曲折委婉，优雅从容，最关键地，这样的"赋诗"成了贵族之间情感交流与控制平台。

赞美、感激、友情固然可以通过赋诗来表达，甚至内心的不满、抱怨，也是引用《诗经》来传达，所以孔子说，"诗可以怨"。为什么需要借用《诗经》中现成的诗篇来表达自己内心的情感，特别是怨恨不满？贵族阶层是一个共同体。当时大多数贵族之间不是血缘亲戚，就是姻亲关系。如果彼此内心有怨言，大吵大闹，直接发火泄愤，场面上会无法收拾，很容易伤了贵族之间的情分，用《诗经》可以表达自己不满的情绪，就可以含蓄委婉得多。

由此可以看出，诗在当时还是一种共同体语言。不仅整个共同体熟悉这种语言，而且在正式的礼仪场合，贵族个人的内在情志需要借助这种表达系统才得以传达。当然日常生活中的情感表达并不会顾忌这些礼仪，按剑而起，持戈追逐，史籍常有记载。

贵族以及唐宋以后科举出身的士大夫，因为个人的文学、艺术方面的成就而形成了某种个人意识。当时社会生活的很多方面还是传统的、共同体的形式，我们不能说整个社会是一个共同体，但诸如宗族、家族、同乡会、门生、故吏、行业、帮会、结拜兄弟等都是大小不等的共同体。共同体是一种生活方式、一种组织形式。传统士人一方面生活在共同体的环境中，一方面又通过文学艺术的创作感受个性、特殊性。他们的艺术开始表达个人独特的情志。

最早从共同体艺术中分离的是音乐。孔子能够弹奏瑟。《论语·阳货》载孺悲想见孔子，孔子推托自己病了，但"取瑟而歌"，又让孺悲知道自己没病。孔子的弟子曾皙也能弹奏瑟。《论语·先进》载孔子与弟子闲坐，各言其志，曾皙"鼓瑟希，铿尔，舍瑟而作"，对曰："莫春者，春服既成，冠者五六人，童子六七人，浴乎沂，风乎舞雩，咏而归。"夫子喟然叹曰："吾与点（曾皙）也！"显然，弹奏琴瑟是非常个人化的艺术。

随着语言与文学的发展，诗歌日渐成为诗人个性化的表达。书写变得相对便利之后，人们把歌词写下来，歌词与乐曲于是发生了分离。竹帛上书写下来的诗歌只是文句的诗，纯语言的诗：一种脱离音乐而独立存在、仅供诵读的诗歌形式出现了。简帛的流行、书写工具的便利、文字的简化等因素都促使人们把口头流传的诗歌以及其他作品书写下来，诗文成了可以阅读的文本。所有书写下来的著作，成了当时的"文学"。

诗歌开始有了主名，某个特定的诗人写作某一篇诗，抒发了独特的情感，诗被认为是在表达他自己的情感。读者也认为陶渊明、谢灵运的诗歌表达了他们的情感与个性。诗歌从周代贵族"赋诗言志"的共同体表达的框架中分离、独立，从无主名向有主名的方向转变。

这一转变的前提是，能够阅读文本的诗人、文人的出现。先秦能够阅读文本的人还不普遍，《国语·晋语四》载：晋公子重耳在外流亡十九年，成为晋国君主，此时"文公学读书于臼季"，显然他早年没有学习过阅读。《论语·先进》载子路曰："有民人焉，有社稷焉，何必读书，然后为学？"孔子虽然不同意这个说法，但当时文字繁难，一般人确实很难"行有余力，则以学文"。文，就是文本、文献。只有子游、子夏这样人能够学习阅读。《论语·先进》中列出孔子弟子在"德行""言语""政事"以及"文学"四个方面的杰出者，文学有子游（言偃）、子夏（卜商）。子游、子夏更像是今天古典文学的教授，能够阅读古文献。这里的"文学"并不是今天的文学，并不是说子游会写诗，子夏会写小说。上古时代没有如今纯文学的概念。《论语》所说的文学，是指对"文"的"学"，即对古代文献的阅读与研究。当时流传的文献非常少，"文"包括了当时所有的文本文献，《诗》《书》《礼》《易》《春秋》都在其中。能够读懂这些文献，能够研究它，就是"文学"。这种文学，汉代独尊儒术以后实质就是经学。读书人为了谋求入仕，都会留意经学，研习一部经典著作。《汉书·夏侯胜传》载夏侯胜说："士病不明经术；经术苟明，其取青紫如俯拾地芥耳。"经学客观上促进了士人文化素养的提高。

诗歌寻求个性化，与当时士人追求个性化的情感表达有关。

共同体的维持基于成员之间亲密的情感联系，孔子说："诗可以兴。"兴，可以理解为激发情感，振奋情绪。[①]这一情感是通过共同体这个群体而被感知的。一个消沉的人在群体的狂欢中就变得欢乐，一个消沉的人在集体的抗议中变得激愤。群体的情感就是个体的情感。所以，共同体艺术主要在于激发成员的情感，促进共同体内部的团结。它强调的是群体的情感以及群体情感的激发、感染、融合，每个成员通过融入群体而感受集体的情感，个体文化上的成熟，要求个性化的情感能够得到个性化的表达。诗歌从共同体艺术中分离，情感表达的功能始终没有消除，但要求的是个性的情感表达。

中国最早给诗歌的定义是"诗言志"。志即情志，也包括了情感，即诗歌可以抒情言志。但这里的情志，我们倾向于集体性情感，众人在礼乐当中所感受的

---

① 《论语·卫灵公》："在陈绝粮。从者病，莫能兴。"《论语·泰伯》："子曰：兴于诗，立于礼，成于乐。"

情感纽带。实际上后来的民歌民谣，唐代的歌行，仍保留着集体情感抒发的特征。晋代陆机《文赋》中说"诗缘情"，则倾向于个人的情感表达。抒发情志成为传统诗歌最为突出的功用，后来的诗人非常重视这一点。在中国的艺术理论中，抒情功能被扩展到整个文学以及后来的门类艺术领域：文章可以抒情，书法、绘画都可以抒情，民间艺术都可以传情。

两汉时期，精英阶层是不太说"情"的，情感现象讨论得较少。汉代诗歌大多质木无文。当然，这并非是时人不重情，恰恰相反，感情特别纯朴真挚的人往往怯于表达。但魏晋时代，情感开始成了清谈的题目之一，即所谓圣人有情还是无情。虽然这是一个政治话题，但反映了时人对感情问题的注意。

人们终于发现五言诗是个人情感表达的重要体裁。三国曹植第一次把诗歌写得非常漂亮，所谓"词采华茂，情兼雅怨"（钟嵘《诗品》），而陶渊明的诗写得枯槁，"世叹其质直"（钟嵘《诗品》），但两位诗人都热衷于尝试情感的表现，一作《洛神赋》，一撰《闲情赋》，这说明此时情感的文学表达，在很大程度上试图获得它的正当性。所以晋代陆机《文赋》中说："诗缘情而绮靡，赋体物而浏亮。"又说："言寡情而鲜爱，辞浮漂而不归。"意思是说，诗缘情而生，文辞绮丽。但没有情感作为主干，或者主导性的情感，华美的形容就没了根基。整个文学史，绝大多数作品都与抒发个人的情感有关。唐诗宋词最主要的题材，就是离别送别，思亲怀人，想念故乡。从《西厢记》到《红楼梦》，情感的抒写一直没有中断。

如前所述，古代诗歌重情的特点与共同体形态密切相关，即使个性化的诗歌表现，也仍然保留着共同体的特征。中国传统基层社会多为共同体，重视人与人之间的情感纽带。宗族姻亲、同乡同里、年兄同门、故吏同僚等形成了大小不同的共同体。人们在这些圈子里有温暖温馨、相互依靠的感觉，有某种想象性的安全感。这种感觉需要通过不断的情感互动加以维持。门生故吏尽情欢宴一场，这种温暖和安全感得到加强，诗歌酬唱加强了这种情感。李白《金陵酒肆留别》："风吹柳花满店香，吴姬压酒唤客尝。金陵子弟来相送，欲行不行各尽觞。请君试问东流水，别意与这谁短长。"家里来了一位同里同乡的小兄弟，你招待提携是不能让人失望的。违背共同体的习俗习惯则意味着会有被共同体抛弃的危险，这也意味着会成为孤家寡人。所以，古人的诗集中，迎来送往欢宴酬唱的诗歌非常多，诗歌有着共同体情感增稠剂的作用。古人诗中的情语特别多，也特别好：

> 海内存知己，天涯若比邻。（王勃《送杜少府之任蜀川》）
> 唯有相思似春色，江南江北送君归。（王维《送沈子福归江东》）
> 我寄愁心与明月，随风直到夜郎西。（李白《闻王昌龄左迁龙标遥有此寄》）
> 桃花潭水深千尺，不及汪伦送我情。（李白《赠汪伦》）

就在不久前，我们的社会还是相当传统的。因此注重情感表达、注重感染力，几乎始终都是我们文学艺术理论与实践强调的内容。

魏晋以后，尽管社会仍然保持着传统的共同体的生活方式，但少数的士人精英在他们的诗歌、书画艺术创作中明确表达出个人的情感、独特的个性。但这种个体化、个性化与现代艺术的个体化存在着区别。共同体时代的个体化总体上是保持在权力框架下的个性与独立，即使士人摆脱这个框架，也往往作为特例而存在，这与现代的个体独立存在区别。进入现代化进程，社会发生了巨大而深刻的变化。个体的独立存在主要依赖社会法律、道德、习俗以及普通观念。

三、个体艺术分离的机制

在这里，我们遇到一个文学从共同体艺术中分离的关键性问题。就是它怎么能够分化出来。

诗歌原先作为歌词属于共同体艺术，具体来说，属于歌唱。我们知道，歌唱时唱词是把曲调唱出来的旋律骨架、声音框架。你可以用歌词来唱，也可以全部用"啊啊"来唱。《野有蔓草》："有美一人，婉如清扬。邂逅相遇，与子偕臧。"现在读起来完全是个人的情感故事，但集体的情感表达交流当中，首先让我们感动的是音乐，是歌唱。诗歌即作为歌唱中的唱词就没那么重要。这就是和平时期人们还会唱战争年代歌曲的原因。此时的诗歌会以乐曲的形式存在。

把诗歌书写下来，与歌唱分离时，诗歌独立成为一种文学形式，一种语言艺术。人们开始对诗歌语言本身加以关注。中古时代，人们重视诗歌的声律，创四声八病之说，强调炼字炼句，欣赏妙句，以至于出现了律诗。人们发现了语言。

但一说到语言，我们就不知所措。我们是用语言在说话，对语言加以反思，意味着我们在用语言说话时还想抓住语言，伸手想去抓住伸出去的手，看的时候看到自己的看。这种反思之难可想而知，正如《木兰诗》所谓："雄兔脚扑朔，雌兔眼迷离；双兔傍地走，安能辨我是雄雌？"当我们想用语言来揭露语言的诡计时，语言也许会翻出新的诡计而逃脱。

19 世纪后期，语言学的发展大大拓展了语言对文学的解释能力。先是索绪尔（1857—1913 年）的理论，接着 1917 年俄国形式学派出现，专注于文学语言分析。他们的理论兴盛于 20 世纪 20 年代，很快结构主义、符号学兴起。学者、思想家都感受到语言的独特性。中国古代对语言的思考非常深刻。《庄子·齐物论》曰：

> 天地与我并生，而万物与我为一。既已为一矣，且得有言乎？既已谓之一矣，且得无言乎？一与言为二，二与一为三。自此以往，巧历不能得，而况其凡乎！

这是古人对语言最为深刻的洞察。虽然"天地与我并生，而万物与我为一"这句话引用率非常高，但整段话的各家注释大多语焉不详。庄子说，万物与我为一，可以想象"日月星辰万事万物与我构成了唯一的实体"。我们可以想象这个实体是一个装载万物的"大袋子"。万物都与这个实体为一，也就是万物都装进这个大袋子中，那么这个实体之外就是无，大袋子之外就是无，甚至大袋子本身也是无。因为这个实体之外，如果还有一物，那么这一物必须属于那个唯一的实体。大袋子如果是一物，它就必然装进大袋子中，所以大袋子本身就是无。概念说明就比较容易，"万物与我"被界定为"一"。

《齐物论》提出的问题是这样的：万物与我既然"为一"，成为唯一的实体，那么"且得有言乎"，还有没有语言的存在，应当有语言的存在。既然已经称之为"一"，那还能没有语言存在吗？至少还有一个名词"一"的存在。一个实体加上一个名词"一"，那么这个世界就出现一个名词"二"。一个实体加上两个名词"一"和"二"，这就是"三"。以此类推，"巧历不能得"，再有本事的计算者也无法算清楚。

《齐物论》此言的意思是，只要有语言存在，"万物与我为一"就不可能实现。这一论点还可以讨论，重要的是两千多年前哲人就注意相对于实在的语言存在的现象。语言与实在的关系，传统的观念很朴素。有一个实物杯子，再有一个它的名称"杯子"，"名"对应着指称那个"实"，就是名实相符，名副其实，这是古代形名（刑名）的基本概念。

现代的语言学家、符号学家不满足这种说法，他们发现并非所有的名词都能在现实中找到对应的实体，如想象中的独角兽，现实中找不到这种动物，但"独角兽"这个名词并非没有意义。因此一个名词"杯子"作为符号被折成两部分，一是名词书写的字形和语音，现代被定义为符号的能指。一是名词所指的含义或概念，它被定义为符号的所指。能指与所指构成了符号，共同指向现实中的实物。能指、所指与实物，三者构成一个三角关系。一个人说"杯子"这个词时，这是能指，我脑海中形成了杯子的概念或意思，这是所指。此时我看到桌上放着一个实物杯子。这是符号（语言）与现实最简单的关系。

语言指称事物，就是给事物命名。命名某物就像给它贴上标签。我们听到这个名称时，脑海中就会浮现这个标签所指示的物。这个名称（词语）我们就理解了。语言的稳定秩序反映了事物的稳定秩序，有新事物出现时才会有新词出来指称它。这是传统的看法。瑞士语言学家索绪尔的观点非常激进，他认为能指与所指之间没有本质联系，它们只是约定俗成的产物。这一说法至少没有包括汉语的情况，汉语符号至少有一部分来源于象形，也就是说，符号与实体之间存在着某种关联。索绪尔还认为，符号与符号所指代的现实之间没有本质的和必然的联系，即现实世界与语言世界实质上是相互脱离的。即使不是脱离的，至少那种联系并不如我们想象的那样牢固。语言可以指称对象，但由于其抽象性，诗人实际上无法让读者真正看到他所描绘的情景，甚至都无法像画家呈现一朵鲜花那样把他所指称的那个物带到读者面前。

陶渊明《归园田居五首》之一："方宅十余亩，草屋八九间。"诗句完全由指称或描绘物象与空间的词构成，十几亩的区域，有八九间草屋。尽管诗人指称自己的草屋，按照传统说法，"辞也者，各指其所之"（《易·系辞上》）。但从语言的角度分析，我们根本无法确认或者知道诗人所说的那个草屋，根本不清楚诗中"草屋"一词"所之"所指向的诗人的屋子。词语也不是像 A.艾耶尔所说"能自己飞向目标或远离目标的导弹"①，"草屋"这个词语完全找不到飞向诗人所说的那个草屋的弹道，所以"草屋"一词确切完整的含义是模糊的，它也无法具有唯一地对应诗人所居草屋的唯一性。

我们受到布拉德雷（F.H. Bradley）的启发，根据他的思路来讨论草屋。设想现代的年轻读者，他从没有见过草屋，因而无法想象一种叫作"草屋"的建筑是什么样。即使他见过现代的草屋，也不能说它就与东晋时代的草屋是一样的。即使现代建筑考古的研究已经可以复原东晋的草屋，也不能说那就是陶渊明诗中所提到的那个草屋。更不用说我们哪里能够知道草屋上面覆盖的是什么草，"草屋八九间"到底是八间还是九间，长宽高、空间尺寸各是多少。我们指称事物时，事实上并不能确指语言所指称的对象。

面对诗歌，读者也并不在意诗人特指的那个物，因为读者对指称物的实证，并不是理解诗意的关键，诗意的关键在各种形象、意象的结构关系，我们认为，这一关系对应着人的情感结构。

当然，语言并非在任何时候都不能确指。在用餐时，我说："请把盐瓶递给我。"在现实的场景中，你不会不知道我所说的那个盐瓶。我对桌上的这个盐瓶有明确的意指，所以我说了那句话。听话的人通过这句话能够明白句子的意思，并且根据这句话了解我的意图。桌上只有一个盐瓶，并且我有明确的意指，并且

---

① A.艾耶尔.哲学中的变革［M］.陈少鸣，王石金，译.上海：上海译文出版社，1985：6.

句子（也许还有表情等）蕴含着他能帮我递过来那个盐瓶的明显期待。这一场景保证了"盐瓶"一词能够指向桌上盐瓶的唯一性。我说的句子中"盐瓶"一词确实如导弹一样飞向了目标。

言语行为理论（speech acts theory）认为人们说话不仅提供描述事实和状态的信息，同时也在完成某些行为，说话就是做事。当我说："请把盐瓶递给我。"可以促使一个相关的人完成递盐瓶的行为，这个句子的功能不是自言自语，而是表达一种请求。[①] 在共处现场的语境中，对于这句话的指称、含义、表达与理解方面没有任何问题。一种言语行为，不仅如言语行为理论所认为的，须有一个语境才能产生意义，而且一个指称，也只有在具体的共处语境中才可能确指它的对象。当然这里的"确指"，我们只要求一般经验能够理解与接受的程度。如果不是共同的情境，无论语言的指称多么努力，我们都无法让"草屋"这个词确指或者说现实地指称陶渊明提到的小屋。除非导游带着我们，指着诗人一直保存至今的几间草屋说："这是陶渊明的草屋。"在那一瞬间，语言似乎确实指称了它的对象。但是，语言的发明就在于超越具体的情境，陶渊明的诗歌就在于它能穿越"草屋"当时的情境，到达我们的时空，并且告诉我们他是怎么想的。

当然，看起来也可以用物理手段强制硬性地使语言指称对象：如给每个人贴上名字，每条街道竖起标识，每户贴上门牌，各种东西贴上二维码。对所有对象都用标签标识，就像出厂的设备打上二维码，看起来有效，但显然不现实，我们不可能预先找到所有谈论的对象并给它们贴上识别码之后才开始说话，何况还有许多对象根本就是无法锁定的，如高兴、愤怒等情感。它们只是我们内在的感受，本身相当模糊，边界并不清晰。更何况我们说话并不只是命名，往往要说明事物之间的关系，而关系是无形的，只能靠我们的理解才存在。所以，一旦对个别事物的命名都采用类似条形码的编号时，事实上我们就无法进行语言交流了，我们随机遇到的一个条形码，能够记得它指的是胡萝卜，还是波音飞机，我们不可能记住，也没必要。

---

① 参见 A.P. 马蒂尼奇. 语言哲学［M］. 牟博，等，译. 北京：商务印书馆，1998：208.

交流得以实现的一个原因在于语言具有的普遍性。我们能够用一个名称"房屋"命名所有的房屋，就像所有的孩子叫他们的母亲为"妈妈"。"妈妈"这个词在婴儿那里首先是与自己的妈妈形成的明确联系，他叫自己的妈妈为"妈妈"。但是，他也会听到别的孩子叫他们的妈妈为"妈妈"，这时孩子们就会意识到"妈妈"这个词会从仅仅指自己妈妈的这个联系中分离。蒯因（Willard van Orman Quine）说："像 apple（苹果）、rabbit（兔子）这样具备完全词性特征的普遍词项（general term）的指称，具有要求我们做出一些场合句的单纯刺激场合中所没有的区分。仅知道我们看到的东西可算做苹果，是不足以掌握 apple 一词的；我们还要知道什么是一个苹果（an apple），什么是另一个苹果。这些词具有内在的，尽管是随意的，指称分离模式。"①

正是语言的普遍性、模糊性，语言既指称，又不指称，给诗歌带了极大的创作自由，也给读者带来了想象空间。读者并不知道陶渊明草屋长什么样，他即使把它想象成瓦尔登湖边梭罗的小房子或者黑森林里海德格尔的小木屋，在很大程度上并不影响他把这首诗念完以及理解主要意思。这样，诗歌与现实的关系就变得松动。

语言哲学复杂的关于指称的讨论这里无法展开，我们初步的结论是，文学、艺术乃至整个语言对现实世界的指涉很有弹性，它既指称这个世界，不然我们就没有办法有一个客观的有所指涉的陈述，又不是黏着这个世界，语言无法与对象保持一种恒定关系，就像人的意识不能在实在世界锚定一个点一样。语言是语言，意识是意识，实在是实在。语言、意识可以结构化地意指实在，但无法成为实在。两个平行世界无法穿越，正如尼采所说：

　　在语言中，人类在另一个世界旁建立起了一个自己的世界，一个人类认为固定不变的地方。②

---

① 蒯因.语词与对象［M］.陈启伟，等，译.北京：中国人民大学出版社，2005：95.
② 尼采.人性的，太人性的［M］.杨恒达，译.北京：中国人民大学出版社，2005：21.

维特根斯坦说："我的语言的界限意味着我的世界的界限。"① 我们只能用语言讲述我们的世界，无法说出的，就是语言未能到达的世界。两个平行世界各自平行，无法相通而成为一个世界。语言可以比拟另一个世界，尼采把它说成镜像，即镜子里的形象。你认为长，那只是在镜子里的距离长，而不是真实的距离。我们不能说"没有镜子便没有世界"，镜子里看到的，"不是表象，不是假象，而是文字符号，用以表达不熟悉的东西。（文字符号）对我们来说十分清楚，是为我们而做的，是人类对事物的态度；对我们来说，事物是被文字符号包藏起来的"②。语言与实在之间，哲学家的讨论已经相当深入。

现在我们重新回到诗歌。诗歌借助语言艺术确实可以指涉现实，但与现实或者说实在之间仍留有很大的弹性，留有一道缝隙。这一道缝隙是留给人的理解力、想象力的，理解、想象能够把这道缝隙弥补上、衔接上，更关键能够让情感、场景、故事在脑海中生动起来。对于读者而言，"草屋八九间"到底是八间还是九间，长宽高、空间尺寸各是多少，并不重要，重要的是诗歌语言对读者的感性、想象的激发。

李白《侠客行》描写侠客"十步杀一人，千里不留行"，这是李白仰慕的形象，也像李白的为人。李白的朋友魏颢《李翰林集序》中就说李白"少任侠，手刃数人"。但其实，李白诗中"十步杀一人"只是引用现成词语。《庄子·说剑》有："臣之剑，十步一人，千里不留行。"李白诗指称，但并不指称现实。按照索绪尔的理论，符号的能指与所指已经能够形成一个有意义的组合，那么词语的意义就并不依赖现实。语言成为一种独立自足的系统，意义也不是由讲话人的意图和愿望所决定的，事实上并不是讲话人直接赋予他的言语以意义，而是语言系统产生意义，包括读者或听者对语言的理解。这样，作者与现实都不能作为解释文学作品的起点。③

---

① 维特根斯坦. 逻辑哲学论 [M]. 郭英，译. 北京：商务印书馆，1962：79.
② 君特·沃尔法特. 尼采遗稿选 [M]. 虞龙发，译. 上海：上海译文出版社，2005：49.
③ 安纳·杰弗森，戴维·罗比，等. 西方现代文学理论概述与比较 [M]. 陈昭全，等，译. 长沙：湖南文艺出版社，1986：96.

　　语言是一种独立自足的系统，《庄子》的话，"天地与我并生，而万物与我为一。既已为一矣，且得有言乎？既已谓之一矣，且得无言乎"，就已经摸索语言的本质：语言如果是实体，那么它就属于万物之一种，并与万物为一。既然语言与万物为一，"且得有言乎"？那么语言还存在，还有言吗？语言如果能够说"万物与我为一"，那么就是在万物之外，在实在之外，存在着语言，存在着一个"我"的意识，人的意识。否则，语言与意识只能说出万物，而无法说出"万物与我为一"。所以，语言是一个独立于万物之外的系统。我们认为这一点确定了艺术的本质，艺术既不能等于实在，也不能完全脱离实在。如果没有那个"万物与我为一"的实在，那么语言说出"一"时，它就失去了意义。但语言，艺术，或者说整个人类的表意系统的表意都处于与实在保持复杂关系的位置上。

四、现代个体

　　艺术从共同体活动当中分离，就无法遵循共同体的观念了。共同体是情感联系的有机体，体现的是群体共同的价值观与生活方式。而现代社会则是工具理性为指导原则的结合体，人变成"理性人"。当共同体瓦解，个体的身份认同（identity）就被创造出来了。严格说来，在共同体艺术当中并没有所谓的作者，它的艺术如乡村歌舞，表达的是共同体的情感。共同体的艺术，是大家的艺术，是集体的艺术。当艺术有主名、有明确的作者时，艺术上的追求很自然就成了目标，正是在这种追求过程中，艺术家确立了对自身个体的认识。

　　个体的出现，自我意识的强化，强调个人的感性生活，都是伴随"现代社会"的出现而形成的。个体化以及主体性是西方"现代性"进程的重要组成部分。资本主义生产方式的转变，首要条件就是劳动力从土地上解放出来，即传统时代劳动力与土地之间的分离，或者说劳动者与其生活手段的分离。正是这一分离使劳动力得以自由流动，投之于不同的用途（更好的用途），重新组合，成为其他结构（更好的结构）的组成部分。个体于是从传统共同体的体制中解放出来，拥有自己的身体、能力以及通过能力争取得到财富以及一定的社会地位。个体的身份是通过他所拥有的财富得以确立的，法律体系必须强调并保护个体的财产权，由此经济生活从社会领域中分离，并且形成相应的平衡与开放的制度加以保障。

个体的身份与地位是通过他拥有的财富来衡量的，这就打破了原先封建时代世袭身份的体制，至少理论上讲，每个人都可以通过努力，以自己的技能、勤奋获得财富改变自己的社会地位。人的个体获得了定义，特别是通过他的私有财产状况得到界定。整个社会通过经济的方式得以重组，观念的、艺术的、文学的各种活动都契合这一变化，并且对社会、经济的变化有着特定的作用。

（一）浪漫主义运动

文艺复兴以后，思想文化领域中的个体意识、自我意识开始突出，形成了所谓个人主义的思潮。主要表现在对个体的人的关注，充分肯定个体价值、个体的精神生活，关注人的历史、命运、形象，包括人自身的身体。[①]在文学艺术领域中，产生出"完美的人""多才多艺的人""全才"这样的概念。当时对于艺术的界定，虽然千差万别，错综复杂，但不论怎样界定艺术，艺术的个人主义都是其主要基调。这就是认为，艺术是天才艺术家独立从事创作的成果，艺术是个体的独特性、主体性的产物。

西方文艺复兴运动带来了人的觉醒。阿尔伯蒂提出了"人"的新概念，人不再是被忽略的附属品，而是站在了宇宙的中心。18世纪浪漫主义运动更是阐发了个体的想象、天才以及情感等重要概念，个体的自主意识不断成熟。

浪漫主义运动虽然复杂，但追求人自身高度的发展无疑是它的中心。思想史家以赛亚·伯林《浪漫主义的根源》一书，主要围绕浪漫主义这一线索展现其中的变化，他认为："浪漫主义运动是一场如此巨大而激进的变革，浪漫主义之后，一切都不同了。"法国的十八世纪"是一个优雅的时代，一切都平静安详……后来，一种突然的、莫名的思潮袭来。出现了情感和热情的大爆发。人们开始对哥

---

① 欧金尼奥·加林. 文艺复兴时期的人［M］. 李玉成，译. 北京：生活·读书·新知三联书店，2003：4.

特建筑，对沉思冥想感兴趣。他们突然变得神经质和忧郁起来；他们开始崇拜天才汪洋恣肆不可名状的想象力；他们开始背弃对称、优雅、清晰的概念。同时，其他的变革也在发生。大革命爆发"。尽管这场运动非常复杂，难以概括，但追求人自我的高度发展无疑始终是它的中心。正如布吕内蒂埃所说，浪漫主义是文学自我中心主义，它强调个人，强调纯粹的自我断言。尼采说："一个浪漫主义者是这样一个艺术家，对自身的大不满使他具有创造性——他从自身及其周围世界那里调转目光，回观自己。"[①]伯林也说："浪漫主义是原始的、粗野的，它是青春，是自然的人对于生活丰富的感知。"[②]浪漫主义运动带来了对艺术以及艺术家的崇拜，出现了以叛逆、古怪、自我中心的浪漫主义艺术家的形象。他们的作品有时不免夸大个体的力量与价值，但经过浪漫主义运动之后，艺术是艺术家思想情感的富有创造性的表现的观念普遍为人们所接受。

在浪漫主义之前，实际上就有天才艺术家故事的流传了。故事有时候比绘画本身走得更远；伟大哲学家的轶事比他的哲学更能深入人心。中世纪晚期、文艺复兴时期已经流行艺术家的各种神奇故事。乔托是最早的一位，反映了人们对艺术家态度的改观。这些故事的流传既是当时艺术家地位提高的反映，又进一步提高了艺术家群体的声望。

克里斯（Ernst Kris）和库尔茨（Otto Kurz）对艺术家天才的故事有专门的研究。在古希腊时代就有各种"关于艺术家的传说"，那些天才的画家、雕塑家和建筑师，通常出身平凡，或是铜匠，或是颜料研磨工，或是赶马人的儿子，在儿童时代就显露出卓越的艺术才能，有的还是自学成才，最后都从一个默默无闻的人成为非凡的艺术家。在当时的传说中，他们被提升为文化英雄，如同造物主那样具有神性的艺术家，甚至是半人半神式的人物。古希腊艺术家的这种传说起源于艺术家形象刚刚从神话中分离的那个时期。艺术家的形象保留了很多神话思维和特征，并且通过各种形式一直流传下来。

但这些故事并没能一下子直接提高艺术家的地位，应该说，在传统社会，艺

---

① 尼采.权力意志：上［M］.孙周兴，译.北京：商务印书馆，2007：139.
② 以赛亚·伯林.浪漫主义的根源［M］.吕梁，等，译.南京：译林出版社，2008：14，22，23.

术家群体的社会地位不可能只因为他们卓越的技能就很快提高，当时的社会身份与地位取决于贵族与平民的等级划分，对高超艺术的欣赏与评价艺术家的地位，两者并不能即刻关联。这在中国古代也是相同的状况。个人身份与社会地位是通过社会等级，即贵族与平民、士与庶的区别确定的。在传统时代，人们主要的社会地位并非依据艺术家的成就来评定的。

但自乔托之后，类似的艺术家故事再度流传起来。瓦萨里（Giorgio Vasari）记载："乔托，一个普通农民的儿子，一边照看他父亲的羊群，一边在石头和沙地上画着他所放牧的那些羊。契马部埃这时恰巧从旁经过，一眼看出了这个牧童的非凡才能，就把他带上，精心培养这个注定是要成为意大利最伟大的艺术家之一的孩子。"根据克里斯和库尔茨的研究，这个故事与古希腊关于艺术家的故事有着某种关联，也影响了后来出现的许多类似的、变形的其他艺术家的传说。①这些传说大多强调了艺术家具有非凡的想象力和创造性，表明公众开始对艺术家个人感兴趣。

（二）署名的作品

这是以往没有出现过的状况。贡布里希解释说："以前也出现过艺术名家，他们受到普遍的尊重，从一个修道院被举荐到另一个修道院，或者从一个主教处被举荐到另一个主教处。但是人们一般认为没有必要把那些艺术名家的姓名留传给子孙万代。人们看待他们就像我们看待一个出色的细木工或裁缝一样，甚至艺术家本人也不大关心自己的名声是好是坏。他们甚至经常不在作品上署名；我们不知道制作夏特尔、斯特拉斯堡和瑙姆堡那些雕刻品的艺术名家的姓名。毫无疑问，他们在当时受到赏识，但是他们把荣誉给了他们为之工作的那些主教堂。在这一方面，佛罗伦萨画家乔托揭开了艺术史上的崭新的一章。从他那个时代以后，首先是意大利，后来又在别的国家里，艺术史成了伟大艺术家的历史。"②

---

① 恩斯特·克里斯，奥托·库尔茨.关于艺术家形象的传说、神话和魔力：一次史学上的尝试［M］.邱建华，等，译.杭州：浙江美术学院出版社，1990：24.
② 贡布里希.艺术发展史［M］.范景中，译.天津：天津人民美术出版社，1992：112.

　　杰出画家的出现提高了当时已经作为一种职业的画家群体的社会地位，而整个画家群体逐步形成作为艺术家的自我意识。一份完成于 1437 年，乔托之后 100 年，切尼诺·切尼尼（Cennino Cennini）撰写的《艺术之书》（*Il Libro dell'Arte*，通常译为"手工艺者手册"），手稿中第一章明确地阐述了这位手工艺人对于自己职业的看法。他写道：

　　　　人类探寻出了许多彼此不同的赖以生存的职业。在这些职业中，无论是过去还是现在，总有一部分较之其他的职业更具有理论性；这些职业彼此差别，因为理论是其中最为高贵的。与此相近，人们继续创造出相关的职业，它要求以理论为基础，同时具备灵巧的双手，这就是一门叫做绘画的职业，它需要想像力和技术，从而去发现那些不为人所见、隐藏在自然物体身影之中的事物，并通过双手把它们塑造出来，将之展现在那些平凡的双眼面前，让他们看到并不真正存在的东西。这门职业应该排在戴着诗歌王冠的理论宝座的旁边。如此排列是基于这样的理由：诗人，哪怕他只有一条理论，这理论都能使他得到尊崇，凭借着他的理论，他能够自由地编排和组合，或者，随他自己的喜好，他也可以放弃这样的自由。①

　　这里，相当充分地表现出 15 世纪画家对自身职业，对自己所从事的艺术所具有的明确的自我意识。他们已经意识到，画家具有与诗人一样的自由创造能力，他们应当"排在戴着诗歌王冠的理论宝座的旁边"。随着文艺复兴时期达·芬奇等伟大艺术家的出现，艺术家享有崇高的地位变得毋庸置疑。

　　17 世纪艺术一词的含义也发生了变化。artist 开始专门指绘画、素描、雕塑的艺术家，尤其强调其中学术性、想象力与创造性的特质，而 artisan 则专指技术纯熟的手工艺者。18 世纪人们赋予艺术以新的蕴含，艺术是高尚和神圣之物。

---

① V.H. 米奈. 艺术史的历史［M］. 李建群，等，译. 上海：上海人民出版社，2007：14-15.

19 世纪，新成立的英国皇家艺术学院（Royal College of Art）认为雕刻家（不同于雕塑家）不属于艺术家。艺术家（artist）专指画家和雕塑家；artiste（艺人）专门指称演员和歌手等演艺人员。①不难看到，艺术的地位与声望在提高。总之17、18 世纪以后，艺术从手工艺意义上的技能技巧中分离，强调它的想象力与创造性，艺术成为一种天才的活动，而艺术家主要指从事美术（fine arts）的画家、雕塑家，也包括作家和作曲家。

（三）天才、创造、想象

浪漫主义运动把文学家、艺术家推到了崇高的地位，称他们是天才，具有卓越的创造力和想象力，富有激情，具有非凡的语言天赋或者艺术天赋等。

诗人情感充沛，这在世界范围内，都有着类似的看法。如中国一向认为诗人"多情"、多愁善感。托尔斯泰也认为，艺术是通过作品向观众传达作者的情感的过程（《什么是艺术》）。约翰·丹尼斯《批评的基础》（1704 年）认为激情是所有伟大诗歌所必需的。作品唤起的激情越强烈，读者道德改造的可能性就越大。华兹华斯则将诗歌定义为"强烈情感的自然流露"。约翰·斯图亚特·穆勒也认为"诗人的诗就是感情本身"，强烈的情感总是能够主导写作中的想象。②

想象也是浪漫主义运动中的重要主题。在浪漫主义氛围中，文学被看作一种想象性的写作。在亚历山大·杰拉德看来，诗人与生俱来丰富卓越的想象力。柯勒律治也认为，诗人的想象具有神一般的创造力。③

想象大体分为两种，一种是再现性的想象。你到过或未到过庐山，当你读到"飞流直下三千尺，疑是银河落九天"时，你可以想象瀑布飞流的情形，这就是传统中常说的想象。另一种是不存在事物的想象，西方现代文化特别重视这种想象。中国这种想象当然也有，如《庄子》中的鲲鹏，李白想落天外的诗歌，传奇

---

① 雷蒙·威廉斯.关键词：文化与社会的词汇［M］.刘建基，译.北京：生活·读书·新知三联书店，2005：17.

② 拉曼·塞尔登.文学批评理论［M］.刘象愚，等，译.北京：北京大学出版社，2003：162.

③ 拉曼·塞尔登.文学批评理论［M］.刘象愚，等，译.北京：北京大学出版社，2003：121.

小说中幻想境界的描写等，都出人意表。当然，西方现代强调的想象力与中国古代的侧重点有所不同。西方文学擅长虚构，其电影也有很多科幻、幻想的作品，幻想因其新奇而具有强烈的吸引力。文艺理论经过浪漫主义运动，把文学的想象性、创造性提升至极致，文学成了富有想象的同义词。西方认为，文学就是一种创造性、想象性的写作，不写真人真事。描写不存在的东西要比描写人体血液循环过程更加扣人心弦，更有价值。雪莱 1821 年《诗辩》一文中说，诗歌已是一种表示人类创造力的概念。

对想象力的肯定源于现实沉重的压抑，对未来的美好想象能够激发改造现实的巨大热情。"早期工业资本主义的残酷纪律将整批整批居民区连根拔掉，将人的生命变为工资奴隶，将促使异化的劳动程序强加于刚形成不久的工人阶级，对于无法转化为公开市场上的商品的一切事物都熟视无睹。"在早期工业资本主义抹杀人性以及异化的环境中，文学与艺术成了仅有的对人的创造性予以赞美和肯定的少数飞地之一。想象性的创作试图以未经异化的形象出现，诗人、艺术家试图提出控诉并通过文学与艺术对社会进行改造。在这个意义上，文学艺术成了某种抵抗思想，而"想象"本身变成了一种政治力量，这意味着它本质上是某种理想主义。英国作家"对于正义社会的幻想常常转化为对于早已逝去的有机的古老英格兰的眷恋。直到 19 世纪末叶，当威廉·莫里斯将这种浪漫派的人本主义纳入工人阶级运动的事业之中时，诗人的幻想与政治实践之间的鸿沟大大缩小"[1]。不管诗人艺术家有时如何声称他们的艺术只是为了艺术，但从根本上来说，文学艺术都是现实的某种回应，特别是对于工业化现代性所造成的个体化的后果的曲折回应。

艺术家是用形象来展现自己的想象力和创造性。1893 年，爱德华·蒙克《呐喊》给人们留下深刻印象，用蒙克自己的话说，近乎刺破了整个自然，象征一种突然的巨大的和不可抗拒的、惊恐不安的情绪。这是对当时整个社会状态的反应。1945 年，当纳粹集中营的全部事实首次公之于众时，毕加索的作品《陈

---

① 以上均见特里·伊格尔顿. 文学原理引论［M］. 龚国杰，等，译. 北京：文化艺术出版社，1987：24，25.

尸所》以它特有的表现形式表达了强烈的感受。这是完全不同的时代，艺术家创造出新的形式表达新情感、新的感受。以往的艺术形式已经不够用。

艺术家不得不在艺术上与整个传统实行决裂。正如蒙德利安在 1942 年写道："我们正处在文化史的一个转折点，从一个总的、全面的意义上来说，我们正处在一切旧事物行将灭亡的时刻。新旧事物之间的决裂，现在是绝对不可避免的了。"① 为了这种决裂，艺术家付出了代价，"艺术家本人往往成了他的艺术品的牺牲品"。② 1902 年约瑟夫·康纳德说："为了求新，他们必须忍受痛苦。"

艺术家极力求得创新，而创新的前提之一就是摆脱权威，抵抗各种外在的权威以及前代艺术上权威所形成的历史压力。③ 现代艺术几乎在各个方面迎接挑战。

西方传统时代的造型艺术主要是宗教、历史题材以及神话、风俗这样的题材。在艺术手法上，传统时代绘画追求形象的逼真，大师们努力地在一个平面上造成一种视觉的幻象。对于画中的人物，用瓦萨里的话来说是"吸引眼球的磁体"，能产生足够的眼球吸引力，以维持人们长久的凝视。

而现代艺术则独辟蹊径，题材上超越了原先的宗教、历史、风俗这样的题材。库尔贝的写实主义保留了绘画描绘空间和形象或者结构组合的学院派技巧，但不再表现传统的题材，传统的历史、宗教和文学的形象，取而代之的是现代生活的主题，《奥尔南的葬礼》《采石工人》《你好，库尔贝先生》等。当时的画家还出现了诸如火车站、火车蒸汽这样的现代主题，颇有现代性的意味。对于艺术家而言，同时需要寻找到艺术的新形象。马蒂斯 1951—1953 年的剪纸画受到人们的普遍喜爱，令人赞叹。这些作品代表了人的本质的真实形象而永存。塞尚重新考虑绘画的轮廓和构图，不惜牺牲逼真和准确。马奈之后，印象派断然抛弃了底色和上光油，使眼睛对颜料管里挤出的色彩深信。印象派画家热衷于描写那种在一个不连续的、短暂的时间里触动画家视网膜的视觉现实。幻象逼真的艺术掩

---

① 约翰·拉塞尔.现代艺术的意义［M］.常宁生，等，译.北京：中国人民大学出版社，2003：470.
② 君特·沃尔法特.尼采遗稿选［M］.虞龙发，译.上海：上海译文出版社，2005：76.
③ 弗莱德里克·R.卡尔.现代与现代主义［M］.陈永国，等，译.长春：吉林教育出版社，1995：2.

盖了艺术媒介，用艺术来掩盖艺术自身，而现代主义则用艺术来唤起对艺术自身的注意，对绘画、雕塑、装置等材料性的重视。安塞姆·基弗（Anselm Kiefer，1945—）的作品中直接混入大量的秸秆、干草、沙子、灰土、虫胶、石头、模型、照片、版画以及铅铁等多种现实材料。弗朗西斯·培根（Francis Bacon，1909—1992 年）、吕西安·弗洛伊德（Lucian Freud，1922—2011 年）都创造艺术史上新的形象。

这里来概述现代艺术是不可能的。从根本上来说，现代艺术拒绝概括，它呈现的就是分离、离散、多样性的状态，契合了个体化、离散的现实状态与精神状态。现代艺术比以往的艺术更直接更真切地反映了这个时代的个体精神状况。从塞尚、凡·高、马蒂斯，到康定斯基、布洛克、毕加索，从印象派、立体主义，到构成主义、抽象艺术，我们看到的这些艺术都呈现其独特的面貌，引起了人们的关注。这些独特的、富有创造性乃至古怪的、晦涩的、从作品一问世就引发争议、令人不快的艺术作品，往往以前所未有的形象、前所未有的表现手法、令人意想不到的创意，出现在世人面前，出现在艺术史中。这些作品不仅表现出巨大的创造力，而且直接或曲折地反映了这个时代的个体精神状况。这 100 多年的经历，也包括中国现代画家的很多作品，他们的作品也反映了中国进入现代化进程中呈现的精神面貌。

五、现代艺术面临的挑战

现代艺术难以摆脱现代性的困境；共同体艺术没有困境，更没有个体的困境。

共同体本身就是实现个体情感满足、心灵抚慰的艺术机制。直到现代，每当人们提到共同体时，都感到那是温馨的家园，这反映了现代艺术的困境。困境的关键在于艺术中个体与现实中的公众群体的矛盾。艺术如果仅仅作为个体的创作，它就无法体现出艺术真正的功能。艺术总需要在哪个环节上有群体的介入，艺术是群体感性交流的媒介，正如拉塞尔所说："艺术不仅是艺术家个人的事，也是社会群体的事。"① 如果一件艺术品，只面对一两个受众，那么，艺术作为艺术就什么也没有发生。问题是现代艺术如何融入公众，它不可避免地面对群体性的挑战：一是艺术家本身就是庞大的群体；二是艺术家与公众群体的冲突。

（一）艺术家本身就是群体，艺术就是劳动、产业化的工作

个体化时代，当你是艺术家时，回头会发现更多的艺术家。传统时代"不贰事，不移官"，只允许工匠的儿子继承父业，继续成为工匠，艺术家只是少数人，而如今，人人都可以成为艺术家，精英文化遭遇来自精英阶层之外的大多数所带来的危机。"每一个人都应该是艺术家"的观点，在很大程度上只是崇高的梦想。在100万人中只给予一个人的权利，如今要毫无例外地分配给每一个人。② 这是个体化市场经济的必然结果，打工人能够自主就业，就无法阻止他们成为艺术家。他们可以不在乎艺术，但不能不在乎艺术成为饭碗。

即使强调精英的创新，现代艺术也无法消解其本质上是劳动的特征。经典作家在讨论劳动概念时，划分了"有生产力的劳动"和"无生产力的劳动"、"有技术的工作"和"没技术的工作"、"体力劳动"和"脑力劳动"，其中的差别不论，但无论如何定义艺术创作，只要它是有一定技能的、有脑力的、有一种生产力在其中的工作，那么艺术工作无疑就是劳动。忽略艺术是一种工作或者劳动，是艺术资本的策略。

一旦个体在艺术中实现了卓越，艺术家就被推向了天才。天才艺术家的概念是精英观念。精英创造了艺术，而且只有精英才可能创造那种伟大的艺术、经典的艺术。拉塞尔说："艺术杰作的高雅概念本身具有某种自我恭维的因素，这是事实。"③ 艺术从共同体的思维中摆脱出来，现代艺术显现的重要观念就是艺术是天才艺术家的创造。艺术天才之作令人惊叹，是人类精神财富的瑰宝，但成千上万人从事的艺术只是一种工作，这也是事实，而且是不可忽略的事实。我们可以

---

① 约翰·拉塞尔. 现代艺术的意义 [M]. 常宁生，等，译. 北京：中国人民大学出版社，2003：461.
② 约翰·拉塞尔. 现代艺术的意义 [M]. 常宁生，等，译. 北京：中国人民大学出版社，2003：508.
③ 约翰·拉塞尔. 现代艺术的意义 [M]. 常宁生，等，译. 北京：中国人民大学出版社，2003：463.

承认艺术很特殊，但艺术作为一种劳动的特点，确实被掩盖了。这为艺术的神圣化，进而在市场中获得超值利润做出铺垫。

从西方的立场看，现代艺术本质上属于"资产阶级文明"。著名史学家霍布斯鲍姆在《断裂的年代：20世纪的文化与社会》中说，西方文明的两大核心是科学与艺术。这一说法与尼采太阳神和酒神、阿波罗精神和酒神狄奥尼索斯精神有着一定的关联。

科学与艺术，既是资产阶级的情怀，又是资产阶级最功利的手段。今天越来越能看出高科技对于上游经济的重要性，而天价拍卖的艺术品、公共艺术展览、大型艺术节等无不曲折显现出权力和财富的底色，"权力和财富正是赞助高等艺术的典型力量"。即使在全球化的今天，艺术，至少在霍布斯鲍姆看来，高等艺术仍然是以欧洲为中心，"'资产阶级文明'依然是高等文化的代表"。① 这是数百年来西方权力大力支持艺术，赞助者不惜血本培养艺术积累起来的效应。尽管艺术在根本上是整个市场经济系统中商品生产的组成部分，但艺术又延续着古老传统保留下来的神圣性。

霍布斯鲍姆在他的书中提到，19世纪欧洲资本主义确立了自己在全球的地位，在武力、技术以及经济保持优势的同时，带来了一整套强大的信仰和价值观，并自然而然地认为这套观念比其他观念都优越。这一切构成了"欧洲资产阶级文明"。文明的核心是艺术和科学，以及对进步和教育的重视。艺术的神圣性是西方文化长期经营打造的结果，它不是一蹴而就的，而是整个文化的长期谋划。霍布斯鲍姆描述的19世纪中期维也纳的景象，就是这种文化的缩影："围着中世纪和帝国时期的老城中心建起了一圈宏伟的公共建筑：股票交易所、大学、城堡剧院、气势恢宏的市政厅、造型古典的议会大厦、巍然相对的艺术历史博物馆和自然历史博物馆，当然还有19世纪每一个自尊自重的资产阶级城市力备的中心——大歌剧院。在这些地方，'文化人士'在文化和艺术的神坛前膜拜。"这是高雅艺术赖以发展的氛围。

---

① 霍布斯鲍姆.断裂的年代：20世纪的文化与社会［M］.常林华，译.北京：中信出版社，2014：序言6，7.

中国拥有世界上数量最多的架上画的画家，还有大量雕塑家、装置艺术家、摄影师，大量平面、室内、服装、陶艺、园林的设计师，还有数字艺术家、AI画家等。据网络，截至 2021 年，中国有约 1 500 名国家一级美术师。截至 2023 年，中国美术家协会成员数量约为 5 万名。据非官方统计，中国目前拥有超过 50 万名画家。《2023—2028 年中国工艺美术行业全景调研及投资战略研究报告》显示中国工艺美术行业直接从业人员超过 650 万人，年产值近 3 万亿元。截至 2022 年，全国共有艺术表演团体近 2 万家，从业人员 41 万人。"腾讯音乐人"平台 4 年集结了超过 23 万原创音乐人，共产生了 166 万首音乐作品。截至 2023 年，"腾讯音乐人"入驻音乐人达到 48 万。2024 年 6 月，"网易音乐人"平台入驻的原创音乐人超 73 万名。这些数据或许不够准确，但艺术行业有着相当数量的从业人员是可以肯定的。艺术就是一种工作，就是一种产业。在绝大多数艺术工作者那里，艺术就是用自己的劳动、自己的技能换取面包的过程。

观赏十位画家的山水画，人们至少可以在感受性的层面谈论其中的创新，但如果 1 000 个画家的山水画都在追求创新，人们就无法判断。共同体艺术的本意并不是求得创新，而现代性最本质的口号就是"造新"，新可以获得人们即刻的理解。当新的东西出现的时候，我们一眼就能识别。贡巴尼翁说，现代的传统是以新的诞生而开启的，因为在过去从来没有以"新"作为价值标准。[1] 但"新"这个词又非常模糊，它本身很令人困惑。它属于历史叙述的某种特殊类型，也代表现代类型。"新"一旦产生，就不再新，而成为过去的事态。

艺术上的新颖，特别是当它成为万众瞩目的焦点时，很快就淹没在无数仿作、模仿当中。新要求的是更新。新本身无法保持其新鲜，特别是艺术作为对人们感性的刺激时，更是无法保持新鲜的刺激。

当人们都在寻求一种创新、一种独特性、一种个体化的表达时，实际上，个体化和创新就消失了。这是一种个体的同质化，创新消失了。这也是目前艺术所面临的困境。艺术行业人数众多，作品巨量，理论上讲，新颖只能走向想象的极

---

① 安托瓦纳·贡巴尼翁.现代性的五个悖论［M］.许钧，译.北京：商务印书馆，2005：3.

限而趋于怪诞。创新已经被巨量的"创新"平均，新颖已经被相似的新颖枯竭。即使有屈指可数的天才之作，也难以作为整个艺术状况的标志。创新如何还能成为一种艺术标准，用来判断艺术，并使它区别其他"平庸"之作，早已成了一个问题。对于艺术家庞大的群体，关键不是艺术上的创新，而是有人愿意购买艺术。

（二）艺术根本上是与我们作为群体、集体的本质有关

我们都高度个体化了，不习惯别人挽着你的胳膊，更不能容忍共享牙刷，但艺术可以短暂性地重温我们作为群体、集体的本质。

科林伍德《艺术原理》（初版于 1938 年）中对"审美个人主义"有所批判，他说："我们把艺术家看成是一个独立自足的人格，是他所创作的一切作品的唯一作者，是把他所表现的情感作为个人情感的唯一作者，是把他对这些情感的表现作为他个人表现的唯一作者。我们甚至忘记了他这样表现的东西究竟是什么，并且谈到他的作品就说成是'自我表现'；还说服我们自己相信，一首诗之所以伟大，在于它'表现了一个伟大的人格'这一事实。"[①]但显然，在文学家、艺术家那里，艺术审美的个人主义被过分夸大了，艺术家个人的作用及其作品也被过度强调了。

艺术与审美的个人主义的出现标志着艺术与非艺术的分离。在今天人们的观念里，艺术家是天才，拥有卓越的艺术天赋，他们已经成为独立、特殊的群体，就像现代社会中其他专业化、职业化的群体。但在传统时代，艺术家很少有脱离社会生活的角色。在中国古代，艺术家、诗人更突出的角色是官员、准官员、致仕的官员，而民间艺人从事的艺术活动完全是普遍民众喜闻乐见的艺术。民间艺人与工匠的角色并无太大的区别，艺术成为他们谋生的生活，而民众经常观赏的艺术本是当时普通社会生活的组成部分。

艺术家总是本着高度创新精神独立从事某种高雅的艺术创作，这种想法在西方 14、15 世纪多少也是不存在的。当时的艺术家与工匠之间很难区分。赫伊

---

① 科林伍德. 艺术原理［M］. 王至元，等，译. 北京：中国社会科学出版社，1985：322.

津哈提到，为佛兰德斯、贝里或勃艮第宫廷服务的大师们，个个都是个性鲜明的艺术家，但他们的工作"不外乎给雕像上色，画盾牌和给旗子染色，或给比武大赛和典礼设计服装"。第一任勃艮第公爵的宫廷画家布罗德拉姆（Melchior Broederlam）所做的也是完成"佛兰德斯伯爵的宫殿中五把雕花椅的润色工作"、修理和绘饰一些机械装置，修饰马车，1387年，他还负责了一个远征舰队的豪华装饰。1488年，画家热拉德·大卫还被派去用画装饰马克西米利安（Archduke Maximillian）大公被囚时监狱的边门和百叶窗。或因此，当时艺术家的绝大部分作品都没有留存下来。他们艺术的工作种类之庞杂，即使赫伊津哈这样的学者也"几乎不能形成实用艺术的整体概念"。①

艺术是艺术家独特的创造，独创性这一点，在传统时代并没有得到强调。现代的个人主义设想的艺术家仿佛就是上帝，具有一种完全独立、圆满自足的创造力，他唯一要做的就是在自己的作品中显现其本性。②也就是说，卓越的艺术品总是区别于其他作品，总是与众不同。如果不能创新，艺术品就失去了它的生命。当然，传统时代的艺术同样达到了非常卓越精湛的程度，但创新并不是艺术唯一的目的，并不是首要目的。中国的传统时代，艺术主要是作为一种传统。艺术家的责任更多是继承、维护、修补并自然而然地发展这一传统。即使具有很高的创新成就的艺术家，人们更多看重的是他对于传统的继承与发扬。

在艺术的个人主义语境中，艺术的创新有时被提到了不恰当的高度，而为求创新，艺术难免变得哗众取宠。人们通常会认为，艺术家的作品完全都是独创的，纯粹是他自己的作品，无论如何也不是其他艺术家的作品。他所表现的情感也是以他个性的方式表现与众不同的独特情感。但事实上，艺术家的创作都是建立在特定的文化条件以及深厚的艺术传统之上的，需要借鉴学习各种艺术家的经验以及成功的手法。科林伍德强调，艺术创作并不是艺术家以完全独有的方式在头脑中进行的工作，这种想法只是个人主义心理学造成的一种错觉。"艺术家处于与整个社会的合作关系之中，这一社会并不是全人类本身的理想社会，而是同

---

① 约翰·赫伊津哈.中世纪的衰落［M］.刘军，等，译.杭州：中国美术学院出版社，1997：255.
② 科林伍德.艺术原理［M］.王至元，等，译.北京：中国社会科学出版社，1985：323.

类艺术家们（艺术家向他们借鉴）、表演者们（他用他们）和观念们（他向他们讲话）三者合一的实际社会（虽然在个人主义偏见的迷惑下，艺术家可能试图否认这些合作关系）。"① 从根本上来说，艺术的一切都是基于受众解读的基础之上的。没有读者和观众的理解，艺术的自我表现都是不存在的。同时，诸如戏剧家或音乐家，他们的创作也都是需要通过表演才可能展现，也就是说，戏剧或音乐的艺术是许多人参与的结果。

艺术创作必然有着前人的基础，依赖特定的文化条件，画家需要纸笔以及作画的技巧，音乐家需要乐器以及特定的作曲法等，这些并不是艺术家一个人的创造。科林伍德指出："一个人作为艺术家，是一个讲话者，但是一个人讲话是按照别人教的方式去讲的，他讲的是一出生就听到的那些语言。音乐家并没有发明音阶或乐器，即使他发明了新的音阶或新的乐器，他也仅仅是把他从别人那里学来的东西加以更改罢了。画家并没有发明作画的观念或者用来作画的颜料和画笔。甚至早熟的诗人，在写诗之前也听到并阅读了许多诗篇。"② 艺术创作中，艺术家起着决定性的作用，但这并不能否定艺术家依赖艺术的伟大传统以及文化条件并不断向其他艺术家学习才完成了自己的创作。

传统时代的艺术，著作权的观念是非常微弱的，有时甚至完全没有这一概念。所谓的著作权，即艺术家创作的艺术品，归属于并且只能归属于他的观念，在艺术的个人主义语境中才会出现。显然，著作权是对于作为个体艺术家权益的维护，它与现代的生产方式、商业体系密切相关。但毋庸置疑，并不是所有的时代都会有著作权的问题，在历史上更多的时候并没有著作权的概念，所以科林伍德认为"个人主义的著作权论会得出最荒唐的结论"。《伊利亚特》史诗、夏特尔大教堂、《圣经》权威译本等都不是成于一人之手，也就是说，它们不属于任何一个人，可是它们都属于伟大的艺术。③

现代的艺术观念还认为，艺术都不可能用于某种实际的目的，实用的功能一

---

① 科林伍德. 艺术原理［M］. 王至元，等，译. 北京：中国社会科学出版社，1985：322–331.
② 科林伍德. 艺术原理［M］. 王至元，等，译. 北京：中国社会科学出版社，1985：323.
③ 科林伍德. 艺术原理［M］. 王至元，等，译. 北京：中国社会科学出版社，1985：325.

旦实用，距离艺术就更远了。西方中世纪的艺术活动，如果在现代严格的艺术定义的观照下，很可能就不属于艺术，至多只是实用的艺术。但基于历史考察，中世纪真正的艺术未必不能实用。正如赫伊津哈所说：

> 在那时（中世纪）艺术还被包藏在生活当中，它的作用是用美来装点生活中被选定的形式。这些形式是引人注目、有说服力的。生活中有大量礼拜仪式：圣餐、一天中规定的祈祷时刻、一年中的教会节目。生活中所有的工作和快乐，不管是属于宗教、骑士制度、商业还是爱情的，都有它们引人注目的形式。艺术的任务是用趣味和颜色装饰所有的概念；对艺术的渴求不是出于它本身，而是用它所能达到的辉煌来装扮生活。艺术……必须作为生活的因素之一，作为对生活意义的表达来享受。不论是为了支持虔敬行为的推广还是作为世界欢乐的伴随之物，它都不被看做纯粹的美。

从审美无功利、无目的的角度来看，中世纪的艺术总是实用性的。他们"对艺术本身的喜爱不是因对美的渴望的觉醒而出现的，而是作为艺术产品过剩的发展结果"。文艺复兴时期那种自觉发展起来的艺术品味以及审美，此时还没有成熟。对于绘画的喜爱极少是因为"收藏艺术名作的目的"[①]。直到今天，我们仍然把工艺美术、实用艺术从艺术中分隔开来，并不把它们看作艺术的典型代表。

然而正如赛亚·伯林所提醒的，"古代文化比我们想象的要陌生得多，人类意识已经发生过很大的改变"[②]。如果人们坚持艺术的现代标准，特别看重博物馆式的雕塑、绘画等艺术形式，那就很难在中世纪的世界找到极为欣赏的艺术，赫伊津哈似乎也没能在那些绘画、装饰中找到符合其标准的真正艺术（尽管他没有系统说明这一标准，但标准显然是存在的）。但是如果我们保持艺术观念的开放性，就不难发现古代的特殊性。赫伊津哈实际上已经指出了中世纪最重要的艺术

---

① 约翰·赫伊津哈.中世纪的衰落［M］.刘军，等，译.杭州：中国美术学院出版社，1997：253，254.
② 以赛亚·伯林.浪漫主义的根源［M］.吕梁，等，译.南京：译林出版社，2008：12.

形式，那就是节日。他说："认清那时社会中节日的作用是很重要的。它们还保持着原始社会节日的某些涵义，是其文化的最重要的表现，是集体娱乐的最高形式和团结一致的声明。在社会大变革时代，像法国大革命的时期，我们看到节日重新发挥了这种社会的和美学的功能。"①

通过科林伍德的分析，我们清楚地看到现代关于艺术的观念实际上是特定历史阶段的看法，有其自身的特殊性。但面向公众、介入群体则是艺术最基本的特征。

现代艺术既向着个体、又向着公众的这种矛盾反映出市场、资本制约的状况。从艺术本身而言，它是艺术家个人的经历，但它需要面向公众，引起公众的关注。这一动机被资本以及市场体制所利用，艺术朝向公众的动机被纳入经济的环节。也就是说，个体的艺术家不知如何让自己的艺术面向大众的时候，资本的体制为他们创造了一系列路径。

市场机制依赖大众，依赖流量。而传统的精英艺术依赖于精英圈子，精英圈子决定着艺术品的命运。市场经济者很早就意识到，要把自己的产品销售给更多的人，需要品牌的感染，如今则是流量控制。无论是品牌推广，还是流量控制，都与公众感受性的引导、控制有关。

市场就是一个消费者聚集的地方，产品销售熟悉公众，并且依赖消费者。但市场是一个不同于共同体机制的聚集。共同体是成员的聚集，市场经济是消费者的聚集；共同体聚集的机制是情感，而市场机制处理的是利益。但有一点两者是共同的，即市场机制为了最大化利益，必须深谙群体的情感法则。从处理群体情感问题这一点来说，市场是传统共同体的嫡传。

有机团结的群体转变成离散分化的个体，在这种个体发展的过程中，艺术的创造本来是一种个体思想感情的表达，这种个体表达并不意味着需要寻求公众的理解。但市场经济条件下的精英艺术只能面向市场。杰出的艺术作品获得精英圈子的认可与理解，但却无法在精英圈子内完成市场经济的循环。精英艺术没有办

① 约翰·赫伊津哈.中世纪的衰落［M］.刘军，等，译.杭州：中国美术学院出版社，1997：258.

法仅仅依靠自己的力量生存，他们需要市场经济的保证。

艺术从共同体的环境当中分离，更容易跟市场相结合。艺术接受市场的体制，接受资本的影响，接受美术馆、画廊、音乐厅、博物馆、展览馆体制的安排。博物馆所代表的艺术界，反映了一种资本、权力结构以及相应的控制力量。但各种类型的评奖以及博物馆所代表的艺术家名家制度，不免会引起人们的质疑，为什么是这个艺术家而不是另一个艺术家更成功、更有名。

但资本非常聪明，它不像权力在艺术前瞻性的判断上过于随意。权力并不会为判断失误负责，而资本的目标在于投资成功，特别是长期投资的成功，所以资本显得更为谨慎且更有耐心。能够给出意见或投资成功的艺术批评家的意见得到吸收，它们成为资本的一部分，直接成为资本的智力与知识的组成部分。资本保持着对艺术的热爱。他们试图用艺术来填充自己被财富洗劫的精神空间。

资本理解艺术市场，这一市场就是公众。公众的关注是比绘画拍卖更重要的因素。拍卖交易时，资本已经成功地使公众对艺术产生了极大的敬畏与兴趣。艺术需要面向公众，引起公众的关注。公众与艺术品拍卖无关，与艺术展览无关，到美术馆观看艺术展览、欣赏音乐会的毕竟只占人口的极小部分，而且大多限于中产阶层，但与艺术无甚关联的公众，他们的关注却是构成艺术声望的基数。所以艺术、文学声称，它们表达的是与每个人息息相关的情感。艺术与文学被用来说明，艺术的情感与每个人的情感有关，而不是艺术家个人的情感。

从理论上讲，我们不知道一首经典诗在现代读者那里会引起什么样的情感反应。当然，李白《早发白帝城》："朝辞白帝彩云间，千里江陵一日还。两岸猿声啼不住，轻舟已过万重山。"想必绝大多数人读后都可以感受到兴奋和狂喜。《南陵别儿童入京》："仰天大笑出门去，我辈岂是蓬蒿人。"你肯定能感受到狂放的豪情。但这些情感我们认为都是诗人个人的真实情感。现代流行过的接受理论，则认为读者的理解更具有主动性。尽管文学史上我们会见到强调读者感受性的说法，但毕竟诗歌不是兴奋剂，不是酒，我们不能根据读者沉醉的程度来判断诗歌的好坏。所以后来的新批评拒绝了文学情感论，W.K. 韦姆塞特提出"感受谬误"的概念，认为读者的情感反应不是文学批评研究的对象。

后来的文学理论都小心翼翼地避开了情感这一棘手的问题。伊格尔顿在讨论文学的几种可能的定义时，几乎不谈情感。或者说，文学理论家发展出更深刻、更准确的阐释。文学艺术传达的并不是个人情感本身，而是情感的概念、情感形式。仅仅对一个人有价值的东西是没有价值的。[①] 即使真实的一份情书发表出来后，读者也不会按照作者个体的情感经历来体验这份情书。T.S.艾略特认为诗人"个人的情感"与"诗歌中表达的情感"是两回事。诗歌传达的是经过重新组织的非个人化的情感材料。诗不是放纵情感，而是逃避情感；不是表现个性，而是逃避个性。自然，只有富有个性与情感的人，才会知道逃避是什么意思。[②] 苏珊·朗格认为，艺术是人类情感的符号形式的创造。[③] 艺术表现的不是艺术家个人的情感，而是他认识的人类情感。他的艺术品将把这种情感转化成可见可听的形式。事实上，现代艺术表达了各种情感形态，除了蒙克的《呐喊》、表现主义以及涉及战争的题材，直接表达人们焦虑、恐惧、愤怒等情绪，还有声称与情感表现无关的抽象作品、观念艺术。但不表现情感，在今天毋宁是现代人最真实的情感形态。现代人总可以在大量现代艺术作品中找到令自己产生共鸣的作品。

文学艺术作品中的情感内容虽然有时被暂时性悬置，但作者与读者的个人偏好总会以微妙的方式卷入文学创作与欣赏过程。在与艺术的交互作用中，情感偏好总是回避不了的。

结语：艺术共同体

从共同体艺术到现代艺术的简要梳理，我们看到两种复杂的趋势。一是从共同体的艺术活动中逐渐分化出个体艺术，这种艺术在现代艺术那里发展到高峰。二是尽管社会发展的进程是从共同体演变到现代社会，人们从共同体的生活形态摆脱，成为现代个体，但现代个体对艺术共同体怀有巨大热情。概括地说：就是

---

① 瓦莱利.诗与抽象思维［M］//伍蠡甫，林骧华.现代西方文论选.上海：上海译文出版社，1983：37.
② T.S.艾略特.艾略特诗学文集［M］.王恩衷，编译.北京：国际文化出版公司，1989：7，8.
③ 苏珊·朗格.情感与形式［M］.刘大基，等，译.北京：中国社会科学出版社，1986：51.

集体生活中出现个体艺术；个体生活中催生集体艺术。我们从中有两点认识：

第一，从传统社会发展到今天，艺术家、艺术本身都发生了很大的变化。古典艺术为现代艺术所取代，如今现代艺术也改变了。由于照相机的出现，绘画经历了危机。如今高科技、新媒介、新材料以及人工智能的出现，绘画更是陷入"水深火热的危机"。从造作影像、创作形象的功能来说，绘画已经无人问津。视觉艺术家意识到我们关于艺术的传统观念已经越来越跟不上新时代。传统的艺术观念适用于老的手工制作的艺术以及那些古典主义范畴的艺术。绘画艺术家不得不改行，做起了装置和摄影。杜尚的"现成艺术"事实上是向艺术作品的定义宣战。原先是"由一位艺术家单独完成，希望得到观者的欣赏和崇敬，并由批评家根据美学的标准予以评说的创作"，受到严峻的挑战。现在的艺术犹如时装业，更倾向于产业化的发展。"时装业有创造性的因素，但它不是也不可能是过去意义上的创造，不是某个希望达到天才水平的艺术家独立产生出来的物品。"① 艺术现在更像是产业的集体事业。如今的雇用聘书使用的新词里的"创造性"指的只是并非完全程式化的工作。富有天才的艺术家也许还有重要作用，但更关键的是产业化艺术制作的平台，这其中需要艺术家集体性的工作。

第二，无论艺术的创作多么个人化、富有个性，艺术总是需要面对公众。正因此，在个体化时代，诸如文化节、艺术节以及演唱会等艺术共同体现象，为当代公众的情感认同提供了新的路径。

美国艺术史家列奥·施坦伯格在《当代艺术及其公众的困境》（1962 年）中引一位著名抽象画家的话："公众，我们总是担心公众。"另一位艺术家说：

> 他们（公众）处于何种困境？毕竟，艺术并不需要为全体公众服务。他们要么理解了艺术，然后喜欢上它；要么不理解艺术，然后也就不需要它了。所以，困境是什么？②

---

① 霍布斯鲍姆. 断裂的年代：20 世纪的文化与社会［M］. 林华，译. 北京：中信出版社，2014：16.
② 列奥·施坦伯格. 当代艺术及其公众的困境（1962 年）［M］// 另类准则. 南京：江苏美术出版社，2013：17.

新的艺术出现，不仅公众难以接受，许多同行艺术家也难以接受。但人们还是接受了许多奇奇怪怪的现代艺术。就像塞尚一样，艺术家把自己的焦虑通过艺术转嫁给公众，施坦伯格声称这是"现代艺术的一种功能"。艺术家给公众的日常带来了巨大的扰动。无论如何，艺术都需要面对公众，它需要考虑艺术自身与公众情感的复杂关系与互动，这种互动具有决定性意义。

史学家霍布斯鲍姆提到一位企业家在英国偏僻乡间，位于河边的海伊镇，举办文学节。他在很多类似的地方都主办这类文化节。当他在伦敦举办时，却惨遭失败。在中小型城镇甚至乡村举办文化节反而能够兴旺。霍布斯鲍姆说，这是因为这类文化节"需要某种社区精神，那不光是兴趣和感情的一致，在通俗文化节上它甚至是一种在公共场合的集体自我表现"。这种超越个人的精神在大都市中很难出现。^①这就是现代艺术共同体现象，小城镇或者乡村更容易激发人们对共同体的眷恋。浙江省嘉兴市桐乡乌镇每年十月中下旬举办的"乌镇戏剧节"，同样也在古镇，具有类似的策略。艺术共同体、审美共同体提供了人们沟通交流，特别是情感融合的新形式，它在个体化时代有着重要的意义。

参考文献：

1. A.P. 马蒂尼奇.语言哲学［M］.牟博，等，译.北京：商务印书馆，1998.
2. A. 艾耶尔.哲学中的变革［M］.陈少鸣，王石金，译.上海：上海译文出版社，1985.
3. 阿兰·芬利森.想象的共同体［C］//凯特·纳什，阿兰·斯科特.布莱克维尔政治社会学指南.李雪，等，译.杭州：浙江人民出版社，2007.
4. 安纳·杰弗森，戴维·罗比，等.西方现代文学理论概述与比较［M］.陈昭全，等，译.长沙：湖南文艺出版社，1986.
5. 安托瓦纳·贡巴尼翁.现代性的五个悖论［M］.许钧，译.北京：商务印书馆，2005.
6. 恩斯特·克里斯，奥托·库尔茨.关于艺术家形象的传说、神话和魔力：一次史学上的尝试［M］.邱建华，等，译.杭州：浙江美术学院出版社，1990.
7. 斐迪南·滕尼斯.共同体与社会［M］.林荣远，译.北京：商务印书馆，1999.
8. 弗莱德里克·R.卡尔.现代与现代主义［M］.陈永国，等，译.长春：吉林教育出版社，1995.
9. 贡布里希.艺术发展史［M］.范景中，译.天津：天津人民美术出版社，1992.
10. 霍布斯鲍姆.断裂的年代：20世纪的文化与社会［M］.林华，译.北京：中信出版社，2014.
11. 君特·沃尔法特.尼采遗稿选［M］.虞龙发，译.上海：上海译文出版社，2005.
12. 科林伍德.艺术原理［M］.王至元，等，译.北京：中国社会科学出版社，1985.

---

① 霍布斯鲍姆.断裂的年代：20世纪的文化与社会［M］.林华，译.北京：中信出版社，2014：34.

13. 克雷格·卡尔霍恩.共同体：为了比较研究而趋向多变的概念［C］// 李义天.共同体与政治团结.北京：社会科学文献出版社，2011.
14. 蒯因.语词与对象［M］.陈启伟，等，译.北京：中国人民大学出版社，2005.
15. 拉曼·塞尔登.文学批评理论［M］.刘象愚，等，译.北京：北京大学出版社，2003.
16. 雷蒙·威廉斯.关键词：文化与社会的词汇［M］.刘建基，译.北京：三联书店，2005.
17. 马克斯·韦伯.社会学的基本概念［M］.顾忠华，译.桂林：广西师范大学出版社，2005.
18. 米奈.艺术史的历史［M］.李建群，等，译.上海：上海人民出版社，2007.
19. 尼采.权力意志［M］.孙周兴，译.北京：商务印书馆，2007.
20. 尼采.人性的，太人性的［M］.杨恒达，译.北京：中国人民大学出版社，2005.
21. 欧金尼奥·加林.文艺复兴时期的人［M］.李玉成，译.北京：生活·读书·新知三联书店，2003.
22. 特里·伊格尔顿.文学原理引论［M］.龚国杰，等，译.北京：文化艺术出版社，1987.
23. 维特根斯坦.逻辑哲学论［M］.郭英，译.北京：商务印书馆，1962.
24. 亚里士多德.政治学［M］.亚里士多德全集：第9卷.北京：中国人民大学出版社，1994.
25. 以赛亚·伯林.浪漫主义的根源［M］.吕梁，等，译.北京：译林出版社，2008.
26. 约翰·赫伊津哈.中世纪的衰落［M］.刘军，等，译.杭州：中国美术学院出版社，1997.
27. 约翰·拉塞尔.现代艺术的意义［M］.常宁生，等，译.北京：中国人民大学出版社，2003.

【本篇编辑：侯琪瑶】

成就与问题：对我们认识和运用"斯氏体系"状况的检视

夏　波

摘　要：本文对斯坦尼斯拉夫斯基演剧体系（简称"斯氏体系"）在中国的传播过程进行了梳理，对其认识运用状况进行了检查、审视，并分析总结了成就与问题。认为：我国现当代戏剧演出史就是一部学习和运用"斯氏体系"的历史。"斯氏体系"对中国戏剧演出的现代化、科学化、专业化等方面起了重要作用。同时，也因为形而上学等观念的影响，在对其学习运用过程中出现了许多片面性的基础观念认识错误，以至于今天限制了戏剧导演表演水平的提高。

关键词：斯氏体系　中国现当代戏剧　现实主义演剧　成就与问题

作者简介：夏波，男，1965 年生，文学博士（戏剧导演），现为中央戏剧学院教授，中央戏剧学院学报《戏剧》执行主编。主要从事戏剧导演表演研究。著《"斯坦尼斯拉夫斯基演剧体系"研究》《布莱希特"叙述体戏剧"研究》等。

Achievements and Challenges: Examining Our Understanding and Application of the "Stanislavski's System"

Xia Bo

Abstract: This paper compiles the process of the spread of Stanislavski's system of theatre performance in China, examines the state of its understanding and application, and analyses and summarizes its achievements and problems. It is believed that the history of contemporary theatre performance in China is a history of learning and applying "S's System". S's system has played an important role in the modernisation, scientification and specialisation of Chinese theatre performance. At the same time, because of the influence of metaphysics and other concepts, in the process of learning and applying it, there are many one-sided errors in the basic concepts, so that today, it affects the improvement of the level of theatre directors and performers.

Keywords: S's System　Chinese contemporary drama　realistic acting　achievements and problems

<h1 style="text-align:center">引　言</h1>

回顾中国现当代戏剧史，我们不难发现，"斯坦尼斯拉夫斯基演剧体系"（以下简称为"斯氏体系"）对中国现当代戏剧的影响是巨大的。这不仅表现在对话剧发展的影响和推动上，还表现在对戏剧、戏曲、歌剧、电影等几乎所有演剧艺术样式的表演上。此外，"斯氏体系"的演剧观念和创作方法，也是用以培养戏剧导演、演员等戏剧人才的主要教学原则和方法。因此，可以说，在戏剧演出观念和创作方法及戏剧教育等方面，我国现当代戏剧史就是一部学习和运用"斯氏体系"的历史。其间，也曾出现过许多波澜与周折，但这条主线还是很清晰的。因此，在大力发展中国演剧体系之今天，就更有必要对我们学习认识"斯氏体系"进行较为完整的回顾、检查与审视，这对中国戏剧现在及未来的发展都至关重要。

一、"斯氏体系"在中国传播运用的历史过程

最早将斯坦尼斯拉夫斯基介绍到中国的是许家庆。他在 1916 年出版的《西洋演剧史》中，曾介绍过斯坦尼斯拉夫斯基和莫斯科艺术剧院。随后，1924 年南京国立戏剧专科学校校长余上沅到美国学习戏剧，也向国内介绍彼时风靡欧美的斯坦尼斯拉夫斯基导演创作方法。而直接接触"斯氏体系"的，则是我国早期话剧的代表人物之一、创办南开新剧团的张彭春。1910 年，张彭春与赵元任、胡适等人一同赴美留学。他虽然在美国学的是教育学和哲学，但是钟情戏剧，对欧美现代戏剧理论与编导艺术颇有研究。1916 年回国后，他与其兄张伯苓在南开中学创办南开新剧团，先后编导了《醒》《巡按》《新村正》《财狂》等剧目，在当时京津一带颇有影响。南开新剧团的成立对中国话剧事业的奠基和发展影响深远，周恩来、曹禺都是南开新剧团的重要成员。此间，张彭春在创作中，除了

运用从美国学来的欧美戏剧导表演方法，"斯氏体系"的一些思想和方法也被尝试作用于其艺术实践。1923—1935年，张彭春数次赴苏联考察，几乎每次都要观看莫斯科艺术剧院或其他剧院的演出。值得一提的是，1935年，他陪同梅兰芳访苏演出，在戏剧界引起了巨大反响。种种这些都直接或间接促使张彭春受到"斯氏体系"的影响。他于1935年在访苏回国之后，还专门写了《苏俄戏剧的趋势》一文，对斯坦尼斯拉夫斯基和梅耶荷德等人都予以了评介。然而，由于南开新剧团的演出大多在校园内，再加上彼时中国话剧的中心在上海，因此，"斯氏体系"在当时对中国话剧的影响不大，但作为其在中国的第一次传播和应用，可谓意义非常。

中国真正开始大范围地学习和运用"斯氏体系"是在20世纪30年代。对此，胡星亮曾专门做过详细的调查研究，这里不妨稍作参考。1935年，为了提高演剧水平，上海业余剧人协会章泯导演率先运用"斯氏体系"排演了《娜拉》《大雷雨》《钦差大臣》等剧，被称作"开创中国话剧演剧时代的壮举"。与此同时，陈鲤庭读完斯坦尼斯拉夫斯基《我的艺术生活》的英译本后，以"体系"的观点去分析《娜拉》等剧演出成功的原因及其对发展中国演剧的意义。[1]

据南京国立戏剧专科学校毕业的李乃忱回忆，1938年，金韵之开始将"斯氏体系"的训练方法引入表演教学。同年夏，斯坦尼斯拉夫斯基逝世的消息传到南京国立戏剧专科学校，在校长余上沅的主持下，全校师生举行了一次隆重的追悼会，会上，金韵之作了斯氏表演艺术的有关演讲。话剧导演先驱洪深说，"我国最早介绍斯坦尼斯拉夫斯基的，或为金韵之（黄佐临夫人）……其第一篇关于斯坦尼斯拉夫斯基的文字，发表于（民国）二十七年夏，在汉口印行的《戏剧新闻》。而在（民国）三十年国立戏剧学校编印的《表演艺术论文集》中，金氏又写了《斯坦尼斯拉夫斯基的演员训练方法》一文——从彼时起，直到今日，杂志报章所刊研讨演技的文章，什九显示斯坦尼斯拉夫斯基的影响"[2]。

自20世纪30年代后期至整个20世纪40年代，中国学习和运用"斯氏体

---

① 参见胡星亮.二十世纪中国戏剧思潮［M］.南京：江苏文艺出版社，1995：294.
② 参见《剧专十四年》编辑小组.剧专十四年［M］.北京：中国戏剧出版社，1995：138.

系"蔚然成风。此时，斯坦尼斯拉夫斯基的《我的艺术生活》（有瞿白音、贺孟斧两个译本）、《演员自我修养》（第1部，郑君里、章泯合译），丹钦科的《文艺·戏剧·生活》（焦菊隐译），已先后译介到国内；郑君里、陈治策在重庆国立戏剧专科学校，舒非、程秀山在延安鲁迅艺术文学院，章泯在成都的省立剧校，都专门开设讲授"斯氏体系"的课程。上海《剧场艺术》等杂志也刊载译介有关"斯氏体系"的文章。拉波泊与查哈瓦的《演剧教程》（曹葆华、天蓝译）、诺维茨基的《苏联演剧体系》（舒非译）、霍顿的《苏联演剧方法论》（贺孟斧译）、卡特的《苏俄的新剧场》（赵如林译）等译著，都介绍了"斯氏体系"。这些译介作品在当时都引起了积极的反响。余上沅、曹禺、陈治策、金韵之和阎哲吾等人合著的《表演艺术论文集》、晋察冀边区剧协的《史达尼斯拉夫斯基研究》、刘露的《舞台技术基础》、郑君里的《角色的创造》等著作，都受了"斯氏体系"的影响。值得一提的是，1939年，孙维世由延安赴苏联莫斯科国立戏剧学院学习导表演艺术，七年后学成归国，成为中国第一位系统完整地学习和掌握"斯氏体系"的艺术家。

20世纪40年代初，戏剧家们围绕提高中国话剧演剧水平等主题，还展开了学习斯坦尼斯拉夫斯基、"建立现实主义演剧体系"的相关讨论。这主要集中在当时的抗战大后方重庆，阳翰笙、陈鲤庭、郑君里、史东山、贺孟斧、安娥、孙师毅、陈白尘、刘念渠、凌鹤、赵慧琛、葛一虹和陈治策等十余人参加，或举行座谈，或发表文章，对加强话剧导表演艺术的现实主义和民族化等问题进行了较为深入的讨论。

"斯氏体系"在中国真正较为系统全面地被学习应用，还是在1949年中华人民共和国成立之后。基于此前对"斯氏体系"的接触和了解，以及中华人民共和国成立初期中苏意识形态与友好关系的迫切需求，中国掀起了一股学习和运用"斯氏体系"的热潮。

第一位成功运用"斯氏体系"的是孙维世。1950年春，她就任于在新成立的中国青年艺术剧院，运用"斯氏体系"的演剧思想和创作方法，与金山等人一起成功地创作演出了《保尔·柯察金》一剧。这次创作实践，为许多戏剧工作者体悟"斯氏体系"的精髓及其科学性开辟了道路。

另一次将"斯氏体系"成功运用于演出实践的是焦菊隐。1950 年秋，在新成立的北京人民艺术剧院，焦菊隐与于是之等人创作演出了的老舍名剧《龙须沟》。焦菊隐早就对"斯氏体系"钦佩心仪，翻译出版丹钦科的《文艺·戏剧·生活》《契诃夫戏剧集》等书，对莫斯科艺术剧院和"斯氏体系"也有着很深的研究。但他一直苦于没有很好的实践机会，新成立的北京人民艺术剧院正为他提供了大显身手的良机。在这次演出创作中，焦菊隐几乎是完全按照"斯氏体系"所要求的"从生活出发、忠实再现生活、演员要真实体验角色的思想情感、导演要融于演员身上、演出要整体有机统一"等思想和方法来进行实际创作的。在风格上，焦菊隐显露出后来北京人艺所特有的鲜明浓厚的北京地方生活气息和风貌，培养出一大批优秀的具有鲜明北京人艺特色的话剧演员。

从 20 世纪 50 年代初到 60 年代末，"斯氏体系"在中国剧坛堪称独尊一时。此间，由林凌、郑雪来翻译的《演员自我修养》第一部正式出版。后来，《演员自我修养》第二部和《演员创造角色》以及斯氏全集也陆续出版。这些大大推动了人们对"斯氏体系"的深入认知。1954 年起，中国剧协先后邀请苏联戏剧专家列斯里、古里也夫、库里涅夫等人到中央戏剧学院和上海戏剧学院等地教学或开办"斯坦尼斯拉夫斯基体系讲座"，专门讲授"斯氏体系"。全国许多优秀的戏剧人才，包括阿甲、李紫贵等戏曲工作者都参加了学习。同时，自 1953 年起，国内还连续派出盛毅、周来、张奇虹、陈颙、徐晓钟等人到苏联学习戏剧导演表演艺术，为中国的戏剧事业培养了大批优秀人才。列斯里、库里涅夫还分别在中国青年艺术剧院和北京人民艺术剧院指导排演了《万尼亚舅舅》和《耶戈尔·布雷乔夫和其他的人们》等剧，使人们更具体直接地了解了"斯氏体系"。

然而，随着"左"倾错误思想的发展和漫溢，一些人开始对斯坦尼斯拉夫斯基进行批判。早在 1956 年第一届全国话剧会演后，有人借向民族戏剧传统学习之机，针对当时话剧及戏曲创作中有些导演生搬硬套"斯氏体系"名词术语的现象，出现了完全否定"体系"的倾向。周扬、欧阳予倩等都对此提出了批评，并要求全面辩证和发展地看待"斯氏体系"。欧阳予倩在 1960 年召开的一次教学经验交流会上指出，"斯氏体系是独创的，对演剧艺术贡献极大。体系的内容非常丰富，同时问题也相当复杂。如其前一个阶段和后一个阶段就有极大不同，苏联对此也有很大争论。我们如不深入研究，就会陷于迷乱，如果生搬硬套必然会犯错误。体系是未完成的学说，它在不断发展"[①]。

　　然而，事情并非如正常料想的那样，由于中苏关系的破裂和"文化大革命"的开始，艺术学术上的探讨批判一下子变成了意识形态上的政治批判，"斯氏体系"成了批判苏联修正主义在戏剧文艺界的替罪羊。这突出地表现为：以"四人帮"为代表的人在1968、1969年一连抛出了《斯坦尼反动言论选辑》《斯坦尼"体系"材料选辑》《斯坦尼是无产阶级的死敌》等文章材料。尤以在1969年《红旗》杂志（第6、7期合刊）上发表的《评斯坦尼斯拉夫斯基体系》影响最大，甚至波及国外。他们企图以此否定20世纪30年代及"十七年"的文化运动成果，由此打击一大批参与其中的人，从而实现统治中国文化和政治舞台的个人政治目的与野心。因此，他们不顾客观事实地歪曲"斯氏体系"以进行所谓的政治批判，其实质在于"借批斯氏以批国人"，现在看来，实不足论。由此，在很长一段时间内，人们的戏剧创作主要是遵从概念化和公式化的"三突出"创作原则，将"斯氏体系"远远地抛在了一边。

　　重新评价和恢复学习运用"斯氏体系"，是1976年粉碎"四人帮"之后。1978、1979年，在上海戏剧学院和中央戏剧学院分别召开了"关于斯坦尼斯拉夫斯基体系的讨论"会议和"斯坦尼斯拉夫斯基体系与中国话剧艺术"座谈会，并由此展开了对"斯氏体系"的广泛讨论研究。讨论的主要内容是：批判"四人帮"对斯氏极端歪曲的做法，重新肯定"斯氏体系"，并提出要科学发展和深入研究运用"斯氏体系"，还对"斯氏体系"中"从自我出发""种子论"及"形体动作法"等概念和方法进行了新的探讨，并再次提出要建立中华民族自己的话剧表导演体系等。由此，人们开始对"斯氏体系"重新认识、学习和运用。此段时期的话剧创作和演出情况异常繁荣，应当说，这是广大戏剧工作者被压抑禁锢

---

① 欧阳予倩. 关于继承传统和研究斯氏体系［J］. 戏剧学习，1979（2）.

了十年后创作激情的大爆发，其中代表作品有《于无声处》《丹心谱》《报春花》《报童》等。

　　然而，到了 20 世纪 80 年代初，这种创作状态和面貌发生了巨大转变。这主要是由于 1978 年底中共十一届三中全会的召开，改革开放政策的确立和实行，带来了全国各界思想上的空前大解放。在文艺界，西方现代文艺思潮的涌入，使人耳目一新，眼界大开。整个艺术界，包括戏剧界，如饥似渴地学习和借鉴西方现代文学艺术创作中的象征、变形、意识流等创作观念和手法。在演剧观念上，主要表现为广泛吸收借鉴布莱希特的"间离效果"、梅耶荷德的假定性、阿尔托的残酷戏剧等等。因此，戏剧舞台创作格局为之一变，舞台面貌由单一写实变为大胆追求假定性、打破"第四堵墙"、强化写意性、开拓小剧场戏剧、强化观演关系等多种多样的鲜明舞台表现样式。在创作主题上，也由过去单一立足于社会道德或政治性的主题，而变为注重对人性自身和人生哲理的开掘。总之，创作者的创作主体意识开始觉醒，演剧观念求新求变，呈现出旺盛的创造活力。由此，整个戏剧创作真正进入一个新的历史时期——"探索剧"时期。代表作有《屋外有热流》《绝对信号》《车站》《培尔·金特》《街上流行红裙子》《一个死者对生者的访问》《野人》《WM（我们）》等。此时，人们在演剧观念及创作指向上，就是要突破以往独尊斯氏的写实化演剧观，因此在很大程度上，"斯氏体系"一时成为人们革新的对象。

　　1986 年以后，戏剧革新开始走向深化，演剧观念逐渐走向成熟。这主要表现在注重向表现美学开拓的同时，也强调与再现美学的融合，按照徐晓钟的话说，就是"在兼容与结合中嬗变"。[①] 在导演、表演、创作上，则表现为：努力追求创造既有深刻的体验，又富有鲜明表现美学特征的有机统一的现实主义戏剧艺术。因此，斯坦尼斯拉夫斯基演剧体系仍是人们进行创作的基础，它深深地融入人们的探索革新。此时期的代表作有《黑骏马》《中国梦》《狗儿爷涅槃》《桑树坪纪事》等。

---

① 徐晓钟. 向"表现美学"拓宽的导演艺术 [M]. 北京：中国戏剧出版社，1996：271.

20 世纪 90 年代以后至今，政治和商业两大意识及潮流并行涌进，并成为影响戏剧创作的两大主要因素。另外，也有许多西方实验戏剧观念不断引入国内，如注重演员身体语言及多媒介的开发，注重观众参与体验的"浸没式"戏剧。总体来说，此阶段戏剧观念及创作呈现出多元化态势，但也存在着概念化严重、迎合观众喜好、快餐化等问题。"斯氏体系"虽时常被人提及，但真正科学理解并准确应用的人已不多见。由此造成的戏剧舞台艺术创作水平整体下滑，尤其是表演水平的飞速下降，颇令人堪忧。

二、我们学习和运用了"斯氏体系"的什么？

从上述对"斯氏体系"在中国传播运用的历史回顾中，我们已大致窥见一些中国学习和运用"斯氏体系"的成果和问题。那么，我们具体学习和成功运用了"斯氏体系"的什么呢？主要有以下几方面内容。

（一）坚持现实主义的演剧美学原则和方法

现实主义一直是我们现当代文艺创作中所遵循的创作美学原则。坚持文艺从生活中来，并努力以现实生活存在的方式和面貌，遵照历史唯物主义和辩证唯物主义的原理，去深刻反映和表现出符合社会发展内在规律的时代主题，同时积极批判社会生活中消极的不合理的人物和行为现象。这种原则和方法具体反映在戏剧舞台创作中，其实主要受"斯氏体系"的影响。

早在 20 世纪 40 年代，在重庆发起的那场关于"建立现实主义演剧体系"的讨论，众多的中国戏剧家就是围绕着学习斯坦尼斯拉夫斯基、提高中国话剧演剧水平而展开的。其中，钱烈（郑君里）在《建立现实主义的演出体系》一文中的看法最具代表性，他指出，"每个工作者应有共同的世界观。上演的剧本应服从这共同的信念"；要"替每个剧本的内容寻觅最真确的艺术形式"；"厉行各工作部门的集体主义分工，建立各工作者之间的共同的创作方法……导演在整个演出行程中以平等的地位出现。他应该是集体的创作意志的代言人，组织整个演出"；

"演员是演出底基础"；"舞台装置方面……要克服照相式的繁琐的自然主义，内容脱节的，唯美的形式主义"；"要培植专司服装、化装、效果、音乐的专门人才，确立他们在整个演出中的创造的地位，补偿目前演出体系中的残缺"。在这次讨论中，史东山、江村等数十名戏剧家还具体拟定了"演剧规程"，对导表演艺术创作进行了具体的研究。他们要求导演"成为综合艺术集体创造之舵手"。而对演员则提出，要在深入理解剧本和所饰演人物后，首先根据"体系"对角色进行"内在的把握：a，体验角色；生活于角色。b，根据'动作贯穿线'划分大小'单位'并探索'不断的线'以利于其对于大小各'目的'及其关系的理解。c，鉴别各'单位'之轻重。d，发现角色的'最高目的'"。为此，演员要"作角色的自传，并以第三者地位详细批判所扮演的角色"。可见，"斯氏体系"对当时人们的演剧观念从方法到原则都产生了积极全面的影响。其中钱烈一文也是中国戏剧史上，"首次以'体系'的演剧观去观照中国话剧舞台的实际……对当时及后来中国话剧的演出都有深刻的影响"①。

而真正将"斯氏体系"现实主义演剧原则和方法系统专业地运用在中国戏剧舞台上的，还是在1949年中华人民共和国成立后，其代表人物是孙维世和焦菊隐。1950年，由孙维世导演、金山主演的《保尔·柯察金》首次系统地学习和运用了"斯氏体系"。据金山回忆，孙维世首先做了大量案头工作，研究小说原著及与演出内容相关的作者、人物及时代背景的大量资料，这包括文字、画片、幻灯和电影等各种形式的资料。由此，她经感受研究，寻找酝酿出包括剧中人物形象在内的整个舞台艺术形象，并依据这个舞台形象进行总体导演艺术构思。在构思过程中，导演始终充满了活跃的情感，而最终由散乱的一些景象片断，凝结成一首小诗："美丽富饶的乌克兰，你是人民生命的源泉，多少青年的热血，灌溉了你自由的草原！……"②这首小诗也可说就是斯氏所讲的演出的"形象的种子"。接下来，导演将自己的构思通过演员体现。其过程是，演员也应该读大量与剧本及角色相关的材料。起初，有人认为"这种工作太琐碎"，不赞成做。但

---

① 参见胡星亮.二十世纪中国戏剧思潮［M］.南京：江苏文艺出版社，1995：295-298.
② 参见金山.杰出的导演艺术家孙维世同志［C］//金山戏剧论文集.北京：中国戏剧出版社，1986：101.

后来大家发现，这样大大有助于演员获得充实的心理依据与创作信心。对此孙维世指出："这些细微末节我们并不在舞台上表现，但是我们一定要清楚地了解，一定要熟悉，这样我们就更清楚地认识时代环境，认识幕后所发生的事件及我们在幕后的生活，我们就更进一步地了解角色的开展。"关于"幕后生活"，这也就是斯氏所讲的：演员不仅要创造角色的现在，还要创造角色的过去和未来。对此，人们在延安演出时曾试验过，但没有成功。此后，即要求演员写角色自传，这在当时是新鲜事物，大部分人乐于此事。但也有人认为这是一种无效劳动，不愿意去做。孙维世指出，演员写角色自传就是要把自己对角色的轮廓感觉，"根据所收集与所研究的材料，通过演员的想象，具体地用文字表现出来。要用文字表现出演员的研究工作与想象，会使演员感到一些困难的；但是在克服困难的过程中，演员就更深一步地了解角色"①。实践证明了这一点，这就为演员创造角色提供了较充分的心理根据，大家都因此感到并公认这是一种有效的创作方法。

孙维世总结这次创作并解释现实主义创作方法时说道："现实主义的创作方法，要求艺术家站在党的立场，从现实的发展过程中正确地、历史地表现现实。不是表现生活的现象，而是表现生活的本质，而且（从客观效果来检验）还要担负起从思想上改造和教育大众的任务。这就是现实主义的创作方法……掌握现实主义的创作方法是不能将认识与实践分开来说的……这次的演出是用现实主义的创作方法来进行工作的。我们经过了一个比较长期的研究工作，我们在尽量找出内心的根据，寻求真实。从演出的效果来看，我们的演出形式大致是趋于统一的。但是这只能说，我们开始走上了正确的创作道路。"②

通过以上对《保尔·柯察金》一剧排演过程的介绍，我们看到，孙维世无论是在美学思想还是在具体的创作方法上，都在系统地学习和运用"斯氏体系"，坚定地坚持其现实主义演剧美学原则和方法。

另一位系统深入学习和运用"斯氏体系"的是焦菊隐。他在北京人民艺术剧院成功地运用斯氏演剧的理论和方法，排演了老舍的名剧《龙须沟》。起初，许

---

① 参见金山.杰出的导演艺术家孙维世同志［C］//金山戏剧论文集.北京：中国戏剧出版社，1986：109.
② 金山.杰出的导演艺术家孙维世同志［C］//金山戏剧论文集.北京：中国戏剧出版社，1986：113.

多人看剧本时，觉得该剧人物和对话都很生动，但故事不曲折，并且人物没有明确的时代背景，人物之间缺少明确的关系，其与传统的编剧法有很大的不同，缺乏所谓的"戏剧性"，因而认为这是个极难演得好的剧本。包括老舍本人也有这种担忧。但焦菊隐不这么认为，他说："我，和所有斯坦尼斯拉夫斯基的学生一样，认为对待一个提炼和集中地表现生活的剧本，应该用对待现实生活同样的方法，去首先认识它的本质：我们不应当只去看它外在的现象，而应当通过这些现象去追寻它内部的生命；我们不应当只肤面地看见一个剧本的结构平淡，故事片断，布局没有曲折，甚至只有几个人物而没有什么布局，便认为这在舞台上就表现不出主题，表现不出生活和在发展中的生活来。我们特别不应当只去寻求剧本故事表面上的纯逻辑的发展，而应当先去寻求支配着这些表面上互不联系的故事的那个不平衡地发展着的原动力，和这种内在动力的发展是具有怎样的发展规律。从编剧和导演的艺术思想上讲，我们应该打破旧的写实主义的单纯技术观念。必须认识：一切技术法则与艺术创造的规律，完全蜕化于生活的与自然界的辩证规律。……最有'戏剧性'的剧本，表面上总是最单纯朴素，而内在却澎湃着最大的活力，最有份量的思想与情感的。"①

这不仅使我们想起了斯坦尼斯拉夫斯基与丹钦科等人在创办莫斯科艺术剧院时的革新精神，他们对契诃夫剧本的认识也正是如此。焦菊隐也正是在斯氏、丹钦科及契诃夫剧本的影响下来认识老舍的。这种观念使得焦菊隐极度重视创作的内在真实性和现实生活的重要性，这也正是现实主义演剧美学原则的精髓所在，是"斯氏体系"的精髓所在。为此，北京人艺的艺术家也如莫斯科艺术剧院那样集体到生活中实际深入地去体验观察，去切身感受生活，为进行艺术创作寻找活生生的灵魂和血肉材料。

当然，在我国现当代戏剧舞台创作中，坚持现实主义演剧美学原则和方法的不只是孙维世和焦菊隐两人，还有黄佐临、舒强、杨村彬、徐晓钟、陈颙等人。应当说，坚持现实主义的演剧美学原则和方法，是我国现当代戏剧舞台创作的灵

---

① 参见焦菊隐. 导演的艺术创造［C］// 焦菊隐戏剧论文集. 上海：上海文艺出版社，1979：32–33.

魂和传统，几乎是所有戏剧舞台工作者都要遵循的。但就其典型性来说，孙维世和焦菊隐可作为代表。由此可集中具体地看到，我们对"斯氏体系"现实主义演剧美学原则和方法学习运用的一些脉络。

（二）坚持以系统科学的演剧规律及方法进行戏剧舞台创作

通过对"斯氏体系"的学习和运用，我们掌握了一整套系统的科学的演剧方法，使我们的戏剧创作走上了正确的道路，使我们的演剧水平得以大大提高。并且，通过不断实践和反复的讨论研究，我们能更加辩证地看待许多演剧过程中的观念和方法，如对体验与体现的关系、演员第一自我与第二自我的关系的认识，再如对从自我出发的含义及意义的认识等。

从历史上来看，作为舶来品，话剧在中国迄今只有110多年的历史。起初是文明戏，演出方式是幕表制，没有专职导演。在演出时，大家只有一个大概的演出提纲，也就是幕表。演员即根据这个幕表按照其所扮演的角色类型，上得台来，遵照大体演出内容旨向作即兴表演。而这个所谓的表演，不过是化了妆的当场演说而已。所以，从其演出情况看，还根本谈不上整体的导演艺术演出构思，演员的表演也谈不上创造角色。然而，其最重要的意义在于，一方面在于当时人们利用化妆演说方式宣传了革命思想，以切近现实的表演方式关注现实，针砭时弊；另一方面，这种写实化的演出，让看惯了讲究唱念做打古典戏曲艺术的人们，也看到了另一种完全不同的崭新的戏剧艺术——话剧（当时人称"文明新戏"）。

后来，随着话剧的发展，张彭春、余上沅、洪深、田汉等人从美国、日本等国学习戏剧回国，戏剧演出水平大有提高。张彭春领导的南开剧社、余上沅倡导的"国剧运动"、洪深在中国首先推行导演制度、田汉领导的南国社，都对话剧在中国的普及以及中国话剧演出水平的提高起了很大的推动作用。这里尤其要提的是洪深，1924年在上海新成立的上海戏剧协社，他率先推行严格的导演排演制度，要求一切演出人员都要在统一的导演构思下进行工作，并且废除了以前男女分演的制度，推行男女合演方式，因而使得演出更为自然真实。由此，中国话剧开始走向了正规、严谨、统一、自然的创作道路。但是，当时欧美戏剧的创作更注重演出的技术方面，如通过什么样的舞台调度达到什么样的舞台效果。洪深、张彭春等人无不受此方面的影响。如洪深 20 世纪 30 年代在南京国立剧专讲授表演课时，就编著过一本《电影戏剧表演术》，书中把人体和表情分成许多类型，喜怒哀乐都有图示范，学生即可照图对着镜子训练。[①] 由此也可见，当时人们对科学的演剧方法还并不十分了解。

当时的戏剧表演主要有两种情形：情感演技和模拟演技。"情感演剧"的典型代表是南国社。他们主要以真挚的态度和情感去感受角色和感染观众。南国社成员陈白尘回忆说："当时演员们，都没有受过任何演剧训练，他们对于观众的艺术感染与其说凭借于演技，毋宁说是凭借于饱满的真实感情的自然爆发。"这种表演的好处是情真意切，生动感人，但"不足的是，这种演剧有时情感泛滥过于逼真（比如伤感得痛哭流涕），没能处理好演员的自我情感与角色情感的矛盾和统一；有时演员沉浸在自我情感中不能自拔，神经高度紧张也不能很好地顾及表演的形式与审美"。

"模拟演技"则是向当时西方电影表演演技学习模仿的产物。大多是外在地学习模仿电影明星们的表演方式。这样虽对学习表演有一定好处，但常流于程式化和演技的卖弄，缺乏生活和人物的内在精神。

此外，还有"生活演剧"和"思想演剧"等演出方式，它们主要存在于业余的工人演剧和知识分子演剧中。"所谓'生活演剧'，是指演员缺少演剧基础和技术修养，不懂得运用技术和情感去塑造舞台形象，而只能把与自己生活相近的那些剧作内容搬上舞台。这种演剧常常使演员的角色类型化，遇到自己不熟悉的生活即难以表现出来；演剧也成为单纯的生活再现，难以创造出深刻的典型以真实地表现现实。'思想演剧'大都着眼于剧作思想的分析，但由于知识分子对民众的生活和情感没有深切的理解和体验，因而演员的思想与角色的思想未能相互渗透，或者是思想并非通过剧中角色的性格和情感传达给观众，而只是演员在观众

---

① 参见《剧专十四年》编辑小组. 剧专十四年［M］. 北京：中国戏剧出版社，1995：137.

面前直接把它说出来，这就不能创造出真实深刻的舞台形象，演剧流于公式化、概念化。"

再者，当时许多戏剧理论及演剧评述多注重剧本和演出的思想性，而对演剧方法及剧场特性的研究有所忽视。夏衍对此曾尖锐地指出："这种过重地依赖剧本而过轻地估价演出和演技的传统，是阻碍中国话剧进步的最主要的因素"。[①]

"斯氏体系"就是在这样的情况下被广泛介绍到中国来的。虽然当时介绍的还只是斯氏思想很少的一部分，但对于急需科学演剧思想和方法的中国话剧界来说，却如久旱逢甘霖一般欣喜。因此，自此学习和运用"斯氏体系"一直成为人们演剧创作中最注重的事情。"斯氏体系"的演剧思想和方法成了人们进行演剧活动所遵循的主要思想和方法。尽管此时由于种种主客观原因，人们对"斯氏体系"学习得还不全面深入，但无疑，自从有了"斯氏体系"以后，人们开始渐渐认识和掌握演剧的科学规律，演剧水平也随之不断地提高。

中华人民共和国成立后，人们对"斯氏体系"的学习进入了全面系统的阶段，不仅自己学，还从苏联请来"斯氏体系"专家直接传授，以及派人到苏联学习，等等。这些都使得"斯氏体系"在中国的戏剧舞台上大大得到了普及和深入，使我国戏剧工作者通过对"斯氏体系"的学习和运用，对演剧的科学规律性有了系统全面的认识。

而我们的戏剧教育及戏剧院团，也主要是依靠"斯氏体系"建立和建设的，如中央戏剧学院和上海戏剧学院以及众多的国家级及省级市级戏剧院团。因此，"斯氏体系"以其科学系统具有规律性的演剧理论和方法，为我们培养了一大批训练有素的优秀戏剧人才，对我国戏剧舞台创作及研究水平的提高发展，具有举足轻重无可替代的积极作用。至今依然如是。

学习和借鉴"斯氏体系"，不仅表现在话剧上，而且表现在我们传统的戏曲艺术上。阿甲、李紫贵等人通过学习和运用"斯氏体系"，就对现代戏曲的创作

---

① 胡星亮.二十世纪中国戏剧思潮［M］.南京：江苏文艺出版社，1995：291-293.

实践及对戏曲导演表演艺术创作规律的总结研究做出了很重要的贡献，从而积极有力地推动了传统戏曲的现代化进程。京剧大师梅兰芳早在 1958 年指出："我认为，我国戏剧界学习斯氏体系肯定对我们的表演艺术有所帮助。但是在学习方法上，运用方法上，如果采取教条主义的态度，必然会带来不良的影响，如果由于这种错误的学习方法和运用方法而产生了不良影响，便反过来归罪于体系本身，那更是错上加错……建立我国戏曲表演艺术体系，总结中国戏曲的舞台艺术经验和学习斯氏体系并不矛盾。斯坦尼斯拉夫斯基和聂米洛维奇-丹钦科的著作，他们那种深入浅出的传统现实主义的表演方法，科学的总结训练演员的方法，对我们总结自己的艺术经验，创立自己的演剧体系，是有所启发的，是可以借鉴的。"①

（三）借鉴"斯氏体系"，努力建设自己民族的"演剧体系"

我们学习和运用"斯氏体系"的过程，也是一个将其不断民族化的过程。在我们的舞台创作实践和研究中，戏剧工作者在认真学习和运用"斯氏体系"的同时，大多都努力将其结合本民族的生活特点和需要，注重本民族传统艺术美学的继承和吸收，一直在努力建立一个具有自己民族特色的演剧体系，并且已做出了很大成绩。这本身就是一个创造性地学习和运用"斯氏体系"的过程。在这方面，成就最为突出的当推焦菊隐。

焦菊隐对"斯氏体系"做过深入研究。他指出，一个导演要想把斯氏的理论有效地运用于自己的实践，首先要对斯氏理论有一个基本正确的理解，他划分了三个方面，主要是："第一，需要知道，斯坦尼斯拉夫斯基的理论，是一个体系，而不是一个单纯的、片断的、孤立的、技巧上的方法。它既然是一个体系，我们就应该寻求如何通过我们自己的方法，把它在中国的土壤里培养、发展、壮大起来，而不能从苏联生硬地教条地移植搬运到中国来。……如何针对着中国演员的条件，寻求具体实践的方法，以建立我们自己的斯坦尼斯拉夫斯

---

① 转引自严正. 我所接触的斯坦尼斯拉夫斯基体系在中国的历史［J］. 戏剧艺术论丛，1979（1）.

基体系，乃是今日企图作为人民艺术家的中国导演与演员们的最高最重大的责任。""第二，必须彻底了解，斯坦尼斯拉夫斯基的理论体系，其本身所具有的法则，是完全符合于辩证唯物论的。……斯坦尼斯拉夫斯基的体系是有机的，有它内在联系的一贯性的，有发展可能性的，是合于唯物辩证法的。""第三，必须认识，应当把斯坦尼斯拉夫斯基的理论体系，继续加以发展，予以提高——随着迅速发展着的新鲜的伟大的现实而不断地发展。"[1] 可见，焦菊隐本人对"斯氏体系"的认识本身就是非常辩证的，并自觉将其"民族化"。在实践中他也是这样做的。他按照"斯氏体系"中所讲的以演员为中心、讲求对人物情感深入真挚的内心体验等方面的内容去做，同时又将这些方面的要求与中国现实生活与中国演员的创作特点相结合，以使斯坦尼斯拉夫斯基体系真正变成中国的斯坦尼斯拉夫斯基体系。事实证明，焦菊隐在这方面走出了可喜的成功一步。由他排演的《龙须沟》《虎符》《蔡文姬》，尤其是《茶馆》，既充分深刻地掌握运用了"斯氏体系"中现实主义演剧美学原则和方法，又成功融入了我国传统戏曲中写意的美学原则和方法，富有浓厚的民族气息，可说是将"斯氏体系"成功"民族化"的范例。

在理论上，焦菊隐也多次提出他的戏剧"民族化"思想，主要是要将"斯氏体系"与中国戏曲的美学思想以及中国观众的审美习惯结合，创造出一套适合自己民族的演剧体系。另外，在多次的排演实践中，焦菊隐还提出了他著名的"心像"理论。值得一提的是，焦菊隐并不要求演员从外到内地创造角色，相反，他更讲求内在的体验，要求从内到外，并且要求演员完全消除演戏的感觉，完全化身为角色，因而在演出中有自然主义的倾向，并曾因此受到了许多人的批评。不过，后来，焦菊隐也了解研究了斯氏后期的"形体动作法"的理论，对斯氏理论的学习和运用更全面完善了。

除了焦菊隐，在民族演剧体系建设方面，黄佐临、杨村彬等人也都做过积极的探索，如提倡演剧的写意性，在此不再一一提及。

---

[1] 焦菊隐. 导演的艺术创造 [C] // 焦菊隐戏剧论文集. 上海：上海文艺出版社，1979：31-95.

（四）克服"体系"局限，不断创造性地发展和丰富"斯氏体系"

通过学习和实践，我们也认识了"体系"的局限性，并结合时代发展的需要，在坚持其科学合理性的同时，不断探索进取，广泛开拓戏剧观念，不断地在实践中将其丰富发展。"民族化"思想的提出和卓有成效的实践，从某种程度上说，就是对"斯氏体系"的一种创造性发展。

最早认识"斯氏体系"的局限，尤其是在戏剧观方面欲进行突破的是黄佐临。在 1962 年于广州召开的"全国话剧、歌剧、儿童剧创作座谈会"上，黄佐临率先提出了"戏剧观"的问题。在《漫谈"戏剧观"》一文中，黄佐临对斯坦尼斯拉夫斯基戏剧观、以梅兰芳为代表的中国戏曲戏剧观和布莱希特的戏剧观进行了比较，而其中着重介绍了布莱希特戏剧观。他曾言，他们三人最根本的区别是："斯坦尼斯拉夫斯基相信第四堵墙，布莱希特要推翻这第四堵墙，而对于梅兰芳，这堵墙根本不存在，用不着推翻。"因此，黄佐临指出："这个企图在舞台上造成生活幻觉的'第四堵墙'的表现方法，仅仅是话剧许多表现方法中之一种……但我国从事话剧的人，包括观众在内，似乎只认定这是话剧的唯一创作方法。这样就受尽束缚，被舞台框框所限制，严重地限制了我们的创造力。"所以，他希望引进布莱希特的戏剧观，并以此希望大家"把眼光放远些，放广阔些"，突破狭窄的戏剧观。[①]黄佐临的这篇谈话，可说是国内首次站在广阔多元的现代戏剧观念高度来重新认识"斯氏体系"。他欲引进布莱希特戏剧观，对人们已习以为常狭窄单一的戏剧观念进行突破拓展的同时，也无声地指出了用"第四堵墙"创造"生活幻觉"为标志的"斯氏体系"在戏剧观方面的局限，即它将人们的创造力束缚在"舞台框框"之内，并视之为唯一的创作方法。但可惜的是，当时对"斯氏体系"的这种局限，尚未从正面鲜明地提出，并给予深入的认识剖析，只限于对当时自身戏剧观念狭窄的认识。即便如此，这种宝贵的认识，不久也随着阶级斗争论思想的强化而被搁置了。

---

① 黄佐临.我与写意戏剧观［M］.北京：中国戏剧出版社，1990：269-283.

新时期是人们解放思想、实事求是、广泛借鉴各种西方现代艺术观念，不断自我反省和革新的历史时期。戏剧革新的浪潮中，虽然有片面地将"斯氏体系"当作假想敌和革新对象等许多这样那样的缺点和错误倾向，但是也无疑给了人们一个从其他的崭新角度重新审视和反思"斯氏体系"的机会。由此，人们开始发现，"斯氏体系"中也存在许多缺陷和局限，比如，艺术观的狭窄，单一地追求写实再现已不适应现代生活的发展和现代人自身的表现。因此，人们开始打破原来独尊斯坦尼斯拉夫斯基的戏剧格局，广泛吸收各种现代戏剧观念，寻找更适合于现代人生活的戏剧表现形式和方法。当然，这并不是抛弃"斯氏体系"，而恰恰相反，是在坚持"斯氏体系"的基础上，兼容嬗变，从"再现美学"走向"表现美学"，或曰根据现代生活发展的需要，不断地开拓发展了"斯氏体系"。斯氏本人就一直强调，他的"体系"是开放的，是要在不断的实践发展中日益完善的。这时期的代表人物主要有黄佐临、徐晓钟、陈颙、陈明正、林兆华等人。应该说，最具总结性和代表性地反映出这时期的戏剧思想的，是由徐晓钟等人排演的《桑树坪纪事》。为加深理解，下面对此作品进行简要分析。

在《桑树坪纪事》的实验报告中，徐晓钟指出，"我一直想通过一台戏的演出（甚至包括剧本创作）表述自己这几年对戏剧发展的思索：继承现实主义戏剧美学传统，在更高的层次上学习我国传统艺术的美学原则，有分析地吸收现代戏剧（包括现代派戏剧）的一切有价值的成果，辩证地兼收并蓄，以我为主，孜孜以求戏剧艺术的不断革新"。这可说是该剧的总体创作美学原则。正是在此原则指导下，全剧在结构上采取了"叙述体戏剧"与"戏剧体戏剧"相结合的方式，即总体上由许多大的章节段落组成，这种段落之间的组接与其说按照人物与事件客观发展的逻辑来排列组成，倒不如说遵照创作主体的主观意识情感的要求，将主题的各个层面予以片段式的切分展开，因而总体上属于"表现美学"。而在每个段落的内部，又是以"再现美学"的创作原则来结构的，主要遵循客观写实的逻辑。而在具体的舞台处理上，也遵循了这种两结合的原则。既追求情感共鸣，又强调理性批判；既破除现实幻觉，又努力创造诗化的意象。对此，徐晓钟说道："与情理相结和的追求相适应，在对待舞台幻觉问题上我基本是让破除现实幻觉与创造现实幻觉两种原则相结合，两种手法相交替。《桑》剧是大实大虚相结合的原则，在'实'处（如'雇麦客'、'批斗王志科'等）基本上遵循创造现实幻觉的原则；在'虚'处（如'捉奸'、'打牛'）一般都遵循破除现实幻觉的原则。即使在实处理的场面也间或用了些破除现实幻觉的手法，如月娃出门时，歌队——桑树坪的良心——在歌唱。"在舞台设计上，"《桑》剧空间处理的造型形式：以大写意的原则在转台上安置一个 14 米直径的倾斜'大圆盘'——象征五千年黄土高原的大塬背，'圆盘'高端的一侧是用提炼的写实手法体现的傍坡而凿的窑洞和牲口棚。'散文'式的场面基本上在这种写实环境里发生，而人物的命运和哲理升华的诗化的意象场景，则基本上在这象征广袤黄土高原的塬背上'咏诵'。转台的转动不单是物质空间的转换，而且是物质空间与心理空间两种不同性质空间的转换，也是散文与诗、叙事与咏诵的转换，即再现与表现两种美学原则、两个美学层次的转换。我们利用这种转换，构建成一组组富有感染力的哲理形象，以传达融化在形象里的哲理。"在表演上，更主要的是，注重演员对角色的深刻体验，以塑造真实生动的人物形象。为此，导演及全剧组成员都深入现实生活，体验生活，以获得第一手的感性创作材料。在排演中，又"要求演员通过小品的方式把剧中人物的性格、形象特征糅透，要求剧中人物形象直接间接地与生活中我们亲身观察体验过的人物'接通血管'。我主张，只有当演员闭上眼睛能知道人物在任何一个假定的情境中将会想什么和怎么想，做什么与怎么做，才能说角色的准备工作已经做好，可以进入排演了。……我要求演员必须像丹钦科要求的那样，用自己的神经、自己的体验、自己心灵的火花和自己的气质去感染观众，在这个基础上，根据剧本和导演构思的需要，去调节演员与角色、演员与观众的关系，去调节自己在现实空间与心理空间中的表演自我感觉"。[①] 可见，深厚的生活体验仍是创作的基础和核心，正是在此坚实的基础之上，才使得实验具有了探索广阔空间的可能，而即使空灵自由的表现性心理空间也是要经过充分具体的体验才能获得的。这便意味着，一切都要在"再现美学"所要求的在深刻

---

① 以上引文参见徐晓钟. 向"表现美学"拓宽的导演艺术［M］. 北京：中国戏剧出版社，1996：271-286.

的体验基础之上再进行鲜明生动的体现。由此，我们也再一次看到了"斯氏体系"的巨大价值和伟大意义，它是容不得任何轻视和漠视的。

另外，值得一提的是，在排演《马克白斯》一剧的时候，徐晓钟还成功地运用了斯氏后期所讲的"形体动作法"这一思想和方法。为了使演员不至于紧张，以及打破演员，尤其是成熟演员读台词时不假思索脱口而出的现象，他要求演员先以第一人称用自己的话叙述角色的台词。初步的叙述，就像盖房子先搭一个脚手架一样，使演员对角色有一个大概的了解，从而能逐步走近角色。进而让演员不念台词，而将台词的意思用自己的话说出来，这样便是在行动中分析感受角色，使演员真正理解角色的台词和行动，获得真实的内部自我感觉。经过这样一段排练时期后，再回到桌边对词，此时将自己的话与原来的台词对照分析，便会很容易地发现，什么地方理解对了，什么地方理解错了，这可说是一个自我暴露和校正的过程。如此不断地反复排练校正，就会渐渐地把别人的台词变成自己真正要说的话。当然，这些仍需要以一定的案头分析为基础。在进行《马克白斯》排演时，早就有许多人读过这个剧本，因而对这种排演方法，开始就有人怀疑，也有人怕出丑，自己排演前就预先编好了第二套台词，为此，就违背了"形体动作法"本身所要求的即兴原则和追求排演活性及真实性和充分调动演员的有机天性的初衷。针对这种现象，徐晓钟就采取了预先打破的方法，如让演员预先不知道排演哪一段等。但为了防止这样使演员容易掉进大海感到茫茫无助现象的发生，他也要求演员仍要有事件分析，通过事件使演员的自由即兴发挥有所规范。这样就像行路，先把路标弄清楚，让演员清楚行动的动因和目的，否则只知道做什么，却不知为什么。另外，徐晓钟还指出，有些剧本也不见得就非得运用"形体动作法"不可。该方法主要适用于那些对台词很难一下子把握的排演；而对演员而言，可直接或比较容易就能掌握台词的剧本，在排演时即可直接用原来的台词，用不着再用自己的话说一遍。因此，对于"形体动作法"也应当有选择地运用。可见，徐晓钟对斯氏的"形体动作法"理解得非常深入，并且从某种程度上说，是更具体、丰富，更为辩证了。

由陈颙导演的《钦差大臣》一剧，在创作方法上也进行了一次成功的大融合式的实验创作实践。在该剧的排演中，导演表演及其他艺术创作者将布莱希特的"间离方法"、梅耶荷德的假定性和斯坦尼斯拉夫斯基的"体验艺术"紧密融合。作为在中国传播和实践布莱希特戏剧思想的主要代表人物之一的陈颙，这次可以说是将布莱希特的"间离方法"运用得淋漓尽致。演员与角色若即若离，不即不离。我们既看得见人物自身的清晰脉络，也清楚地感受到来自创作者的主观态度和激情。其中，导演用了很多人物亮相式的处理，既展现了人物的情态，又同时听到演员在说："快瞧啊，瞧瞧他是多么的丑陋可笑！"而在人物的心理分析和性格化塑造上，该剧则主要遵循心理现实主义的创作方法，每个人物的心理都是严格按照在规定情境中的客观心理真实来处理的，市长的飞扬跋扈和色厉内荏，邮政局长的轻佻与热衷于小道消息的传播，医院院长的贪婪与阴险，赫列斯达科夫的花花公子相与自大状，等等，都是按照现实主义性格化的典型化的塑造方式来创作的。而在情节的发展上，也特别注意了人物心理层层递进式的发展。在整个舞台调度及风格处理上，导演则运用了大胆的假定性戏剧的处理原则和方法。这首先表现在对舞台设计和调度的处理上，导演与舞美设计师充分利用了小剧场的开放性，将演出空间几乎布满了整个剧场，而主演区既可看作内室，又可看作广场，各色人等从四面八方齐聚这个广场亮相。灯光下，我们好像看到了一个个龌龊的灵魂在阳光下肆无忌惮地展览。因此，整个演出又表现出很强的象征意味，大大超越了客观现实外貌所赋予其的内容。因此，创作者通过这三种创作思想及方法的融合，真实深刻又鲜明地表达出果戈理原作中那种强烈深沉的讽刺批判精神。

由此也可见出，不拘于一种戏剧观念，广泛地吸取各种营养，根据具体创作要求，将多种戏剧思想和方法有所侧重地有机地融合，以期更生动真实、深入直接、鲜明多样地充分表现创作主体的创作意图，是现当代戏剧的要求，也是其总的发展趋向。

三、认识和运用"斯氏体系"过程中的误区及问题

在上述对学习运用"斯氏体系"历史过程的简要描述中，我们也已看到，在

对"斯氏体系"的认识和运用上，我们还存在许多误区和问题。其原因有客观的，也有主观的；有历史的，也有现实的；有观念上的，也有方法上的；等等。总体来说，这些误区和问题，主要可概括为两个极端方面：或者局部并机械、教条、"神圣化"地推崇，并不加分析批判地接受"斯氏体系"；或者持历史虚无主义态度，片面极端地将其全盘否定。下面就这些误区和问题的具体表现情况，以及产生这些状况的深层原因等，进行具体的分析论述。

（一）局部、教条、机械而非系统、科学、有机地认识运用"斯氏体系"

此点主要表现为，误将斯氏前期的戏剧思想当作其全部的戏剧思想，而对其后期不断变化发展的新思想认识不足，以及误将其表演观念与其整体的戏剧美学思想等同认识的倾向。这具体表现为：在看待处理体验与体现的关系上，重视前者，忽视后者，轻视形式，具有自然主义倾向；在演员与角色关系的认识上，强调演员化身为角色，而对斯氏后期所强调的演员从自我出发来认识演员与角色的辩证关系不够，对演员创造过程中的第一自我的主体创造性有所轻视；在具体创作方法上，更强调前期案头分析及静态心理体验，即斯氏早期着重从内到外的创作方法，而对斯氏后来所追求的"心理形体动作法"，即要求从外到内、内外结合的创作方法认识不足；在对方法与观念的认识上，将一些表演创作方法当作戏剧美学观念来认识；等等。

以上存在的问题，在不同的历史时期，又有轻重不同的表现。在"斯氏体系"引入早期，由于资料不全，客观上限制了人们对"斯氏体系"的全面认识。如在20世纪30年代后期到20世纪40年代，人们对"斯氏体系"的学习可谓如饥似渴，但是由于战时的纷乱和对斯氏思想的介绍还非常零散，人们对"斯氏体系"的学习非常不系统，以致运用起来还有很大局限乃至误解。据原抗日救亡演剧九队的成员吕复、赵明回忆，"当时斯坦尼斯拉夫斯基的《演员的自我修养》第一部刚有不完全的译本问世，斯氏作为这部书的引子的《我的艺术生活》也刚有一些片断在刊物上译载，我们如获至宝似地抓住这些论著的一部分，视为经典，结合我们的实践，进行创作上的尝试，创作氛围是异常浓厚的。例如排演场的墙壁上贴着斯坦尼斯拉夫斯基的格言，排演场的空气十分安详肃穆。排演前进行长时期的案头工作，分析、对词、排演中，导演团的成员不断探讨，并分别帮助个别青年演员进行单独排演，以克服各个困难，达到整个排演的平衡发展，情绪十分集中，创作劳动也是十分强烈的。排演的结果自然突破了我们以往的水平，在演出上创造了一番新气象。过去我们演独幕剧，人物性格发展总是有限度的，这次展开了比较深广得多的创作领域，又接触到若干人物的细致而复杂的内心生活，从而领悟一些表演艺术的奥秘，感受到较多的创作喜悦，这都是可喜的收获。但，这究竟是我们在战争期间经受一些较复杂的创作任务磨炼的开端，我们的技术还很不熟练，加上对斯坦尼斯拉夫斯基体系的学习，根据残缺不全的一鳞半爪的材料，只能一知半解，断章取义地去领会，根本没有窥见体系的全貌。因此只有牵强附会地摸索，过去有经验有锻炼的演员可能摸索得多一些，没有经验，也没有锻炼的演员就不得其门而入。例如当时对词是列为排演的必经过程，按部就班，一幕一幕地对，甚至全剧总对，直到全部台词纯熟，想象中的角色在演员心里逐步活起来，才行动起来，进行排演。这样，有的演员台词虽然纯熟了，但一经排演就不知道如何动作，台词是一回事，动作又是一回事，格格不入，形成僵局！"[①]

这段史料说得很直接具体，很典型地反映了当时戏剧创作的状况。从中我们可以了解，尽管"斯氏体系"对当时人们应该从生活出发，应深入体验角色的内心世界及掌握规律性的程序方法，从而科学地进行戏剧创作等方面都起了很大的积极推动作用，但当时人们对"斯氏体系"的最大误解，主要还在于对"体验"的误解上，一是误认为要如自然生活形态那样在舞台上生活，二是演员应努力完全化身为角色。应当说这也正是斯氏本人前期及中期戏剧思想的反映。这在当时的演出中闹出过许多笑话，如著名"体验派演员"塞克在舞台上痛哭流涕，当其他演员提醒他应注意分寸时，他则非常生气，因为这打断了他真挚宝贵的"体验"。再如，严正回忆说，他在一次演出中负责效果，却由于演员在台上体验过

---

① 见中国话剧运动五十年史料集：第 2 辑［C］.北京：中国戏剧出版社，1958：229-230.

程拖得过长，等得太久，竟躺在天幕角上睡着了。结果等演员"体验"完了，却没了效果。[①]这些事情在今天看来都很好笑，但在当时却是出于真诚的"误解"。

这种误解也与当时人们将"斯氏体系"神圣化和教条化的倾向有关。李紫贵在20世纪40年代初就遇到过这种情况。他得到一本有关"斯氏体系"内部技术的小册子。他学了就用，"比如读到'注意力集中'时，他就到台上去运用'集中'，一味地'集中'，以致全身紧张、发硬、发僵……后来他读到了'肌肉松弛'，又误认为'松弛'就是松劲儿，于是在台上又松松垮垮、随随便便"[②]。这种情况在当时应该说也很典型。另外，由于当时单纯地追求生活的自然和内在的真实，虽然演出自然真实了，创作上也基本和谐统一，但也有只追求人物的内心体验，不讲求演出形式和演技的现象，完全生活化，演出平淡平凡，缺乏鲜明的戏剧造型能力，缺乏强烈的戏剧艺术冲击力和感染力。这种现象在当时也引起了人们的关注和讨论，如在当时大后方的重庆，前文所讲的有关"建立现实主义演剧体系"的讨论中，黄舞莺、存疑斋主、陈鲤庭、史东山、刘念渠、陈治策等人都纷纷著文发表意见，要求既要有真挚的情感体验，也要有鲜明的形式。但是，实践中较为普遍的却是，"学习'体系'偏重体验的演员对外形动作的形式演技已不大重视，或是在舞台上以形式演技获得成功，但在理论上却不敢谈论，害怕它与'体验'相违背，虽然这种情形在《屈原》《风雪夜归人》《北京人》等剧演出后稍有好转"[③]。

1949年后，随着中苏友好关系的加深，中国艺术界对"斯氏体系"的介绍要系统全面得多了。应该说原来许多由于客观原因造成的误解，随着条件的改善而应该相应消除了，但实际上却是，许多问题依然不同程度地存在着。对此，焦菊隐在1959年写的《略论话剧的民族形式和民族风格》一文中尖锐地指出："我们有时以为要求忠于生活便是要求把琐碎的生活搬上舞台，要求内在的体验便是削弱甚至取消外部动作，要求真实便是只要自己感觉真实而不管观众感

---

① 严正.我所接触的斯坦尼斯拉夫斯基体系在中国的历史［J］.戏剧艺术论丛，1979（1）.
② 参见李紫贵戏曲表导演艺术论集［C］.北京：中国戏剧出版社，1992：535.
③ 参见胡星亮.二十世纪中国戏剧思潮［M］.南京：江苏文艺出版社，1995：295-230.

觉真实不真实，因此，比如一句话最简单的台词，也必须经过半天的思索才说出来，把戏拖拉得像温汤水……应该坦白地说，形式主义和自然主义的残余，在我们的表演和导演工作上仍然存在着。"① 由此可见，问题存在的真正原因，还是人们的主观观念，这便是在观念上神圣化认识"斯氏体系"，在实践中将其教条化运用。这与当时戏剧观念上的单一性及独尊一家有着密切的关系。在一段时期里，达到了"非斯氏勿动，非斯氏勿听"的前所未有的神圣化地步，以致在创作中也出现了很严重的概念化和公式化倾向。这一问题在 1956 年的全国第一次话剧会演中就表现得很突出。另外，人们也由此认识到，如何将学到的"斯氏体系"与自己民族的特点和传统结合，也是一个急需探索的问题。为此，当时参加观摩的许多外国戏剧同行都提出过中肯的意见。不久，毛泽东和周恩来先后发表谈话，要求艺术创作要有自己的民族形式和民族风格。因此，话剧民族化和探索建设中国演剧学派一时成为人们创作和研究的重心。

此时，在戏剧观念上来说，人们对于体验与体现以及体验与表现、演员与角色的关系认识上，依然不明确。这一方面是由于大家所看中的仍主要是斯氏早中期的演剧思想，而对其后期的"形体动作法"重视不够，神圣教条化的倾向更加重了这种状况。而同时，此时期请来的苏联专家也一致要求体验而反对表演情感和形象，因而使得人们在演剧观念中更注重体验和化身，不自觉地忽视和轻视了体现和表现。

其实，对于这种现象，许多人早有困惑，但还没有一个完整清晰的认识，更没有自觉地站出来质疑。到了 1961 年，朱光潜在《人民日报》发表了一篇介绍狄德罗关于"演员的矛盾"的有关表现派演剧观念的文章，这篇文章就如一束耀眼的灯光，照亮了长久积压在人们心头的困惑，立时，在全国范围内引起了一场关于体验与表现、演员与角色、理智与感情、理性与感性等一系列有关表演艺术重要理论问题的大讨论。这场大讨论，一直持续到 1962 年，引起了人

---

① 参见焦菊隐戏剧论文集［C］.上海：上海文艺出版社，1979：326.

们对以前着重体验、忽视体现等戏剧观念及创作实践的大胆反思，人们开始重新校正对体验与体现、体验与表现等关系的认识，对以前所认识的"斯氏体系"重新审视。丁里说："如果说在表演艺术上还有些不足之处的话，我感到在一般的情况下，问题不是在体验方面，而是在表现方面不敢于大胆地去表现，形成了：体验的功夫下得多，而表现的功夫下得少；内心的世界探索得多，形体动作探索得少；内部技术办法多，外部技术办法少，其结果就是动于中者多，而形于外者少。"[①] 作为对斯氏后期"形体动作法"思想已深有研究的焦菊隐，对此更加清醒地指出，斯氏本人对体验与体现、演员与角色的关系的认识是很辩证的，既讲体验，也重视体现，体验在前，体现在后，二者是统一的。并且，这种统一是在具体的排演实践过程中进行的，问题不是出在斯氏身上，而是由于我们在理解斯氏上出了偏差。他说："以往我们谈表、导演问题太抠书本，实际上是很复杂的。比如说书上讲：只要演员在'规定情境'中真实地生活，观众就会相信。表演教师也这样说。但有时演员在台上真实地生活，观众却在打瞌睡，或者观众不明白演员在干什么。这是由于演员没有找到一种方法把自己的真实生活传达给观众。所以，演员即使真实地生活在舞台上，而未找到正确的表现方法，那观众就不一定承认你做的就是真实的，因为他没有受到感染。可见演员的表演首先是体验，然后是体现，这里有演员的技巧，要下工夫找到一种形式，把自己的体验传达给观众，让他们也体验一下。"[②] 焦菊隐从理论与实践两方面辩证地看待了体验与体现等关系的问题。而作为具有丰富创作实践经验的另一位表演导演艺术家金山对此看得也很辩证，他从自己的切身创作体会出发，对体验与体现的关系概括道："没有体验，无从体现；没有体现，何必体验；体验要深，体现要精；体现在外，体验在内；内外结合，相互依存。"[③] 这种概括实在是再切合不过了。

通过这次讨论，加上向传统戏曲学习以建设中国演剧学派思潮的影响，人们

① 参见"演员的矛盾"讨论集 [C].上海：上海文艺出版社，1963：37.南京：江苏文艺出版社，1995.
② 参见焦菊隐戏剧论文集 [C].上海：上海文艺出版社，1979：132.
③ 参见金山戏剧论文集 [C].北京：中国戏剧出版社，1986：54.

的戏剧视野得到了很大的拓展，对"斯氏体系"的理解和运用要比以前全面辩证得多了。但是，虽然如此，问题的关键在于，此时人们还是就"斯氏体系"来认识"斯氏体系"，并没有将"斯氏体系"放在整个大的现代世界戏剧不断发展的时代背景下来认识，还只是封闭静态地看待"斯氏体系"。因此，在对"斯氏体系"本身较为辩证认识的同时，并没有从更高的审美层次来对"斯氏体系"单一追求客观真实再现的本质局限给予深入全面的认识，并将这种局限同样全盘地接受。所以由此角度说，人们对"斯氏体系"的认识也还没有完全把握。而这其中的重要原因，也与人们多从表演观念方面来理解"斯氏体系"有关。因此讨论的中心都在体验与体现、演员与角色的关系等表演领域方面，而没有从整体的戏剧观念方面来认识"斯氏体系"，因此造成了对演出形式、观演关系等戏剧美学方面的忽视。由此也可见，当年黄佐临在如此独尊斯氏的情况下能"漫谈戏剧观"，在戏剧观念上提出要开拓一下，这在当时是多么的难能可贵。但可惜的是，他的声音迅速地便被风起云涌的政治斗争浪潮所淹没。而只有新时期以后，戏剧观才实现了真正的突破，对"斯氏体系"的本质局限开始有了深入的认识，但同时出现了走向另一极端全面否定"斯氏体系"的倾向。

（二）片面极端或者"假想敌"式地全盘否定"斯氏体系"

1978年中共十一届三中全会以后，"解放思想""实事求是"的方针原则，使得人们开始对以往的观念和做法进行了大胆的反思。改革开放的春风向人们打开了关闭已久的现代世界戏剧的大门，各种现代艺术观念扑面而来，使人目不暇接，进而变成了人们自我反思的参照支点和强大的驱动力。这一方面表现为，饿久了的人们根本来不及判断选择，眼睛一直向前，几乎见什么就拿什么，统统拿来再说，可说是有一种只要是新的，就是好的，就要拿来的作风。因此，在很长一段时期里，在广泛开拓了艺术视野的同时，也存在着严重的"生吞活剥"的现象。而与这种状况同步的另一方面则表现为，过去的旧的东西，统统被认为是落后的，应遭到批判和抛弃，以前被独尊的"斯氏体系"，自然成了以现代戏剧先锋自居者的攻击对象。一时间，"斯氏体系"成了传统、落后、守旧的代名词，由此，"斯坦尼斯拉夫斯基过时了"的喊声此起彼伏，不绝于耳。这不由得使我们想起了当年梅耶荷德等人进行"戏剧十月革命"，向斯氏为首的莫斯科艺术剧院发起挑战时的相似情景。当然，这种挑战有其历史的必然，坚冰尚需重斧凿，对尘封久锈的传统观念之门，是需要一点极端之力来打开的。事实上，由此，人们的戏剧观念，在与丰富多样的以表现美学观念为主体的现当代戏剧观念的拥抱碰撞中，汲取了非常有价值的营养，并为之得到了前所未有的大大拓展，更加符合现代人本主义的时代潮流，使中国戏剧由此进入了一个新的黄金时期。但是，历史也告诉我们，汹涌的革新浪潮中也夹带着大量极端性和片面性的东西，人们对"斯氏体系"的认识就存在着片面、极端、全盘否定的严重倾向。本来我们对斯氏的理解就存有误区，而以我们误解了的"斯氏体系"当作批判的对象，自然又造成了对"斯氏体系"的新的双重误解。虽然说这里面也包含对"斯氏体系"本身局限的合理性批判内容，但更应批判的是由此反映出的我们自身片面僵化的观念。而实际上，我们对"斯氏体系"的优长与局限，都还没有全面地把握与科学地分析利用；同时，我们对热烈拥抱的各种现代戏剧观念，也没有来得及完全消化，没有真正深入地分析把握。这样，以一种本就模糊的观念来批判另一种尚没有把握的观念，自然是误上加误，真可谓是半个关公与半个秦琼开战，多半都是自我与"假想敌"的交战。比如，许多人最常用的是，以梅耶荷德与布莱希特作为批判斯坦尼斯拉夫斯基的思想利器，但往往遗憾的是，多数只是看到了他们的不同和对立，而对其相同相通之处则视而不见。因此，对梅耶荷德只见其"假定性"，而对其强烈舞台表现力背后的真诚体验认识不足；对布莱希特只见其"间离"，而忽视了以理性化形式存在的另一种激情；对斯坦尼斯拉夫斯基只见其写实再现，却忘掉了其许多戏剧思想在当代依然存在的合理性，尤其是对斯氏的表演体系是对表演规律创造性的总结，正是现代各派演剧理论的基础这一点没有给予充分的认识。因此，这便造成了演剧观念上的混乱，使得舞台语言杂乱，不统一。人们多看重舞台形式的革新，而这种革新也多是对各种现代戏剧观念浮光掠影式表面化的杂凑拼贴，或者说是处于一种学习描摹层面，缺乏统一深入的把握以及深厚的戏剧美学思想的支撑。这也便出现了当时引起人们争论的

"形式大于内容""思考大于形象"等现象。如把创作的重心过分放在了舞台手段上，满台手段用尽，眼花缭乱，但对人的精神生活的表现却非常苍白；过分强调了各种观念，却往往使演出演变成某种意念的形象图解，而演员变成导演手中的符号工具，既失去了艺术形象塑造的感染力，也丧失了演员活的表演的戏剧本质魅力；强调理性与间离，却也把那种理性背后的激情给"间离"了，因此，不仅没有使观众形成强烈的主体批判意识，反而造成了整个剧场的冷漠，把观众从剧场中"间离"到剧场外了；通过各种方式强化观众的参与感，但又多重观演物理空间的变化，而忽视了心理空间的调动拉近及可相互接受并增进的可能性，因此结果是，往往不仅没有增进观演间的活的交流，而且适得其反，反使双方都因此感到尴尬紧张，而破坏阻减了活的交流，等等。这些状况，在当时可说是非常的普遍，不只在某一个戏或某几个戏中有，而在多数戏中都或多或少地存在。当然，我们不否认，种种探索都是极富激情和真诚的，对于戏剧事业来说也是极为宝贵的。但毋庸置疑，在这革新的激流中，人们在观念上还较为普遍地存在着极端化倾向。正是这种倾向，不仅对斯氏，而且对梅耶荷德和布莱希特造成了重重误解，可说是另一种"真诚的误解"。

由此，实践戏剧探索的同时，人们参照实践，在戏剧观上也展开了一场长达数年之久的举国瞩目的大争论。总结起来，争论可分为两派意见，一方面认为戏剧危机的根本原因在于创作中公式化、概念化等非艺术创作观念的严重束缚，戏剧革新的重点应在这方面，并应注重对人的本体的探索，而不仅在形式上。另外，许多戏剧革新实践本身也仍带有很强的概念化及图解思想理念的倾向，应予革新。另一方面则认为戏剧危机的实质在于戏剧观念的陈旧落后，应积极探索新的演剧观念和新的演剧方法。其实，现在看来，争论双方的焦点，在实质上并未相交。并且，他们革新的对象都是戏剧整体要革新的对象，其目标是一致的。对此，作为这次戏剧观争论主将之一的谭霈生，在回首评价这次争论时说道："不管是'形式革新'的主张，还是关于'审美戏剧''感情论''戏剧本体回归'以及'清除庸俗社会学'的呼唤，对这些命题的思考大都源出于提高剧目水准的企望，都可以归之为思想观念的更新。这一层面的思考，在新时期戏剧求取进步的历程中，都有不同程度的贡献。"①

事实也正是如此。通过这次戏剧观的争论，以及随着探索的不断深化，人们对新时期初期的许多极端做法给予了认真的反思总结。对于各种现代戏剧观念，在经过一番消化之后，开始了认真深入的分析选择。对于"斯氏体系"，在认识并努力克服其艺术观方面过分注重客观再现本质局限的同时，也辩证地认识到了其对现代戏剧依然具有重要价值的东西，即要求创作者主体对所表现的人的精神生活具有真诚的体验，要创造出活的人物形象，只不过不再只是或只有通过写实再现的唯一方式，而是可以大胆充分运用"假定性"这一戏剧的本性，通过各种富有鲜明表现力的舞台样式，去充分、直观、直接地表现出创作主体感受的思想情感，并让观众也如此直观、直接地感受。如此，可概括为，在坚持现实主义美学原则的大前提下，对各种戏剧美学兼收并蓄，在讲求体验艺术的基础上，向表现戏剧美学拓宽。这时期的代表作品《狗儿爷涅槃》《桑树坪纪事》等剧，便成了新时期探索剧的集大成者。

不过，进入20世纪90年代以后，随着整个社会市场化和商品化进程的加速发展，以及电视剧等现代快餐文化的影响，在戏剧舞台创作中，一种为达到剧场效果而一味迎合、取悦观众的实用主义倾向越来越突出，并成为许多人追求的时尚。或者无缘由无休止的戏谑，甚至不惜哗众取宠；或者如许多电视剧那样，毫无体验也毫无表现的过场式的非创作状态表演。演员个人似乎显得轻松了，但表演却毫无内容和魅力。而由此却使许多人尤其是戏剧初学者误认为戏剧创作就是要求如此，如此才正是最符合当代戏剧审美要求的。那么，与这种观念相对的另一面便是，"斯氏体系"在人们的眼里，自然就看上去既显得烦琐费力，又不实用，是不合时宜而毫无必要再学习的了。而原本就没有彻底反思纠正的新时期初期那种对斯氏全盘否定的极端看法，又为现在人们的这种观念早早打下理论基础，并惯性化地向前推进了一步。因此，"斯坦尼斯拉夫斯基过时了"的说法在当今戏剧舞台创作中又广为流行。而值得注意的是，这不仅表现为对"斯氏体

---

① 谭霈生. 新时期戏剧艺术导论［J］. 戏剧，2000（1）.

系"给予了全盘否定，而且对其根本上就采取了虚无主义的态度。结果是，现在许多人，尤其是大批年轻人，对"斯氏体系"本就没有接触，更谈不上研究，仅仅根据道听途说或以讹传讹的方式，形成了一种既定观念，即斯坦尼斯拉夫斯基是早就过时的东西，无须认识，只要批判。自然，这种批判本就是想当然和非常盲目的，却因此造成了许多人在戏剧创作观念上的是非不清，以及对许多戏剧创作规律基础修养的严重忽视和轻视，缺乏起码的专业戏剧审美能力，使得当代戏剧舞台创作非常混乱，并且水平大大降低。这可说是我们当前对"斯氏体系"认知的最大误区，也是最可怕而最急需解决的现实问题。如果说新时期初期对斯氏的认识误区还属于"真诚误解"，并大大推动了我国戏剧向前发展的话，那么，现在的这种误解，则是出于懈怠和无知，只会使我们的戏剧事业走向灭亡，是非常可怕且不可原谅的。这也正是我们今天为什么又回过头来重新认识"斯氏体系"的重要原因。通过重新认知，我们可以及时深入地反观自身的问题，找到真正正确、必需又厚实的创作基石，重新确立正确的创作观念和方法，使我们的戏剧创作沿着健康的方向稳步向前发展。

（三）误区及问题存在的深层原因分析

以上所讲的对"斯氏体系"错误认知和对待的两种倾向，由于所处的具体历史环境不同，其形成的主客观原因也各有不同。但如果对其深层原因进行分析，就会发现，它们在本质上是一样的，这就使其产生这种种观念的思维方式是一致的，它们对"斯氏体系"都是采取了非历史辩证的思维方式和态度。就前一种倾向而言，它是将"斯氏体系"当作一种静态封闭的对象来看待，而不是以历史发展的眼光来审视，也没有将其放在不断发展变化的现当代戏剧观念的时代背景下进行辩证地纵横比较分析判断。因此，对"斯氏体系"的优长与局限就很难有一个准确的把握，这正应了那句"不识庐山真面目，只缘身在此山中"，看似对"斯氏体系"掌握得很深很全，但实际上却并没有对其达到完全科学的分析把握。这种封闭静态非历史发展的思维方式，是当时封闭的时代产物。并由于当时对待艺术创作普遍从意识形态出发，以非审美的实用"庸俗社会学"来对待一切，对

"斯氏体系"就出现了教条及神圣化的倾向，对它的误解在所难免。而即使对待写实的观念和方法，在长期的实际创作过程中，由于自我的封闭和形而上学思维的影响，也渐渐变成一种刻板的公式化套子，其情形就像当年的莫斯科艺术剧院，由"契诃夫调子"蜕变成了"契诃夫套子"，使所追求的所谓真实变成了自然主义的表面真实，而失去了创作所需要的真正富有生命活力的真实，可说是以僵化刻板的自然主义面貌出现的另一种形式主义，严重束缚着人们的创造力。

实际上，这种对待"斯氏体系"封闭静止的态度，也与我们前文对"斯氏体系"研究中所看到的——要求根据实践的变化而不断开放性、创造性地丰富发展体系——"斯氏体系"中的真正思想精髓相违背。我们不唯没有根据现代创作实践的变化对其不断重新认识和充分利用，反而将其独尊僵化，从而造成整个戏剧观念的落后和创作状态的停滞不前，使我们自身及"斯氏体系"本身都越来越失去了创造的活力，并成了严重束缚人们创造力的桎梏。也正因此，人们在新时期封闭已久的思想之门打开后，对其群起而攻之，大有彻底与之决裂之势。其实，此时我们所面对的斯坦尼斯拉夫斯基，早已不是真实完全意义上的斯坦尼斯拉夫斯基，而是被我们误解变形了的斯坦尼斯拉夫斯基。错误的主要原因并在斯坦尼斯拉夫斯基身上，而恰恰在我们自己身上。所以，我们要批判和决裂的，倒更应该主要是我们自己身上所存在的错误观念。

"斯氏体系"所形成的时代，毕竟是在 19 世纪末 20 世纪初，有其必然的时代局限。而我们如果现在无视这种局限，对其全面接受而独尊，必然不符合现当代飞速发展的时代要求。由此，对于斯氏而言，我们不必苛求他，他在当时已先进于所处的时代了。而对我们自身而言，却实在不能原谅，只能承认自己已落后于时代。我们不仅没有站在现代历史发展的高度来看待"斯氏体系"，却只是与其当时所处的时代处于相同甚至还不如的水平，这不能不使自己进行深刻反思。对一个事物用得好与坏，有时并不主要是在于事物本身，而在于应用者主体。关键在于是否真正认识到了其好的方面，并充分地给予了运用；同时要认识其局限性，并在实践中加以避免。这两者可说是有效运用的两个方面，否则以其缺陷为神圣，或将其优长教条化和僵化，都只会起到负面作用，此亦为对事物本身的严重误解。以上我们对"斯氏体系"的误解可说就属于此列。

就第二种倾向而言，虽然说是从现当代戏剧发展的时代背景下来重新审视"斯氏体系"了，但在审视的过程中，却也并没有真正采取历史辩证发展的态度。这表现为：一是没有认真地将"斯氏体系"放到其所产生的历史时代给予客观辩证的科学分析，对其意义与局限并没有深入的把握，因此对于"斯氏体系"是什么，同样并不十分清楚。主要从主观意愿出发，或从中摘取为自己所用的部分，而不计其余；或者为了突出自己的观念，不惜将斯氏放到"假想敌"的位置上。因此，此时的斯氏已不再是真正的斯氏了。二是，割断了传统与现代的历史联系，忽视了"斯氏体系"的许多戏剧思想原则和方法正是梅耶荷德及布莱希特等为代表的现代戏剧思想的基础。同时，也因此将现当代戏剧思想孤立静止封闭地来看待，对所信奉追求的梅耶荷德和布莱希特等人的把握也缺乏辩证、全面、深入。这些表现也都表明我们当代人的观念及思维方式还非常不成熟不健全。而后来对"斯氏体系"盲目无知的否定，则完全属于历史虚无主义，既谈不上历史，也没有辩证可言。

那么，怎么会出现这种状况呢？究其实质原因，仍与我们所一直批判的二元对立、非此即彼的思维方式有关，即对事物的分析判断，主要将其视为对立的两极，这两极是相互对立、互不相容的，持其一极，就要否定其另一极。如此，对事物的看法，往往就从一个极端走向另一个极端，同一个事物会瞬间变成两种截然不同的东西。事实上，事物本身只有一个，只是由于我们极端片面化的思维方式和做法，将其人为地割裂开来，无视其本身内部所拥有的丰富多样性及事物的多元互补性，并静止孤立地看待，使得对事物的认识把握非常片面简单，以致出现了诸多误区和问题。对"斯氏体系"前后两种截然不同的态度，可说是这种思维方式的典型反映。

应该说，这种思维方式的形成，有着深刻的历史原因。它是自革命非常时期以来所形成的政治意识的变形和遗留，其间常常表现为对异己性一端的全面否定和狂热理想主义的偏执追求。新时期以来，随着思想的解放和科学理性的建立，人们对这种非此即彼、单一片面的思维方式进行了批判和矫正，能够以开放和理性包容的态度来看待一切，并以之为戏剧创作和戏剧建设的起点，一度产生了大量充满个性创新精神的作品，大大推动了我国戏剧的发展。但是，对这种狭隘戏剧思维的认识和批判并没有继续深入，使其在我们今天的戏剧创作中还自觉不自觉地发生着作用。再加上实用主义和急功近利作风的影响，从而常常使得我们的戏剧创作水平只能在二元对立两极间徘徊不前，没有本质性的提高。因此，无论是对于我们今天重新认识"斯氏体系"，还是为了达到把我们的戏剧艺术真正推向一个新的更高水平的最终目的，我们当今最首要也是最关键的，就是要努力自觉地以历史辩证、科学理性的态度，对这种不健全的思维方式不断反思变革，这正是去除误区、解决问题的根本所在。

四、当代戏剧观念与创作中存在的几个相关问题

与以上所讲的对斯氏误解的误区及非历史辩证发展的思维方式相关，在当代戏剧观念及创作中存在着几个很突出典型的问题，或者说是其必然导致的结果，已严重制约和影响着当代戏剧创作水平的提高发展，因此，有必要在这里特别地提出，以引起人们的注意重视，及早地加以解决。

（一）关于对某种戏剧观念及其方法统一认识的问题

任何一种戏剧思想及其方法都是统一的。正因为其不同的戏剧思想的需要，才产生了不同的方法，虽然说作为方法本身有其相对的独立性。但是，从根本上说，每一种方法的产生和运用，都是有其特殊的目的，都是为了某一种特殊的思想效用而存在的。因此，我们在认识和运用某一种方法时，也应该一同认识清楚与其相关的戏剧思想，这样才能从本质上认识清楚和把握得住某一种方法。否则，只从方法认识方法，就无济于事。在对斯坦尼斯拉夫斯基思想的认识掌握中，我们便是常常将某种思想及其方法分割开来看待，并实用主义地主观随意地取其部分使用。甚至时常分不清原则和方法，或者将某种方法代替某种原则，或者以某种方法去评价和批判某种思想。因此，不仅没有加深对某种思想原则及相

关方法的全面认识把握，而且使自己的观念陷入了更加的混乱状态，在舞台创作上则表现为舞台语汇的杂乱及相互冲突和相互抵消。这也由此便经常产生了关公战秦琼，或者言不及义，或者自己不清楚反倒去批评别人的怪现象。所以经常看到的是，高唱着斯坦尼斯拉夫斯基，然而实际做的却恰恰是在违背着斯坦尼斯拉夫斯基；打着梅耶荷德的旗号，实质上却在反对梅耶荷德；嘴里说的是布莱希特，可是最终连布莱希特本身也给"间离"了。或者又会经常出现另一种情况，以误解了的梅耶荷德去反对仍然是被误解了的斯坦尼斯拉夫斯基或者布莱希特再或者其他什么人。因此，实际上是一误再误，而自己又振振有词却不知不觉。其结果是，既使自己陷入了迷雾，又很容易因此贻害别人。之所以会出现这种状况，主要是因为与非此即彼的思维方式，片面机械而非系统有机地认识问题，当然，这也与不求甚解的学风有很大关系。

（二）关于戏剧创作基本功训练的问题

在观念和方法弄清楚了之后，还有一个创作基本功训练的问题。近年来，我们的戏剧创作水平在不断下降。这其中有很多原因，但最根本的原因是戏剧创作的基本功不够。许多演员根本不具备作为一个演员所必备的技术和身体条件素养，不知道如何创造角色。许多导演常常犯一些作为职业导演根本就不应该犯的常识性的错误，等等。焦菊隐在排演《龙须沟》时就指出："今天，新中国的演员，其所以不同于沙俄时代的演员，也更不同于今日苏联的演员者，主要在于中国话剧与新歌剧历史太短，演员还太年轻（平均都是二十多岁的青年），演戏的基本训练的基础远还不够，还很缺少作为一个好演员的条件之一：技术的基础。即或有个别的演员因为善于运用一些技巧而成了名，而那些技巧也只能说是夸大了的个人生活习惯，或者是从主观想象中给人物所矫造出来的生硬动作，和个人舞台经验与习惯之凝固。这都远不足以被尊称为劳动职业的技术。而绝大多数的演员呢，与其说他们那些使人看来不舒服的表演是犯了形式主义，还不如说那是他们不知道用什么具体的形象来表现思想情感，因而造成无所措手足的结果，更为恰当。所以，要引用斯坦尼斯拉夫斯基批评沙俄演员专以高度技巧炫弄的理论，来指责每一个连演剧劳动的技术基础还没有建立好的新中国演员都是犯了形式主义，其结果，将会使中国的青年演员们，连在舞台上运用自己在现实生活里所最熟悉的最自然的活动，连作为人类所天生的活动，也都会误认为是形式主义，因而就妄图摆脱一切最现实最生活化的动作和声音，却想另外去寻求一套所谓'生活化'的东西。于是，连在舞台上走路也都成为装腔做势，越搞便越离着斯坦尼斯拉夫斯基体系远了。"[①]焦菊隐的这番话，是针对当时教条地运用"斯氏体系"的做法而说的，并要求应该结合中国演员的具体情况而灵活运用。而从这段话中，我们也看到了今日表演现状的惊人历史相似性。

然而，今日的戏剧已并非当时焦菊隐说的那样"历史还太短"，至今话剧也已有100多年的历史，这就不能不让人更痛心和焦虑。由此我们看到，我们当今戏剧创作水平的下降，不是由于别的，正是由于忽视了对戏剧艺术创作最必需的基础部分建设，而离开了必要的基础，就什么也谈不上。现在，我们对"斯氏体系"所讲的戏剧舞台创作基本规律不是学得多了，而是实在太少。相比之下，当今那种盲目无视"斯氏体系"的流行看法，又是多么的无知和妄自尊大，应该为自己感到羞愧汗颜。

（三）关于剧场性与假定性的运用和演出形式探索的问题

恢复戏剧的剧场性本性，大胆广泛地运用戏剧的假定性和努力追求新的演出形式，是当代戏剧的一个重要艺术创作特征。它们都有力地开拓了戏剧观念，丰富了戏剧舞台的面貌。但是在具体的创作运用中，也出现了不少的问题，值得注意。如斯坦尼斯拉夫斯基所反对的那种庸俗的剧场性，在我们的创作中时常出现。如空洞无物的程式化的表演，甚至为了个人自我表现而在舞台上进行自我欣赏式的表演与舞台技巧卖弄，各种舞台技术的单纯的展览，满台运用了高强度的戏剧手段然而换来的却是整个剧场的冷漠，等等，都是混杂在呼唤戏剧的剧场性假定性浪潮中冠冕堂皇地出现的。有的是认识上不清楚，分不清什么是好的剧场

---

① 参见焦菊隐戏剧论文集［C］. 上海：上海文艺出版社，1979：62.

性和坏的剧场性，因而是不自觉到了这种地步的；而有的则是本意就是如此，就是为了个人表现，应予毫不留情地彻底批判。在对假定性的运用中，也经常出现为了假定性而假定性的现象，因而其所谓的假定性，不仅没有形成独特的戏剧语汇，反而是与斯坦尼斯拉夫斯基所反对的"和虚假，和形式主义相伴而存在"的假定性。并且，经常是一哄而上，不管什么题材什么体裁什么演出方式，都全用假定性对之，是否适用且不说，千篇一律，缺乏个性和创造，然而其本身却打的是革新的旗号，真是让人哭笑不得。许多演出着力于形式的创新，这本身很有价值，应予积极鼓励，但遗憾的是，许多创新还仅仅是流于形式本身，走向了空洞的形式主义。并且，许多是表面上看上去是新的，但骨子里的观念及思维方式却很陈旧，因而使创新暗地里早已打了很大的折扣。当然，那种为了某种思想实验而进行的某种单纯形式创新实验又另当别论。

我们并不反对运用剧场性和假定性及进行形式上的创新，但关键是要分清什么是好的什么是不好的。这个，斯坦尼斯拉夫斯基早已讲得很清楚了，我们进行创作的一切目的，都是在为了生动深入地表现人的精神生活。是否为了并实现了这个目的，便是判别形式创新好坏的唯一标准。无论是梅耶荷德，还是布莱希特，或者其他人，他们的戏剧思想和方法，都无不是围绕着这个中心而展开的。我们创作时之所以采用某种方法和手段，这是由我们所要表现的对象——人性及生活本质本身决定的。或者说，正是这种表现的对象在我们每个人的心底里要求呼唤着我们该运用哪种形式和手段。作为某种形式，它也只有成为思想的视角和个体生命存在的样式时，它才具有生命的价值，才会对每个人产生具有真正艺术生命力的影响力，这就如斯坦尼斯拉夫斯基所说的要能影响和震撼人的心灵。

另外，在许多演出中，主要是由于导演片面地理解和运用剧场性和假定性，过分地追求舞台技术手段，而削弱或掩盖了另外一个以演员为创造中心戏剧最核心的本性，或者是技术手段及技巧处理压倒和掩盖了演员的表演，或者是以演员作为导演手中的工具，简单地当作导演某种意念的符号，从而取消了演员作为戏剧创作核心主体之一的主体创造个性，等等。如此，不仅为了表现戏剧的一种本性却损害了另一种更重要的本性，也因此大大削减了戏剧演出的根本活性所在，减弱了戏剧艺术所特有的艺术魅力。再者，作为一个导演，有责任和义务去培养和指导演员，而不只是简单地使用和操纵演员。纵观许多有成就的演员，大多都在很懂得演员创作规律的导演指引下，在具体的排演过程中成长起来的。斯坦尼斯拉夫斯基、丹钦科、梅耶荷德、布莱希特，包括焦菊隐、徐晓钟等人，在这方面都为我们做出了范例。

（四）关于观众参与及表演交流的问题

强调观众参与，是呼唤和强化戏剧本性的又一种表现之一。格洛托夫斯基指出，演员与观众是戏剧艺术最核心最本质的两个因素。因此，强化观演关系成了现当代戏剧创作的一大特色。尤其是近年来小剧场戏剧的兴起和蓬勃发展，更是在这方面做出了非常有积极意义的探索，取得了很大的成绩。但是，在实际创作中，却因对观众参与的性质及方法认识不清，而常常出现不尽人意或最终效果与创作初衷截然相反的现象。比如，我们有时想当然地以为打破传统镜框舞台、缩短观演间的物理空间，进而就能缩短观演间的心理空间，从而强化观众的积极参与能力，而实际效果却不然，相反，倒由于这种物理空间的缩短而扩大了观演间心理空间的距离。那么，为什么会出现这种现象呢？为什么会有的演出演员走近观众就能使观众感到亲切和更具有直接强烈的感受，而有些演出则就不能，并且使观众感到紧张不舒服呢？徐晓钟在谈到这方面的问题时说，关键是运用这种观众参与的方式时，要具有真情实感，或者说要出于真情实感的需要，另外要符合规定情境。他以《绝对信号》中蜜蜂姑娘的七分钟独白为例说明。当演员从台上走下观众席时，演员或角色的真挚的情感在向观众吐露，观众并没有因为演员来到身边而紧张，而是被深深地感动了。这是因为，随着人物舞台动作的进行，舞台空间随着人物的心理空间发生了变化，原来的一切传统戏剧空间设置方式都失去了效用，人物唯有走下台来直接向观众敞开胸怀，活脱脱地展示自己的内心情怀。因此，这便与观众间建立了情感上的信任感，观演之间因而紧密地融为一体了。作为演员和导演及其他戏剧创作者来说，无论对角色还是观众，都应首要的是建立这种信任感。这也就是强化观众参与及运用假定性时应首先遵从的前提。

斯坦尼斯拉夫斯基所讲的信任感也应该包含这方面的内容，也同样适用于现当代戏剧创作。梅耶荷德在探讨假定性的本质时，我们也曾看到过这方面的要求，那种假定性所要求的观演间约定俗成的契约性，其本身就应包含着这种通过观演想象而获得的情感思想上的信任感。

与观众参与相关的另一个问题，就是表演交流的问题。强化观众参与，即在于强化戏剧艺术所特有的观演之间活的交流的特质。因此，新时期以来，我们不仅在强调演员与演员间的水平交流，也注重演员与观众间的垂直交流。其实，无论哪种交流，都应是活的交流。这种交流的活性，不仅应表现在活的演员与活的观众之间的当场交流，而更在于观演之间精神情感上的活的交流。如果没有这一点，即使演员与观众都是活的，那么，其交流也是死的，或者说，根本就没有产生交流。所以，即使把观演空间在物理空间上拉得很近很近，而观演之间仍然是很远很远。这是因为，戏剧创作在这两种活体之外，还有第三种活体，它是活人演活人给活人看的一种"三活"艺术，如果没有了这中间的"一活"，没有了活的角色人物，是根本无法形成活的交流，也不可能产生活的戏剧。而我们的许多演出中，虽然很强调活的垂直交流，但许多演员在舞台上，没有判断，没有交流，没有潜台词，看不到角色的欲望，一个人物上场，看不到对场上其他人物的影响，看不到鲜明生动的形象，看不到演员个人表演个性的魅力，整个人物角色是枯干的、灰色的。如此，又怎谈得上所谓活的交流呢？因此，如何将活的交流方式与活的交流内容真正结合，是我们在处理观众参与问题及完成整体戏剧创作时，应予重视的最重要最根本的一个方面。否则，就会流于形式主义。

另外，由于受当下电影电视表演的影响，戏剧表演中存在着一种过分追求自然生活化的倾向，进而在戏剧表演观念上不自觉地产生了一种将舞台生活与现实生活混淆、等同的错误看法。使得舞台上的表演水分太多，毫无表现力。当然这并不是说戏剧表演不要松弛，但是松弛并不意味着松散和空白，更不应成为表演的最高标准。它只是演员进入创作状态的起点，以便使演员能全身心地投入形象的创造。作为以艺术形象创造为己任的演员，他不同于普通人，他必须能充分灵活地运用自己的身体和情感，去创造出自己之外的另一个活生生的形象。

（五）关于哲理化问题

追求舞台创作的哲理化，是现当代戏剧创作中的一个重要倾向之一，也是新时期戏剧的一大成就。这种观念在舞台创作中的表现，除了在内容方面表现为对人生终极意义及社会历史发展本质的特别热衷追求外，更突出表现为其在舞台形式处理及手段选择上的哲理化倾向。它不再通过斯坦尼斯拉夫斯基所要求的自然客观真实的方式，而是让自己的创造想象从事物的自然真实中飞翔，充分运用变形、夸张、象征等现代艺术手法，将所意识到的哲理直接呈现。不再是通过间接的方式，而是直观地作用于观众的感官与心灵，以达到更强烈的艺术效果。这种变化正是我们突破了"再现美学"的局限，向"表现美学"转变的表现，标志着我们戏剧观念的时代性进步。但这其中也时常表现出一种过分理性化及非艺术化的倾向，主要是表现为观念直露，缺乏饱满的创作激情，不能构成诗的意象，其手段不是通过艺术形象的直觉感知，不是活的诗的语言，而是理性概念的逻辑演绎，活的演员变成了干巴巴的观念符号。因此，使得整场演出不像一场戏剧艺术创作，倒更像一次形象化的学术论文演示会。如此，既不符合艺术创作的基本审美规律要求，也不可能给人以心灵情感的审美愉悦，带来的只会是剧场的冷漠。想当年，斯坦尼斯拉夫斯基在谈论"怪诞"时，也曾对如今天这样类似的哲理化倾向提出过批评。虽然这其中有其客观再现艺术观方面的局限性因素，但其对于戏剧创作要创造真实有机活生生的艺术形象要求却并不过时，它对于一切戏剧艺术创作来说都是通用的。这也说明，我们许多人对于很多戏剧创作的基本规律，对于演员创造角色的规律及方法还认识把握得不够，还不能及时正确地引导演员找到活的自己与活的角色间的有机联系。因此，这也同时要求我们，应该好好地温习一下早就在这方面为我们指明了方向和具体方法的"斯氏体系"。

哲理化在戏剧创作中的表现，我认为，通常可大致划分出三个层次：一是较为表面的一层，作者将其所认识归纳出的人生哲理直接引入艺术作品中，即通过戏剧艺术形式来演述哲理，而具体表现为作品中的人物和情境直接变为某种哲理的象征符号。这种创作方式固然清晰地表达出了作者要强调的哲理，但也无疑同时忽视了戏剧艺术的形象性的审美需求，削弱了艺术作品的审美情韵。二是，哲理思想已为艺术形象所自觉掌握，因而，哲理已不再停留于语言的直接表述上，而是深入切实的行动，哲理不再是抽象概念式的直言说教，而是已化为具体生动的形象和情境。然而，这里值得注意的是，作者的这种追求的自觉性又往往不自觉地使其个人行为思想插入作品中，从而使戏剧人物和戏剧情境未能完全独立。另外，这种追求的自觉性也说明作者还没有完全掌握其所意识到的哲理，其所在作品中演述出的哲理与其想要表述的哲理还有一段距离。道理很简单，当你想要去追求一件东西的时候，正说明你还没有得到或者没有完全得到这件东西，一旦你真正得到了它，那么，"要"字便失去了意义。这便是通常所说的"得之而忘之，不得而求之"的道理。而一旦到了"得之而忘之"的时候，也就跨入了哲理化的第三个层次：作者本身即生活于哲理化形象之中，所谓哲理并没有超出作者本身之外，因而作者不仅能够对生活加以哲理化的整体观照，又能在创作中完全从具体的生活出发，将其所意识到的某种哲理完全渗透于生活中。因此，艺术人物的言行也由自觉变为不自觉。确切地说，应该说是艺术人物形象摆脱了作者的自觉性的干扰，而真实实现了其自身的独立自觉性，哲理不再是他们口中的虚浮之物，而是已化为他们身上实实在在的活生生的血肉，是其自我本体的全身自在式的呈现。这样，此时，整部作品便会浑然呈现出一种自在独到的风格与境界，这也正是现代艺术所孜孜以求的直觉境界。

然而，就我们的许多讲求哲理化的作品而言，多是出于第一层面，而出于第二层面的则很少，而达到第三层面的则少而又少。许多作品创作开始就是从意念出发，所谓创作只不过是在利用戏剧舞台以活动道具演绎这种观念。因而概念化严重，或者"思想大于形象"，或者只有些思想，根本就没有形象。这本身就是出于思想或哲理先行的缘故，根本就谈不上在进行有机的艺术创作，可说是"化妆演讲"的另外变种。另外一种创作是，创作者很有生活感受，但在创作过程中，却将鲜活的感性感受归纳出几条干巴巴的意念，然后，再将其还原为鲜活的感性形象，而结果是，最终还原不了，只存下些意念，而没有了原初质朴生动的形象。

在具体创作中，实现哲理化的一个重要手段，象征手法被运用得很多，但是，又往往又运用得很简单肤浅，多是符号化的直喻，就事论事，直白而缺乏真正象征性所讲求的深厚韵味。徐晓钟上课时曾谈到这方面的问题，他精辟地指出，象征手法运用得好不好，主要看三个方面：一是看是否包容了复杂真实的心理内涵；二是看是否推动了人们丰富的想象；三是看是否给观众以深刻的领悟和审美的愉悦。这三点也可以说是检验哲理化创作是否成功的三个评判标准。如果达不到这三个标准，那只能说是简单化的图解而已。

结　　语

面对以上所讲诸多问题以及当前戏剧创作现状，我们没有任何理由对"斯氏体系"有所轻视，更没有任何道理将其盲目全盘否定。我们现在戏剧创作水平不高，出现许多问题，其原因恰恰是由于对"斯氏体系"忽视和误解造成的。并且，所犯的许多错误，也并不主要在"斯氏体系"身上，更重要的在于我们自身，在于我们观念及思维方式的偏狭和不健全，以及对艺术的不真诚、不努力。这也正是今天我们对认识和运用"斯氏体系"进行检视的现实意义。

我们今天研究"斯氏体系"，绝不仅仅是为了重温历史，更重要的是面向现在和未来，使我们的戏剧创作和研究能够在坚实稳固的基础上，以开放健全的心态和思维，沿着正确的艺术创作方向，努力建设出富有现代民族文化艺术精神的中国演剧体系。

参考文献：

1. 胡星亮.二十世纪中国戏剧思潮［M］.南京：江苏文艺出版社，1995.
2. 黄佐临.我与写意戏剧观［M］.北京：中国戏剧出版社，1990.
3. 焦菊隐.导演的艺术创造［C］// 焦菊隐戏剧论文集.上海：上海文艺出版社，1979.
4.《剧专十四年》编辑小组.剧专十四年［M］.北京：中国戏剧出版社，1995.
5. 李紫贵.李紫贵戏曲表导演艺术论集［M］.北京：中国戏剧出版社，1992.
6. 欧阳予倩.关于继承传统和研究斯氏体系［J］.戏剧学习，1979（2）.

7. 谭霈生. 新时期戏剧艺术导论［J］. 戏剧，2000，（1）.

8. 徐晓钟. 向"表现美学"拓宽的导演艺术［M］. 北京：中国戏剧出版社，1996.

9. 严正. 我所接触的斯坦尼斯拉夫斯基体系在中国的历史［J］. 戏剧艺术论丛，1979（1）.

10. 中国话剧运动五十年史料集：第二辑［M］. 北京：中国戏剧出版社，1958.

【本篇编辑：侯琪瑶】

舆图中的世界交流与中国图示 [①]

郭 亮

摘 要：17世纪以来，欧洲耶稣会传教士在中国创造了制图的经典案例。然而，在欧洲出版的传教士地图在图示中增加了前所未有的内容。尤其是西方人眼中的明朝社会文化、风俗场景、人物形象以及地理风景的表现，它们在地图集的文本描述、观察和描绘方式之间建立起一种图像趣味关联。欧洲出版卫匡国《中国新地图集》的形式是典型的佛兰芒地图学派风格，在地图中生动地呈现出具有仪式感的中国社会的场景，将大范围的地理空间与固定视角的写实主义图绘并置，试图在欧洲绘画与地图的鉴赏传统和"异国情调"、明朝社会风貌与绘画感之间谋求微妙的平衡。卫匡国地图已是欧洲对明代中国深入了解的开始，它的描绘方式与地图文本叙述相得益彰，深刻影响了后来欧洲人在文本中描绘中国的表现方式。

关键词：风景与地图　制图学交流　中国图像

作者简介：郭亮，男，1973年生，文学博士，上海大学上海美术学院教授、博士生导师。主要从事中外美术交流、艺术与科学的研究。著《权力的图像：近代的中国海图与交流》《十七欧洲与晚明地图交流》等。

Global Exchange and Chinese Visualization in Maps

Guo Liang

Abstract: In the late Ming Dynasty, Jesuit missionaries in Europe created a classic case of cartography in China. However, missionary maps published in Europe added unprecedented content

---

① 本文为国家社科基金重大项目"西方与近代中国沿海的图绘及地缘政治、贸易交流丛考"（项目编号：20&ZD233）的阶段性成果、教育部哲社重大课题攻关项目"黄河地域舆图图像与明清社会史变迁述略"（项目编号：22JZD031）的阶段性成果。

to the illustrations. Especially in the eyes of Westerners, the representation of Ming Dynasty's social culture, customs, scenes, character images, and geographical landscapes establishes a visual interest relationship between the textual description, observation, and depiction methods in the atlas. The form of the European publication of Wei Kuangguo's "Atlas of China's New Land" is a typical Flemish cartography style, vividly presenting scenes of Chinese society with a sense of ceremony in the map. It juxtaposes a large geographical space with fixed perspective realism painting, attempting to seek a subtle balance between the appreciation tradition and "exoticism" of European painting and maps, and the social style and painting sense of the Ming Dynasty. The map of Wei Kuangguo was already the beginning of Europe's deep understanding of Ming Dynasty China. Its depiction style complemented the textual description of the map, deeply influencing the way Europeans later depicted China in their texts.

Keywords: landscape and maps   communication of description of the maps   Chinese images

中国在晚明时期逐渐融入了世界全球化的历史进程。此时的中国人可以接触多元的文化、知识和科学技术知识。欧洲耶稣会由于接受了学术和科学的训练，掌握了诸多科学技能而得以在中国施展才华。这不仅符合耶稣会创始人依纳爵·罗耀拉（Ignacio de Loyola，1491—1556）的信念，即"运用非基督教经典具有合理性，而且也是耶稣会士探讨文化适应的重要途径"①，也更加适宜晚明社会的文化氛围，因为那些最重要的新思潮产生于主流之外。也是在这个时期，关注世界图景的人已由艺术家扩展至学者、科学家甚至是传教士，他们深知图像所具有的力量和它们会带来的影响，来自西方的图像（包括科学、宗教和艺术方面）亦成为西学东渐这条充满艰辛之路上的绮丽点缀。

明代中期后，知识传播的可能性大大增加。随着经济的不断发展，识字率显著上升，士绅文化大为兴盛。大量文人学士游离官场，广结文社，或私下集会，或聚谈于寺院之中，书籍出版亦空前繁荣。晚明时期的中国，实际而有用的知识正在增长。早在结交耶稣会士之前，朝中重臣徐光启和李之藻就著有水利与测地之书。可以这样说，明朝末年相当多的文人学士对西学已不再陌生。②耶稣会进入中国后所做的一项重要工作是绘制地图，同时也带来了欧洲地理的最新研究。

---

① 柯毅霖.晚明基督论［M］.王志成，译.成都：四川人民出版社，1999：13.
② 安国风.欧几里得在中国：汉译《几何原本》的源流与影响［M］.纪志刚，郑诚，郑方磊，译.南京：江苏人民出版社，2009：94，484.

　　欧洲地图学发展到 17 世纪时，在科学测量和地图绘制方面已经十分完善，先是葡萄牙、西班牙，继而是意大利和荷兰等国。由于海外贸易和扩张的需要，全球视野和世界地图在欧洲制图早期就已成为一种观察模式和绘制原则。一个重要的基础则是，欧洲社会已经具备了一个成熟的地图系统，这是规模化制图时代所不可缺少的保证。在文艺复兴前后，欧洲的君主、诸侯和教皇是地图的主要阅读群体，地理大发现时期对地图的巨大需求基于海外财富的获取。到了 17 世纪，欧洲阅读地图的群体也包括了社会上的普通知识阶层，连耶稣会修士的教育课业都必须接触这些，他们学习地理学、制图学、天文学和机械学。课程设置中也包含了科学实践活动，如制造日晷仪、星盘、时钟和天体图等。[①] 地图越来越成为一个知识的"集合体"，因为绘制精美的地图往往包含地理、人文、艺术和历史的复合知识，几乎是一部百科全书。

　　以中国历代舆图的绘制传统来看，晚明时期的变化最显著，但对中国传统地图制作的影响有限。这种改变一方面体现在中国人首次将全球视野纳入自己的舆图认知和绘制过程。晚明社会精英阶层最先关注西方地图，一些著名学者参与翻刻了欧洲版的《世界地图》（ *Mappa mundi* ），例如章潢的《图书编》、程百二的《方舆胜略》和类书《三才图会》中摹刻的欧洲地图，这种图像已开始在我国渐渐传播。另一方面，由于中国舆图在清末后才放弃了自身的绘制传统，采用西方地图和以中国舆图传统绘制两种方式在晚明时呈并行状态。也就是说，西方地图只在有限的范围中流传，官方文书如各州府县所颁布的标准地志、县志中的舆图几乎没什么变化。西方制图模式未能影响中国舆图的原因，涉及晚明时期社会各界对欧洲传教士及其宗教与科学传播影响的态度——这也是中国舆图未能发生根本变革的客观因素之一。中国地图转变成欧洲式的地图没有那么快和那么全面，所以比较正确的说法是，影响似乎是在欧洲，欧洲地图对中国的绘制比以前准确就是直接接受了他们（传教士）的影响。[②] 利玛窦的中国舆图对欧洲的反作用不能忽视，在传教士入华之前，欧洲对中国疆域的认识仍十分模糊，例如意大利制

---

① 柯毅霖.晚明基督论［M］.王志成，译.成都：四川人民出版社，1999：13.
② 余定国.中国地图学史［M］.姜道章，译.北京：北京大学出版社，2006：210.

图学家贾科莫·加斯塔尔迪（Giacomo Gastaldi，1500—1566）在1548年绘制的世界地图中甚至将美洲和亚洲大陆直接相连。正是凭借利玛窦等人对汉语的掌握、对中国图籍的深入研究和实地观测，才逐步修正了地名与地理位置存在的混淆错讹。在利氏与后继卫匡国（Martino Martini，1614—1661）等人将这些地图回传到欧洲之后，荷兰与法国的制图师依照这些更详尽和准确的测绘数据编辑出版了《世界全图》，对亚洲和中国的地理认知也同时在提升。中国地图发展至明代，呈现出特殊的面貌，从地学历史发展来看，这一时期成为长期稳定状态的转折点。

一、西方视野中的中国图景

涉及中外交流史的绘画图像往往与科学图像有很大关系。传教士热衷以地图、天图作为吸引中国士人的图示，实际上也起了知识传播的作用。至少在晚明时期，地图就已成为中西文化交流的主要科目。中国有别于西方的地图传统与它的制图方法有关，而欧洲地图发展的主要特征则是知识的系统性。欧洲历史上曾产生过一个完备的地图制作链：由科学家、地图制作商、地图绘者和艺术家（主要是铜版画家）、出版商、地图收藏者、鉴赏家、耶稣会传教士、地图赞助人（通常是王室、教会、贵族和商会等）和社会对地图的广泛需求构成，如17世纪东、西印度公司海外贸易及航海活动。这些要素在古代中国社会并不具备。此外，科学与艺术也始终是地图发展的两个主要动力。徐继畬在《瀛寰志略》中明确指出地理非图不明，图非履览不悉。地图所包含的历史、科学、艺术与社会变迁的情况极为丰富，这使读图成为一个十分有趣而又困难的过程，因为它将极大地考查读图者的睿智、对历史地理变迁的熟知程度、对科学的理解甚至是对艺术表现的领会能力。

16世纪末，耶稣会传教士陆续抵达中国，他们取得明朝人好感的一个主要原因就是在欧洲的科学技艺中，地图起到了意想不到的效果——明朝的学者与官员十分热衷观看、收集甚至是参与刻印地图。[①] 在耶稣会传教士来华之前，明代

---

① 郭亮.十七世纪欧洲与晚明地图交流［M］.北京：商务印书馆，2015：40.

地图绘制的门类、数量繁多，虽然在技术上并无长足的进步，但消耗财力不多的地图编绘工作仍呈蓬勃发展之势，当时出现了水平较高的地图和图集。晚明时期地学的交流虽未能改变中国地图传统和绘法，但传教士使明朝人看到了真实世界的大致轮廓。需要说明的是，地图是明朝上层社会文化的常规组成，并非某种令人不知所措的东西。①晚明时期有相当多的官员对西方地学与地图兴趣甚笃。中国学者也很想看看西来地图是什么模样，对这些不涵盖在他们知识体系范围内的东西表现出强烈的好奇心。明朝人对地图的兴趣，也是基于明代广泛使用地图的大背景，例如地方志的刊印数量就很多。

中国疆域轮廓进入欧洲人的绘制范围，不只是从利玛窦绘图才开始，欧洲自 16 世纪时已经出现较多的中国地图。据说第一张由欧洲人印制的亚洲地图，出现在日耳曼制图家塞巴斯蒂安·缪斯特（Sebastian Münster，1481—1552）于 1528 年编辑出版的拉丁文法学者盖乌斯·尤利斯·索里努斯（Gaius Julius Solinus，约 3 世纪）的著作中。而意大利耶稣会士卫匡国到达中国之时，正是风雨飘摇的崇祯十六年（1643 年），此时距他的前辈利玛窦去世已有 33 年。卫匡国历经明清两代，在华约 17 年，同利玛窦一样，广泛参与明末中国的社会活动、地图绘制与学术研究。作为另一位专门制作明代中国地图的传教士，卫匡国制图与利玛窦不同。利氏以奥特利乌斯的《地球大观》为蓝本向明朝人展示了世界原本的面貌——"天下之大"，但没有进一步介绍中国境内各省的详细资料，而卫匡国的《中国新地图集》（Novus Atlas Sinensis）则侧重于介绍明代中国各省的异同，它的详细程度是其他耶稣会士的地图所不具备的，卫匡国在他的地图集中，首次向欧洲人展示出他系统编绘的晚明中国及明人的图像志。

学者纳唐·瓦絮代勒认为：文化并不是抽象的实体，而是由一些适应地理环境并参与历史过程的人类群体所体现的。②耶稣会士在中国的传教实践，使他们意识到地图具有超越地图功能本身的文化亲和力。中国人的不信任或敌意可以在一幅幅世界地图前被有效地消解，科学图示对传教活动十分有利。事实上，耶稣会

① 柯律格.明代的图像与视觉性［M］.黄晓娟，译.北京：北京大学出版社，2011：89.
② 雅克·勒高夫等.新史学［M］.姚蒙，译.上海：上海译文出版社，1989：345.

的制图传统并非来自教廷的要求或耶稣会内部规定，而是出自耶稣会科学训练的背景。梵蒂冈无疑是促使人们对中国产生兴趣的中心。[①]确信的方面是任何让中国人接受外来思想的尝试都会困难重重，尤其中国人长期处在一个封闭的环境下。

裴化行神甫说："当第一批葡萄牙人，尤其是沙勿略抵达远东时，在中国这一封闭的世界里似乎没有什么方便能够让他们进入。没有栖身之地，没有行程中可以换马的地方。"传教士最初进入中国的尝试均告失败，不只是沙勿略，类似的例子还有不少[②]。与此同时，晚明所面临的国内和国际局势均不容乐观。当耶稣会士来华时，外国人对中国人的威胁不仅表现在心理影响，而且表现为实际行动。东北（经朝鲜）则受到日本的威胁。东海岸诸城则受到倭寇的骚扰。南部则有来自欧洲的威胁：葡萄牙占据中国澳门（1552 年），西班牙占据马尼拉（1567 年），荷兰占据爪哇，后来又占据中国台湾（1626 年）。尽管北京从未受到直接攻击，但一些传教士（如耶稣会士桑切斯和里贝拉）都认为只有采取武力才能让中国接受基督教，在他们的支持下，（传教士）曾在澳门和马尼拉策划入侵中国。

早期的三位耶稣会士即范礼安（Alessandro Valignano，1539—1606）、罗明坚和利玛窦起了主要作用。未能进入明朝的沙勿略实际上是第一位认识到为了达到目的必须去适应其他文化的耶稣会士，但由于缺乏经验，他最终没有实现这一想法。自晚明时期耶稣会士到达广东初始，在传教的同时参与绘制地图者有罗明坚、利玛窦、卫匡国、艾儒略、卜弥格和毕方济，以及清初的南怀仁等。这些著名的传教士都深知地图是十分有效的传教武器。实质上，即使是耶稣会在中国最鼎盛的时期，传教士们也始终具有一种不可预测的危机感，他们如履薄冰、小心翼翼地以科技知识接纳那些有可能皈依基督信仰的中国精英。在欧洲社会和城市文化体系中，耶稣会士也是知识圈的组成部分，他们在亚洲传教的过程就体现出这种知识传播系统的巨大优势，即普通人也可以获得这些东西。耶稣会主要针对

[①] 张西平，费得里科·马西尼，利卡铎·斯卡尔德志尼.把中国介绍给世界：卫匡国研究 [M].上海：华东师范大学出版社，2012：170-171.

[②] 邓恩.从利玛窦到汤若望 [M].余三乐，石蓉，译.上海：上海古籍出版社，2003：1-2.

明朝社会的中上阶层，正是这个阶层才对新鲜知识保持着敏锐的嗅觉和旺盛的兴趣，尽管他们也处于那个虽然封闭但自身系统发达的知识链内。

耶稣会入华的主要传教活动，是由南至北在当时的城市中心展开的，开始是在肇庆，遇到了地图迷王泮，一个最先主导了耶稣会士利用地图在华传教的官员；接着是南昌、南京和北京等地，传教士在这些城市遇见了晚明社会的统治者、各级官吏、著名学者和当时有趣的有名与无名人物。耶稣会的适应策略需要在中国构建一个类似欧洲社会的知识系统，华南是欧洲人最早到达和人数最多之地，江南一带人文荟萃，北京则是帝国权力的中心。他们希望中国的城市可以像欧洲城市一样发挥类似作用。遗憾的是，中国城市不具有上述功能，而没有职业制图者的结果是，地图的更新十分缓慢；作为地学知识的传播方式，学者们可获得的地图和前几个朝代的绘法、样式与理解没有本质区别。以至于利玛窦描述当中国人第一次看到欧洲的《世界地图》时，发现他们的帝国并不在地图的中央而在最东的边缘，不禁有点迷惑不解，儒士们并不清楚中国在世界版图中的实际位置，这是耶稣会士来华后的现实情况。

学者彼得·海斯认为："在现代世界，天主教与科学之间的关系源于复杂的知识生态圈。它们相互纵横关联，深深地植根于多元的西方传统土壤。没有一个简单方法能够描述基督教在不同历史时期的信仰，在不同的地理环境下，通过改变政治、经济和社会情况触及对自然世界的研究。"[1] 以晚明观之，地图并非耶稣会士入华后的优先选项，语言和礼仪在传教之初发挥了主要作用。耶稣会士为何在中国绘制地图，是出于个人还是耶稣会的要求？学者洪业认为：欧洲的 16 世纪是探险航行的世纪，是新大陆发现和地理学勃兴的世纪，是新地图屡出而屡变的世纪。利玛窦生于 1552 年，受过高等教育，又出海远行，越重洋而至当时地理学家所欲知而未能周知的中国，他虑心养志、超世绝俗，时代风气所熏陶，个人经验所适合自能使他到处留心地理："喜闻各方风俗，与其名胜"。在他未到澳门前的四年，已注意到航海测量，可见他是带着地理癖东来的。[2]

---

① M J PETER, P L ALLEN. Catholicism and science［M］. Westport: Greenwood, 2008: 1.
② 洪业. 洪业论学集［M］. 北京：中华书局，1981：154.

万历十二年（1584 年）在肇庆的一次实验揭开了欧洲地图进入明人视野的序幕。利玛窦谈到他在 1584 年绘制的《世界地图》为改善传教团的处境起了关键作用：利氏拿了一幅他从澳门带来的新佛兰德斯《世界地图》给来访的人看，试验他们的反应如何。这幅地图上有欧洲、北美的东西海岸，南美的全部，非洲、印度、印度尼西亚和日本的轮廓；中国从广东的海岸一直到西北，和马可・波罗描述的一样。[①]肇庆知府王泮对地图既有兴趣亦十分在行，他对利玛窦带来的欧洲地图持赞同态度，提议用中文出版该图并主动出资刊印。挂在客厅墙上的《世界地图》引起了人们的好奇，利玛窦地图的原型之一——奥特利乌斯的地图集《地球大观》是大开本的地图集，但依然是图书的装帧形式。考虑中国文人的诗书题跋习惯，利氏的地图尺寸放大了许多，到后来就演变成类似在阿姆斯特丹出版的那种壁挂式大幅地图。自万历二十三年（1595 年）六月到万历三十六年（1608 年），利玛窦在南昌、南京和北京时，通过地图这一有效的媒介，与庞大的明朝上层社会保持了十分密切和持久的联系。在肇庆的地图初试已使利玛窦明确意识到地图具有的巨大影响：这种地图被印刷了一次又一次，流传到中国各地，为我们赢得了极大的荣誉。[②]他所描绘的是关于世界的结构——地球的形状，而在他之后的卫匡国则更近一步，把目光投向了明代中国的疆域。

二、图示之中的中国社会

中国图示和社会风貌在 17 世纪就已经进入了西方人的视野。1655 年，耶稣会士卫匡国的《中国新地图集》在荷兰出版，被认为是继利玛窦制图之后，有关中国地图绘制的又一座高峰。这部地图集对中国各个省份的地理人文之深入了解令人关注。[③]利玛窦主要希望明朝的中国人看到在中国看不到的世界地图。半个多世纪后，卫匡国将包括 17 幅地图的地图集带回欧洲，不仅绘图细致，而且配

---

① 文森特・克鲁宁.西泰子来华记［M］.思果，译.香港：香港公教真理学会出版社，1964：62-63.
② 邓恩.从利玛窦到汤若望［M］.余三乐，石蓉，译.上海：上海古籍出版社，2003：15.
③ 关于地图的评价标准，正确的描绘无法完全诠释地图的价值，尤其是艺术价值。

有内容十分丰富的文字说明，卫氏用当时欧洲大学里通用的语言——拉丁文，描述了中国的城市布局和各个省份的风土人情。他将当时人类掌握的各种知识集合，用以描绘一个已知的世界，从中国绘制地图时所用的图示法，到欧洲的制图学技术，再加上他搜集来的丰富材料，一个建立在文化基础上的崭新世界形象在他笔下形成。[①] 耶稣会士的绘图，自万历二十八年（1600 年）开始直到明末，风格并不统一，会根据明人的反应做出调整，这也包括装饰元素的运用，绘画效果的增减等等。例如从制图的观察方式和制图手法来讲，卫匡国没有和利玛窦一样将读图的主体放置在明人这里，采取拉丁文作为地名注释更证实了这一点。与利氏"合儒"的制图策略最大不同在于：明朝的灭亡已是既成事实，在卫匡国 1653 年回到阿姆斯特丹时，已是清顺治十年（1653 年），他用地图向欧洲全面介绍明朝的地理人文。而他的地图中最具代表的就是装饰绘法的运用和明朝风俗场景的展现。

卫匡国没有照搬利玛窦的《世界地图》模式，其《中国新地图集》的绘制和出版在中国境外完成，地点恰好是处于地图制作技术顶峰时期的荷兰。这说明地图并不针对中国的知识分子和官吏阶层，而是欧洲读者。实际上同为意大利人，耶稣会士罗明坚曾规划过更精确的中国地图，但最终他的地图仅是手稿。波兰籍耶稣会士卜弥格（Michael Boym，1612—1659）是在欧洲出版中国地图的又一人，他于南明弘光元年（1645 年）来华，1652 年回到罗马，在华期间支持南明政权。在梵蒂冈图书馆有 18 幅由卜弥格绘制的中国不同地区的地图手稿，后来他的《中国全图》在 1658 年由法国制图家尼古拉斯·桑松（Nicolas Sanson，1600—1667）出版。由于受众的不同，地图在明朝和在欧洲制作的最后呈现方式有很大不同。

阿姆斯特丹的布劳地图家族（Blaeu）出版了卫匡国的《中国新地图集》，其风格面貌是典型的佛兰芒地图学派式，它们的绘制不仅受到地理发现的影响，图示方面也将简洁明快的风格与装饰结合。如果将利玛窦的代表作《坤舆万国全

---

① 张西平，费得里科·马西尼，利卡铮·斯卡尔德志尼.把中国介绍给世界：卫匡国研究［M］.上海：华东师范大学出版社，2012：177.

图》与卫匡国的作品做一番比较的话，就会发现地图的图示部分有明显的变化。其中最有代表的正是漩涡花饰（Cartouches）。漩涡花饰是欧洲地图中特有的地图装饰，中国舆图中没有出现。通常是椭圆形的盾状徽章或是长方形的结构。用作地图或地球仪中的装饰标记，一般包含地图标题，制图者的姓名、出版日期、家族徽章、地图比例尺和图例，有时也会有地图内容的介绍。漩涡花饰的设计风格根据不同的制图者和时代发生变化。

1570—1670 年，欧洲低地国家制图者的技艺在地图、图表和地球仪方面取得了前所未有的进步。起初主要在安特卫普，后来在阿姆斯特丹，令人瞩目的成就不仅体现在它们的准确性，还在于丰富的装饰方面，其科学与艺术的结合在地图史中很少被超越。[①] 大部分欧洲古地图都有漩涡花饰，地图出版者通常也会被记入漩涡花饰之中，漩涡花饰的制作非常精细。[②] 漩涡花饰在巴洛克时期的地图中达到了鼎盛，当时的制图名家无不趋之若鹜，在精美的地图或地图集中，展示出的绘制越来越复杂，具有象征涵义的花饰纹样。

佛兰芒制图大师奥特里乌斯的作品极关注漩涡花饰。在 1590 年出版于安特卫普的地图集《地球大观》（或《寰宇全图》）（Theatrum orbis terrarum）中，他将《新世界之图》（Map of new world）的漩涡花饰描绘为如下内容：标题、面具、斯芬克斯（Sphinx）、下垂的水果与柱上楣构（Entablatures）、飘带、螺旋饰（Volutes）、棕榈叶与缎带。在 17 世纪荷兰的制图风气影响下，漩涡花饰越来越成为地图所强调的装饰部分，熟悉佛兰芒制图样式的利玛窦在来华后多个版本的《世界地图》中并没有绘出。

地图以何种面貌呈现一直非常重要，因为构成地图图像系统的组成部分有内在联系，选择与排除某些地图元素将会改变地图内在的文化代码，从而演变成为一种新的图像形式。正如利玛窦在中国所绘的地图那样，他可能会取消那些会使明人不解、疑惑甚至反感的欧洲地图纹饰。漩涡花饰没有出现在他的地图作品，

---

① D WOODWARD. Art and cartography: six historical essays［M］. Chicago: University of Chicago Press, 1987: 147.

② F J MANASEK. Collecting old maps［M］. Norwich: Terra Nova Press, 1998: 20.

而是用改动过的中国经度、文人熟悉的汉字版序跋题记实现他的制图传教策略。由于利氏没有尝试将传统欧洲地图的漩涡花饰绘在他的世界地图上，我们也就无法了解中国人对它的看法，也许并不那么令人难以接受，毕竟包括耶稣和使徒们的圣像画图像也都进入中国。

如果要更好地理解卫匡国《中国新地图集》漩涡花饰的特殊意义，就需要了解 17 世纪地图漩涡花饰的制作方法。卫匡国描绘中国地图出现了不同寻常的漩涡花饰，图案中除地名文字标示为拉丁拼音外，其余均使用明代人物图像。这是自然主义的描绘方式，却是欧洲人眼中或笔下的"明人"形象。《中国新地图集》包括 15 幅各省图与明全境地图 1 幅、日本地图 1 幅，共 17 幅。各图都附有详细的说明文字，共 171 页，比地图多 10 倍以上，（文字）与图互配是中国的地理志。他在这部描绘十分精美的地图集中，向欧洲读者展现了大明帝国神秘的国家景观、疆域、物产、风土人情以及每个省的状况。各省地志的体制显然沿袭了中国地理志书的方式，先综述全省情况，再按各府分叙，内容丰富，条理清晰。[①]只有卫匡国版的《中国地图》中才有漩涡花饰，有两个原因：第一是他本人返回欧洲之后（1653 年到达荷兰阿姆斯特丹，1658 年他再度返回中国）制版印刷，读者范围以欧洲人为主。第二，地图出版商是专业的制图巨擘——布劳家族，制图商会根据地图内容来选择漩涡花饰的图案、文字与样式。这部非凡的地图集引导欧洲人，从流行于欧洲文化的中世纪观念，发展到人类（开始）重视在时空中的作用。[②] 它的引人之处更在于：

> 书中包含十七幅彩色地图，无疑是卫匡国在其所熟知当时中国地图的基础上，根据手中的地图样本绘制而成。[③]

---

① 张西平，费得里科·马西尼，利卡铎·斯卡尔德志尼.把中国介绍给世界：卫匡国研究［M］.上海：华东师范大学出版社，2012：182.

② 张西平，费得里科·马西尼，利卡铎·斯卡尔德志尼.把中国介绍给世界：卫匡国研究［M］.上海：华东师范大学出版社，2012：182.

③ 张西平，费得里科·马西尼，利卡铎·斯卡尔德志尼.把中国介绍给世界：卫匡国研究［M］.上海：华东师范大学出版社，2012：356.

漩涡花饰成为卫匡国中国地图中最引人注目之处。在荷兰乌特勒支（*Antiquariaat Forum*）所藏原本之中，晚明各省如北直隶、山西、陕西，以及日本（*Iaponia*）与朝鲜图中均出现精美的漩涡花饰。在这些地图中各省的漩涡花饰无一雷同，图中地名以拉丁拼音注释，与利玛窦地图的最大不同在于漩涡花饰中对明人形象的描绘。文艺复兴时期以来，欧洲地图漩涡花饰的人物图像描绘并不稀见，但是以中国人作为地图花饰的主题，是卫匡国地图中的一个主要特色，这些形象是以他在明朝多年亲历后绘成，不再是欧洲人对中国的凭空臆想。

卫匡国《中国新地图集》的漩涡花饰十分广泛地描绘了晚明社会的生活场景，它似乎是晚明的分页地理"风俗画"，整体上对地图集装饰的重视，暗示出作者或是出版者布劳都期望有关中国的地图会引起欧洲读者的兴趣，不单是对明代中国及各省地理地形更加准确的绘制，还在于使欧洲人看到明代中国风貌。16世纪以来除传教士外，能够前往中国之人少之又少。查阅有关卫匡国《中国新地图集》的具体绘制情况，出现的叙述未能明示，除了表示卫匡国根据手中的地图样本绘制而成，以及在绘制这些地图时采用了坐标的制图方式[①]。地图集很可能是采用了出版商布劳的建议并最终出版。地图绘法问题实际上在来华的初代耶稣会士身上就存在，利玛窦被广为赞誉的《世界地图》绘法问题很少被深究过，因为在那些地图中几乎没有出现写实主义绘画形象，也没有漩涡花饰，在几十年后的卫匡国制图中，这一情况发生了变化。首先是耶稣会士自身的情况，卫匡国和利玛窦一样，学识十分渊博。

1653年8月31日，卫匡国一到达阿姆斯特丹就获得了著名历史学家与耶稣会士琼·伯兰德（Joan Bolland）的支持，正是他将卫匡国介绍给了布劳家族，其地图制作水平十分精良。[②]与绘图有关的叙述只有寥寥数语：

> 在和布劳出版社在编纂原则上达成协议后，卫匡国就得努力工作

[①] 张西平，费得里科·马西尼，利卡铎·斯卡尔德志尼.把中国介绍给世界：卫匡国研究［M］.上海：华东师范大学出版社，2012：357.

[②] 张西平，费得里科·马西尼，利卡铎·斯卡尔德志尼.把中国介绍给世界：卫匡国研究［M］.上海：华东师范大学出版社，2012：174.

来准备他的手稿，以便在制画方面能被布劳"工作室"所接纳。[①]

一个合理的推断是，卫匡国有可能绘制出了漩涡花饰基本的图像，包括不同省份中着装、社会身份不同的明朝人形象。这些人物他曾见过，或许是他熟悉的友人，甚至一些生活场景也是，例如他对浙江省的描绘就需要和他在浙江的传教经历结合起来。人们评价他的地图集不仅绘制精美，而且文字介绍详细，所使用的绘制方法是欧洲人熟悉的制图技术。我们会发现卫匡国的漩涡花饰中，有不少猎户、武士形象，他对中国传统的士大夫描绘不多，卫匡国可能想反映晚明社会的普通生活及其阶层，例如农夫。另外，卫匡国漩涡花饰中也区分了当时明代社会中处于不同地位的人物，它是卫匡国足迹遍及各地的佐证。地图漩涡花饰之中，形象没有雷同，但不及明朝人自己的肖像画那样传神。图中共发现有官吏、童子、凤凰、妇人、关羽和周仓、西洋人物、农夫、竹子、儒士、传教士、宝剑、大象、观世音菩萨及两童子像。

卫匡国地图中的明人形象是否都来源于他本人的接触，不得而知。据卫匡国自云：在15个省中，他亲自勘测了七省，其余八省的资料则是极其忠实地取自中国地理学家，这七省是北直隶、浙江、山西、河南、江南、福建、广东。[②] 在北直隶图中，漩涡花饰的人物形象占据了整个地图六分之一的面积，可能是为了暗示地理位置的重要，人物为明代官吏形象。左侧一位官员坐着，他身后有绿衣小吏持伞而立。如果卫匡国依据写实的手法绘制，那么穿红色官服的官吏按明代公服之制规定，一品至四品为绯袍，八品、九品为绿袍。[③] 根据明朝官员常服补子图案来看，为一品文官的仙鹤图案。但卫匡国地图上的补子图案描绘简单，略去了云纹和水纹图案。

1655年出版此地图集时，明已亡国11年之久，但卫匡国依然以明朝人形

---

① 张西平，费得里科·马西尼，利卡铎·斯卡尔德志尼.把中国介绍给世界：卫匡国研究［M］.上海：华东师范大学出版社，2012：174.

② 张西平，费得里科·马西尼，利卡铎·斯卡尔德志尼.把中国介绍给世界：卫匡国研究［M］.上海：华东师范大学出版社，2012：200-201.

③ 陈高华.中国服饰通史［M］.宁波：宁波出版社，2002：446.

象来设计漩涡花饰，显示出他对明朝所抱有的态度与情感。1644 年 5 月 17 日，身在南京的卫匡国获悉崇祯帝自杀和京城陷落的消息，他在《鞑靼战纪》（*De Bello Tartarico Historia*）描述形势急剧恶化使他深感震惊，也使整个南京陷入一片混乱。[①]据白佐良所做卫匡国年表的记载，关于明末清初两个政权的交替，卫匡国的态度发生过一些微妙变化：

> 1646 年阴历六月，鞑靼取杭州时，匡国在距杭不远，其门曰"泰西传布圣法士人居此"。所携之书籍，望远镜及其他诸异物二。列桌上，于中设坛，上挂耶稣像。鞑靼（清军）见之惊异，未加害，其主将召匡国至，礼接之，去其汉人衣，易以鞑靼服，遣回杭州教堂，出示禁止侵犯。[②]

以上叙述显示出卫匡国经历明清鼎革时期的复杂态度。不过在漩涡花饰中人物还是以明式穿着出现。标准的明朝官吏形象在北直隶、河南两省中出现，河南省漩涡花饰之中的绿衣官吏与北直隶图中类似，官服身上补子图案忽略，应是八品或九品的低级官员，他神情落寞，双手放在袖中。江西省漩涡花饰中人物形象有些特殊，花饰左侧一人手持竹杖似在行路，右侧三人，两人向一人作揖行礼，除左侧人物带似斗笠的帽子外，其余三人未戴冠或方巾，他们的发髻样式也不似明人。这里无法得知卫匡国画漩涡花饰的原型人物，但根据各省的风土人物可以发现，人物有一定的安排。明代男子一般头上有帽及其装饰之物，束发之网巾、插簪，腰间所系带或荷包。[③]行礼者身披类似，五官奇异，如果卫匡国描绘的是明代汉地人士的话，这样的形象颇显夸张。在晚明画家徐泰所绘《邵弥像轴》中，邵弥的形象有些接近卫匡国江西省漩涡花饰的人物。根据左侧单独人像的妆扮，似与明人士大夫的逸游活动有关：

---

① 张西平，费得里科·马西尼，利卡铎·斯卡尔德志尼. 把中国介绍给世界：卫匡国研究［M］.上海：华东师范大学出版社，2012：17.
② 费赖之. 在华耶稣会士列传及书目［M］.冯承钧，译.北京：中华书局，1995：261.
③ 陈高华.中国服饰通史［M］.宁波：宁波出版社，2002：476.

> 士大夫出游，其打扮一如云游道人。服饰基本为头戴竹冠、斗笠
> 或皮云巾；身穿道服；脚踏文履或云履，手持竹杖或拂尘。①

漩涡花饰左侧人物手持竹杖，头戴斗笠，与之上描述吻合，且姿态呈现动感，似为卫匡国对士人出游的描绘。卫匡国在华十余年，与明末人士交往甚笃，人们对他的印象是：卫氏慷慨豪迈，往还燕、赵、晋、楚、吴、粤。启海甚多，名公巨卿，咸尊仰之，希一握手为幸。②在漩涡花饰的描绘中，卫匡国记录这些细节非亲历而不能表现。

云南省的漩涡花饰（见图1）更为不同。在地图左上角西藏部分绘出了观音菩萨及两童子的形象，卫匡国在云南的文本中多次提及在云南各地的寺院、僧人和佛教的追随者，这也是整个《中国新地图集》中唯一出现佛像之处。身为耶稣会传教士的卫匡国为何在地图上描绘东方的宗教偶像令人不解，裴化行神甫记载：

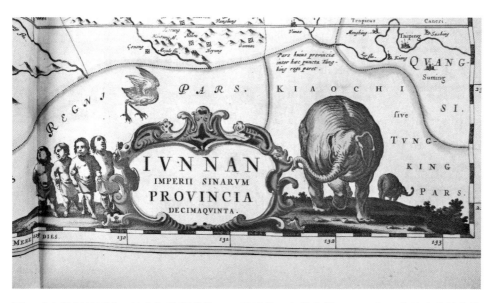

图1 《中国新地图集·云南》漩涡花饰，卫匡国绘，布劳出版，1655年，荷兰古物博物馆（Antiquariaat FORUM）藏。

---

① 陈高华.中国服饰通史［M］.宁波：宁波出版社，2002：469.
② 方豪.中国天主教史人物传［M］.北京：中华书局，1988：117.

观音菩萨的模样是个妇人，早期来中国的欧洲人见了都以为就是耶稣的母亲玛丽亚。同样，中国人起初以为传教士们的上帝是个妇人。[①]

1643 年卫匡国来华，对明代中国社会的情况十分了解。耶稣会对中国宗教的认识在利玛窦时期就比较深入，尤其是对儒教思想及其社会意义了解得很透彻，这样才能产生"合儒"与"补儒"的天主教传教策略。相对于儒教，耶稣会士对佛教的态度不那么积极，甚至颇有微词：

> 僧人多少窥知来世，知道一些善有善报、恶有恶报的道理，不过，他们的论断中全部参杂着谬误。[②]

地图中的观音形象，要和天主教中圣母形象联系起来。例如，程大约《程氏墨苑》中收录利玛窦之《圣母子造像》，当时见过包括天主（像）在内类似图绘的中国士子，就常把《圣子降世图》误认为《送子观音图》，为之惊诧不已。类此误读或错觉，亦可揆诸 1584 年日本耶稣会寄回罗马的《日本事情报告书》。另，《子育观音像》与《圣子降世图》形似和形成了《玛利亚观音》（マリア観音）的秘密崇拜……在中国明代乃常态，其实就是送子观音或送子娘娘的民俗信仰，也因 16 世纪从福建德化窑运销而去的白瓷慈母观音塑像使然。玛利亚与观音的宗教互文，在东亚因此是国际现象，共同点是都因耶稣会而起，也都涉及天主教的传教活动。[③]久而久之，在后世的传教士为方便传教，干脆内化玛利亚，将之说成观音，或以观音为玛利亚。类似之举，南美洲亦有发生。耶稣会在玻利维亚传教时，即玛利亚代替以当地印第安人崇奉的大地女神。[④]在晚明，借用相似的女性神祇形象，与内涵互换也是耶稣会教士的一个隐形策略。这也是耶稣会

---

① 裴化行.利玛窦神父传［M］.管震湖，译.北京：商务印书馆，1995：119.
② 裴化行.利玛窦神父传［M］.管震湖，译.北京：商务印书馆，1995：143.
③ 李奭学.明末耶稣会翻译文学论［M］.香港：香港中文大学出版社，2012：184–185.
④ 李奭学.明末耶稣会翻译文学论［M］.香港：香港中文大学出版社，2012：185.

教士智慧的做法，从早期利玛窦与罗明坚都身着中国僧人服饰，到用玛利亚替换观音形象皆如此。以此背景观之，卫匡国云南省的观音造像可能有两层含义：第一，鉴于在阿姆斯特丹出版的中国地图集主要受众为西方人，佛像有助于暗示观者地图的地理范围（亚洲）。第二，观音造像中两童子的传统模式也有助于"玛利亚观音"图示，在日本私人收藏的德化瓷《玛利亚观音》与卫匡国所绘的观音造像很接近，唯一的区别在于是否怀抱小耶稣。

万历十四年（1586年），明广东布政司参政蔡汝贤辑书《东夷图像》和《东夷图说》。《东夷图说》中绘有《天竺图》：

> 其中把《圣母子图》画成手抱婴儿席地而坐的《送子观音图》，《天竺图》中有僧侣跪在一幅应该是《圣母子图》图前，他身着天主教僧袍，手持玫瑰珠一串，分明是在向玛利亚祷告。此时天主教已传至印度东南沿海地带，而利玛窦和罗明坚为取信明人，稍早也以天竺来僧自居，所以蔡汝贤的印度想象含有天主教士及圣母圣子图，并非匪夷所思。[①]

从僧装到儒装的变化，意味着耶稣会士们对中国环境的熟悉程度不断加深，而且，卫匡国地图的出版地已不在明代中国内，可以不考虑地图受众的情况，这与利玛窦时期的形势不同。

卫匡国描绘观音像与本省或其他省的人物有差异。服装上有色彩，仅用明暗光影画出，光线从左上方而来，佛像的体积感十分突出，用意在于表现出雕塑的姿态。善财童子与胁侍龙女位于观音菩萨两侧，卫匡国将地图的比例尺画在整个雕像的基座部分。云南省图中画出佛教造像可能源于明末以来观音形象的流行，顾炎武在《菰中随笔》述及今天下祠宇香火之盛，佛莫过于观音大士。[②] 在云南地志中，卫匡国十分细致地描述了寺院的状况，例如：

---

① 李奭学.明末耶稣会翻译文学论［M］.香港：香港中文大学出版社，2012：185.
② 顾炎武.菰中随笔［M］.上海：商务印书馆，1936：28.

　　位于邓川州的鸡足山，以众多供奉着神灵的辉煌庙宇，和居住着僧人之寺院而著称。关于佛教的消息就是先到达这里的。①

　　晚明以上，云南佛化之深，为他省所不及。佛教传入云南的通道有天竺道，由古印度经缅甸而入滇。早期传入的是大乘密教，晚期传入的是南传上座部佛教。这条通道时代最早，时间最长，对云南佛教影响最大；二是吐蕃道，源头仍在印度，经克什米尔、西藏而入云南。② 观世音的重要影响与其有关：

　　吐蕃道不仅传来了藏密，更重要的是传来了观世音，后来成为云南密教第一大神。南诏时观音寺很多，洱海地区著名的有崇圣寺、佛顶寺、弘圭寺和慈恩寺等，其中观音寺的比重居众神第一。③

　　卫匡国此处的描绘符合中国西南佛教流行的情况。据此来看，漩涡花饰之中观音像的选择不是随意为之。卫匡国游历的七省中并不包括云南，他对云南地图的绘制应参考其他著作而成，他十分了解《马可波罗游记》、鄂多立克（Odorico da Pordenone，1286—1331）的《东游录》、赖麦锡所著《航海旅行》以及金尼阁的《基督教远征中国史》。④

　　漩涡花饰在欧洲的发展中，16 世纪的制图家主要借鉴装饰图案，而在 17 世纪则十分依赖象征性的图案。⑤ 卫匡国采用明代中国形象作为漩涡花饰，来装饰

① 卫匡国在编辑《中国新地图集》一书时很可能参阅了两部著作，分别是《大明统一志》和《广舆记》第二十一卷之第四页，提到了鸡足山。张西平，费得里科·马西尼，利卡铎·斯卡尔德志尼.把中国介绍给世界：卫匡国研究［M］.上海：华东师范大学出版社，2012：370.
② 张西平，费得里科·马西尼，利卡铎·斯卡尔德志尼.把中国介绍给世界：卫匡国研究［M］.上海：华东师范大学出版社，2012：29.
③ 张西平，费得里科·马西尼，利卡铎·斯卡尔德志尼.把中国介绍给世界：卫匡国研究［M］.上海：华东师范大学出版社，2012：29.
④ 张西平，费得里科·马西尼，利卡铎·斯卡尔德志尼.把中国介绍给世界：卫匡国研究［M］.上海：华东师范大学出版社，2012：356.
⑤ D WOODWARD. Art and cartography: six historical essays［M］. Chicago: University of Chicago Press, 1987: 158.

尺寸稍小的地图集，不过作为可翻阅的书籍来看尺寸也较为可观。浙江省漩涡花饰（见图 2）中所描绘为养蚕、缫丝的风俗场景。卫匡国在地图记载中，花费不少笔墨论及桑蚕，作为亲历之地，他很熟悉桑蚕丝绸方面的状况，甚至做了相关的赋税统计。他说道："浙江省随处可见桑林，和我们种葡

图 2 《中国新地图集·浙江》，缫丝用灶，卫匡国，布劳出版，1655 年，荷兰古物博物馆（Antiquariaat FORUM）藏。

萄的方法相似。蚕丝的质量主要取决于桑树的大小；桑树越小，用它的叶子喂养出来的蚕越能吐出质量上乘的蚕丝……来这里之前，我一直有个疑问，与中国丝绸相比，为什么欧洲的丝绸显得既厚又粗糙？现在我想大概是欧洲人没有注意桑叶的问题。"[1] 他对丝绸的加工做过深入了解：

> 这里（浙江）的丝织品被认为是全中国最好的，但价格却相当低。丝绸的价格差异很大，主要取决于蚕丝的质量，用春天产的蚕丝制成的丝绸质量最好，价格也最贵。[2]

卫匡国强调了浙江省的主要特点，三位妇人分左右两侧，左侧之人有炉灶，一手摇车。汪日桢《湖蚕述》曰：缫丝；煮茧抽丝，古谓之缫，今谓之做；先取茧曝日中三日，曰晾茧，然后入锅动丝车。[3] 画面仔细绘出缫丝之时，安灶、排车

① 张西平，费得里科·马西尼，利卡铎·斯卡尔德志尼.把中国介绍给世界：卫匡国研究 [M].上海：华东师范大学出版社，2012：288.
② 张西平，费得里科·马西尼，利卡铎·斯卡尔德志尼.把中国介绍给世界：卫匡国研究 [M].上海：华东师范大学出版社，2012：288-289.
③ 汪日桢.湖蚕述 [M].北京：农业出版社，1987：72.

之工艺。卫匡国绘缫丝用灶与《广蚕说辑补》所录之灶近似，是一种小型的火灶：

> 做丝之灶，不论缸灶、竹灶、砖灶，总宜于数日前砌就，使泥皆干燥，方易透火。缸灶、竹灶须安置平稳。不可稍有敧侧；灶高二尺，宽上窄下，使缫丝者有容膝处也。置锅其上，以泥护之，勿使漏烟。必须用烟囱，使烟直透，丝上无煤气。①

汪日桢所述缫丝灶与卫匡国图中绘制形制相类。漩涡花饰右侧为桑树以及养蚕的工具，放在地上用具似蚕筐。蚕筐乃古盛币帛竹器，今用育蚕，浅而有缘，适可居蚕。② 缫丝的制作工艺复杂，郑珍《樗茧谱》载：缫丝其有非师授不能为，非亲见不能知者。虽释之，人亦不解。③ 这些细节的展示，说明卫匡国对桑蚕的熟悉程度。蚕虫虽小，纤纤玉丝却是联系整个大明帝国的重要脉络，它对国家的影响不能忽视：浙江每年纳税数量十分可观，370 466 磅生丝和 2 547 卷丝绸。每年还要分四次，用大型的"龙衣船"载满特制的丝织品送往京城，它们精美绝伦，多用金银丝线甚至彩色的羽毛编制而成。专供皇帝、皇室成员和个别得到皇帝特许之人穿用。④ 卫匡国对农业生产场景的关注在浙江和湖广的漩涡花饰中表现出来，卫匡国图集的思路应全面反映了晚明中国的社会风貌，并没有偏向于某一种主题。在明代绘画中我们也可以找到一些类似的场景，如晚明画家崔子忠的《杏园夜宴图》之煮茶与卫匡国地图中的缫丝场景就是一组有趣的对照。

　　漩涡花饰对人像的描绘不仅在北方欧洲的制图中普遍运用，在意大利与葡萄牙制图学派也是地图的惯例。卫匡国的《新中国地图集》秉承这样的传统，在他的地图中，文化交流的意味才开始出现。然而，晚明时期中国传统舆图的绘制是否受欧洲制图的影响？从流传至今的各式方志图、海图或防卫图来看，具有透视

① 汪日桢.湖蚕述［M］.北京：农业出版社，1987：74.
② 章楷，余秀茹编注.中国古代养蚕技术史料选编［M］.北京：农业出版社，1985：49.
③ 郑珍，等.柞蚕三书［M］.北京：农业出版社，1985：34.
④ 张西平，费得里科·马西尼，利卡铎·斯卡尔德志尼.把中国介绍给世界：卫匡国研究［M］.上海：华东师范大学出版社，2012：289.

投影技术的欧洲制图特征，并未被遍布全国的普通制图师所接纳，甚至他们有些人可能从未见过欧洲地图样本。17 世纪初来华的早期耶稣会士，在地图方面以欧洲地理学成就和对世界认识的全新视野吸引明人关注，而对卫匡国来说，地图已是对明代中国深入了解的开始，具有博物学和社会学式的考察风格，在地图集中看不到耶稣会士在华的传教痕迹，他们以智慧的方式展现出大明帝国独特的风景，这种"中国式"的图像模式在西方人的视觉系统中延续了几个世纪之久。17 世纪以后，欧洲传教士在地图集的文本、观察和描绘方式之间建立起一种图像关联，尺幅之中的明代图示成为欧洲了解中国社会的关键载体。

参考文献：

1. 安国风.欧几里得在中国［M］.纪志刚，等，译.南京：江苏人民出版社，2009.
2. 邓恩.从利玛窦到汤若望［M］.余乐三，等，译.上海：上海古籍出版社，2003.
3. 顾炎武.菰中随笔［M］.上海：商务印书馆，1936.
4. 郭亮.十七世纪欧洲与晚明地图交流［M］.北京：商务印书馆，2015.
5. 洪业.洪业论学集［M］.北京：中华书局，1981.
6. 柯律格.明代的图像与视觉性［M］.黄晓娟，译.北京：北京大学出版社，2011.
7. 柯毅霖.晚明基督论［M］.王志成，等，译.成都：四川人民出版社，1999.
8. 李紫贵.李紫贵戏曲表导演艺术论集［C］.北京：中华书局，1992.
9. 汪日桢.湖蚕述［M］.北京：农业出版社，1987.
10. 文森特·克鲁宁.西泰子来华记［M］.思果，译.香港：香港公教真理学会出版社，1964.
11. 雅克·勒高夫，等.新史学［M］.姚蒙，译.上海：上海译文出版社，1989.
12. 余定国.中国地图学史［M］.姜道章，译.北京：北京大学出版社，2006.
13. 张西平，费得里科·马西尼，利卡铎·斯卡尔德志尼.把中国介绍给世界：卫匡国研究［M］.上海：华东师范大学出版社，2012.
14. 章楷.中国古代养蚕技术史料选编［C］.北京：农业出版社，1985.
15. 郑珍，等.柞蚕三书［M］.北京：农业出版社，1985.
16. D WOODWARD. Art and cartography: six historical essays［M］. Chicago: University of Chicago Press, 1987.
17. F J MANASEK. Collecting old maps［M］. Norwich, Vermont: Terra Nova Press, 1998.
18. HESS, M J PETER, P L ALLEN. Catholicism and science: annotated edition［M］. Greenwood, 2008.

【本篇编辑：刘畅】

从"意境"角度看国画里的
中国传统艺术精神

彭吉象

摘　要：中国传统艺术和西方传统艺术之间的区别、中国传统艺术所具有独特之处和其能自成体系的原因，可从中国传统艺术精神中寻找答案。而"道"作为中国古代哲学中最重要的组成部分，对儒家美学、道家美学和禅宗美学都产生了深刻的影响，道如一张无形的精神的巨网，涵盖并同时渗透一切。本文以"意境"为例，讨论中国传统艺术从"道"出发，强调精神性的巨大影响。意境是艺术中一种情景交融的境界，是艺术中主客观因素的有机统一。除了情景交融，"意境"还可以从朦胧美、超越美、自然美这三方面进行考察，对中国传统艺术精神性的追求，才是"意境"的精髓和中国传统绘画的灵魂，更是中国传统艺术与西方传统艺术的显著区别。

关键词：东西方艺术区别　中国传统艺术精神　道　意境

作者简介：彭吉象，男，1956 年生，博士，北京大学文科二级教授、博士生导师，中国艺术学理论学会会长。主要从事文艺理论、美学和艺术学理论研究。著《艺术学概论》。

The Spirit of Traditional Chinese Art in Chinese Painting from the Perspective of "Artistic Conception"

Peng Jixiang

Abstract: The difference between Chinese traditional art and Western traditional art, the uniqueness of Chinese traditional art and the reason why it can form a system of its own can be found in the spirit of Chinese traditional art. As the most important part of ancient Chinese philosophy, "Tao" has had a profound influence on Confucian aesthetics, Taoist aesthetics and Zen aesthetics, and Tao is like an invisible spiritual net that covers and penetrates everything at the same time. In this paper, we take "mood" as an example to discuss the great influence of traditional

Chinese art which starts from "Tao" and emphasises spirituality. Context is a realm in art in which scenes are blended together, and it is the organic unity of subjective and objective factors in art. In addition to situational integration, "mood" can also be examined from the three aspects of hazy beauty, transcendent beauty, natural beauty, the pursuit of spirituality in traditional Chinese art is the essence of "mood" and the soul of traditional Chinese painting, and it is also the significant difference between traditional Chinese art and western traditional art. The pursuit of spirituality in traditional Chinese art is the essence of "mood" and the soul of traditional Chinese painting.

Keywords: the differences between Eastern and Western art　the spirit of traditional Chinese art　Tao　mood

中国传统艺术和西方的传统艺术究竟有哪些区别？中国传统艺术为什么会有这么多独特之处？中国传统艺术为什么能自成体系？所有这一切，都必须从中国传统艺术精神中去寻找答案，笔者在《中国艺术学精编本》中谈过，正是由于儒家、道家和禅宗三者的相互交融渗透，对中国美学产生了巨大影响，从而形成中国传统美学的精神。①

中国古代哲学最高范畴是道。道有天道、人道之分，道家讲天道，儒家讲人道，天道是关于根本问题的学说，相当于西方哲学中的本体论、宇宙论、自然观。人道是儒家关于人生根本问题的学说，内容关于道德起源或道德标准，关于人生价值或人生理想的问题。中国文化强调天人合一，西方文化强调主客分离。在西方中世纪人与上帝二元对立，文艺复兴后变为人与自然主客对立，人是主体，自然是客体，这一观念延续到今天，这是东西方哲学很大的不同。儒家讲人道，道家讲天道。道家强调，"道生一，一生二，二生三，三生万物，万物负阴而抱阳，冲气以为和"（《老子·四十二章》）。儒家讲人道，人道表现为礼与仁，重点在仁。仁是儒家的核心，是一种大爱博爱的精神，一种"老吾老，以及人之老；幼吾幼，以及人之幼"的精神。儒家仁者乐山，智者乐水，把宇宙收入人心，使自然无限情感化、人格化、伦理化，强调个体内在伦理道德的充实性，从而达到精神的无限扩展与深化。儒家是自然的人化，道家是人的自然化，把人投放到宇宙中，把人的情感、人格宇宙化，强调个体内在生命的充实，从而达到

---

① 彭吉象.中国艺术学精编本［M］.北京：北京大学出版社，2023.

精神的无限扩展与深化。这一部分是中国古代哲学的中心。显而易见，老庄道家更加侧重于"天道"或"自然之道"。孔孟儒家更加侧重于"人道"或"伦理之道"。佛教禅宗虽然不讲道，但禅学的"佛性"却相似于儒、道两家关于道的概念，显然，天、人统一于"道"，这个"道"也就是"天人合一"之"道"。中国艺术来源于道，精神性是第一位的，所以精神性成为中国传统艺术的特征或特性，与西方艺术形成了鲜明的对比。

"道"用到中国艺术哪些方面呢？顾恺之提出以形写神，形的作用是为了写神。画龙点睛的故事讲龙画完而不能画眼，神是最重要的，所以中国画并不注重人物的外形，而注重人物的形态，关键在于寥寥几笔将人物的神勾勒出来。意境也来源于道，通过世间万事万物的现象，去体验宇宙生命本体的道。

中国古代思想是从宇宙精神这一本质上去设定美的，从宇宙精神与人的精神的对话、交流、融合中去确定美的。《乐记》中说"大乐与天地同和，大礼与天地同节"。《庄子·知北游》中称"天地有大美而不言。"正因为如此，必须站在"道"的高度，才能真正加深对国画中意境的认识。宗白华在《中国艺术意境之诞生》一文中说，"'道'具象于生活、礼乐制度，道尤表象于'艺'。灿烂的'艺'赋予'道'以形象和生命，'道'给予'艺'以深度和灵魂。"[①]

从这个意义上来讲，道是中国古代哲学中最具普遍性的范畴。道的概念是中国古代哲学中最具深刻性、复杂性的观念。在古代哲人的眼中，道是天地万物的本原或本体，也是宇宙包括人类社会的最后根源或依据。道是事物发展变化的过程，同样也是人类社会运动演化的过程，道是事物变化发展普遍的、统一的规律，也是无与有、虚与实的统一。道是整体世界的本质，亦是人类社会包括人类精神生活的本质和最高境界。总之，道如一张无形的精神巨网，涵盖一切，渗透一切，自然和人时时事事都离不开道。《礼记·中庸》声称："道也者，不可须臾离也，可离非道也。"道不远人，人能弘道。

中国人并不像西方人那样把物质和精神截然分开，而是认为精神和物质浑然

---

① 宗白华.中国艺术意境之诞生［M］//美学散步.上海：上海人民出版社，1981：68.

一体，认为这就是宇宙天地的状态，而其中精神又起着绝对作用。当代科学技术和思想理论的发展，特别是量子力学在某种程度上证明了中国古人关于精神和物质是不能截然分开的道理。所以，中国传统艺术是以精神性影响深远的，且这种影响是多方面的。例如在形神关系上，中国传统艺术从来要求"以形写神"或以"以神写形"。相传顾恺之画人，数年不点眼睛，人问其故，顾恺之回答道："传神写照，正在阿堵中。"

回到"意境"范畴。意寓于境中，通过世间万事万物的现象去体认宇宙生命本体的"道"，从有限到无限，正是意境的关键与核心。于是，我们可以看到这样一条轨迹：从传物之神，到传我之神，再到传诗外或画外之神；从象中求意，到象外求意；从意象到意境的追求。中国艺术在老庄及禅宗哲学的指引下，在精神化方面走向极致。老庄及禅宗的精神终于内化为艺术的内在精神。从物的哲理到物的内美，中国艺术的特色就此完全确立。

如果我们以"意境"为例，则更能看清中国传统艺术从"道"出发，强调精神性的巨大影响。意境，是中国古典美学传统的一个重要范畴。中国古典诗、画、文、赋、雕塑、音乐、建筑、戏曲都十分重视意境，甚至现在的电影和电视也离不开意境。意境就是一种情景交融的境界，是一种主客观因素的有机统一，意境中既有来自艺术家主观的"情"，又有来自客观现实升华的"境"，"情"和"境"是有机融合的，境中有情，情中有境，意境是主观情感与客观景物的产物，它是情与景、意与境的统一。

究竟什么是意境呢？过去的文艺理论书籍或者艺术概论书中，一般将其归结于情与景的融合，以及艺术家的审美理想与客观景物的融合等等，但是意境除是情景交融的境界之外，本文认为意境至少应该增加以下内容，在教材《艺术学概论》里面，我把意境的解读增加了以下三点。

一、意境是一种若有若无的朦胧美

"意"在先秦哲学和魏晋玄学中，一般指冥思而得到的哲理性感悟，指道意。

引入艺术审美后，内涵也大体如此。大约至唐，艺术家在探讨主体艺术构思与实践的关系时，大量用"意"说明主体构思。如"意存笔先""骨气形似皆本于立意而归于用笔""运思挥毫""意不在于画""画尽意在。"

张彦远认为，"意"是"境与性会"而得，是情景交融的统一体，其内涵大体包括哲理性感悟、审美性的情感和感觉、心灵意象，以及把握和表现意象的形式语汇等。并且意象、形式语汇、感觉、情感这些感性方面，往往在艺术实践者的"意"中占据主要位置，特别是谈到形式技巧和实践行为方式时尤其如此。宋以后的情况更是这样，画论中黄休复的"创意立体"，欧阳修的"意足"，郭若虚的"意存笔先，笔周意内"，都是说实践中主体"未动而欲动"时的心灵内容，这时的心灵是理性与感性、主体与客体浑然一体的状态。

而唐人在提出"意境"一词时，意与境联用，此刻的意，侧重于理念、精神、道德的内容，当然也包括感性的某些方面，如感情、感觉及意象的整体感受，但与客体自然联系最直接的层面，如具体意象，具体形式的相关词汇等则不在内。此刻的意突出的是主题及理性，尤其是主题对道的理解及其人生追求和内在情思。

由此可见，意境首先应被视为艺术的虚灵境界。在中国的艺术思维和作品结构中，意境整体上属于虚灵的部分。然而，在中国的哲学和艺术思想里，理性与感性、形而上与形而下并不是截然分开的，而是处于一种特殊的统一之中。理性离不开感性，精神离不开物质，形而上也离不开形而下。艺术思维和艺术作品中的"意"，本身就包含了感性的内容。

宗白华在《中国艺术意境之诞生》中说："色即是空，空即是色，色不异空，空不异色，这不但是盛唐人的诗境，也是宋元人的画境。"[①]这句话不仅概括了盛唐人的诗境，也是宋元人的画境，体现了中国传统艺术思想和审美观念的整体性。最高层次的诗境画境即禅境，是中国艺术追求的心灵最高境界。"'禅'是中国人接触佛教大乘义后体认自己心灵的深处而灿烂地发挥到哲学境界与艺术境界。静穆的和飞跃的生命构成艺术的两元，也是构成'禅'的心灵状态。"[②]

---

① 宗白华.中国艺术意境之诞生［M］// 美学散步.上海：上海人民出版社，1981：65.
② 宗白华.中国艺术意境之诞生［M］// 美学散步.上海：上海人民出版社，1981：65.

艺术意境正是由这两元构成。"静穆的观照"所得到的主要是哲理的感悟。"飞跃的生命"的落实则是宗白华所说的"生命远出的气",这意味着在意境这个整体的虚灵存在中,又可以进一步区分为虚与实两个部分。唐代皎然在《诗评》中提道:"采奇于象外,状飞动之趣,写真奥之思。"可见,意境中的实是境中的实是意象的"形势气象",虚则是"道意"。刘熙载《诗概》明确指出"诗无气象,则精神亦无所寓矣"。精神道意寄寓于"气象"。

对于意境中的虚,司空图在《二十四诗品·雄浑》中说:"超以象外,得其环中。"所谓"环中",见于《庄子·齐物论》:"枢始得其环中,以应无穷。"就是讲,合于道枢才能得入环的中心,以顺应无穷的流变。"环中",比喻自然无为的道,而"得其环中",就是在象外去追寻把握道的精神。这也就是皎然《诗评》所说"真奥之思"的特征,即"超绝言象"。如同道家玄学家所说的道境、佛家所说的禅境,无法用具体的语言、文字、图像来叙说、表现一样,意境中的理性同样无法用具体的语言、色彩、声音、形象来表达。宗炳《画山水序》说:"夫理绝于中古之上者,可意求于千载之下;旨微于言象之外者,可心取于书策之内。"这种理性的感悟,是在言象之外,只有通过心领神会才能获得,而不能简单地通过视觉、触觉把握。

由此看出,意境中实的部分存在于画面、文字、乐曲及想象的意象之中,而虚的部分,即意境之重要或本质的部分,存在于想象和感悟之中。中国传统艺术的最高范畴——意境,即是人通过艺术对世界本体的体悟。而世界本体在中国传统思想中是非虚非实、即虚即实的存在。只有这样去理解把握意境这一范畴,我们才能将中国哲学与中国艺术作一以贯之的理解,才能对中国古代艺术两千年的追求作贯通的把握。意境是"天人合一"思想的落实,具体讲是虚与实的合一,进而为精神与气的合一、道境(神)与气象的合一。正因为意境的构成是无中含有,其特点如老子所说"惚兮恍兮,其中有象",在作者及欣赏者的想象中它是美,是人与宇宙本体相合而生的精神体悟之美。而这种即有即无、即实即虚的朦胧之美,常常是只可意会不可言传的。

从艺术家创作的逻辑来看,意境的创造首先是艺术家观察与体验客观世界的物象，睹物生情，而生心象。心象在精神中获得自由，在想象的力量中膨胀、扩展，此刻心灵在与自然的交流融合中，感悟把握到物象整体上的气氛、气势、色调、力感，即整体的气象。它实际上是由人的情感熔铸提升了的整体上抽象的心灵气象。这种心灵气象进入并始终伴随着心灵进一步的哲理感悟和情感升华的过程，而心灵气象本身也得以改造提升，进而与哲理感悟、情感体悟浑然一体。当其外现时，要求创作者在高层次的审美意味的统领下，运用已掌握的形式语汇，对具体的心象加以改造、变形、重组，形成心灵意象（气象笼罩渗透其中），并落实于物质形式之上，而为艺术意象。艺术意象在可视的感性方面，必须有具体的意象和整体的气象（整体的情感氛围、气势、力感、色调）这样两个层次。有具体意象而无整体气象，就不能触发观众或读者的共鸣、想象和感悟，不能提示和引导观众或读者的心灵步入内在的精神领域，直白地说即是无意境。因为，欣赏者的逻辑是：先是艺术意象，从艺术意象中感觉把握整体的气象，由此转入心中心象，以及心象中的气象，并引发情感升华和哲理性感悟，从而体味意境。意境又进一步促使欣赏者的精神得以提升，感情得以升华，从而得到精神上的陶醉和满足，以及难以言传的审美愉悦。

由上可知，意境是一种若有若无的朦胧美。陶渊明诗曰："此中有真意，欲辩已忘言。"意境首先是作为文学艺术中一种空灵境界出现的。在中国传统艺术境界里，更多地将艺术分为虚与实两个部分。虚与实可以说是中国传统美学对构成审美对象的两大要素的区分，心与物、情与景、意与象、神与形等，大体上讲，前者为虚，后者为实。南宋画家马远的画中总是留出一角空白，因此被人戏称为"马一角"，他的《寒江独钓图》更是用大片空白突出了"寒"与"独"，即寒冷与孤独的意境。

二、意境是一种有限无限的超越美

在艺术上提出意境这一范畴，这本身就意味着"道"对时空的超越。时间和空间是物质的存在形式，但在中国传统思想中内容与形式是浑然一体的。物质的运动和变易就是时间，不存在离开物质运动和变易的抽象时间，物质的占据及其变化就是空间，不存在离开物质占据和变化的抽象空间，因此时空与物质的形和象相连。

意境的特点就是其处于有与无之间，因而它具备了超越实存时空的条件。从艺术意境的构成来看，哲理的、感悟的道意，本身就要求一种超时空的精神境界。《老子》第十四章言"道"是"无状之状，无物之象。"

从时间来看，由刹那见永恒，以咫尺见千里，是中国艺术家创构艺术意境的切入点。在富于历史感的中国人心中，时间的观念相当之强。人事沧桑、家国兴衰、年华消逝、际遇沉浮，都通过时间的流转而万象纷呈。从时间的长河中，截取某个片段，从纷纭的万象中，撷取具有象征性或内涵深沉的事物，作为辐集思维、浓缩感情的焦点。这样表面看来，一刹那间的事因为来自历史长河，物象的形成也因为曾处于整体的一定地位，而存在于悠悠天地之中，从有限可窥见无限，在瞬间可体味永恒。

从空间来看，同样是以小观大，以动的眼纵览天地，焦点集中于一景，却又寄予远举无限的生气，引发无限的遐想，以咫尺见千里。晋代的陆机在《文赋》中要求作家突破时空的限制。"精骛八极，心游万仞""浮天远以安流，濯下泉而潜浸""观古今于须臾，抚四海于一瞬""笼天地于形内，挫万物于笔端"。刘勰在《文心雕龙·神思》中强调："形在江海之上，心存魏阙之下，神之所谓也。文之思也，其神远矣。故寂然凝虑，思接千载；悄焉动容，视通万里；吟咏之间，吐纳珠玉之声；眉睫之前，卷舒风云之色。"实存四海统于一瞬之内，实存古今统一须臾之中，大自然和人类历史均在艺术的超越中得以重新安排。

绘画作为空间艺术，对于空间的超越就更为精尽。传为王维所作的《山水诀》就明确要求"咫尺之图，写百千里之景"，使"东西南北，宛尔目前；春夏秋冬、生于笔下"，与天地一样，"肇自然之性，成造化之功"。

宋元以后，中国写意山水走向成熟，走向高峰，其空间则更为超越凛然。元代王蒙、倪瓒，画风简约淡泊，画中具体形象寥寥，而其整体意象空阔苍茫，无边无垠，真是天荒地老，让人不由而生宇宙大流渺茫天际之感。倪瓒每画山水，多置空亭，他写下了"亭下不逢人，夕阳淡秋影"的诗句。显然倪瓒之画于山水之中置亭，可谓画龙点睛，将一座座空亭当成山川灵气动荡吐纳的交点和山川精神聚集的处所，由此而获得对万象的超越之感。

中国传统美学与艺术理论，从来就是追求一种"韵外之致"或"味外之旨"。魏晋时期王弼就提出了"得象忘言，得意忘象"，就是力求突破言、象的有限性，追求意的无限性，以有限表现无限。从而达到"言有尽而意无穷"的境界。正因为如此，中国古典诗文追求言外之意，中国古典音乐追求弦外之音，中国古代绘画追求画外之情，都是通过有限的艺术形象达到无限的艺术意境。正如西晋陆机的《文赋》所讲："观古今于须臾，抚四海于一瞬""笼天地于形内，挫万物于笔端"。相传宋徽宗时，北宋画院多以命题画方式来招考画师，其实就是要求画师创造绘画意境来表达诗意，例如"深山藏古寺""踏花归去马蹄香""蝴蝶梦中家万里"。

三、意境是一种不设不施的自然美

不设不施就是不用化妆，不用特意加工的。中国美学史上，历来有两种不同的美的理想。一种是"错彩镂金，雕缋满眼"的美。另一种是"初发芙蓉自然可爱"的美。宗白华指出："上述两种美感，两种美的理想，在中国历史上一直贯穿下来。"[1]应该指出，这两种不同的审美理想，分别代表着各自不同的艺术风格和审美追求，都创造出了富有特色的艺术作品。

从"错彩镂金，雕缋满眼"的人工美来看：例如商周的青铜器将圆雕与高浮雕装饰结合，平面图像与立体浮雕结合，器皿造型与动物形象结合，器型庞大浑厚，纹饰成条，方中寓圆，繁密满实，特别是那些饕餮纹、夔龙纹、重环纹、重鳞纹、蛟龙纹、回纹、波浪纹等等，无论其形象是恐怖、狰狞、神秘，还是舒展、豪放、曲折，其总体的审美意象确是"错彩镂金，雕缋满眼"。乃至后来的楚辞、汉赋，乃至明清的瓷器（永乐釉里红、康熙五彩、雍正粉彩等），以及戏曲舞台上绚丽多彩的服装，为数众多的民间刺绣、年画、剪纸等，都以富丽的色彩与精致的制作而著称于世，堪称"错彩镂金"之美。

---

① 宗白华.中国美学史中重要问题的初步探索［M］//美学散步.上海：上海人民出版社，1981：30.

宗白华说："魏晋六朝是一个转变的关键，划分了两个阶段。从这个时候起，中国人的美感走到了一个新的方面，表现出一种新的美的理想，那就是认为'初发芙蓉'比之于'错彩镂金'，是一种更高的美的境界。"①

从"初发芙蓉，自然天真"的自然美来看：从汉儒统治下解脱出来的魏晋人从生活上、人格上的自然主义而进入艺术上的自然主义。这样一种境界，被称为"天""天趣""天然"，以自然"天"的品格来表示，顾恺之的人物画已完全摆脱汉画的装饰束缚，而全力表现自然的人。画中的人物，无论是帝王还是仕女都无做作之气，生动传神；在形式上，线条简练飘洒、自然任兴。

书法中的王羲之、王献之父子的草书，为当时艺术的最高典范。潇洒疏放、翰逸神飞，这种精神随意自发的状态，犹如风行雨散，自然而然地进入最风流的美丽境地。六朝之后，崇尚自然之风，已随气韵与意境之追求，成为不可动摇的审美理想。在不同时代，不同艺术门类、不同艺术家的提法不同而已。

在中国艺术之中，文人作画写字，纷纷主张要先得其"天"。从人物画"求天"发展至山水画"求天""天真"，不在自然景物的自然美本身，而在画家的感受和主观艺术处理，使其作品虽出自人工，却无斧凿之痕，且能生动地表现出天地万物的内在生命力，虽由人作，宛若天成。

"天"的对立面是"人工"，是"巧"。米芾在肯定董源的天真品格时特意指出："不装巧趣，皆得天真。"这样把"巧"与自然对立，同时也就把"拙"与自然相联系。自发的精神表现、天真的情趣外露，如婴儿的神态动作，是一种天真的拙味。崇尚生拙的风格，最早见于书论画论。宋黄庭坚说："凡书要拙多于巧。"中国古代文人画，特别是写意画，人物形象简朴，姿势笨拙，线条稚气十足，山水花鸟形似多失，行笔草草，非作者不能画，而是着意打破工整、精巧、完美的造型习俗，在不经意、无所着力中，求清新的情思和意境，正所谓得"天趣"。

如果说书法绘画求自然打的是"天"的旗号，那么文学求自然更多打"真"的旗号。从表面的思维走向来看，前者求助于主体向自然客体的回归，求助于主

---

① 宗白华.中国美学史中重要问题的初步探索［M］//美学散步.上海：上海人民出版社，1981：29.

体与客体自发性的合一。后者则求助于主体向自身内心的返归，求助于主体的自觉与心灵自悟。

崇尚自然之美，并非反对艺术加工，而只是反对那种人工斧凿的造作，反对那种虚情华饰的矫饰，推崇真诚自然地表现情性，以及"虽出人工，宛若天成"的艺术技巧。从"元四家""明四家"、清代"扬州八怪""四王""四僧"的绘画作品中均不难发现这一特点。

总之，通过以上"若有若无的朦胧美""有限无限的超越美""不设不施的自然美"三方面的分析，从"意境"角度来看国画里的中国传统艺术精神是更加显而易见。中国传统文化里儒释道三家都离不开"道"，中国传统艺术更是离不开"道"，中国传统艺术的精神性正是来源于"道"。对于艺术精神性的这种追求，可以说正是中国艺术学重要范畴"意境"的精髓，也是中国传统绘画的灵魂，更是中国传统艺术与西方传统艺术的显著区别。

小　　结

总而言之，如果说道家主要是通过人的自然化，将人投入宇宙，使人的情感与人格宇宙化，并且强调个体内在生命力的充实性（"德充符"），从而达到精神的无限扩展与升华，由此而确立美，那么儒家则主要是通过自然的人化，将宇宙收入人心，使自然物象情感化、人格化、伦理化，并强调个体内在伦理道德的充实性（"充实之为美"），从而达到精神的无限扩展和升华，由此而确立美。禅学中与儒、道两家的相似的概念是"佛性"，禅宗以"心的宗教"代替"佛陀的崇拜"，在主体心智中把佛（道）予以人格化。让人性与佛性在精神的升华中合一，这种境界与其说是成佛的境界，还不如说是与大自然整体合一，因而能够真切地体验生命情调和生命冲动的审美性境界。只不过，它的"即心即佛"，通过"空"的观念把老庄道法自然的观念更往精神性方面推进一步，使中国人的文化心理结构受到一次新的冲击，使崇尚内美、精神美的传统得到丰富和展开，成为中国传统美学精神的另一支柱。

儒道释三家虽路径不同，最终却都指向"天人合一"的境界。无论是从自然过渡到人文，还是从人类活动回归自然本质，这一体验体现了中国传统文化对人与自然和谐统一的追求。中国传统美学由此展现了其独特的优势：它高度重视作为世界主体的人，强调个体的精神自由和内在价值，使得艺术作品充满了主观情感与精神深度。道家由人而合于自然，实质是合于自由的绝对精神，个体的人追求解放，反对异化，实现自由精神对宇宙的涵盖；儒家由天而合于心，实质是合于人的伦理秩序和博爱之心，同样是个体人格精神向宇宙的扩充和膨胀。而自然、宇宙也同时反过来给予精神以染化，自然、宇宙对于人、人心也就不是对立冷漠的，就像古代的天和神一样，是亲切且主动呼应的。自然与人、宇宙与个体、物与心、主体与客体，都在"天人合一"中找到了归宿和位置。这一点正决定了中国传统美的特质，与中国传统艺术的精神性。

这一思想轨迹在中国传统艺术中体现为：从表现事物的外在神韵到传达创作者内心的神思，再到超越具体形象的艺术意境；从在意象中寻求意义到探索意象之外的深层含义。中国艺术在老庄哲学和禅宗智慧的影响下，逐渐走向精神化的高峰。老庄及禅宗的思想不仅成了艺术创作的指导原则，而且内化为中国艺术的核心精神。正如宗白华所言，"意境"是中国文化对世界贡献的重要方面之一，它标志着中国艺术特色的确立。宗白华在谈意境时说，这是"中国文化史上最中心最有世界贡献的一方面"[①]。从此以后，"意境"这一具有中华民族文化特色的美学范畴，被广泛运用于中国文学艺术的各个门类，尤其是诗、词、书法、绘画、戏曲、园林、音乐、舞蹈之中。或许，我们只有从这样的理论高度来看待"意境"，才会对国画中的意境有更加全面而深刻的认识。

参考文献：

1. 彭吉象.中国艺术学精编本［M］.北京：北京大学出版社，2023.
2. 宗白华.美学散步［M］.上海：上海人民出版社，1981.

【本篇编辑：谢纳】

---

① 宗白华.中国艺术意境之诞生［M］//美学散步.上海：上海人民出版社，1981：58.

中国古代文学鉴赏论的系统阐释 ①

祁志祥

摘　要：中国古代的文学鉴赏论，分别由"知音"说标志的鉴赏主体论、"以意逆志"说标志的鉴赏方法论、"好恶因人"和"媸妍有定"说为标志的主客体关系论构成。中国古代文论认为，要洞悉文学作品的奥秘，鉴赏主体必须从三方面着手。一是博览群书，把握各种体裁文艺作品的特点和历史，具备相应的专业积累，使文学批评恰如其分，获得深邃的历史感。二是确立公允的批评态度，切忌"爱同憎异""崇己抑人""贵古贱今"，保证文学批评的客观性。三是不断拓展、丰富生活阅历，加深对文艺作品的理解和感受。面对"以意为主"的中国古代文学作品，古代文论主要论及三种鉴赏方法。一是明白文学作品以表情达意为旨归，从而"披文入情""得意忘言"；二是根据古代文学作品旨冥句中、意在象外的特点，熟读深味、反复品味。三是针对古代文学作品使用夸张、比喻等修辞手法表达"志""意"，化"情语"为"景语"的特点，反对用迂腐执实的态度对待物象描写，主张"不滞形迹""以意逆志"。在文学鉴赏中，鉴赏对象是个常数，鉴赏主体则是个变数。因此，文学鉴赏不是一对一的简单、线性转换关系，而呈现出异常复杂的现象。对于文学鉴赏中主客体交互作用产生的异彩纷呈的现象，中国古代文论一方面承认"好恶因人"，另一方面又肯定"媸妍有定"：成功的鉴赏只能是去除主观好恶后对作品本身审美属性的公正确认。

关键词：中国古代　文学鉴赏论　鉴赏主体论　鉴赏方法论　主客体关系论

作者简介：祁志祥，男，1958年生，文学博士，现为上海交通大学人文学院兼职教授。主要从事文艺理论、美学及中国思想史研究。著《乐感美学》《中国美学全史》《先秦思想史：从神本到人本》等。

---

① 本文为作者新著高等教育"十一五"国家级规划教材修订本《中国古代文学理论概论》的部分章节，本卷首发。

A Systematic Interpretation of Ancient Chinese Literary Appreciation

Qi Zhixiang

Abstract: Chinese ancient literature appreciation theory, respectively, by the "friend" said sign of appreciation of the subject theory, "with the meaning of the reverse will" said sign of appreciation methodology, "likes and dislikes because of people" and "ugly beautiful have set" said as the sign of the subject and object relationship theory. Ancient Chinese literary theory holds that in order to understand the mystery of literary works, the appreciation subject must start from three aspects. One is to read extensively, grasp the characteristics and history of various genres of literary and artistic works, and have the corresponding professional accumulation, so that literary criticism is appropriate and obtain a profound sense of history. The second is to establish a fair critical attitude, avoid "love the same and hate different", "worship the past and despise the present", and ensure the objectivity of literary criticism. The third is to continuously expand and enrich life experience, deepen the understanding and feeling of literary works. In the face of the "intention-oriented" ancient Chinese literary works, there are three main ways to appreciate ancient literary theory. The first is to understand that the literary works to express the meaning as the purpose, so as to "wear the text into the emotion", "forget the words"; Second, according to the characteristics of the ancient literary works, it advocates familiar reading, deep taste and repeated taste. Third, in view of the ancient literary works used exaggeration, metaphor and other rhetorical devices to express "ambition", the characteristics of "emotion language" into "scenery language", oppose the pedantic and realistic attitude to the description of objects, advocate "not stagnation of the trace", "with the intention to reverse ambition". In literary appreciation, the object of appreciation is a constant, while the subject of appreciation is a variable. Therefore, literary appreciation is not a simple, linear transformation relationship, but an extremely complex phenomenon. For the phenomenon of the interaction between the subject and the object in literary appreciation, the ancient Chinese literary theory on the one hand acknowledges "likes and dislikes because of people", on the other hand affirms "ugly beautiful and fixed", while making value judgments on them: successful appreciation can only be a fair confirmation of the aesthetic attributes of the object of the work after subjective likes and dislikes.

Keywords: ancient China   literary appreciation theory   appreciation subject theory appreciation methodology   subject-object relationship theory

一、"知音"说：中国古代文学的鉴赏主体论

在中国古代宗法社会"内重外轻"的文化背景中，主体一向是中国古代文论颇为关注的对象。如果说"德学才识"说反映了古代文论对创作主体的要求，那么"知音"说则反映了古代文论对鉴赏主体的要求。

最早涉及鉴赏主体修养问题的要推先秦时期的《吕氏春秋》。其中的《孝行览》篇指出："养有五道：修宫室，安床第，节饮食，养体之道也；树五色，施五采，列文章，养目之道也；正六律，和五声，杂八音，养耳之道也；熟五谷，烹六畜，和煎调，养口之道也；和颜色，说言语，敬进退，养志之道也。此五者代进而厚用之，可谓善养矣。"这当中说的"养目之道""养耳之道"实即涉及绘画、音乐鉴赏主体的修养方法。不过，这里没有提到文学鉴赏主体的修养①；而是将"养目之道""养耳之道"与"养体之道""养口之道""养志之道"放在一起提出，可见尚未取得独立的文艺鉴赏形态。

以独立的形态从文艺的角度论述鉴赏主体修养的是刘勰的"知音"说。"知音"本为中国古代音乐欣赏中的典故。相传春秋时伯牙善鼓琴，钟子期善听琴，能从伯牙的琴声中洞悉他的心意，被伯牙引为"知音"。后来钟子期死，伯牙不复鼓琴。刘勰在《文心雕龙》中借用这个典故著《知音》，提出"见异，唯知音耳"，完整地论述了文学鉴赏主体的修养问题。后代文论家又以各自的意见丰富了"知音"说。

作为能"见"出作品之"异"的"知音"，必须具备哪些条件，或者说，必须从哪些方面进行修养呢？

（一）"圆照之象，务先博观"

中国古代文学批评界原来存在着这样一种看法，即唯能作诗方能评诗，不

---

① 引文中的"文章"指色彩花纹。《周礼·冬官·考工记》："画绘之事，青与赤谓之文，赤与白谓之章。"

会作诗也就没有评诗的资格。曹植《与杨德祖书》云："盖有南威之容，乃可以论于淑媛；有龙渊之利，乃可以议于断割。"宋代黄升《诗人玉屑序》："诗之有评，犹医之有方也。评不精，何益于诗？方不灵，何益于医？然唯善医者能审其方之灵，善诗者能识其评之精。"然而事实是，"世固有不能诗而知诗者"[①]，正像"锦绣千尺，善作者不必善裁，善裁者不必善作"[②]。因而更多的人认为，只要通过"博观"的训练，就可成为文艺鉴赏的内行，就可以达到对文艺作品全面稳妥的观照，所谓"圆照之象，务先博观"（《文心雕龙·知音》）。

"博观"要求鉴赏主体博览群书，对各种体裁、风格的文艺作品的特点、长短都有基本的把握，从而保证在品评作品时能把某一作品的"点"置于整个文艺作品的"面"中加以观照和比较，得出恰如其分的评价。这就叫"阅乔岳以形培塿，酌沧波以喻畎浍"（《文心雕龙·知音》）。"博观"还要求鉴赏主体对某一门类的文艺作品反复阅读，从而获得精深的、历史的把握，保证在作品品评中能一语破的，切中肯綮，把某一作品的"点"置于同类作品发展的历史脉络中，划出它在纵向坐标轴上的准确位置，使鉴赏批评获得深邃的历史感。这就叫"凡操千曲而后晓声，观千剑而后识器"（《文心雕龙·知音》）；"音不通千曲以上，不足以为知音"（桓谭《桓子新论·琴道》，《全后汉文》卷一五）。

（二）"无私轻重，不偏憎爱"

鉴赏主体不仅应具备的相应的专业积累，而且应确立公允的鉴赏态度。不"博观"无以"圆照"，鉴赏态度不公允，也不能获得对作品客观、准确的审美评价。"偏嗜酸咸者，莫能识其味。"（葛洪《抱朴子·尚博》）只有"无私于轻重，不偏于憎爱"，才能"平理若衡，照辞如镜"（《文心雕龙·知音》）。为了获得对文艺作品的公正评价，古代文论尤其批评了以下几种值得防止的偏向：

"爱同憎异"（葛洪《抱朴子·辞义》），即喜欢与自己趣味相同的作品，憎恶与自己趣味不同的作品。"知多偏好"（《文心雕龙·知音》），鉴赏者大多有自

---

① 钟惺《简远堂近诗序》，《隐秀轩文集》戾集，陕西教育图书社排印本。
② 钟惺《简远堂近诗序》，《隐秀轩文集》戾集，陕西教育图书社排印本。

己的趣味和偏好。因而便常常会在审美鉴赏中发生"贵乎合己，贱于殊途"（葛洪《抱朴子·辞义》），"会己则嗟风，异我则沮弃"（刘勰《文心雕龙·知音》）的现象。这样做的后果是"执一隅之解""拟万端之变""东向而望，不见西墙"，（刘勰《文心雕龙·知音》）背离作品的实际状况。

"崇己抑人"（刘勰《文心雕龙·知音》），这是就同时是作家的鉴赏者的批评意见而言的。这种现象的发生或者不自觉，或者自觉。从不自觉的一面说，"常人……暗于自见（缺少自知之明），谓己为贤"（曹丕《典论·论文》），是常有的事。从自觉的一面说，"夫人善于自见（自我表现），而文非一体，鲜能备善，是以各以所长，相侵所短。里语曰：'家有敝帚，享之千金。'斯不自见之患也。"（曹丕《典论·论文》）

"贵古贱今"。由于宗法社会"好古"的价值取向模式的影响，文学批评中"重耳轻目"（江淹《杂体诗序》，《全梁文》卷三八）、"向声背实"（曹丕《典论·论文》）、"贵远贱近"（曹丕《典论·论文》）、"尊古卑今"的现象时有发生。刘勰《文心雕龙·知音》曾举例说明："夫古来知音，多贱同而思古，所谓'日进前而不御，遥闻声而相思'也。昔《储说》始出，《子虚》初成，秦皇汉武，恨不同时；既同时矣，则韩囚而马轻，岂不明鉴同时之贱哉！""贵古贱今"给文学批评带来的结果，是过分地抬高古代作品，不适当地压低当代作品，"信伪迷真"，背离作品的真实。

（三）"亲至其处，乃知其妙"

仅有专门的鉴赏知识、公允的批评态度，没有与作品描写的意境相似的生活经验，往往还不能充分地体会作品的奥妙。只有不断拓展、丰富生活阅历，才能加深对文艺作品的审美感受。明胡震亨《唐音癸签》卷十一载："余友姚叔祥尝语余云：余行黄河，始知'孤村几岁临伊岸，一雁初晴下朔风'之为真景也。余家海上，每客过，闻海啸声必怪问，进海味有疑而不下箸者，益知'潮声偏惧初来客，海味唯甘久住人'二语之确切。"同卷又引诗曰："'细雨犹开日，深池不涨沙。'上句人皆能领其景，下句则非北人习风土者，不能知其妙也。薛能诗有:'池中水是前秋雨,陌上风惊自古尘。'二句之妙,亦非北人不能知。"清王士禛《渔洋诗话》卷中载:"陈户部子文诗云:'斜日一川汧水北,秋山万点益门西。'未入蜀,不知其写景之妙。"《红楼梦》中香菱与黛玉谈王维诗的欣赏体会:"'渡头余落日,墟里上孤烟',这'余'字和'上'字,难为他怎么想来!我们那年上京来,那日下晚便湾住船,岸上又没有人,只有几个棵树,远远的几家人家作晚饭,那个烟竟是碧青,连云直上。谁道我昨天晚上读了这两句,倒像我又到了那个地方去了。"为了洞悉作品的底蕴,读者最好"亲至其处",深入到作品描写的对象世界中去。恰如宋代楼钥所说:"少陵、东坡诗,出入万卷书中,奥篇隐帙,无不奔凑笔下,固已不易尽知,况复随意模写,曲尽物态,非亲自其处,洞知曲折,亦未易得作者之意。"①

二、"以意逆志"说:中国古代文学的鉴赏方法论

"以意逆志"作为一种诗歌鉴赏方法,最早由孟子提出。《孟子·万章上》:"咸丘蒙曰:'……《诗》云:普天之下,莫非王土;率土之滨,莫非王臣。而舜既为天子矣,敢问瞽瞍之非臣,如何?'曰:'是诗也,非是之谓也,劳于王事而不得养父母也……故说诗者不以文害辞,不以辞害志,以意逆志,是为得之。如以辞而已矣,《云汉》之诗曰:周余黎民,靡有孑遗。信斯言也,是周无遗民也。'"

孟子的"以意逆志"说有三个要点:

第一,鉴赏者通过阅读所要把握的对象是作品所表现的主体之"志",而非客观世界之"象"。这一点被后人发展为"披文入情""得意忘言"的方法论。

第二,在文学作品中,由于经常使用夸张、比喻等修辞手法表达"志",经常化"情语"为"景语",因而"志"的表现显得深沉、含蓄。鉴赏者在阅读作品时只有不拘泥于"辞",才能把握作品所表达的"志"。这一点,被后人发展为"切忌穿凿""不滞形迹"的方法论。

---

① 楼钥.简斋诗笺叙［M］//简斋诗集:卷首.《四部备要》本.

第三，由于旨冥句中，意在象外，"志"的表现深沉含蓄，因而"逆志"不是在一下子之间完成的，必须通过熟读深味才能达到。这一点，被后人发展为"心平气和，反复涵泳"的方法论。

（一）"披文入情""得意忘言"

拿到一部文学作品，读者应当怎样欣赏？古代文论指出两个步骤：第一步是"披文入情"（刘勰），第二步是"得意忘言"（刘禹锡）。清人姚鼐《古文辞类纂序目》的一段话完整地揭示了文学欣赏过程中这两个前后相承的步骤："神理气味者，文之精也；格律声色者，文之粗也。然苟舍其粗，则精者亦胡以寓焉？学者之于古人，必始而遇其粗，中而遇其精，终则御其精者而遗其粗者。"

首先是"披文入情"。这种鉴赏方法是由中国古代文学表情达意的民族特点决定的。中国古代，"言"为"心声"，"书"为"心画"，"文"为"心学"，"诗言志"，"形"传"神"，"物"寓"心"，故创作上自然是"心生而言立""情动而辞发"，作品中自然是"言粗意精"，鉴赏方法自然是"披文入情""假象见意"。正如刘勰所说："缀文者情动而辞发，观文者披文以入情。"（《文心雕龙·知音》）

"披文入情"有两个要点，即文章妙处"不离文字"，亦"不在文字"。"文"者"情"之所寓，舍"文"无以入"情"，故"入情"必须"披文"，体文之妙"不离文字"；但"文"者所以在"情"，滞"文"无以入"情"，故体文之妙又"不在文字"，正如苏轼所说："夫诗者，不可以言语求而得，必将深观其意焉。"（《东坡七集》后集卷十《既醉备五福论》）

有时，传情之具表现为由文字描写的物象。这时，"披文入情"就表现为"披象入情""假象见意"。如《诗经》中的美刺诗，"其讥刺是人也，不言其所为之恶，而言其爵位之尊，车服之美，而民疾之，以见其不堪也，'君子偕老，副笄六珈''赫赫师君，民具尔瞻'是也。其颂美是人也，不言其所为之善，而言其冠佩之华，容貌之盛，而民安之，以见其无愧也，'缁衣之宜兮，敝予又改为兮''服其命服，朱黻斯皇'是也"（《东坡七集》后集卷十《既醉备五福论》）。

这种鉴赏方法也是一种能动的批评方法。所谓"能动"，指鉴赏者"披文"

所"入"之"情"、由"象"所"见"之"意"，有时并非为对象本身所固有，而是出于自己"以意逆志"式的想象创造。正如清人谭献《复堂词录序》所指出："作者之用心未必然，读者之用心何必不然？"这时，批评就成为"借他人之酒杯，浇胸中之块垒"，鉴赏就成为自我表现的一种方式。如"关关雎鸠，在河之洲"，注诗者"以喻后妃之德"即是一例。

这里值得辨明的是：中国古代文学鉴赏论中的"披文入情"不同于西方文学鉴赏论中的"披文入象"或"披象入物"。西方古典文论作为再现主义文论，强调文学是"现实的摹仿"，因而在鉴赏方法上强调通过文字把握其所描写的现实图景（即"披文入象"），通过文学作品所描绘的艺术形象认知它所反映的客观对象（即"披象入物"）。中国曾经流行的文学理论教科书从唯物主义反映论出发，认为文学是"社会生活的形象反映"，因而在批评方法上崇尚通过文字所描绘的艺术形象来认识其反映的社会生活，不外乎"披文入象"或"披象入物"。与之相异，中国古代文论则不赞成把"象"（物象）、"物"（外物）作为文学鉴赏所要把握的终极对象，而极力主张将物象背后的"情""意"作为文学鉴赏所要把握的旨归。

"披文入情"也不同于"就文论文"的批评方法。西方现代形式主义文论把纯形式美当作文学创作的唯一目的，因而在文学鉴赏方面，主张把目光盯住文字形式美，至于这些纯形式美是否符合表情达意的需要，它们表达了什么样的真善内容则概不关心。如20世纪初俄国形式主义诗学理论、20世纪40年代法国结构主义文学理论认为，诗歌、文学的全部特性在于它的语言在语序、结构、音节、辞采等纯形式美方面与日常生活使用的语言之间的"差异"，文学鉴赏的使命就是对文学语言本身的美学功能的发现与感受。这是一种"就文论文"的批评方法。中国古代文论坚持的"披文入情"方法则"不离文字"而又"不在文字"，显然不同于"就文论文"的批评方法。

当"披文入情"的过程结束后，接下来的步骤就是"得意忘言"。

"得意忘言"也有两个要点。

一是"言"者所在的"意"，"得意"自然"忘言"。如皎然《诗式》评论谢灵运的诗，认为它的妙处是使人"但见性情，不睹文字"。刘禹锡说："诗者其文章之蕴邪？义得而言丧。"元好问《杨叔能小亨集引》："唐人之诗，其知本乎？……幽忧憔悴，寒饥困惫，一寓于诗，而其厄穷而不悯，遗佚而不怨者，故在也。至于伤谗疾恶不平之气，不能自掩，责之愈深，其旨愈婉，怨之愈深，其辞愈缓，优柔餍饫，使人涵泳于先王之泽，情性之外，不知有文字。"清代贺贻孙《诗筏》："盛唐人有血痕无墨痕。"刘熙载《艺概》："杜诗只'有''无'二字足以评之。'有'者但见情性气骨也，'无'者不见语言文字也。"由于古人把"言"作为载"意"之"筌"，津"意"之"筏"，因而在"得意"之后便"得鱼忘筌""过河拆桥"，将全部目光集中于"意"的审视而流连忘返，忘其所自。

二是"言"者所以悖"意"，"得意"必须"忘言"。"言"既有载意的一面，又有悖意的一面。在审美活动中，当"言"完成了它的"载意"功能以后，它与"意"矛盾的一面就上升到主导地位。这时，读者如果再滞留于对"言"的观照，哪怕将部分注意力分散在"言"上，对"意"的把握就会受到损害。故古人认为，"存言非得意""忘足履之适，忘韵诗之适"（袁枚）。

如果说在"披文入情"阶段，鉴赏主体侧重的是"文"与"情"的统一，那么在"得意忘言"阶段，鉴赏主体则侧重"言"与"意"的对立。在第一阶段，鉴赏主体只有通过对形式的认可才能把握内容；在第二阶段，鉴赏主体只有通过对形式的否定才能达到对内容的充分把握。

在古代咏物抒情诗中，"言"往往体现为物象的描写。这时，"得意忘言"就表现为"得意忘象"。易言之，物象并不是目的，而是寄寓情意的媒介，"假象见意"之后就应当将"象"抛弃。

这里，再与 20 世纪的俄国形式主义文学理论、法国结构主义文学理论的批评方法作一番比较，将是饶有兴味的。这派形式主义文学理论认为，诗歌、文学的全部美学特性就在于语言形式，因而文学批评的全部任务、审美欣赏的全部要义就可归结为但见"能指"，不见"所指"，化用古人的话语即"但睹文字，不见情性"。显然，这与中国古代文学鉴赏论崇尚的"但见情性，不睹文字"的批评方法迥异其趣。

从"披文入情"到"得意忘言",从"假象见意"到"得意忘象",步骤有二,环节为三:即"披文""披象"→"入情""得意"→"忘言""忘象"。"披文→入情→忘言"或"披象→得意→忘象",构成了中国古代文学鉴赏批评方法的动态流程图式。

(二)"心平气和,反复涵泳"

"温柔敦厚,诗教也。""文主谲谏。""诗以含蓄为上。""乐而不淫,哀而不伤。""诗者,气之和也,故贵婉不贵险。"如此云云。

与中国古代文学温柔含蓄、平淡温婉的美学传统相应和,古代文学创作通过赋物来赋心,通过比兴来喻意,即事以明理,即景以寓情,讲究音在弦外,义在象下,神寓形内,意冥境中……一切都表现得那么平淡、含蓄、委婉、深厚。

古代文学表情达意的含蓄、深婉特色,使鉴赏者初读时往往不能充分理解、深入欣赏它,而阅读遍数愈多,理解愈充分,美感享受也就愈强烈。对此,苏轼、范温、陈善以陶诗鉴赏为例,发表过很好的意见。苏轼《书唐氏六家书后》在评论智永禅师以"疏淡"为境界的书法之妙时,说它就像陶渊明的诗:"观陶彭泽诗,初若散缓不收,反复不已,乃识其奇趣。"范温《潜溪诗眼》说:"陶彭泽体兼众妙,不露锋芒,故曰:'质而实绮,癯而实腴''初若散缓不收,反复观之,乃得其奇处'。"陈善《扪虱新话》卷七揭示:"乍读渊明诗,颇似枯淡,久又有味。"

因此,为了更好地"披文入情",充分地进行审美欣赏,古人要求深思细读,反复咀嚼。魏庆之《诗人玉屑》卷三十载"晦庵(朱熹)论读诗看诗之法":"诗全在讽诵之功。""诗须是沉潜讽诵,玩味义理,咀嚼滋味,方有所益。""须是先将诗来吟咏四五十遍了,方可看注。看了又吟咏三四十遍,使意思自然融液浃洽,方有见处。"陆游《何君墓表》甚至说:诗"有一读再读至十百读乃见其妙者"[1]。元好问《与张中杰郎中论文》告诫人们:"文须字字作,亦要字字读。咀嚼

---

① 陆游集:卷三十九[M].北京:中华书局,1976.

有余味，百过良未足。"清贺贻孙《诗筏》云："李、杜诗，韩、苏文，但诵一二首，似可学而至焉。试更诵数十首，方觉其妙。诵及全集，愈多愈妙。反复朗诵，至数十百过，口颔涎流，滋味无穷，咀嚼不尽，乃至自少至老，诵之不辍，其境愈熟，其味愈长。"刘开《读诗说》指出："然则读诗之法奈何？曰：'从容讽诵以习其辞……是乃所为善读诗也。'"《王直方诗话》曾记录了一则反复诵读而喜不自胜的例子："郭功父少时喜诵文忠公诗。一日过圣俞，圣俞曰：'近得永叔书云，作《庐山高》诗送刘同年，自以为得意，恨未见此诗。'功父诵之。圣俞击节叹赏曰：'使吾更作诗三十年，不能道其中一句。'功父再诵，不觉心醉，遂置酒。又再诵，（酒）数行。凡诵十数遍，不交一言而罢。"

在倡导这种"一唱三叹""反复不已""咀嚼回味"的鉴赏方法的同时，古人对那种一目十行、马虎草率的阅读方法很不以为然。元好问曾批评当时一些读者："今人读文字，十行夸一目。"结果是："阓颤失香臭，瞀视纷红绿。毫厘不相照，觌面楚与蜀。"[①]即与原文的真谛相去甚远。

毫无疑问，这种"一唱三叹""反复咀嚼"的阅读方法必须以和平的心境来保证。好大喜功、贪多务快必然导致一目十行。只有去躁化竞，心平气和，才能"从容讽诵""优游浸润"。所以古人常常把静心养气与反复涵泳联系起来讲。朱熹说："看诗……但是平平地涵泳自好。"[②]沈德潜说："读诗者心平气和，涵泳浸渍，则意味自出。"[③]"读者静气按节，密吟恬吟，觉前人声中难写、响外别传之妙，一齐俱出。"[④]

中国古代，儒家讲究"静心格物"，道家讲究"斋心观道"，佛家讲究"因静入定"，以三家学说修身，慢节奏几乎成为古代士大夫共有的一种民族性格，为"从容讽诵"读书方法的流行提供了心理准备。古代文人学士大多属于有闲阶层，"此身闲得易为家，业是吟诗与看花"，一唱三叹，优游涵泳的读书方法也更契合

① 元好问.与张中杰郎中论文 [M] // 遗山先生文集：卷二.《四部丛刊》本.
② 转引自魏庆之.诗人玉屑：上册 [M].上海：上海古籍出版社，1982：268.
③ 沈德潜.说诗晬语：凡例 [M].北京：人民文学出版社，1979.
④ 沈德潜.说诗晬语：凡例 [M].北京：人民文学出版社，1979.

这些有闲阶层的闲情逸趣。加之，中国古代人们所读之书、所面对的知识信息远非今天可比，这就为一本诗集读上成十上百遍、读上一年半载提供了可行性。要之，一切都配合得那么默契，使得"心平气和、反复涵泳"的文学鉴赏方法成为可能。

（三）"切忌执实""不拘形迹"

中国古代文学是表情达意的，然而按中国人的审美传统，文学创作应通过赋物来赋心，通过比兴来见义，用景语作情语、事语作理语，这就使得中国古代文学中的景物描写充满了浓重的比喻、象征意味。

怎样对待这些带有比喻、象征意味的景物描写？

常见的情形是，用"执实"的方法理解它，结果闹出了许多"以辞害意"的笑话。白乐天《长恨歌》有"峨眉山下少人行，旌旗无光日色薄"二句。沈括以科学求真的方法批评说："峨眉在嘉州，与幸蜀路全无交涉。"[1] 杜甫《武侯庙柏》诗云："霜皮溜雨四十围，黛色参天二千尺。"沈括批评说："四十围乃是径七尺，无乃太细长乎？……此亦文章之病也。"[2] 严有翼《艺苑雌黄》指出："吟诗喜作豪句，须不畔于理方善……李白《北风行》云：'燕山雪花大于席。'《秋浦歌》云：'白发三千丈。'其句可谓豪矣，奈无此理何！"[3] 他所崇尚的诗理是现实事理，所以把诗的真实理解为生活事实加以批评了。明代杨慎《升庵诗话》卷八："唐诗绝句，今本多误字……如杜牧之《江南春》云：'十里莺啼绿映红。'今本误作'千里'。若依俗本'千里莺啼'，谁人听得？'千里绿映红'，谁人见得？若作'十里'，则莺啼绿红之景，村郭楼台，僧寺酒旗，皆在其中矣。"今传杜牧此诗仍作"千里莺啼绿映红"，读者一点不感到"千里"有什么不当。杨慎以"十里"为确，以"千里"为误，是因为他把诗当作地理书来读了。最有趣的是，有人曾以诗歌中的艺术描写为口实来告作者的黑状。据王定国《闻见近录》，"苏子瞻

---

[1] 沈括. 梦溪笔谈：卷二三［M］// 梦溪笔谈校正. 北京：中华书局，1962.
[2] 沈括. 梦溪笔谈：卷二三［M］// 梦溪笔谈校正. 北京：中华书局，1962.
[3] 阮阅. 增修诗话总龟：后集卷九［M］.《四部丛刊》本.

在黄州，上数欲用之，王禹玉辄曰：轼尝有'此心唯有蛰龙知'之句，陛下龙飞在天而不敬，乃反求知'蛰龙'乎？"[①] 倒是皇上颇为通达："自古称龙者多矣，如'荀氏八龙''孔明卧龙'，岂人君也？"[②] 又据叶梦得《石林诗话》："元丰间，苏子瞻系御史狱，神宗本无意深罪子瞻，时相进呈，忽言苏轼于陛下有不臣意。神宗改容曰：'轼固有罪，然于朕不应至是，卿何以知之？'时相因举轼《桧诗》'根到九泉无曲处，岁寒唯有蛰龙知'之句（曰），'陛下龙心在天，轼以为不知已，而求知地下之蛰龙，非不臣而何？'"[③] 倒是神宗有见识，他回答说："诗人之词，安可如此论？彼自咏桧，何预朕事？"[④]

　　针对用胶柱鼓瑟的方法读诗而曲解文意的情况，有见识的文论家提出了批评。宋代周必大《二老堂诗话》云："昔人应急，谓唐之酒价，每斗三百，引杜诗'速宜相就饮一斗，恰有三百青铜钱'为证。然白乐天为河南尹《自劝》绝句云：'忆昔羁贫应举年，脱衣典酒曲江边。十千一斗犹赊饮，何况官供不著钱。'又古诗亦有'金尊美酒斗十千'。大抵诗人一时用事，未必实价也。"[⑤] 同时代另一位学者王楙在《野客丛书》卷五中引述了两种说法，其一认为乐天《长恨歌》"夕殿萤飞思悄然，孤灯挑尽未成眠"不妥，"岂有兴庆宫中夜不点烛，明皇自挑灯之理？"其二出自《步里客谈》："陈无己《古墨行》谓：'睿思殿里春将半，灯火阑残歌舞散……''灯火阑残歌舞散'乃村镇夜深景致，睿思殿不应如是。"王楙批评说："仆谓二词正所以状宫中向夜萧索之意。使言高烧画烛，贵则贵矣，岂复有长恨等意邪？观者味其情旨，斯可矣。"这里阐明的即"以意逆志""不以辞害意"之意。明徐师曾引同时代皇甫汸之言曰："评诗者，须玩理于趣中，逆志于言外。若谏草非献君之物，鸣钟岂夜半之时，是则明月不独照乎巴川，而周民诚无遗种于《云汉》矣！"[⑥] 胡应麟《诗薮》内编卷五："杜题柏：'霜

---

① 胡仔.苕溪渔隐丛话：前集卷四六［M］.北京：人民文学出版社，1962.
② 胡仔.苕溪渔隐丛话：前集卷四六［M］.北京：人民文学出版社，1962.
③ 胡仔.苕溪渔隐丛话：前集卷四六［M］.北京：人民文学出版社，1962.
④ 胡仔.苕溪渔隐丛话：前集卷四六［M］.北京：人民文学出版社，1962.
⑤ 历代诗话：下册［M］.北京：中华书局，1981：658.
⑥ 徐师曾.文体明辩序说：文章纲领：论诗［M］.北京：人民文学出版社，1962.

皮溜雨四十围，黛色参天二千尺。'说者谓太细长。诚细长也，如句格之壮何？题竹：'雨洗涓涓净，风吹细细香。'说者谓竹无香。诚无香也，如风调之美何？宋人咏蟹：'满腹红膏肥似髓，贮盘青壳大于杯。'荔枝：'甘露落来鸡子大，晓风吹作水晶团。'非不酷肖，毕竟妍丑何如？"王夫之嘲讽说："杜诗：'我欲相就沽斗酒，恰有三百青铜钱。'遂据以为唐时酒价。崔国辅诗：'与沽一斗酒，恰用十千钱。'就杜陵沽处贩酒，向崔国辅卖，岂不三十倍获息钱邪？求出处者，其可笑类如此。"①马位《秋窗随笔》云："《石林诗话》：'姑苏城外寒山寺，夜半钟声到客船。欧阳公尝病其夜半非打钟时。盖公未尝至吴中，今吴中山寺，实以夜半打钟。'然亦何必深辩？即不打钟，不害诗之佳也。如子瞻'应记侬家旧姓西'，夷光姓'施'，岂非误用乎？终不失为好。"②"太白'白发三千丈'下即接云'缘愁似个长'，并非实咏。严有翼云：'其句可谓豪矣，奈无此理。'诗正不得如此讲也。"③何文焕《历代诗话考索》："六一居士谓诗人贪求好句，理或不通，亦一病也。如'袖中谏草朝天去，头上宫花侍宴归。'奈进谏无直用草稿之理。'姑苏城外寒山寺，夜半钟声到客船。'奈夜半非打钟时云云。按'谏草'句不无语病，其余何必拘？况'不以文害辞，不以辞害志'，孟子早有明训，何容词费！"④

在批判胶柱鼓瑟、执实拘泥的鉴赏方法的基础上，古代文论竭力倡导一种"不拘形迹"的文学鉴赏方法。谢榛《四溟诗话》卷一说得好："诗有可解、不可解、不必解，若水月镜花，勿泥其迹可也。""水月镜花"指出了诗歌物象描写的象征性，"勿泥其迹"的鉴赏方法正是由其决定的。章学诚指出："善论文者，贵求作者之意指，而不可拘于形也。"⑤由此出发，他严厉批判了"论文拘形貌之弊"⑥："学术文章，有神妙之境焉。末学肤受，泥迹以求之。"而真正的"知音"，则"以谓中有神妙，可以意会而不可以言传者也"⑦。何文焕在总结历代诗话鉴赏经

---

① 王夫之.姜斋诗话：卷二［M］//清诗话：上册.上海：上海古籍出版社，1982.
② 清诗话：下册［M］.上海：上海古籍出版社，1982：833.
③ 清诗话：下册［M］.上海：上海古籍出版社，1982：835.
④ 历代诗话：下册［M］.北京：中华书局，1981：812.
⑤ 章学诚.文史通义：诗教下［M］//嘉业堂本《章氏遗书》.
⑥ 章学诚.文史通义：诗教下［M］//嘉业堂本《章氏遗书》.
⑦ 章学诚.文史通义：辩似［M］//嘉业堂本《章氏遗书》.

验的基础上提出："解诗不可泥。"①所谓"不拘形迹"，意即对于文学作品中运用比兴、夸张、象征等艺术手段所描写的物象，不能局限于字面意义，误以为实有其事，要善于调动自己的想象，按照常有的生活情理，透过形迹，"以意逆志"。

三、"好恶因人""媸妍有定"说：中国古代文学
鉴赏的主客体关系论

（一）"好恶系人""诗无达诂"

汉代经学大师董仲舒曾经提出过一个著名论断："诗无达诂。"②"达"，"通"也。全句意即，诗没有一个共通的解释。汉代的《诗经》学是如此，一般的诗歌鉴赏亦复如此。所以董氏此语实际上是揭示了诗歌审美接受中的一个重要心理现象，即西方人所说的：一千个读者就有一千个哈姆莱特。直到了清代，还有人应和："诗文无定价。"③

那么，何以"诗无达诂"呢？这是因为，"好恶因人"（刘熙载《艺概·文概》）、"憎爱异情"（葛洪《抱朴子·塞难》）。黄庭坚曾举例说明文章好恶因人而异："欧阳文忠公极赏林和靖'疏影横斜水清浅，暗香浮动月黄昏'之句，而不知和靖别有咏梅一联云：'雪后园林才半树，水边篱落忽横枝'，似胜前句。不知文忠公何缘弃此而赏彼。文章大概亦如女色，好恶止系于人。"④

挖掘这种"好恶因人"的心理机制，原因自有多样。

一是由于个性、嗜好各别。人的个性不同，兴趣、嗜好各异，按照"爱同憎异"的审美自然倾向，同一部作品便会产生不同的审美评价。正如薛雪《一瓢诗话》所说："诗文无定价，一则眼力不齐，嗜好各别。"由此所带来的"好恶因人"现象，常见的如"慷慨者逆声而击节，酝藉者见密而高蹈，浮慧者观绮而跃心，

① 何文焕.历代诗话考索［M］//历代诗话.北京：中华书局，1981.
② 董仲舒.春秋繁露：精华［M］//二十二子.上海：上海古籍出版社，1986.
③ 薛雪.一瓢诗话［M］.北京：人民文学出版社，1979.
④ 黄庭坚.书林和靖诗［M］//豫章黄先生文集：卷二六.《四部丛刊》本.

爱异者闻诡而惊听"（刘勰《文心雕龙·知音》）。又如"尚礼法者好《左氏》，尚天机者好《庄子》，尚性情者好《离骚》，尚智计者好《国策》，尚意气者好《史记》"（刘熙载《艺概·文概》），亦是典型的例子。

二是因为学问、识见不同。所谓"学问有浅深，识见有精粗，故知之者未必真，则随其所好以为是非"（宋濂《丹崖集序》）。"曲高和寡"的现象就是这样发生的。"夫歌《采菱》，发《阳阿》，鄙人听之，不若此《延路》《阳局》。非歌者拙也，听者异也"（《淮南鸿烈·人间训》）。鉴赏者的知识结构不同，面对同样的作品就会有不同的审美认识和感受。"盖独是之语，高士不舍，俗夫不好；感众之书，贤者欣颂，愚者逃顿"（王充《论衡·自记》）。所谓"曲高和寡"，其心理实质乃是由于普通群众"学问""识见"水平普遍较低，不能"深识鉴奥"（《文心雕龙·知音》）、充分理解"阳春白雪"之类作品的奥秘而造成的"深废浅售"现象（《文心雕龙·知音》）。

三是因为所处的情境不同、所怀的情感不同。南戏《琵琶记》中有《中秋赏月》一折，"同一月也，出于牛氏之口者，言言欢悦，出于伯喈之口者，字字凄凉"（李渔《闲情偶寄》）。这是因为二人所处的情境安否不同，二人当时所怀的情感亦自不同。常见到，"载哀者闻歌声而泣，载乐者见哭者而笑"（《淮南鸿烈·齐俗训》）。何以会发生"哀可乐者，笑可哀者"（《淮南鸿烈·齐俗训》）这样异常的现象呢？这是"载使然也"（《淮南鸿烈·齐俗训》）！对现实的审美如此，对艺术的审美亦复如此。沈德潜《唐诗别裁集·凡例》指出："古人之言包含无尽，后人读之，随其性情浅深高下，各有会心。"

四是时运使然。"夫爱憎好恶，古今不均，时移俗易，物同价异"（葛洪《抱朴子·擢才》）。人类的审美趣味既有历史的共通性，又有时代的差异性。时代不同，人们的趣味好尚也就不同。一个时代有一个时代的审美趣味，所以同一事物在不同时代有不同的审美评价。

五是出于成见。正如薛雪分析的那样："诗文无定价……一则阿私所好，爱而忘丑。如某之与某，或心知，或亲串，必将其声价逢人说项，极口揄扬。美则牵合归之，疵则宛转掩之。谈诗论文，开口便以其人为标准，他人纵有杰作，必索一瘢以诋之。"①

六是出于"仁者见仁、智者见智"式的审美创造。审美不仅是反映，而且是生发；不仅是接受，而且是创造。在中国古代表现主义文论体系中，情况更其如此。作家作文是主体表现，读者鉴赏也是主体表现。这种表现性的审美活动，集中体现为"借他人之酒杯，浇胸中之块垒"。易言之，即读者借作品中的语言，作表现自己思想感情的媒介。由于"比兴"思维方法的盛行与渗透，人们在审美中遇到林泉、人物、草木、虫鱼的描写时，往往"以为物物皆有所托"②。"如'雎鸠'，识其为鸟名可也，乃解者为之说曰'挚而有别'，以附会于'淑女''君子'之义。如'乔木'，识其为高木可也，乃解者为之说曰'上疏无枝'，以附会于'不可休息'之义。"③这虽有穿凿附会之嫌，却也是审美鉴赏中常常会情不自禁发生的表现性、创造性现象。这种能动的审美表现和审美创造，已超出了对象本身固有的内涵，就叫作"作者之用心未必然，读者之用心何必不然！"④

（二）"文章妍嫿，市有定价"

在文学鉴赏中，由于审美主体的心理定势不同，因而同一作品在不同的审美主体心灵中，甚至在同一审美主体不同时地的鉴赏中都会激起不同的审美感受和评价，从而形成"诗文无定价"的现象，这是问题的一方面。另一方面，正如"情人眼里出西施"，但对象是不是西施，要由对象本身的审美属性决定一样，文章本身的妍嫿美丑并不由人们变化不定的审美评价所左右，这又形成"文章妍嫿，市有定价"的现象。苏轼说："文章如金玉，各有定价。"⑤因此，"憎爱异性"并不妨碍"妍嫿有定"（葛洪《抱朴子·塞难》），"好恶不同"并不能抹杀"雅郑有素"（葛洪《抱朴子·塞难》）。刘昼《刘子·殊好》指出："声色芳味，各有

① 薛雪.一瓢诗话［M］.北京：人民文学出版社，1979.
② 谢榛.四溟诗话：卷一［M］.北京：人民文学出版社，1962.
③ 姚际恒.诗经论旨［M］.诗经通论：卷首.北京：中华书局，1958.
④ 谭献.复堂词录叙［M］//复堂类稿：文一.清光绪刻本《半厂丛书》本.
⑤ 苏轼.答毛滂书［M］//经进东坡文集事略：卷四七.北京：文学古籍出版社，1957.宋惠洪《跋谢无逸诗》亦有此语，见《石门文字禅》卷二七。

正性；善恶之分，皎然自露……然而嗜好有殊绝者，则……颠倒好丑……"宋濂《丹崖集序》云："文之美恶……随其所好以为是非。照乘之珠或疑于鱼目，淫哇之音或比之以黄钟。虽十百其喙，莫能与之辨矣。然则斯世之人，果无有知文者乎？曰：非是之谓也。荆山之璞，卞和氏固知其为宝；渥洼之马，九方歅固知其为良。使果燕石也、驽骀也，其能并陈而方驾战？"这种"文无定价又有定价"的辩证关系，刘熙载《艺概·文概》精辟地概括为"好恶因人，书之本量初不以此加损焉"。

一般说来，真正是美的对象，总能引起大多数人的审美愉快。只能引起个别人的审美的愉快而被多数人的审美评价所否认的对象，只能被定性为丑。因此，能否普遍有效地引起审美主体的愉快感，就成为衡量"书之本量"美丑与否的客观标准。"赪颜玉理，眄视巧笑，众目之所悦也。轩皇爱嫫母之魌貌，不易落英之丽容；陈侯悦敦恰之丑状，弗贸阳文之婉姿。炮羔煎鸿，臛（肉羹）蠬（龟）臑（煮烂）熊，众口之所嗛（通慊，惬也）。文王嗜菖蒲之菹（酸菜、腌菜），不易熊肝之味。《阳春》《白雪》，《嗷楚》《采菱》，众耳之所乐也；而汉顺帝听山鸟之音，云胜丝竹之响，魏文侯好槌凿之声，不贵金石之和。郁金玄憺，春兰秋蕙，众鼻之所芳也，海人悦至臭之夫，不爱芳馨之气。"[1]这是由于这些人"性有所偏，执其所好，而与众反"[2]。如果听从这些违背大众趣味的怪僻的审美感受和评价，就好比"倒白为黑，变苦为甘，移角成羽，佩莸当薰"[3]，是决不可认同的。

（三）"鉴之颇正，好恶系焉"

柳宗元在《与友人论为文书》中提出过一个值得注意的观点："鉴之颇正，好恶系焉。"[4]它不仅指出了文学鉴赏中审美主、客体的交互作用，而且言明了这种审美鉴赏的价值评判标准。

---

① 刘昼.刘子：殊好［M］//刘昼，傅亚庶.刘子校释.北京：中华书局，1998.
② 刘昼.刘子：殊好［M］//刘昼，傅亚庶.刘子校释.北京：中华书局，1998.
③ 刘昼.刘子：殊好［M］//刘昼，傅亚庶.刘子校释.北京：中华书局，1998.
④ 柳宗元.柳河东集［M］.上海：上海人民出版社，1974.

　　所谓"鉴之颇"，指的是带有"好恶"偏见的鉴赏，它"颠倒好丑"①"以丑为美"（葛洪《抱朴子·塞难》），歪曲对象的美学价值，因而古代文论不赞成这种审美评价。在"以丑为美""颠倒好丑""佩茝当薰""移角成羽"等用语中，我们都可以看出古人对这种"偏颇之鉴"的批评与贬斥。所谓"鉴之正"，即去除"好恶"、不怀偏见的符合对象审美属性的公正鉴赏。柳宗元《答吴秀才谢示新文书》说："夫观文章，宜若悬衡然，增之铢则俯，反是则仰，无可私者。"②这种"若悬衡然"的"无私"鉴赏方式，能够映照出对象的美丑之"正"，获得对"书之本量"的把握。因而古代文论总是一再要求用不带好恶的公允态度去对待诗文鉴赏。

　　中国古代的文学鉴赏论通达、周全而不偏颇，不仅具有鲜明的民族特色，而且具有普适的文学理论价值。它既照顾了审美鉴赏中主体的能动性，又坚持审美主体感受符合对象本义的客观规定性，在"强制阐释"学盛行的当下，具有强烈的现实启示意义。

参考文献：

1. 董仲舒. 春秋繁露［M］. 上海：上海古籍出版社，1986.
2. 胡仔. 苕溪渔隐丛话［M］. 北京：人民文学出版社，1962.
3. 历代诗话［M］. 北京：中华书局，1981.
4. 刘昼，傅亚庶. 刘子校释［M］. 北京：中华书局，1998.
5. 柳宗元. 柳河东集［M］. 上海：上海人民出版社，1974.
6. 陆游. 陆游集［M］. 北京：中华书局，1976.
7. 清诗话［M］. 上海：上海古籍出版社，1982.
8. 沈德潜. 说诗晬语［M］. 北京：人民文学出版社，1979.
9. 沈括. 梦溪笔谈［M］. 北京：中华书局，1962.
10. 徐师曾. 文体明辩序说［M］. 北京：人民文学出版社，1962.
11. 薛雪. 一瓢诗话［M］. 北京：人民文学出版社，1979.

【本篇编辑：周庆贵】

---

① 刘昼. 刘子：殊好［M］// 刘昼，傅亚庶. 刘子校释. 北京：中华书局，1998.
② 柳宗元. 柳河东集［M］. 上海：上海人民出版社，1974.

黄鹤兮，白云兮

——也说崔颢的《黄鹤楼》

刘伟冬

摘　要：本文以崔颢所作《黄鹤楼》首句的考辨为切入点，结合其创作背景、文本版本进行梳理，并依据诗词格律分析作品。同时将与该诗有诗意互动的作品进行比较，从而探讨其所呈现的意象表达。

关键词：《黄鹤楼》　文本与版本　自然意象

作者简介：刘伟冬，男，1960 年生，研究生，南京艺术学院教授、博导，主要研究外国美术史。著《欧洲文艺复兴美术》《图像学与中国美术史研究》《图像的意义》《东西艺谭》等。

Yellow Crane, White Clouds

—A Discussion on Cui Hao's *The Yellow Crane Tower*

Liu Weidong

Abstract: This paper takes the first sentence of Yellow Crane Tower by Cui Hao as the starting point, combing with its creation background and text version, and analyzing the work according to the poetry pattern. At the same time, it will be compared with the poetic interactive works of the poem, so as to explore the image expression presented by the poem.

Keywords: *The Yellow Crane Tower*　text and editions　nature imagery

在《中华读书报》上看到宁源声的《"黄鹤""白云"孰优孰劣——崔颢〈黄鹤楼〉首句异文考辨》一文，受益颇多，也引起一些思考。该文立论明确，思路清晰，旁征博引，就崔颢所作的《黄鹤楼》中的首句究竟是"昔人已乘黄鹤去"还是"昔人已乘白云去"进行了详尽的叙述，其结论更倾向于"昔人已乘黄鹤去"，笔者也完全同意他的观点。只是觉得在有些问题的表述上依旧意犹未尽，在此想做一些补充。唐代诗歌是中国古典文学的高峰，而崔颢的《黄鹤楼》则是这一高峰中的一座地标性作品。这首诗不仅在意象构造、情感表达上出类拔萃，更因为其独特的"黄鹤"与"白云"的争议而成为历代文人讨论的热点。本文将从创作背景、诗歌的版本对比与意象分析，探讨《黄鹤楼》诗意的深远价值。

一、崔颢《黄鹤楼》的创作背景

《黄鹤楼》的创作不可避免地与黄鹤楼这一地理与文化标志相联系。黄鹤楼位于今湖北武汉长江之滨，是荆楚大地的一座名楼，早在三国时期便已闻名遐迩。其高踞长江岸边，兼具军事、交通与观景功能，自然成为诗人吟咏的重要题材。更有传说称，黄鹤楼为仙人乘黄鹤飞升之地，而仙鹤西去、白云悠悠的画面也成为文人墨客塑造超脱意象的重要灵感来源。唐代是诗歌的黄金时代，诗人在崇尚山水与自然的同时，也热衷于通过古迹表达个人感怀。崔颢登黄鹤楼时所见的壮丽景色，激发了他创作的灵感；而他所处的盛唐时期，以意象深远、情感含蓄的诗歌风格，更使得《黄鹤楼》成为唐代登临诗中的杰作。

崔颢（704—754 年），河南开封人，是唐代的著名诗人。他以五言古诗闻名，而七言绝句《黄鹤楼》则成为其不朽代表作。崔颢一生仕途坎坷，性格中有孤傲和超然的一面，这种气质在其诗歌创作中有显著体现。崔颢的诗风情景交融，讲究意境的营造与情感的蕴藉。《黄鹤楼》中的"黄鹤一去不复返，白云千载空悠悠"正是将个人情感与宇宙自然结合，通过寥寥数语表达了时间流逝和生命短暂的深沉感悟。它亦成为中国诗歌中广为流传的名句。这种对时间不可逆转与自然永恒的描写，深深植根于中华文化，成为人们表达感慨的重要方式。

二、"黄鹤"与"白云"：文本与版本的争论

《黄鹤楼》的两个核心意象"黄鹤"与"白云"承载了诗人的哲学思考。在

中国传统文化中，黄鹤是一种超然与仙化的象征，常被用来表达脱俗的境界。诗句"黄鹤一去不复返"不仅描绘了黄鹤西去的画面，而且喻示了人生的短暂与不可挽回的流逝感。白云则象征永恒和宇宙的自然法则。"白云千载空悠悠"描绘了一种不变的自然意象，与黄鹤的飞升形成对比，既反衬了人类生命的短暂，又带来一种超然物外的哲思。

关于《黄鹤楼》的版本，文献中存在"黄鹤"与"白云"的不同记录："黄鹤"版本更强调传说与仙鹤意象，突出了一种带有叙事性的画面感；"白云"版本在意境上更具哲思感，与整首诗的宇宙主题更加契合。学者普遍认为，"黄鹤"版本在后来的传播中更加主流，而"白云"可能是早期异文。两者虽不同，但皆能承载诗人对时空的感怀与对自然的敬畏。

如果纯粹从版本学的角度来看，似乎"白云"说更占上风。刘学锴在他的《唐诗选注评鉴》就明确指出：

> 起句"昔人已乘白云去"，欻然而至，飘然而去，语气口吻中透露出对仙人飘然远举的向往歆慕。"白云"，自明代中叶以来诸家选本、总集及评论均作"黄鹤"，但唐人选本《国秀集》《河岳英灵集》《又玄集》《才调集》，至宋初《文苑英华》，南宋《唐诗纪事》，再到《瀛奎律髓》《唐诗鼓吹》，再到明初《唐诗品汇》，无一例外均作"白云"，可以确证崔颢原诗首句定当作"昔人已乘白云去"，作"黄鹤"者乃明代中叶的选本如《唐诗解》的擅改。

按刘学锴的观点，所谓的"黄鹤"说是在明代中叶才出现的，而且是被人擅改了的结果。在这之前一直都是流行的"白云"说。按一般的逻辑的推论，时间上越接近，越容易接近历史的原点。以《国秀集》为例，它成书于天宝三载（744年），由芮挺章所编。芮挺章生卒年月不详，应是开元、天宝年间人。而崔颢生于长安四年（704年），死于天宝十三载（754年），与芮挺章应属同时代的人，也就是说诗稿刊印时，崔颢应该还活着，在他后来在世的十年中，是否看过刊印了的《国秀集》，或对稿本中的"白云"说究竟持何种态度，均无可考；再有，《国秀集》中的"白云"版本又从何而来？是口口相传，还是坊间抄本，或是崔颢确认的稿本，我们都不得而知。除非有稿本在刊印前得到过崔颢的勘校的确证，仅凭它最先出现在唐版的《国秀集》中也很难坐实"白云"说的绝对性。因为即便是在同一时代，以讹传讹的现象总是不可避免的。如 20 世纪 40 年代，柳亚子在编选《民国诗选》时，就曾以《长征》一诗当面求证过作者毛泽东，结果谬误之处不在一二。

三、李白与崔颢：黄鹤楼下的文坛佳话

再从文学史的角度来看，我们似乎找到了一个确证，能够证明有人看过崔颢的这首七律的原作，这个人就是李白。李白游黄鹤楼时，被眼前的景致打动，正欲作诗抒怀，不料看见了崔颢的《黄鹤楼》，大为欣赏，又觉遗憾，于是留下了"眼前有景写不得，崔颢题诗在上头"的慨叹。此言不仅体现了李白对崔颢才华的钦佩，也反映了黄鹤楼与诗歌的绝妙结合让李白感到"难以超越"。据说李白在黄鹤楼上没有写成诗，但很少写七律的他还是悻悻地写了一首《鹦鹉洲》：

> 鹦鹉来过吴江水，江上洲传鹦鹉名。
>
> 鹦鹉西飞陇山去，芳洲之树何青青。
>
> 烟开兰叶香风暖，岸夹桃花锦浪生。
>
> 迁客此时徒极目，长洲孤月向谁明。

有史料记载，李白的这首诗完成于乾元二年（759 年），是他被贬去夜郎的途中忽遇大赦回到江夏时所作。如果此论成立，那么李白可能也就是在这一年第一次看到了崔颢的《黄鹤楼》，当时，崔颢已经离世六年了。只要把《鹦鹉洲》和《黄鹤楼》做一对比，就能见出一些端倪，两诗所用韵脚虽然不同，但其结构何其相似。《鹦鹉洲》的首联和颔联出现了三个"鹦鹉"，如此用词会不会是受

到某种启发，更确切地说会不会是看到崔颢连用了三个"黄鹤"后而有意为之呢？这样是不是也能间接地证明崔颢原诗的首句就是"昔人已乘黄鹤去"呢？在这里，崔颢是出题者，李白是答题人，崔颢给出三只"黄鹤"，李白回应以三只"鹦鹉"。像这样的三词连用对李白而言还真有点儿记忆深刻或是刻骨铭心呢。在之后的《登金陵凤凰台》中，李白在首联中再次连用了三个"凤凰"——"凤凰台上凤凰游，风去台空江自流"。这里第三只"凤凰"虽然用的是单字"凤"，但其意思是十分明确的，而且所用的韵脚与崔颢的《黄鹤楼》相同，结构也大致相当，不难看出两诗之间的勾连，或是说李白的确存在摹写之嫌。关于这首诗的创作背景各有说法，似乎创作年代也不太明确。

如果说李白与崔颢斗气争胜的说法真能成立的话，那么它也应该是完成在乾元二年（759 年）之后，也就是说在他看过了黄鹤楼上崔颢的诗之后顺江而下，到了金陵，在登凤凰台时创作了这一首七律。这也在一定程度上再次论证了崔颢诗中有三只"黄鹤"的可能性，否则，李白何以一而再地去做出这样的回应呢？毕竟，如果崔颢的诗歌中没有特别之处，很难想象李白会如此在意，并且在多年后仍然对此作出回应。根据李白年谱记载，在上元元年（760 年）左右，李白的确回到了宣城和金陵，并往返于两地之间，这一点至少表明李白在时间和空间上是充分具备了创作此诗的客观条件的。但此时他的身体已大不如从前，健康问题逐渐影响了他的生活。上元二年（761 年）李白以抱恙之躯回到金陵，当时的生活极为窘迫，只能依人为生。最后在万般无奈下他投奔到了在当涂做县令的族叔李阳冰处。次年，也就是上元三年（762 年），李白在当涂去世，结束了他波澜壮阔的一生。

不过《登金陵凤凰台》中的"吴宫花草埋幽径，晋代衣冠成古丘"的沧海桑田之慨与"总为浮云能蔽日，长安不见使人愁"的悲凉愁苦之叹倒是非常符合诗人当时的情形和心境。这些诗句不仅是对历史变迁的沉思，也是对自己命运的深刻反思，反映了他在暮年面对病痛和贫困时内心的孤独与无助。

乾元二年（759 年），从白帝城回到江夏的李白悲喜交加，感叹人生之跌宕，在这段时间里他写了不少诗词，如《鹦鹉洲》《与史郎中钦听黄鹤楼上吹笛》《望鹦鹉洲悲祢衡》《经乱离后天恩流夜郎忆旧游书怀赠江夏韦太守良宰》。这些作品不仅展现了李白卓越的艺术才华，也为后人留下了珍贵的历史见证。从《鹦鹉洲》中的"烟开兰叶香风暖，岸夹桃花锦浪生"，我们不难看出当时应该是阳春三月，桃花盛开的季节。这首诗描绘了一幅充满生机和活力的春天景象，同时也透露出诗人内心深处的一丝慰藉。再从他写的《与史郎中钦听黄鹤楼上吹笛》中，我们也至少可以推断出这一年的五月份李白还在江夏一带活动，诗云：

> 一为迁客去长沙，西望长安不见家。
> 黄鹤楼中吹玉笛，江城五月落梅花。

这几句诗不仅表达了他对过去岁月的怀念，也暗示了他对于未来的迷茫和不确定感。在黄鹤楼上听到的笛声，仿佛让他回忆起了曾经的辉煌，又让他意识到现实的冷酷无情。

当然，这里的梅花并不是植物或季节意义上的梅花，而是诗人在听了《梅花落》的旋律后心情凋零的象征。我们注意到在这首诗里再次出现了"黄鹤楼"的字眼。其实，在此之前，有史料表明李白至少两次登临过黄鹤楼的经历，也写下了脍炙人口的诗词，诗中都有提到过"黄鹤楼"。第一次是和另一位诗人孟浩然同游，大概是在开元十六年（728年），随后孟浩然顺江而下去了扬州，于是李白就写了那首不朽之作《黄鹤楼送孟浩然之广陵》：

> 故人西辞黄鹤楼，烟花三月下扬州。
> 孤帆远影碧空尽，唯见长江天际流。

李白第二次登黄鹤楼大约是在开元二十二年（734年），同样地，也写下了有关黄鹤楼的诗篇，如《江夏送友人》：

> 雪点翠云裘，送君黄鹤楼。
> 黄鹤振玉羽，西飞帝王州。

凤无琅玕实，何以赠远游。

裴回相顾影，泪下双江流。

李白这两次登楼都没有看到崔颢的诗，那只能说明在开元二十二年（734年）之前崔颢还没有完成《黄鹤楼》的创作，而目前学界对这首诗的创作年代似乎也没有确切的说法，如果《国秀集》刊印于天宝三载（744年），那么，很可能是在后来十年（开元二十三年至天宝三载，735—744年）中的某个时辰，崔颢临登黄鹤楼，感念于时光匆匆，感念于自然永恒，一挥而就，完成了他的惊世之作。这时候，崔颢已过而立之年，正朝着不惑渐进，他的才华、经历、感悟、认识已为他的伟大创作积累了坚实的基础。

宁源声在文章中就"黄鹤"说和"白云"说的争论还提及一段文坛佳话，那就是黄永武教授于20世纪80年代在香港举办的国际敦煌吐鲁番学术研讨会上大谈他的"白云"说，声情并茂，态度坚决，似乎俘获了不少与会者的"芳心"，事后季羡林写文章予以反驳："我最初也曾为之振奋。但稍稍冷静，觉得不太对劲。'昔人已乘黄鹤去，此地空余黄鹤楼'，两个'黄鹤'，对比紧凑，只有这样，'空余'二字才有着落，才有力量。如果改成'白云'，对比也有，但比不上两个'黄鹤'了。今天的选本，不取'白云'，而取'黄鹤'，是有道理的。至于黄永武讲的，这样一来就是三个'黄鹤'对一个'白云'，结构失去均衡，我看这个均衡是用不着保持的。"学者周啸天对季羡林的这段话大加赞赏："诗词一道，于季羡林并非专攻，但许多专攻此道的人，还不能说得像他这样在行。所以我还是忍不住说一句：此大师所以为大师也。"（《周啸天谈艺录·季羡林说诗》）

无论是季老先生还是周先生，他们都承认《黄鹤楼》在用词上确实存在三个"黄鹤"对一个"白云"的不均衡，但认为这种不均衡无伤大雅，无须刻意追求黄永武提出的两个"黄鹤"对两个"白云"的均衡。笔者认为，他们所讨论的均衡与不均衡仅限于字面和数量层面，未能触及诗句的深层意蕴。如果我们去深刻领会每一诗句的精义，就会发现"白云"不会因为数量少而失势，而它恰恰是最大的赢家，真有一词定乾坤的气势。诗人对"昔人""黄鹤"包括对"楼"的定性几乎都是用的瞬间动词，如"已乘""空余""一去"，以表现这些物象的虚幻、短暂与不确定，而对"白云"却用了"千载"和"悠悠"，以表示它的永恒。在崔颢的眼里，"昔人""黄鹤"和"楼"都是过眼烟云，只有白云所具有的自然属性才会亘古不变。这与李白在《登金陵凤凰台》中感叹的"吴宫花草埋幽径，晋代衣冠成古丘"有着异曲同工之妙，皆通过对短暂与永恒的对比表现时间的流逝与自然的永恒。只有深刻理解这一层意义，才能真正洞悉诗人所展现的"辽阔深远的时空感和苍茫邈远的宇宙感"（李元洛语），而"白云"正是这一意象的最佳体现。

崔颢的《黄鹤楼》不仅以其文字的精妙成为唐诗中的瑰宝，更通过"黄鹤"与"白云"这一对意象揭示了人类情感与自然永恒的深刻关联。它是一首超越了单纯的风景描写的哲学性诗篇，在短短的 28 字中传递出时间的不可逆转与生命的短暂孤独。无论是"黄鹤"飞升，还是"白云"悠悠，崔颢的诗都将自然与历史的维度糅合，将诗人个体的感慨提升为人类共有的存在之思。

这种情感超越时空的共鸣，让《黄鹤楼》成为后世文人再难逾越的经典。在崔颢之后，无论是李白"眼前有景道不得"的慨叹，还是后世无数诗人试图重现的登楼之作，均未能撼动这座文学的丰碑。这既是对崔颢才情的致敬，也是对《黄鹤楼》作为不朽诗篇的最佳证明。或许，崔颢笔下的黄鹤已一去不返，白云也将千载悠悠，但这首诗所承载的哲思与人类情感，早已化作时光中永恒的流动，继续诉说着古老而深远的生命故事。

参考文献：

1. 陈伯海.意象艺术与唐诗［M］.上海：上海古籍出版社，2015.
2. 计有功.唐诗纪事［M］.上海：上海古籍出版社，2013.
3. 叶嘉莹.古诗词课［M］.北京：生活·读书·新知三联书店，2018.
4. 俞平伯，等.唐诗鉴赏辞典［M］.上海：上海辞书出版社，2013.

【本篇编辑：周庆贵】

沈从文的书法评论观^①

刘宗超

摘　要：著名文学家沈从文的书法评论独具慧眼，别具价值。他肯定书法的艺术性质，认为"写字"具有超实用的艺术特色，是一种艺术。他关于书法艺术观和文化观的分辨，对我们思考书法传统与现代的关系具有参考价值。他在文中对现实中"三种人"的批评、对"宋四家"的批评，以及对当时著名书画家的批评，观点独特而犀利。沈从文的书法评论具有其散文的特点，敢于说真心话，从不矫饰，从不含糊，表现出他在艺术批评上的纯真心态。

关键词：沈从文　书法　评论观

作者简介：刘宗超，1970 年生，男，博士，现为河北大学艺术学院教授，中国书法高等教育分会副会长。主要从事书法艺术、造型艺术及艺术理论研究。著《中国书法现代史》《中国书法现代创变理路之反思》等。

Shen Congwen's Perspective on Calligraphy Criticism

Liu Zongchao

Abstract: Shen Congwen, a renowned literary scholar, is unique and valuable in his commentary on calligraphy. He affirmed the artistic nature of calligraphy and believed that "writing" is a kind of art with super-practical artistic characteristics. His distinction between the artistic and cultural views of calligraphy is a valuable reference for us to think about the relationship between traditional and modern calligraphy. His criticism of the "three kinds of people" in reality, his criticism of the "Four Schools of Song", and his criticism of the famous calligraphers and painters of his time are unique and sharp. Shen Congwen's calligraphy criticism has the characteristics of his

---

① 本文系 2024 年度国家社科基金艺术学重大项目《中国艺术写意精神的当代实践研究》（项目批准号：24ZD03）的阶段性成果。

prose, and he dares to speak from the heart, never pretentious, never ambiguous, showing his pure heart in art criticism.

Keywords: Shen Congwen　calligraphy　commentary

在《花花朵朵　坛坛罐罐——沈从文文物与艺术研究文集》一书中，收录有沈从文的两篇专谈书法的文章。其中《谈写字（一）》写于1937年5月，谈的是"写字"的艺术价值问题及对时弊的分析；《谈写字（二）》写于1948年7月，是对"宋四家""近代笔墨""市招与社会"的批评。[①]两篇文章写作时间虽然相隔11年，但其间的逻辑关系是清楚的，第一篇为原则和综论，第二篇为应用和现象；其中第一篇写得尤其精彩，虽然时过境迁，但是在今天看来仍有独特的价值意义。我们重读两文，可以感受到这位著名文学家对书法评论灌注的真情。

据沈从文的亲属说，沈从文对艺术的兴趣比对文学的兴趣产生得更早一些。他18岁时曾在一个统领官身边做书记。这位统领官收藏了百来轴自宋至清的旧画、几十件铜器及古瓷，还有十来箱书籍、一大批碑帖。这些东西都由沈从文登记管理，他无事可做时便拿出这些东西独自欣赏。他还经常练字，常常用工整的小楷给喜欢作诗的舅父和姨父抄诗。他在散文中回忆道："我有时回到部中，坐在用公文纸裱糊的桌面上，发愤去写小楷字，一写便是半天。"哪怕是办差写个纸条，也必是端端正正的虞世南体。他在房间里贴满自己写的字，还在视线所及的角隅贴了张纸条："胜过钟王，压倒曾李。""因为那时节我知道写字出名的，死了的有钟王两人，活着的却有曾农髯和李梅庵。我以为只要赶过了他们，一定就可独霸一世了。"[②]从这些记载可以看出，沈从文一直对书法有着深深的爱好，并且在书法上还富有远大的志向和豪情。"钟王"是魏晋时期的钟繇和书圣王羲之，小楷成为经典范本，王羲之更是公认的帖学的最高峰；而"曾李"便是晚清民国时期的曾熙和李瑞清，是碑学的殿军人物，在当时影响广泛。从崇尚经典的书法研习路径来看，"胜过钟王，压倒曾李"的口号可以看出青年沈从文为

---

① 沈从文.花花朵朵　坛坛罐罐：沈从文文物与艺术研究文集［M］.北京：外文出版社，1994.
② 沈从文.沈从文文集：第9卷［M］.广州：花城出版社，1984：201，205.

文为艺的豪情壮志和不俗抱负，实属难能可贵的佳话。沈从文的手稿，或小楷或章草，文雅可爱，别有书法功底和文气。由此看来，作为文学家的沈从文写专文谈书法并不意外，他的有关书法的评论，也非想当然的评说，是有一定专业根基的。下面，笔者试对该文进行解读。

一、对书法艺术性质的肯定

沈从文写于 1937 年的《谈写字》的文章，是有感而发。"近来有人否认字在艺术上的价值，以为它虽有社会地位，却无艺术价值。郑振铎先生是否认它最力的一个人。"[①] 关于郑振铎对书法的艺术地位的主张，在他悼念好友朱自清的文章《哭佩弦》中，记载得非常详细："将近二十年了，我们同在北平。有一天，在燕京大学南大地一位友人处晚餐。我们热烈的辩论着'中国字'是不是艺术的问题。向来总是'书画'并称。我却反对这个传统的观念。大家提出了许多意见。有的说，艺术是有个性的；中国字有个性，所以是艺术。又有的说，中国字有组织，有变化，极富于美术的标准。我却极力的反对着他们的主张。我说，中国字有个性，难道别国的字便表现不出个性了么？要说写得美，那么，梵文和蒙古文写得也是十分匀美的。……临走的时候，有一位朋友还说，他要编一部《中国艺术史》，一定要把中国书法的一部门放进去。我说，如果把'书'和'画'同样的并列在艺术史里，那么，这部艺术史一定不成其为艺术史的。"[②]

郑振铎还记载，当时有 12 个人在座，九个半人都反对他（朱自清只赞成一半）。郑振铎、朱自清都是沈从文的文坛老友，沈从文自然知晓郑的主张。《哭佩弦》一文写于 1937 年，回忆的这段往事距当时将近 20 年，而在那 20 多年的时间内，新文化运动中的"欧风美雨"思潮影响正炽，"中国百事不如人"的心态成为典型代表。当时的胡适即认为："我们必须承认我们自己百事不如人，不但物质机械上不如人，不但政治制度不如人，并且道德不如人，知识不如人，文学

---

① 沈从文. 花花朵朵　坛坛罐罐：沈从文文物与艺术研究文集［M］. 北京：外文出版社，1994：224.
② 郑振铎. 哭佩弦［M］// 郑振铎文集：第 3 卷. 北京：人民文学出版社，1983.

不如人，音乐不如人，艺术不如人，身体不如人。"[①] 这种典型的"落后焦虑症"有独特的时代背景，由于 1840 年以后西方政治、军事、文化与当时中国社会的激烈碰撞，一些人对中华传统文化的自信降至冰点，也正是当时文化界对中国书法艺术地位颇多争论、颇多质疑的时候。这也是沈从文《谈写字》一文写作的背景。

在漫长的古代社会，书法是一种最雅俗共赏的艺术形式，是文人的"必修课"。而至 20 世纪初，由于近现代文化嬗变，书法在社会中的地位相比古代可谓一落千丈。首先，随着硬笔引进中国，毛笔日益脱离实用领域，毛笔字的参与者骤减。其次，文言文被白话文取代，使传统书法赖以生存的精神意蕴及古典文化氛围几近消失。最后，近代以来改革甚至试图取消汉字的行为从未停息：甲午战争至辛亥革命间的"切音字运动"、1918 年兴起的"注音字母运动"、"五四"时期所倡导的"提倡拉丁化，打倒方块字"的运动、1926 年开始的"国语罗马字运动"、1931 年兴起的"拉丁化新文字运动"。这些运动无不把汉字作为封建主义的附庸物，主张取消汉字代之以拼音化。这样，以汉字为存身媒介的书法艺术显得前途渺茫。而且，由于书法在西方艺术体系中找不到对应物，在当时西方艺术思想占统治地位的情况下，书法还是不是艺术？是否还有存在的价值？以上是人们疑惑的问题。一些文化精英对此进行了思考。蔡元培在 1918 年的中国第一国立美术学校开学式演讲中，提出了"增设书法专科"的主张。梁启超在 1926 年清华学校教职员书法研究会上的演讲中认为："各种美术之中，以写字为最高"。1935 年，宗白华在中国哲学会年会上所作演讲中，肯定了书法的艺术地位，并提出了一个富有创建性的建议："我们几乎可以从中国书法风格的变迁来划分中国艺术史的时期，像西洋艺术史依据建筑风格的变迁来划分一样。"林语堂、邓以蛰、朱光潜等人都对中国书法的艺术地位大加肯定。[②] 在此种背景下，沈从文也对"写字"的艺术性进行了肯定。

沈从文认为，之所以把写字作为一门艺术，是因为有两个理由：汉字在字体的演变中"始终有一种造型美的意识存在，因为这种超使用的意识浸润流注，方

---

① 胡适.介绍我自己的思想［M］// 胡适文集：第 5 卷.北京：北京大学出版社，1998：515.
② 刘宗超.现代美学家书法美学研究述评［J］.书法研究，2002（1）.

促进其发展。我们若有了这点认识，就权且承认写字是一种艺术，似乎算不得如何冒失了。""艺术的价值自然很多，但据我个人看来，称引一种美丽的字体为艺术，大致是不会十分错误的。"①一方面是书法在形式上具有造型艺术的美感；另一方面是写字能使人得到正当无邪的愉快，具有艺术功效。总之，沈从文认为写字具有超实用的艺术特色，是一种艺术。不过，沈从文发现，当时社会上多数人并不把书法当作一门艺术来看待，而是认为书法可以随意而为。作者描述道："多数人若肯承认在艺术上分工的事实，那就好多了。不幸的很，中国多数人大都忽略了这种事实。都以为一事精便百事精。尤其是艺术，社会上许多人都欢喜附庸风雅，从事艺术。唯其倾心艺术，影响所及，恰好作成艺术进步的障碍，这个人若在社会有地位又有势力，且会招致艺术的堕落。最显著的一例就是写字。"②

几十年过去了，书法界仍然存在其他艺术领域少有的鱼龙混杂的现象，根本原因是把"书法"等同于"写字"。一些人以为只要能写字，就可以到书法的园地里闯一下了。不过，沈从文把这门艺术仍叫作"写字"，未免有些欠妥。这是他观念上的一种局限。正是把"写字"和"书法"等同，导致作者虽然发现了书法上的混乱局面，但不能解释为什么。于是，作者在解决办法上便显得模棱两可："一是把写字重新加以提倡，使它成为一种特殊的艺术，玩票的无由插手；二是索性把它看成一种一般的行业，让各种字体同工匠书记发生密切关系，以至于玩票的不屑于从事此道。"③从文章立意可见，作者无疑是同意第一种观点的。只是由于自己观念的局限无法讲得那么肯定。因为写字既可以成为只是实用的交流工具，又可以从实用中上升到艺术的高度（书法）。不过，在尚处于对"书法是否是艺术"存在模糊认识的民国时期，沈从文对书法专业走向的认识也让人十分沮丧："在中国，一切专业者似乎都有机会抬头，唯独写字，它的希望真渺茫的很！"④因此，沈从文更是很难理直气壮地把书法作为"自由写意的艺术"来看待。⑤今天，书法在国家

---

① 沈从文.花花朵朵　坛坛罐罐：沈从文文物与艺术研究文集［C］.北京：外文出版社，1994：223-224.
② 沈从文.花花朵朵　坛坛罐罐：沈从文文物与艺术研究文集［C］.北京：外文出版社，1994：223.
③ 沈从文.花花朵朵　坛坛罐罐：沈从文文物与艺术研究文集［C］.北京：外文出版社，1994：226.
④ 沈从文.花花朵朵　坛坛罐罐：沈从文文物与艺术研究文集［C］.北京：外文出版社，1994：225.
⑤ 沈从文.花花朵朵　坛坛罐罐：沈从文文物与艺术研究文集［C］.北京：外文出版社，1994：223.

学科专业目录中已经以"美术与书法"的名义成为的正式的一类专业门类，这是沈从文时代所梦想不到的。

二、对书法艺术观和文化观的分辨

沈从文认为，写字的艺术价值受到怀疑，除了字本身的因素外，还与人们对字的估价方法有关。"一部分人把它和图画、音乐、雕刻比较，便见得一切艺术都有所谓创造性，唯独写字拘束性大，无创造性可言，并且单独无道德或情感教化启示力量，故轻视它。"①另外一种人是对写字过分重视而又"莫名其妙的欣赏者"："这种人对于字的本身美恶照例毫无理解，正因其无理解，便把字附上另外人事的媒介，间接给他一种价值观。把字当成一种人格的象征，一种权力的符咒；换言之，欣赏它，只为的是崇拜它。"②

作者在这里揭示了对书法有不同认识的两种观点，可以看作对书法艺术观和文化观的分辨。非常耐人寻味的是，直到今天，这两种观点仍然存在。一是以其他造型艺术的标准来观看书法（首先要在形式上引人注目）；一是以文化的、人格的标准来观看书法（有文化修养的人写的字，学问深时字自工）。这两种观点的分歧甚至对立想必我们是深有感触的。从创作角度来说，持前一种观点的人目的在于寻找书法艺术的现代形式（同绘画、雕塑等造型艺术有同等地位的艺术形式），其途径是试图实现书法艺术由古典形态到现代形式的转型。持后一种观点的人认为，书法就是像古人那样写字，主张书法没有"现代化"的形式，也无法走向世界，不断地深入古典名作才是正途，书法的成就是"人书俱老""人品即书品"的渐变的结果。于是，《书法研究》在 20 世纪 90 年代还在讨论"书法在当代作为艺术的可能性"，陈振濂在 1997 年发表的《学院派书法创作模式总纲》中，还在为"书法应是艺术创作""书法发展的可能性"而论证。理论界现在还在探讨"书法"应该是什么，还在为"经典"和"现代"作无休止的分辨。为了

---

① 沈从文. 花花朵朵　坛坛罐罐：沈从文文物与艺术研究文集［C］. 北京：外文出版社，1994：224.
② 沈从文. 花花朵朵　坛坛罐罐：沈从文文物与艺术研究文集［C］. 北京：外文出版社，1994：224.

确立书法的艺术地位，几代人付出了艰辛的努力。

应该说，沈从文对书法艺术观和文化观的分辨，正好和当代一个具有代表性的问题相类似，即，传统与现代的对立是现代书法史中的突出现象。一方面，思想文化的剧变，并未引起绝大部分人对从事书法的态度的改变，书法创作仍在酷守汉字规定的前提下，在历代法帖中做着新的组合，其创作仍在"重复"或"修补"传统中缓慢发展。另一方面，少数人在时代精神的激励下，努力寻找着书法创变的新的形式语言（与传统书法面目有明显不同的现代形式）。可以看出，以上两种书法创变的探索，有着截然不同的观念起点，前者表现为传统的延续状态，后者呈现为现代的开拓实验。前者是和谐的渐变，后者追求不和谐的突变。前者表现为主流的、大众化的趋势，后者则是先锋的、少数人的探索。这成了把握书法现代史的两条主线。当然，这两条线并不总是表现为对立与平行，有时还会产生相互的影响。其实，他们也本不应表现为对立。因为从事现代书法要有深厚的传统功夫，没有对传统的透彻把握，就没有资格谈现代。另外，没有现代创变思维的传统派，也不会有多大发展。正是在这一点上，传统和现代本应该是联系在一起的。笔者曾提出，书法的现代发展仍面临着四个艺术"问题"：如何对待创作工具的变化？写什么内容？是否还用汉字创作？如何面对人们审美趣味的改变？[1] 不管自觉与否，人们总绕不开这些问题。正是有了对这些问题不同的回答方式，书法的发展局面才是丰富多彩的。将来的书法创作取向也应该是多元的，"传统的"与"现代的"各有自己存在的场合。因为人们的审美需要是多元的，创作的实际状况不可能存在"唯一"。

三、纯真质朴的批评态度

沈从文的文学作品就像他的人品一样，纯真、质朴；他谈写字的两篇文章，也具有他的散文的特点，敢于说真心话，从不矫饰、从不含糊。他在文中对现实

---

① 刘宗超.中国书法现代史［M］.杭州：中国美术学院出版社，2001.

中"三种人"的批评、对"宋四家"的批评，以及对当时著名书画家的批评都是独特而犀利的。这表现了他在批评上的纯真心态。

作者在文中批评了三种人写的字。一是名流的俗字："标准越低，充行家也越多。书画并列，尤其是写字，仿佛更容易玩票，无怪乎游山玩水时，每到一处名胜地方，当眼处总碰到一些名人题壁刻石。若无世俗对于这些名人的盲目崇拜，这些人一定羞于题壁刻石，把上好的一堵墙壁一块石头脏毁，来虐待游人的眼目了。"二是艺术家的美术字："画家喜欢写美术字，这种字给人视觉上的痛苦，是大家都知道的。"① 三是"专家"的字："另一种专家，就是有继往开来的野心，却无继往开来的能力，终日胡乱涂抹，自得其乐，批评鉴赏者不外僚属朋辈以及强充风雅的市侩，各以胡涂而兼阿谀口吻行为赞叹爱好，因此这人便成专家。"②

这三种人，好像至今历历在目。君不见书法创作及书法欣赏中"以人论书"的现象至今不绝；"著名书法家"到处都是，都在乐此不疲地题字或"创作"。与沈从文所描写不同的是，现在的名流的俗字还能名利双收。现在的画家已很少在书法界显身手，倒是一些书法家常来客串几笔"文人画"以图增加"厚度"。我们也不难发现在欣赏中"对号入座"的现象。即，看作品时先看落款姓名，使名气大小、地位高低等因素先入为主，影响了对作品的褒贬取舍。一个展览看下来，不过是记住了一串人名，更加巩固了自己的先入之偏见。

那么，真正的专家是什么样的呢？沈从文认为是："必明白字的艺术应有的限度，折衷古人，综合其长处，方能给人一点新的惊讶新的启示。欲独辟蹊径，必须理解它的点线疏密分布，如此以来方可以得到一种感官上的愉快，一种从视觉上给人雕塑、图画兼音乐的效果。"③ 这段话值得我们仔细品味，"必明白字的艺术应有的限度"无疑指的是书法本身的规定，是这门艺术在创变时所应遵循的"底线"。那么这个"底线"是什么？作者只是说要对古代墨迹进行取舍（即"折衷"）以吸取营养。在此基础上，还要理解书法在形式上的造型规律（点线疏密

① 沈从文.花花朵朵　坛坛罐罐：沈从文文物与艺术研究文集［C］.北京：外文出版社，1994：225.
② 沈从文.花花朵朵　坛坛罐罐：沈从文文物与艺术研究文集［C］.北京：外文出版社，1994：226.
③ 沈从文.花花朵朵　坛坛罐罐：沈从文文物与艺术研究文集［C］.北京：外文出版社，1994：226.

分布），使它在形式上吸引人。总之，真正的专家是必须能继承传统，而又懂得形式造型规律的人。这是对"传统的"和"现代的"两种创作取向的一种综合。这和我们今天仍在倡导的"在继承基础上的创新"是多么相似！

另外，沈从文对人物的批评敢于直陈观点，没有什么顾虑。他批评林风眠的书法："不幸他还想把那点创造性转用在题画的文字上，因此一来，一幅好画也弄成不三不四了。""林先生所写的字，所用的冲淡方法，都因为他对于写字并不当行。林先生若还有一个诤友，就应当劝他把那些画上的文字尽可能的去掉。"①他对于右任晚年书法的评价是："至于另外一位富有民主风度的于胡子，本精六朝书，老年手不得用，写的字就已经像是用大型特制原子笔画成的莼菜条笔锋了。"林风眠、于右任两人都是当时享有盛名的人物，敢于指出他们的书法的缺点，是需要一番勇气的。并且，沈从文的评价也有一定的道理。又如他对康有为的书法的评价是："南海先生个人用笔结体，虽努力在点画间求苍莽雄奇效果，无如笔不从心，手不逮意，终不免给人一芜杂印象。"就连康有为也曾说自己的书法"吾眼有神，吾腕有鬼，不足以副之。"②这和沈从文对他的书法的评价还是十分一致的。非常耐人寻味。再联系沈从文早年"胜过钟王，压倒曾李"的志向，可以看出，他有着较高的批评眼光，是一个敢于说真心话的人。

现在的书法评论缺少的正是批评的纯真心态。只要随便翻翻报刊，便不难看到一些令人肉麻的吹捧，"大家"的帽子随便戴，"笔力扛鼎""博古通今""历史与生命"之类的词甩手便是；未提缺点先说"白璧微瑕"。好像不如此吹捧一番，便引不起别人的注意。其实只要被评者有点自知之明，看到"别人"对自己如此火辣的恭维之语，相信也会发烧脸红。这是批评者被私人感情冲昏了头，丧失了批评原则所致。所以，以纯真的批评心态在作品中找回人的真诚、艺术的真诚、社会的真诚，是我们的赏评理应具有的胸怀与气魄！唯如此，优秀的艺术家与艺术作品才不会被埋没，艺术界的正气才能得到弘扬。如果像沈从文那样，以一种纯真心态观察现实、评点书家，才真正对艺术的发展与繁荣有利，才是真正的艺

---

① 沈从文.花花朵朵　坛坛罐罐：沈从文文物与艺术研究文集［C］.北京：外文出版社，1994：225.
② 赵一新.康有为书法艺术解析［M］.南京：江苏美术出版社，2001：23.

术欣赏。

1949 年前的沈从文，倾心在文学创作；1949 年后的沈从文，则被迫放弃了文学写作，埋头于文物研究，用心同样不在书法。两篇《谈写字》的文章只不过是他写作闲暇的兴来之笔罢了，我们实在不能从书法研究角度苛求于他。沈从文虽然此后再没有书法论文，但只此两篇，却给我们不少启示，值得仔细回味。

参考文献：

1. 胡适.介绍我自己的思想［M］//胡适文集：第 5 卷.北京：北京大学出版社，1998.
2. 刘宗超.现代美学家书法美学研究述评［J］.书法研究，2002（1）.
3. 刘宗超.中国书法现代史［M］.杭州：中国美术学院出版社，2001.
4. 沈从文.花花朵朵　坛坛罐罐：沈从文文物与艺术研究文集［C］.北京：外文出版社，1994.
5. 沈从文.沈从文文集：第 9 卷［M］.广州：花城出版社，1984.
6. 赵一新.康有为书法艺术解析［M］.南京：江苏美术出版社，2001.
7. 郑振铎.哭佩弦［M］//郑振铎文集：第 3 卷.北京：人民文学出版社，1983.

【本篇编辑：谢纳】

编　后　记

　　《人文艺术与美育研究》总第一卷推出后，编辑部全体同仁再接再厉，马上投入新一卷的工作。苟日新，日日新，又日新。我们深知，只有不断超越，才能奉献精品力作；我们期待，一卷更比一卷精彩，同时也希望通过这两卷的栏目设置和论文选题，能够展现我们的基本理念和关注重点。本卷策划设置了五组栏目，分别为艺术美学、美育研究、艺术史、跨文化艺术学、中华传统艺术精神，希望向学界同仁和广大读者展示人文艺术研究领域的新思维、新理念、新进展、新成果。

　　作为艺术学基础理论研究，艺术美学自 20 世纪 80 年代兴起以来已成为艺术学界持续关注的领域，本卷的艺术美学栏目收录了彭兆荣教授的《艺术之觞与人文之美》和邹其昌教授的《数智时代人工自然美与当代美育转型研究》。

　　接续首卷的美育研究栏目，本卷又推出了两篇美育研究论文，一篇是杜卫教授的《个体审美发展初探》，一篇是董占军教授和姚丹合写的《新时代美育策略与实施路径》。两篇论文或重高屋建瓴，或重策略实施。杜卫教授从美育理论的高度对美育与个体审美发展问题进行了理论分析和创新建构，董占军教授和姚丹探讨了实施新时代美育浸润计划的策略、路径与方法，具有很强的现实意义。

　　艺术史研究依然是本卷重点关注的领域，接续首卷"艺术史"栏目，本卷推出四篇中国艺术史研究的相关论文：李超教授的《"融合主义"论——关于中国油画历史转型的思考》、汪小洋教授的《花鸟画的宋人意味与舍简趋繁的时代趋势》、韦昊昱的《"民众艺术"构想与 20 世纪中国文艺大众化思潮——以滕固现代文艺评论、出版与讲演为中心》、李世武教授的《毕摩的深层类比思维与彝族丧葬"梅葛"中类比性诗歌的演成》。这四篇论文既有中国古代史研究，又有近现代艺术史研究，在艺术史视域中连接了古代中国、现代中国与当代中国，充分地展示了中国艺术史的深厚积淀和丰富维度。

近年来，在跨文化和比较文化研究的推动下，跨文化艺术学成为艺术学研究的热点，童强教授的《艺术：从共同体到现代》一文以文化共同体的现代发展变化为关注重点，论述了艺术共同体建构的相关问题；夏波教授的《成就与问题：对我们认识和运用"斯氏体系"状况的检视》一文对斯坦尼斯拉夫斯基戏剧表演体系在中国的接受与运用重新进行了检视；郭亮教授的《舆图中的世界交流与中国图示》一文从地缘政治文化角度比较分析了地图图像的文化政治内涵。

传承弘扬中华优秀传统艺术精神是新时代人文艺术研究的重要课题，对具体艺术作品的批评与鉴赏是领会体悟传统艺术精神的有效途径。祁志祥教授的《中国古代文学鉴赏论的系统阐释》一文，系统阐释了中国古代文学理论中的鉴赏论传统；刘伟冬教授的《黄鹤兮，白云兮——也说崔颢的〈黄鹤楼〉》一文，对经典诗歌文本进行了文本细读式的鉴赏；彭吉象教授的《从"意境"角度看国画里的中国传统艺术精神》以"意境论"为核心概念，凝练出中国传统艺术精神的美学旨趣；刘宗超教授的《沈从文的书法评论观》一文对沈从文的书法艺术批评观进行了阐述分析，为我们全面理解沈从文的艺术观念提供了一个独特的视角。

刘勰在《文心雕龙·原道》中说："观天文以极变，察人文以成化；然后能经纬区宇，弥纶彝宪，发挥事业，彪炳辞义。"我们始终秉承"天地交通以人文化成"的治学理念，以人文精神为要义，以学术研究为志趣，以学术媒介为平台，形成人文艺术交流的学术共同体，向读者展示当代人文艺术与美育研究领域的新思维、新理念、新进展、新成果，为创建中国哲学社会科学自主知识体系做出自己的贡献。

谢　纳

2024 年 11 月